KB117895

영원한
아이

영원한 아이

정승구 장편소설

21세기북스

차례

만약에 돈이 나를 인생에, 사회를 나에게, 그리고 나와 환경과 타인을 묶어주는 유대紐帶라면, 돈은 유대 중 유대 아닌가? 그 유대가 모든 요소를 끊기도 하고 묶기도 하지 않는가? 그렇다면 돈이야말로 세상 만물의 분리 요인 아닌가? _칼 마르크스

우리는 부분적으로 알고 부분적으로 예언하니, 온전한 것이 올 때에는 부분적으로 하던 것이 폐하리라. _고린도전서 13장 9절~10절

삶은 여러 형태로 우리를 홀리지만, 죽음은 단 하나의 얼굴로
다가온다. 죽을 때가 되면 인생의 주요 순간들이 빠른 몽타주로
보인다고 들었다. 분주하게 살면서 잊고 있던, 기억 어딘가에 꼭
꼭 숨겨져 있던, 삶의 '행복한 순간들'이 눈앞에 아름답게 펼쳐진
다고 한다. 이 '쇼'는 죽음이 임박했음을 인지한 인간의 뇌가 화학
적으로 호르몬을 분비해 선사하는 마지막 선물이다. 하지만 지금
내게는 아무것도 보이지 않는다. 내 인생 자체가 워낙 불행하고
무미건조해서 기억 속에서 끄집어낼 만한 재료가 없는 건가? 아
니면 죽기에는 아직 이른 나이인가? 존재가 유한하다고 해서 의
미가 부여되는 것은 아니다. 마찬가지로 잠시 후 내가 죽는다고
해서 내 삶이 의미 있어지는 건 아닐 것이다.

생사의 기로에서야 알게 되는 것이 있다. 나는 내 인생을 전혀

제어하지 못한다는 것을. 그러다 조금 더 깊이 생각해보면 깨닫게 된다. 애초부터 내 인생은 내가 제어하지 않았다는 것을. 이제까지 그저 내 삶의 많은 것을 스스로 결정했다고 착각하며 살아왔을 뿐이라는 것을.

눈부시게 빛나는 하얀 조명판이 잡념을 지워낸다. 나는 테이블 위에 눕혀진 채, 잠시 후 시작될 뇌수술을 기다리고 있다.

나는 머리에 총을 맞았다. 내 우측 두개골에는 탄환의 일부가 아직도 박혀 있다. 그 조각이 내 우뇌를 건드리고 있어, 내 머리는 파도처럼 밀려오는, 아니 태풍처럼 몰아치는 여러 생각들로 어지럽고 혼란스럽다.

여기는 병원이 아니다. 어디인지는 정확히 모르지만 병원이 아닌 것은 확실하다. 나를 수술할 돌팔이는 오래전에 의사면허가 취소된 외다리 남자다. 어쩌다 다리를 잃었고 의사면허까지 취소됐는지는 모른다. 민주는 내게 이 돌팔이가 원래 외과의사가 아니라 수의사였다고 했다. 그녀의 엽기적인 농담에 나는 웃지 않았다. 어부 박씨가 어떻게 이 돌팔이를 알고 여기를 찾아왔는지도 알 수 없다. 하지만 지금 내가 진짜 궁금한 것은 단 하나뿐이다. 내가 살 수 있을까?

긴장한 나와 달리 돌팔이는 난생처음 두개골 절단을 한다면서 신이 나서 휘파람까지 불고 있다. 어쩌다 내 인생이 여기까지 왔을까? 불과 며칠 전의 일들이 이제는 전생처럼 아득하다.

돌팔이가 덤덤하게 말한다. 곧 마취를 할 테니 긴장을 풀고 있으라고. 믿으라고. 이건 또 무슨 개소리인가? 뭘 믿으라는 건가?

기적을? 희망을? 설마 이 돌팔이의 의술을? 하지만 '믿으세요'라
는 그의 말이 내 머릿속에서 서서히 번진다. 마치 전염병이 마을
에 퍼져나가듯이. 믿는다? 믿는……다……. 정신이 가물가물하다
순간 모든 것이 선명해지며 생각이 정리된다.

　나는 아직 살고 싶다.

1부／증오의 역사

1

토요일 밤이었다. 자정이 훨씬 넘은 시간까지 잠을 설치던 나는 결국 불을 켜고 거실로 나왔다. 창밖 도시는 여전히 분주하게 빛나고 있었다. 불면증이라고는 모르고 살아온 나로서는 좀처럼 드문 일이었다. 아무래도 저녁 회의 때 커피를 두 잔이나 마신 게 탈인 듯했다. 캐비닛에서 하이랜드파크를 꺼내 한 잔 따랐다. 거실에 흐르는 정적이 문득 서늘하게 느껴져서 텔레비전을 틀었다. 소파에 앉아 술을 마시며 아무 생각 없이 채널을 돌리는데, 탁자에 놓인 휴대전화가 진동했다. 모르는 번호였다.

누구지? 이 시간에? 아는 여자 몇몇의 얼굴이 눈앞을 스쳤다. 홀아비의 상상력은 순식간에 뻗어나갔다. 평소 같았다면 이런 정체불명의 발신번호는 무시했을 것이다. 물론 평소 같았다면 이 늦은 시간에 팬티 차림으로 혼자서 싱글몰트를 마시며 청승을 떨고 있지도 않았을 것이다.

궁금했다. 받을까 말까 잠시 망설였다. 내 안의 작은 목소리는 받지 말라고 속삭였다. 이렇게 늦은 시간에 전화를 거는 여자는 신상에 좋을 리가 없다고. 하지만 호기심을 억누르지 못하고 혹시나 하는 기대를 품고 전화를 받았다. 어차피 잠도 오지 않아 심심하던 참이었는데, 새벽에 불쑥 여자를 만나는 것도 불면증에 나쁘지 않을 것 같았다.

"형님…… 밤늦게 죄송합니다. 저…… 접니다."

남자였다.

"누구……시죠?"

실망감을 감추며 물었다.

"형님, 저 훈입니다."

"어, 훈이! 어, 신 전무! 어쩐 일이야?"

"주무시는데 죄송합니다."

"아냐, 괜찮아. 안 잤어."

"일이 좀 생겨서…… 도와주셔야 할 것 같습니다. 누구한테 전화를 해야 할지 몰라서……."

노친네의 늦둥이 외아들 동훈은 긴장하고 있었다. '노친네'는 내 직장인 신도辛道그룹의 신호辛虎 회장이다. 그 유명한 신호 회장이 바로 내 보스다. 동훈은 신 회장이 어마어마한 기부금을 낸 미국 서부의 명문대를 졸업하고, 몇 년 전 귀국해 그룹에서 일하며 노친네에게 인정받기 위해 용을 쓰고 있었다. 그는 아버지 눈치를 많이 보는 편이고 머리가 나쁘지 않아서, 다른 2세들처럼 싸가지 없는 언행으로 사회적 물의를 일으키지는 않았다. 다만 주색을 밝히는데, 특히 여자라면 사족을 못 써서, 간혹 텔레비전에서 얼굴 파는 것들과 자잘한 스캔들을 일으켰다. 하지만 그런 일이 있을 때마다 그룹의 홍보팀과 내가 속한 법무팀에서 조용히 처리해 덮곤 했다. 그런데 그렇게 고귀하신 신동훈이가 이 늦은 시간에 나한테 전화를 걸었다는 건 그리 반가워할 일이 아니었다. 그놈이랑 나는 이런 시간에 전화로 노닥거리는 사이가 아니었다. 우리 '사이'는 그보다 훨씬 넓었다. 우리는 주로 공을 같이 치거나 회사 내의 이런저런 일들을 논의하기 위해 술집에서 어울리는 편이었다. 무엇보다도 그 오만한 놈이 나를 '형님'이라고 부르며 다급하게 찾는 것이 더욱 불길하게 느껴졌다.

"형님, 혹시 삽 있으세요? 좀 큰 걸로…… 그 왜 군인들이 쓰는 대짜로…….."

"삽?"

아니 대체 이 밤중에 이놈은 나랑 무슨 삽질을 하자는 건가?

24시간 대형마트에는 오밤중에도 잠들지 않은 인간들이 많았다. 그런 불면증 소비자들 덕분에 세상이 쉬지 않고 밤낮으로 돌아가는지도 모른다. 아니, 언제나 환히 불을 밝힌 채 우리를 반겨주고 사육해주는 24시간 대형마트가 있어서, 모두가 점점 더 올빼미족이 돼가는 게 아닐까 하는 생각도 들었다. 그렇게 전혀 돈이 안 되는 생각을 하면서 대형마트를 헤매다, 구석에 진열된 삽을 발견했다.

새벽에 삽 두 자루를 들고 줄을 선 검은색 양복 차림의 30대 남자를 수상하게 보는 이는 다행히 아무도 없는 것 같았다. 이 많은 눈들 중에 하나라도 나를 기억하면 어쩌지? 그러나 나는 이내 피식 웃을 수밖에 없었다. 천장에 붙어 있는 검은 당구공 같은 카메라 렌즈가 나를 내려다보고 있었다. 내 차례가 되어 계산을 하려고 보니 돈이 모자랐다. 삽은 생각보다 비쌌다. 하는 수 없이 카드를 긁었다. 그곳에서, 그 시간에, 삽을 구매한 기록이 남는 것이 은근히 찜찜했다.

자살일까? 타살일까? 한남대교를 달리며 나는 그것이 궁금했다. 둘 다 가능성이 있었다. 타살이든 자살이든 특별한 사람들의 전유물은 아니므로.

언젠가 한번은 한밤중에 장대비를 맞으면서 정처 없이 남쪽으로 걸은 적이 있다. 그 시절 나는 정신적 공황 상태에 있었다. 한남대교를 걸어서 반쯤 건넜을 때, 모범택시 한 대가 내 옆에 섰다. 나이가 지긋한 노인 기사가 차에서 내려 나를 붙잡았다. 걷는 것 외에는 다른 어떤 반응도 할 수 없을 정도로 혼이 빠져 있던 나는 그의 손에 끌려 택시에 탔다. 그는 사람도 차도 없는 시간에 비를 맞으며 한남대교를 홀로 걷는 나를 보고는 투신자살이라도 하려는 줄 알았다고 했다. 하지만 나는 고소공포증이 심해서 다리 아래로 울렁이는 검은 강물을 내려다볼 수조차 없었다. 높은 곳에서 어딘가를 내려다보는 상상만 해도 아찔한 나는 한강에 투신할 그릇이 되지 못했다.

나를 집에 데려다주면서, 그는 자신의 이야기를 들려주었다. 6·25 때 어린 그는 어머니와 함께 이승만의 지시로 폭파돼 끊어진 한강철교를 목숨을 걸고 건넜다. 부서지고 엉킨 철교 기둥들을 곡예하듯 건너 남으로 피난했던 자기 세대는 살기 위해 그렇게 발버둥 쳤는데, 왜 요즘 젊은이들은 그리 쉽게 좌절하고 포기하는지 모르겠다고 장황한 설교를 늘어놓았다. 나는 그저 멍하니 앉아 그의 이야기를 들었다. 그날 밤 나는 하도 정신이 없어서 그 착한 사마리아인에게 차비를 내는 것도 잊고 택시에서 내렸다. 그 후로 비가 오는 늦은 밤에 한강을 건널 때면, 나는 가끔씩 그를 생각하며 끊어진 한강철교를 상상해보곤 했다.

동훈이 알려준 주소의 단독주택에 도착했을 때, 이미 침대 시트로 둘둘 말아놓은 시체의 머리 부분에는 피가 엉겨 굳어 있었다. 뇌진탕 같았다. 나를 기다리며 혼자서 시체를 싸놓은 동훈이 은근히 대견스러웠다. 예전에 알던 철부지가 아니었다. 하지만 동훈의 얼굴은 땀으로 범벅이 돼 있었고 두 눈은 초점이 없었다. 그리고 얼이 빠져 있었다. 하긴 그놈이 언제 진짜 시체를 봤겠나?

동훈을 안정시키기 위해 나는 최대한 말을 아꼈다. 몇 시간 후 날은 밝을 것이었고, 우리에게는 시간이 많지 않았다. 차고에는 시체가 된 남자가 생전에 몰고 온 독일산 SUV가 있었다. SUV에서 블랙박스 카메라를 떼어내고, 시체를 트렁크에 실었다. 다행히 집을 둘러싼 벽은 꽤 높았고 주변은 모두 잠들어 있어 우리를 볼 수 있는 사람은 아무도 없었다.

새벽이라 차는 없었지만 짙은 안개가 음침하게 끼어 있어 마음대로 밟을 수 없었다. 옆자리의 동훈은 횡설수설하며 계속 떠들어댔다. 내가 아무 말도 하지 않고 운전만 하고 있으니 더 불안한 모양이었다.

"훈이, 저거부터 먼저 묻자. 오케이?"

"예…… 그게…… 알겠습니다."

잠시 후 우리는 내가 자주 가는 골프장 근처 야산에 도착했다. 도시의 불빛이 미치지 않을 만큼 한적한 곳에 이르자 비로소 마음이 좀 편안해졌다. 어둡고 조용한 그 산이 우리가 하는 일을 감춰줄 거라는 확신이 들었다. 눅눅한 밤이었다. 사방에 짙게 깔린 안개 때문에 옷이 금세 축축하게 몸에 달라붙었다. 우리는 말없이 땅을 팠다. 동훈의 삽질은 훌륭했다. 신체적으로 그렇게 멀쩡한 놈을 병무청을 매수해서 군 입대를 면제받게 하려고 총무팀에서 어떤 고생을 했을지는 짐작이 가고도 남았다.

시체를 구덩이에 던졌다. 그때 침대 시트 사이로 시체의 왼손이 비어져 나왔다. 새끼손가락이 없었다. 그 손을 보자 온몸의 털이 곤두섰다. 반사적으로 나는 시체를 감싼 시트를 삽으로 슬쩍 들춰보았다. 예상대로 시체는 긴 꽁지머리를 묶은 남자였다.

시내에 들어와 동훈을 내려주고 나는 양아치들이 득실거리는 저급 유흥가로 갔다. 그 시간에도 좁은 골목골목마다 네온사인이 반짝이고 있었고, 몇몇 삐끼들은 아직도 열심히 호객 행위를 하고 있었다. 그곳에 꽁지머리의 SUV를 시동을 켠 채 세워두고 나는 택시를 잡았다.

집에 들어오자마자 옷을 벗어 쓰레기봉지에 담고, 온몸을 구석구석 꼼꼼하게 씻어냈다. 왠지 그래야 할 것 같았다. 창밖에는 비가 내리고 있었다. 이미 일요일 아침이었다.

침대에 눕자 피곤이 몰려오며 온몸이 가라앉는 듯한 느낌이 들었다. 그러나 잠은 오지 않았다. 기절한 듯 자고 나면 모든 게 해결돼 있을 거라고 유아적인 최면을 스스로에게 걸어봤지만 아무 소용 없었다. 이런저런 생각이 머릿속을 복잡하게 맴돌 뿐이었다.

꽁지머리를 묻고 돌아오는 차 안에서 동훈은 내게 장황하게 설명했다. 횡설수설하며 늘어놓은 이야기는 대충 이랬다.

동훈이 '스폰'하는 젊은 여자들이 몇 있었다. 그중 하나가 여배우 J였다. 그녀가 대학생일 때부터 후원했던 동훈은 J가 유명해진 후에도 관계를 계속 가져왔었다. 그러다 얼마 전 불미스러운 일로 둘은 사이가 틀어졌고 이제는 만나지 않고 있었다. 그런데 어떤 놈이 동훈과 J가 알몸으로 엉킨 사진인지 비디오인지를 들고 와 거액을 요구했다. 그 협박한 놈이 야산에 묻은 꽁지머리라는 것이었다.

꽁지머리의 정체를 조사해보니 스포츠신문 기자는 아니고 그저 뒷골목 잡놈 같았지만, 그냥 뒀다가는 시끄러워질 것 같아 동훈은 사람을 통해 돈을 몇 번 줬다고 했다. 그런데 협박에 맛을 들인 꽁지머리는 계속 달라붙었다. 고민 끝에 동훈은 자신의 안가에서 꽁지머리를 직접 만났다. 그리고 이번에는 동훈이 점잖게 꽁지머리를 협박했다. 그 와중에 대화가 거칠어져 물리적으로 충돌했고, 엉겁결에 동훈은 양주 병으로 꽁지머리의 정수리를 내리쳤다. 그런데 재수가 없어서 꽁지머리가 죽고 말았다는 것이다.

불행 중 다행으로 이 우발적인 사고를 목격한 사람은 아무도 없었고, 동훈과 꽁지머리가 만난 사실을 아는 사람 역시 없다고 했

21

다. 그리고 그 시간에 도움을 요청할 사람이 나밖에 생각나지 않아서 내게 연락했다고 했다.

꽤 설득력 있는 이야기였다. 짧은 시간에 만들어낸 이야기치고는 나름 치밀하고 생생했다. 그러나 나는 동훈의 이야기를 하나도 믿지 않았다. 아니 믿을 수가 없었다. 죽은 꽁지머리는 내가 아는 놈이었다.

2

푸른 바닷가의 반짝임과 백사장의 따스함은 먼 훗날 소년이 어른이 된 후에도 떠올리는 가장 오래된 기억이었다.

일곱 살이 되자 소년은 또래 아이들과 함께 국민학교에 입학했다. 소년은 걸음마를 떼던 해에 할머니로부터 글을 배운 덕분에 읽고 쓰기를 잘해서, 선생님에게 귀여움을 받고 급우들로부터 부러움을 샀다. 그러나 소년은 다닌 지 1년도 지나지 않아 학교가 슬슬 지루해졌다. 공부가 싫은 것은 아니었다. 그저 바다가 더 좋았다. 바다와 하늘을 가르는 수평선은 매일 봐도 신비로웠다. 그래서 학교의 마지막 종이 울리면 소년은 바다로 뛰었다. 헤엄을 치고, 물고기를 잡고, 모래밭에서 공을 차고, 씨름을 했다. 동갑내기 갑수는 소년의 단짝이었다. 해녀인 어머니와 바닷가에서 단둘이 사는 갑수는 바다를 속속들이 아는 친구였다.

갑수는 소년의 뜀박질 상대가 되지 못했다. 그러나 바닷속에서는 사정이 달랐다. 갑수는 잠수의 달인이었다.

하루는 수심이 꽤 깊은 바닷속에서 누가 더 오래 버티는지 시합을 했다. 물속에 몸을 담근 둘은 서로를 응시하며 상대가 먼저 수면 위로 올라가기를 기다렸다. 힘껏 들이마신 숨을 꾹 참으며 괴로워하는 소년과 달리, 갑수는 차분한 표정으로 물고기처럼 작은 물방울만 조금씩 뿜고 있었다. 소년은 이를 악물고 참았지만 짜디짠 바닷물이 입으로 찔끔찔끔 들어왔다. 그래도 소년은 눈을 질끈 감고 조금이라도 더 버티기 위해 안간힘을 썼다. 아무리 친한 사이라도 너무 쉽게 무너지는 것은 소년의 자존심이 허락하지 않았다. 그러나 몇 초 후 호흡이 뒤엉키면서 소년은 물 밖으로 튀어나갔다. 소년은 근처 작은 바위섬으로 정신없이 헤엄쳐 갔다. 양 귀에서 울림이 진동했고 두 눈의 초점도 잘 맞지 않았다. 그런데 문제는 그게 아니었다.

갑수가 보이지 않았다. 이름을 부르며 주위를 둘러봤지만 갑수는 어디서도 나타나지 않았다. 다급해진 소년은 물속으로 다시 뛰어들었다. 하지만 조금 전까지 물속에 있었던 갑수는 온데간데없었다. 소년은 겁이 났다. 자신도 모르게 숨이 가빠졌고 팔다리도 말을 듣지 않았다. 허둥대자 몸이 위로 뜨지 않았다. 그때 누군가가 소년을 밑에서 떠받쳐 올렸다. 갑수였다! 소년을 수면 위로 밀어 올리는 갑수는 뭔가를 들고 있었다. 고무장갑을 낀 그의 손에는 성게가 잔뜩 들려 있었다.

다시 바위섬으로 올라온 두 소년은 아주 오랫동안 앉아 있었다.

소년은 평생 먹을 바닷물을 한꺼번에 들이켜 죽을 뻔한 자신을 구해준 친구가 세상에서 가장 믿음직스러웠다. 하지만 아무 말도 하지 않았다. 그 대신 둘은 말없이 가위바위보를 했다. 이기는 쪽이 성게를 집어 돌칼로 알을 파먹었다. 아무래도 가위바위보는 소년이 한 수 위였다. 그날 갑수가 잡은 성게는 거의 소년의 차지였다.

끼니때가 되면, 바닷가에서 놀던 소년은 갑수를 데리고 집으로 달려가 박씨 아줌마가 차려준 밥을 먹었다.

"워메 언처! 물!"

게 눈 감추듯 밥그릇을 비우고 집을 다시 뛰쳐나가는 둘을 잡고 박씨 아줌마는 물을 한 사발씩 떠먹여주곤 했다.

그렇게 바다에서 살다시피 하던 둘은 고래를 본 이후에 새로운 놀이에 몰두하게 되었다.

백사장에서 뛰놀던 둘은 어느 날 바다 멀리 떠오른 거대한 고래를 보았다. 소년과 갑수는 고래를 더 잘 보기 위해서 뒷산 언덕으로 뛰어올라갔다. 마을이 내려다보이는 그곳에서는 먼 바다까지 한눈에 볼 수 있었다. 그런데 언덕 위에서 자세히 보니, 그들이 본 것은 고래가 아니었다. 바다 위에 떠 있는 것은 커다란 배였다. 그들은 그렇게 큰 배를 난생처음 보았다. 얼마 지나지 않아, 그 큰 배는 시야에서 사라졌다. 소년은 그 배를 보며 어딘가로 멀리 떠나고 싶은 충동에 가슴이 뛰었다. 그리고 어부 박씨를 생각했다.

어부 박씨는 마을에서 바깥세상에 대해 가장 많이 아는 사람이었다. 그는 예전에 큰 배를 타고 세계를 누볐다. 중국, 인도, 구라파, 아프리카, 미국처럼 먼 곳들을 다녔다고 했다. 그러다 어부 박씨는 누나가 있는 고향으로 돌아와 고기잡이를 시작했다. 마을에 처음 왔을 때 오갈 곳이 없었던 어부 박씨를 소년의 할머니가 받아주었다. 어부 박씨는 평생 동안 할머니의 은혜에 감사했다.

배를 타지 않는 날이면 어부 박씨는 아이들과 바다에서 놀아주면서 많은 이야기를 들려줬다. 지도가 있으면 세상 어디든 갈 수 있다는 얘기도 어부 박씨한테 들은 것이었다.

언덕 위에서 내려다본 마을과 바다의 풍경은 두 소년의 마음을 움직였다. 그래서 그들은 지도를 그리기로 결심했다. 그들은 알고 싶었다. 여기가 어디인지를. 그리고 소년은 알고 있었다. 지도가 있어야 언젠가 더 큰 세상으로 나갈 수 있다는 것을. 지도를 그리며 두 소년이 제일 먼저 깨달은 사실은 그들이 태어나서 자란 마을이 섬이 아니라는 것이었다. 그때까지 그들은 자신들이 바다로 둘러싸인 마을에 살고 있다고 착각하고 있었다. 그런데 그게 아니었다. 해가 떠서 비추고 지는 쪽은 바다였지만 그들이 서 있는 뒷산은 바다가 아니었다. 그쪽으로는 높고 낮은 산이 겹겹이 끝도 없이 얽혀 있었다.

소년과 갑수는 마을 곳곳을 정확히 그리기 위해서 발품을 팔아야 했다. 그들은 동서남북을 익히면서 마을 구석구석을 발견할 수 있었다. 지도를 그리면 그릴수록 그들의 눈에는 더 많은 것들이 보였다. 하늘을 나는 새가 내려다보듯 지형을 그리고 지형지물 간의 거리를 맞추는 일이 쉽지는 않았지만, 소년의 기억력과 갑수의 그림 실력으로 그들의 지도는 나날이 정교해졌다. 그전에는 모두 비슷하게만 보이던 산과 숲, 나무들이 하나하나 모두 특별해졌다.

세상은 아는 만큼 다르게 보이기 시작했다.

두 소년의 열의와는 달리, 지도에 대한 할머니의 반응은 시큰둥했다. 할머니는 땅이 사람에 속하는 것이 아니라 사람이 땅에 속한다고 믿었다. 사람은 죽어 땅에 묻히지만 땅은 영원히 세월을 견뎌내기 때문에, 아무리 사람이 지도를 그리고 집을 지어도 땅은 사람의 소유가 될 수 없다고 했다. 마을 사람들도 대부분 할머니와 비슷한 생각이었다.

부모가 없는 소년은 할머니와 살았다. 소년이 태어나자마자 죽은 어머니나, 아무도 본 적이 없는 아버지는 소년의 기억 속에 존재하지 않았다. 그러나 소년에게는 부모 이상 지극 정성으로 보살펴주는 할머니가 있었고, 할머니의 집에서 함께 사는 박씨 아줌마와 어부 박씨 역시 소년을 피붙이처럼 아꼈다. 할머니를 경외하는 마을 사람들도 오가며 소년을 챙겨줬다. 소년에게는 마을 전체가 가족이었다.

나는 고아원에서 자랐다. 아주 어렸을 적부터 부모에 대한 기억이 없다. 성깔이 지랄 같은 가톨릭 수녀들은 내게 '야곱'이라는 이름을 붙여줬다. 야곱. 처음에는 어색했지만, 수녀들을 만나기 전에 불리던 이름보다는 훨씬 고상하게 들려서 계속 쓰게 됐다.

몸도 머리도 썩 괜찮은 편이었던 나는 운동과 공부 둘 다 잘했다. 고아원은 그다지 친절하지 않은 환경이었지만 내 주먹이 나를 지켜줬다. 그 시절 애들 표현대로 말하자면 '좀 치는' 축에 속했다. 그래서 나를 성가시게 구는 놈은 없었다. 고등학교 때는 나름 날렸다. 태어나서 누구한테 한 번도 맞아본 적이 없다고 뻥을 칠 정도는 아니었지만, 어디 가서 체면을 지킬 정도는 됐다. 하지만 싸움보다는 책이 훨씬 좋았다. 책을 읽는 동안만은 불우한 현실에서 벗어날 수 있기 때문이었다. 집도 절도 없는 나 같은 놈을 지켜줄 것은 오로지 지식뿐이라고 믿었다. 그 덕분에 입지전적으로 성공할 수 있었다. 잘난 척하는 것이 아니라, 순탄치 못했던 성장기를 참고 버텨내게 한 힘은 수녀들도, 그들의 전지전능한 하느님도 아닌, 지식을 탐하는 내 기질이었다. 그 어린 나이부터 나는 굳게 믿어왔다. 언젠가는 내 인생에도 빛이 들 것이라고. 아니 그렇게 계속 최면을 걸었다. 언젠가는 배를 곯지 않을 것이라고. 그리고 결국 열여덟이 되던 해에 나는 어느 정도 알려진 법대에 장학생으로 진학하며 고아원을 탈출할 수 있었다.

대학을 다니는 동안, 나는 똥 푸는 일 빼놓고 돈 되는 일은 다 했다. 그 와중에 틈틈이 사법고시를 준비했다. 그 시절 내가 가진 거라곤 몸뚱이와 머리뿐이었다. 나는 법을 믿지 않았고, 솔직히 관심도 없었다. 그저 성공하고 싶었다. 인간답게 먹고살고 싶었다. 법조인이 되는 것이, 이 세상에 있으나 마나 한 나 같은 놈이 살아남을 수 있는 유일한 길이라고 믿었다.

그렇다고 무미건조한 대학생활을 한 건 아니었다. 고아는 군 면제 대상이기 때문에 나는 동기들과 달리 군 입대를 걱정하지 않아도 됐다. 아르바이트로 번 돈으로 여유 있게 연애도 몇 번 할 수 있었다.

졸업을 하고 구질구질한 고시촌 쪽방 생활을 3년 정도 한 후에야 아슬아슬하게 사시에 붙을 수 있었다. 운이 좋았다. 나는 그때 태어나서 처음으로 '안도'라는 걸 느꼈다. 이제 밥 굶을 걱정은 안 하고 살 수 있다는 사실에 안심이 됐던 것이다. 어느 이류 일간지에서는 그해 합격자 중 고아 출신인 내가 '스토리'가 된다면서 인터뷰까지 요청해왔다. 하지만 나는 거절했다. 남들 앞에 나서는 건 내 생리에 맞지 않았다. 나는 그저 이 세상 어딘가에 안전하게 묻힌 채 살고 싶었다.

사법연수원은 쉽지 않았다. 판검사가 되기에는 성적이 못 미쳤고, 자질도 한참 모자랐다. 나와 성적이 고만고만한 어중이떠중이들과 함께 어설픈 로펌에 들어가느니, 차라리 대기업이 낫겠다는 생각이 들었다. 나는 시가 총액으로 세계 100대 기업에 드는 신도그룹에 입사원서를 냈다.

신도그룹, 신도. 매운 길을 가는 회사라고 말하기도 하지만, 신도그룹은 매운 길도 새로운 길도 아닌, 신호 회장의 길을 가는 그룹이었다. 노친네가 알파이자 오메가였다. 그래서 노친네를 전적으로 믿고 도와주는 신앙심을 가진 신도信徒들만 직원으로 뽑는다는 얘기도 있었다. 나는 신도가 무슨 뜻이든 관심 없었다. 그저 그들이 주겠다는 월급 액수가 마음에 들었다. 남들보다 소위 '스펙'이 화려한 인재는 아니었지만 특별한 하자도 없었던 나는 신도그룹에 무난히 취직할 수 있었다.

회사원이 되기에 치명적인 약점이 한 가지가 있긴 했다. 나는 고기를 먹지 못한다. 더 정확하게 말하자면 구운 고기를 먹지 못한다. 고기 굽는 냄새를 맡는 것만으로도 역겨웠다. 비위가 약할 때 고기 타는 냄새라도 맡으면 거의 실신할 정도로 구토를 하기도 했다. 유별난 채식주의자는 아니다. 해산물은 아주 좋아하는 편이다. 그리고 이상하게 들리겠지만, 육사시미나 육회 같은 날고기는 잘 먹는다. 다행히 이력서에 이런 것까지 밝힐 필요는 없었기에 입사하는 데는 전혀 문제가 되지 않았다.

요즘에야 좀 달라졌지만, 내가 갓 입사하던 때만 해도 나같이 고기를 안 먹는 사람이 대기업에서 회사 생활을 하는 것은 거의 불가능했다. 그 시절에는 고기를 안 먹는 초식草食남을 이해하는 문화가 존재하지 않았다. 차라리 술을 못 마시는 이들은 어느 정도 배려를 해줬지만, 회사원들이 떼로 모여서 고기를 구워 먹는 의식에서 혼자 빠지는 남자는 조직생활을 견뎌내기 어려웠다.

입사 직후 간단한 연수를 마치고 본사로 출근하던 시기에는, 고기를 굽는 저녁 회식이 일주일에 두세 차례씩 이어졌다. 지금도 떠올리면 끔찍하다. 마치 그들은 그렇게 둘러앉아서 고기를 처먹어야 결속력이 강한 공동체를 다질 수 있다고 믿는 미개한 원시인들 같았다. 아마 그게 기업이라는 조직이 개인들을 예속시키는 방법 중 하나였을 것이다. 하지만 나는 전혀 내색하지 않고 매번 꿋꿋이 참아냈다. 그 역겨운 고기를 씹다가 남몰래 냅킨에 뱉어낸 적도 한두 번이 아니었다. 예전에 가끔씩 피우던 담배도 그래서 다시 피우게 됐다. 담배 연기가 고기 굽는 냄새를 걸러주어서 담배를 피우면 그런 자리에 앉아 있는 것이 그럭저럭 견딜 만했다.

그런 나의 병 아닌 병에 대해 아는 회사 동료는 아무도 없었다. 그 누구도 눈치채지 못했다. 그래서 그들은 서슴없이 내게 고기를 먹으러 가자고 권했다. 나 또한 거부감을 전혀 드러내지 않았다. 차라리 그게 편했다. 나는 내가 다른 사람들 눈에 띄거나 남달리 튀지 않기를 바랐다. 나 자신에 대해서 타인에게 설명하는 것을 최소화하고 싶었다. 무일푼 고아인 내게는 회사가 곧 사회였고 젖줄이었다. 나는 다른 회사원들과 비슷하게, 또 그들에게 위협적이지 않은 존재로 조직에 스며들어 무난하게 살아남고 싶었다. 퇴출되지 않기 위해서는 나의 약점을 감쪽같이 숨겨야 했다. 있는 듯 없는 듯 희미한 존재로 그들과 같이 있었다. 내가 그들의 눈치를 봐야, 그들이 나를 보지 못했다. 그래서 나는 회사 생활을 하는 동안, 그들과 동화됐지만 그들에게 흡수되지 않을 수 있었다.

나의 꿈은 소박했다. 변호사 자격증이라도 있으니 남들보다 좀 더 후한 급여를 받다가 정년을 채우고 은퇴하는 것이었다. 그런데 인생이 마음먹은 대로 흘러가던가?

신도그룹의 법무팀에는 300명 정도의 변호사들이 득실거렸다. 대부분 판검사 출신이었고 나머지는 출신 성분 자체로 인맥을 갖춘 이들이었다. 전자도 후자도 아닌 나는 당연히 법무팀에는 끼지 못하고, 기획실 소속 과장으로 지방공장에 파견됐다.

나의 운은 그 지방공장에서 바뀌기 시작했다. 어느 날 공장 보안 담당으로부터 전화를 받았다. 공정거래위원회에서 가격담합 조사를 하러 왔다는 것이었다. 나는 무슨 수를 써서라도 그들을 공장으로 들이지 말고 입구에 붙잡아두라고 했다. 관련 부서에는 공무원들이 찾는 하드드라이브와 자료들을 즉시 폐기하라고 지시했다. 동물적인 반응에 가까웠던 나의 판단들은 순식간에, 그리고 일사불란하게 이루어졌다.

그날 공정거래위원회에서 나온 조사원들은 허탕을 칠 수밖에 없었다. 이런 조치들이 문제가 될 수 있다는 건 변호사인 내가 누구보다 더 잘 알고 있었다. 하지만 나는 그룹의 녹을 먹는 관리자로서 조직을 위해 해야 할 일을 했다고 생각했다. 회사도 먹고살기 위해 여러 사람이 모여 만든 조직이고 공동체가 아닌가? 조폭과 검찰, 언론, 청와대, 종교집단도 각자의 입장이 있듯이, 회사도 회사의 입장이 있는 것이다. 농담이 아니라 모든 조직에는 고유의 문화와 규칙이 있다. 나는 그 문화 안에서 당연히 지켜야 할 규칙 중 하나를 지킨 것뿐이었다. 무식한 말 같지만, 법보다는 밥이 중요했다. 월급을 주는 회사가 내게는 식구였다. 식구란 말 그대로 '밥이 들어가는 구멍'이다.

'공무집행방해'는 예상보다 큰 문제로 번졌다. 언론에서는 '법위에 있는 기업의 오만을 보여주는 사건'이라고 선정적으로 지랄해댔다. 나는 그런 헤드라인을 이해할 수 없었다. 법을 어겼으면 벌금을 내거나 법의 테두리 내에서 처벌을 받는 것이지, 법의 위아래를 운운하는 건 도대체 무슨 말인지 알 수가 없었다. 그룹에서는 '한 개인의 우발적 행위였고, 조직적인 조사 방해는 아니다'라고 공식 입장을 밝혔다.

정부는 그날의 수모를 만회하기라도 하듯 과징금을 심하게 부풀려 때렸다. 그러자 시민단체 교수놈들까지 덩달아 고발을 하는 등 설레발을 쳐댔다. 반 기업 정서로 장사를 하는 그 하이에나들이 진짜로 원하는 건 물론 나 같은 조무래기가 아니라 신도그룹과 신호 회장이었다.

노친네가 예전에 이런 말을 한 적이 있다. 우리 사회의 어떤 특정 집단이나 개인들의 언행이 이해되지 않을 때는 복잡하게 생각하지 말고 딱 두 가지만 살펴보라고. 그들이 무엇을 시기하는지,

그리고 무엇을 두려워하는지. 이 둘만 알면 그들을 이해할 수 있다고. 그 말은 진리에 가까웠다.

반 기업 가라오케들이 언론에 대고 떠드는 내용을 얼핏 들으면 그들이 재벌이나 대기업을 두려워하는 것처럼 보인다. 그러나 그들을 움직이는 것은 두려움이 아니라 시기심이었다. 그것도 보통 시기심이 아니라 질투가 섞인 변종 시기심이었다.

내 여자가 다른 남자에게 관심을 가질 때 느끼는 감정이 '질투'라면, '시기'는 남의 여자를 탐하고 싶은 욕망이다. 지키려는 마음과 빼앗으려는 마음을 둘 다 갖고 있는 것들이 시민단체 가라오케들이었다. 그들은 이 세상의 권력을 제로섬게임으로 보는, 아주 유아적인 발상을 갖고 있었다. 직접 작사작곡을 하거나 가수를 할 실력은 안 돼서, 가라오케에서 사회정의를 열심히 노래하며 진짜 가수 흉내를 열심히 내는 그들의 본질은 질투나 시기 같은 비생산적인 감정들이었다. 그래서 그들은 늘 딴지를 위한 딴지를 걸었고, 나 같은 회사원들만 피곤하게 만들었다.

내가 그 사건으로 검찰 조사를 받고 재판을 받는 과정에서 귀찮게 구는 것들은 노련한 그룹 홍보팀이 알아서 잘 처리해줬다. 그래서 나는 재판이 끝난 후, 수고한 그들에게 가라오케가 아닌 '텐프로'에서 술을 사주는 것을 잊지 않았다.

판결은 예상대로 합리적인 수준이었다. 하지만 나는 그 일로 변호사 자격증을 잃었다. 그 소식을 들은 지 한 시간도 지나지 않아 직속상관으로부터 전화가 왔다. 본사로 들어오라는 것이었다. 그룹에서 이 사건을 처리하느라 이래저래 비용을 많이 써야 했기 때문에 분위기가 별로 좋지 않았다. 공무원들과 언론 쪽에 뿌린 돈도 돈이었지만, 기업의 대외 이미지 회복을 위해서라도 앞으로 치러야 할 비용이 좀 될 것 같았다. 그래서 나는 사직서를 한 장 들고 본사로 갔다.

본사 건물의 보안 시스템을 통과하는 데는 30분 정도가 걸렸다. 보통 까다로운 게 아니었다. 건물에는 회장실 소속하의 재무팀과 법무팀이 있었고, 그 외에는 오타쿠 연구원들이 득실거리는 연구소였다. 그룹의 모든 나노기술과 생명공학 연구들이 모두 그곳에서 이뤄지고 있었다. 그래서 층마다 보안검색대가 있었고, 카드키, 지문인식, 홍채인식 등 온갖 인식기를 통과하지 않고서는 건물 안 어느 곳도 드나들 수 없었다.

과학기술이 신도그룹의 본질이라는 것이 신호 회장의 확고한 철학이었다. 나도 처음에는 곧이곧대로 그런 줄로만 알았다. 그러나…… 얼마 지나지 않아 알 수 있었다. 그것도 다 '쇼'였다는 것을.

어째서 나보다 좋은 학교를 나오고 공부도 훨씬 많이 한 오타쿠 연구원들이 나 같은 일개 변호사보다 적은 연봉을 받을까? 입사 후 파악한 회사의 메커니즘 중에서 가장 이해가 안 가는 부분이었다. 그러나 곧 알게 되었다. 신도그룹도 이 땅의 여느 회사와 다를 바 없다는 것을. 신도그룹에서도 비자금을 다루는 과학이 생명공학보다 더 우대받았고, 나 같은 로비기술자들이 나노기술자들보다 훨씬 좋은 대우를 받는다는 것을. 그룹에서는 나 같은 인재가 당연히 더 중요했다.

나는 보안요원과 함께 희미한 바람 소리만 들리는 엘리베이터를 타고 42층으로 올라갔다. 그 거대한 회의실에서 나를 기다리고 있는 이는 나의 직속상관이 아니라 신호 회장이었다. 그의 첫 인상은 무협지에 나오는 도사 같았다. 어리바리한 주인공에게 무술을 전수해주는, 깊은 내공을 갖춘 인자한 백발 고수. 거짓말 하나 안 보태고 딱 그런 분위기였다.

나는 잽싸게 허리를 굽혀 인사했다. 신 회장은 미소를 지으며 내게 다가와 악수를 청했다. 냉정하고 주의 깊게 내 관상을 찬찬히 읽는 그의 눈빛은 날카롭게 빛났다. 신 회장은 몰라보게 성장한 아이를 훑어보듯 나를 살폈다.

신 회장은 아담한 사기 주전자를 들어 연한 녹색빛을 띤 차를 따랐다. 다구茶具를 다루는 솜씨가 절도 있었다.

"좋죠? 같은 차를 매일 마셔도 맛이 조금씩 달라요. 그게 묘미지. 내가 이래서 아직도 차를 직접 끓여요. 그래야 그때그때 원하는 차를 마실 수 있으니까."

차에 대해 전혀 몰랐지만, 신 회장이 따라준 차는 향도 맛도 빛깔도 괜찮았다.

"우리 회사는 무슨 일을 하죠?"

"예? 그…… 주력 사업은 나노기술과…… 생명공학입니다."

"우리는 인간의 한계를 점점 없애는 일을 하고 있어요. 천 년 전에는 신들만 할 수 있다고 믿었던 일들을 인간이 하나둘씩 해나가고 있으니까. 우리는 참 지능적이고 편리한 세상에서 살고 있는 거예요. 그런데…… 그런 세상에 사는 우리한테 뭐가 필요할까요?"

"……"

"지혜. 정보와 지식의 차이를 아는 현명한 사람의 지혜. 컴퓨터가 가질 수 없는 지혜. 피조물 인간이 아무리 조물주를 모방해도 신이 될 수는 없어요. 0과 1로 부호화된 컴퓨터는 A, C, G, T로 부호화된 DNA의 결합체인 인간을 따라잡지 못해요. 요즘처럼 기하급수적으로 늘어나는 정보를 다루는 시대에 우리는 저장 공간을 늘리기 위해 나노기술까지 동원하지만, 우리가 아는 가장 효율적이고 효과적인 저장매체는, 이미 수만 년간 검증을 거친 우리 안의 DNA예요. 내 말 알아듣겠죠?"

사실 나는 노친네가 무슨 이야기를 하는지 전혀 알아듣지 못하고 있었다. 그러나 진지한 표정으로 공손히 고개를 끄덕였다.

"나한테 필요한 건 축적된 지식과 인간적인 감을 갖춘 지혜로운 사람이에요. 살아보니까 인연은 있어도 우연은 없어요. 자네는 나랑 인연이 있는 것 같으니, 앞으로 내 옆에서 일을 잘 도와줬으면 해요."

신 회장이 일어나자, 미리 짠 듯 그 큰 방문이 소리 없이 열렸다. 얼떨결에 인사도 제대로 못했지만, 나는 알 수 있었다. 내가 학수고대했던 내 인생의 빛이 이 노친네라는 것을.

마틴 스콜세지가 감독한 〈좋은 친구들〉이라는 영화가 있다. 그 영화 초반부에 이런 장면이 나온다. 아일랜드계인 어린 주인공 헨리는 이탈리아계 마피아에서 잔심부름을 하다가 수사당국에 체포된다. 얼마 지나지 않아 헨리가 구치소에서 풀려나자, 마피아의 식구들이 모두 마중 나와 그를 반긴다. 그리고 그들은 헨리를 마피아의 식구로 받아준다. 헨리가 경찰 수사에 협조하지 않고 '의리'를 지켰기 때문이다. 이 영화는 내가 〈대부〉보다 더 좋아하는, 내 인생의 영화다. 이 영화를 보지 않았다면 나는 회사생활도, 사회생활도 제대로 못했을 것이다. 그날 42층에서 내려오면서 나는 〈좋은 친구들〉의 헨리가 떠올랐다.

다음 날부터 나는 본사로 출근했고, 나의 직급도 바뀌었다. 두 면의 통유리로 시내가 훤히 내려다보이는 전망 좋은 42층의 방을 배정받았다. 고소공포증이 워낙 심한 나는 창 근처에는 가지 못했지만, 책상에 앉아서도 훤히 내다보이는 빌딩 숲과 시내 풍경은 내게 많은 이들을 내려다볼 수 있는 힘이 생겼다는 쾌감을 주었다.

예전에 누군가가 이런 말을 했다. '권력은 최고 권력자와 떨어진 거리의 세제곱에 반비례한다'. 뭘 좀 아는 놈이었다. 나는 노친네로부터 겨우 몇 발자국 떨어져 있는 방에서 노친네과 함께 업무를 봤다. 그러자 내 인생의 많은 것들이 편리해졌다. 많은 이들이 내게 친절해졌다.

그렇게 몇 년이 빠르게 흘러갔다. 그동안 나에 대한 노친네의 신임은 더욱 두터워져서 공사 구분 없이 다양한 일들을 내게 상의하고 부탁했다. 나 역시 노친네와 일하는 게 싫지 않았다. 내 인생에서 그는 아버지이자 스승이었다. 나는 그를 진심으로 존경했다. 노친네는 군인 출신답게 근면과 절제가 몸에 배어 있었고, 일흔이 넘은 나이에도 꼿꼿한 자세를 유지하며 늘 손에서 책을 떼지 않았다. 그는 현명하고 인자했고, 타인의 말을 경청할 줄 알았으며, 말을 아낄 줄 알았다. 그리고 무엇보다 노친네는 그의 적들마저도 인정할 만큼 선견지명이 있었다. 그는 군수와 무역으로 시작해 금융과 정보통신, 그리고 나노기술과 생명공학으로까지 사업을 다각화했다. 그렇게 그는 시대의 흐름을 한 발짝씩 앞서가며 신도그룹을 세계적인 기업으로 탄탄하게 키워냈다.

노친네의 영향으로 나 역시 정진했다. 인공지능이 판치는 21세기에는 컴퓨터가 할 수 없는 일을 해야 살아남는다. 그렇지 못한 인력은 결국 자본주의의 효율을 방해하는 '마찰'일 뿐이다. 그럼 어떻게 해야 '자본주의의 마찰'이 되지 않을까? 나는 시간이 날 때마다 고민했다. 나는 정년을 무사히 채우고 우아하게 은퇴하고 싶은 회사원이었다.

당연한 이야기겠지만, 그 시절에는 내 주변에 많은 사람들이 얼쩡거렸다. 나는 내가 원하는 사람들과 원하는 장소에서 원하는 시간에 밥을 먹고 공을 치고 또 그 외의, 원하는 대부분의 것들을 할 수 있었다. 식당, 골프장, 술집에서 만나는 사람들은 내가 쓸모 있는 인간이라는 것을 익히 알고 있는 자들이었다. 그들은 나와 친해지고 싶어서 내 앞에서 알랑거리며 열심히 '빨아줬다'. 가증스러운 그들의 눈빛에서 나는 느낄 수 있었다. 애정도 증오도 아닌 두려움을.

권력기관에 종사하는 사람들을 부러워하는 허영심에 찬 사람들이 있다. 나는 그들에게 말해주고 싶다. 권력기관에 종사하지 말고 권력기관을 돈으로 주무르는 사람이 되라고.

나는 검사들과 친하게 지냈다. 엄청난 자본도 받쳐줬지만 내게는 친화력이 있었다. 권력기관 종사자들과 친해지기 위해서는 머리와 눈치가 빠르고, 체력과 연기력, 그리고 무엇보다 진정성이 있어야 한다. 그들도 인간이기 때문에. 나는 이 다섯 박자를 고루 갖추고 있었다. 그래서 그들과 신뢰를 쌓을 수 있었고, 그들 역시 편안하게 내가 주는 돈을 의심 없이 받았다. 그렇게 한 놈 한 놈 키우다 보면, 잘 크는 놈들 중 몇몇은 정치권에 기웃거렸다. 그러면 싹수가 있어 보이는 놈들한테는 공천헌금부터 후하게 챙겨줬다. 어차피 회사가 탈세한 비자금이었다. 돈 앞에서는 여야가 없었고 영호남이 따로 없었다. 그렇게 '파이낸싱'을 해주면 대개는 무난히 금배지를 달 수 있었다. 어린아이들이 사춘기를 지나 성인이 되면 부모 없이 자기 힘으로 다 큰 줄 알듯이, 이것들 중에도 자기가 잘나서 행정부에서 입법부로 이직한 줄 알고 우쭐대는 놈들이 간혹 있었다. 하지만 오래가는 똑똑한 놈들은 그러지 않았다. 그놈들은 투자에 대한 신의를 지켰다. 그들과 더불어 나의 영향력도 커져갔다.

그룹 내에서도 마찬가지였다. 노친네와 독대를 하고 나올 때면 임원들이 한결같이 물었다.

'무슨 말씀 하셨어요?'

그 질문에서 나는 알 수 있었다. 내가 권력에 가까워질수록 그들은 나를 두려워하면서도 시기한다는 것을. 민주의 말에 의하면 그들은 '마름이 되고픈 머슴들'이었다. 그러나 그들이 모르는 게 있었다. 나는 마름이 되고 싶지 않았다. 그런 것에는 전혀 관심이 없었다. 나는 그저 하루하루 살아가는 데 만족했다. 회사원들은 대부분 자기들과 다른 욕망이 있는 사람을 이해하지 못했다. 아니 그들은 그런 욕망이 존재한다는 것을 몰랐다.

　신 회장이 나를 신임하는 것을 다른 월급쟁이들이 씹고 경계하는 건 나도 이해할 수 있었다. 그러나 동훈까지 나와 노친네의 관계에 촉각을 세운다는 것을 눈치챘을 때, 내가 인간에 대한 이해가 한참 부족하다는 것을 깨달았다. 부모 없이 자란 나는 당연히 부자父子관계의 복잡함을 이해하지 못했다. 신 회장을 만나기 전까지는.

　동훈은 어려서부터 그 어떤 면에서도 뚜렷이 두각을 나타내지 못한 채 항상 평균 이하를 맴도는 '이류'였다. 무능하면 심성이라도 착해야 하는데 그렇지도 못했다. 그는 '쌍기역'의 기질 중에 '꿈, 깡, 끼, 끈기'보다는 오로지 '끈'에 의존해 잔머리를 굴리며 인생을 편하게 사는 법에 익숙한 전형적인 부잣집 도련님이었다. 이런 외아들을 노친네는 인생의 저주라고 믿었다. 어떤 이들은 훌륭한 아버지의 인정과 애정을 평생 갈구하며 살아온 열등아 동훈이 불쌍하다고 했다. 하지만 자력으로는 아무것도 하지 못하는 무능한 놈에게 인정을 베풀 만큼 노친네는 호락호락하지 않았다. 그러니 동훈의 입장에서는 노친네 옆에서 자기가 잘 모르는 일들을 처리하는 내가 상당히 고깝게 보였을 것이다.

◆　◆　◆

　어느 월요일 오후였다. 노친네가 나를 불러 파일을 하나 건넸다. 파일 안에는 30대 중반으로 보이는 여자의 사진과 신상이 있었다. 그 여자를 찾아달라고 했다. 신 회장은 도쿄에 출장을 갔다가 일주일 후에 돌아올 테니 그때 다시 보자고 했다. 사실 나는 그보다 더 희한한 비공식적인 일들을 처리한 적도 많았다. 그러나 노친네가 여자와 관계된 일을 내게 부탁한 것은 처음이었다. 솔직히 민망했다. 딸뻘 되는, 아니 조선시대였으면 손녀뻘 되는 여자를 찾아달라고 하는 노친네의 표정은 아주 당당했다. 노친네의 내공은 일반인들과는 차원이 달랐다. 물론 노친네의 여자 문제가 깨끗할 거라고 생각해본 적은 한 번도 없었다. 그 정도의 돈과 권력이 있고, 가질 것 다 가진 사람이 설마 데리고 노는 젊은 여자 하나 없을까? 남녀관계는 내가 상관할 바가 아니었다. 더군다나 내 고용주의 사생활이었다. 나는 그저 그가 부탁한 사안을 신속하게 처리해주면 그만이었다. 막대한 자금으로 못 찾을 사람은 이 세상에 존재하지 않았다. 여자 하나 찾는 것은 일도 아니었다. 단지 시간이 좀 걸릴 뿐이었다.

◆　◆　◆

에스프레소를 한 모금 정도 마셨을 때 주머니에서 전화가 진동했다. 분수광장에 도착했다는 문자메시지였다. 나는 커피숍 2층에서 창밖을 내려다보며 그를 찾았다. 처음에는 그를 못 알아봤다. 마지막으로 봤을 때보다 머리가 훨씬 길어서 여자인 줄 알았다. 그런 식으로 눈에 띄는 게 마음에 좀 걸렸지만, 어차피 요즘 애들은 헤어스타일이 가지각색이라 크게 신경 쓰지 않았다. 통화가 연결되자 나는 광장 벤치 옆에 있는 작은 배낭 안에 계약금과 자료가 있다고 말했다. 그는 자연스럽고도 민첩하게 배낭을 집어 둘러멨다. 그런 그를 수상하게 보는 사람은 아무도 없었다. 우리의 시스템은 늘 이런 식으로 돌아갔다. 그들은 나를 보지도 알지도 못했고, 나는 그들을 눈으로 확인하고 일을 맡겼다. 거래는 항상 현찰로, 공공장소에서 이뤄졌다. 그게 서로 편했다. 얼마나 걸릴지 그에게 물었다. 그는 일주일이면 충분하니 그때 다시 연락하겠다면서 손가락이 하나 모자란 왼손을 흔들며 전화를 끊었다. 그러나 일주일이 지나기 전에 내 앞에 시체가 되어 나타난 꽁지머리는, 내가 의뢰한 여자에 대해 아무 말도 해줄 수 없었다.

4

할머니는 마을의 어른 중에서도 어른이었다. 할머니에게는 특별한 능력이 있었다. 보통 사람들이 모르는 세상을 보고, 듣고, 알수 있었다. 할머니는 스치는 바람과 새소리에서도 답을 얻었다. 특히 여치 소리에서 많은 이야기를 듣곤 했다. 어떨 때는 할머니가 마당 풀잎들 사이에 숨은 여치를 불러내는 것 같기도 했다.

할머니는 하늘, 땅, 산, 바다뿐만 아니라, 자신이 사는 집 구석구석 모든 곳의 기운까지 숭배했다. 할머니는 이 세상에서 인간이 그렇게 대단한 존재가 아니라는 것을 알고 있었다. 그래서 인생의 모든 요소들을 소중히 여겼다. 맛나는 젓갈로 담근 김장에 감사했고, 때 맞은 비에도 기뻐했다. 그런 할머니는 소년에게 삶을 즐기라고 가르쳤다.

할머니 집 뒷마당에는 커다란 뒤주로 가려진 짧은 계단이 있었다. 그 계단을 내려가면 향냄새가 밴 작은 방이 있었고, 그곳에서 할머니는 신을 모셨다. 하루는 갑수가 놀러 왔다가 이 비밀스러운 계단을 발견하고 호기심에 지하실로 내려갔다가 벽에 그려진 부리부리한 눈의 신들을 보고 기겁하며 뛰쳐나왔다. 마당으로 올라온 갑수는 마루에 앉은 소복 차림의 할머니를 보고 또 한 번 놀라 비명을 질렀다. 그런 갑수를 보고 소년은 바닥을 구르며 한참을 웃었다. 갑수는 할머니를 무서워했지만, 할머니는 갑수를 심성이 맑고 착한 아이라며 귀여워하셨다. 그리고 어떤 이유에서인지 할머니는 늘 소년에게 갑수를 잘 보살피라고 당부했다.

사람들은 고민이나 근심이 생기면 할머니를 찾았다. 할머니는 그들의 물음에 답해주면서 함께 울고 웃었다. 할머니는 사당에 모신 신들이나 석상 앞에서 기도를 드렸고, 오래된 거북이 뱃가죽에 향을 꽂아 태워서 가죽이 갈라지는 모양으로 점을 쳤다. 사람들의 꿈을 해몽해주었고, 자신이 예지몽을 꾸기도 했다. 오른손에 펼쳐 쥔 무선巫扇과 왼손에 든 방울 뭉치를 흔들며 입으로 희한한 바람 소리를 내면, 할머니는 이미 다른 세계로 가 있었다. 그런 상태에서 점을 치는 할머니의 입에서는 일관되게 아랫사람을 대하는 반말이 나왔다. 마을의 해녀가 와도, 부대의 대령이 와도 마찬가지였다. 그리고 같은 말을 다시 되묻는 이에게는 호통을 쳤다.

평소에는 인자하고 너그러운 할머니도 소년의 철없는 거짓말만은 용납하지 않았다. 그럴 때면 싸리나무 회초리로 소년의 종아리를 인정사정없이 쳤다. 간혹 매를 맞다가 소년이 소리 내어 울면, 할머니는 울음을 그칠 때까지 더 세게 때렸다. 질질 짜는 사내새끼는 아무 데도 쓰지 못한다고 야단을 치면서. 그렇게 할머니에게 맞은 날에는 집안일을 돕는 박씨 아줌마가 소년의 상처에 약을 발라줬다.

세월이 흘러 어른이 된 소년은 그때를 돌이켜보며 이런 생각을 했다. 그 시절 마을 사람들은 답답함을 호소할 때, 할머니가 그들이 보지 못하는 미래를 알려준다고 생각했다. 그러나 할머니는 단순히 그들에게 미래를 알려준 게 아니라 희망을 심어준 것이었다. 그들이 간절히 찾고 있는 내일의 희망을. 어쩌면 할머니의 존재 자체가 그들에게는 희망이었을 수도 있다. 어쩌면 그들에게 희망에 대한 확신을 심어주기 위해 할머니는 일부러 더 무섭게 굴었던 게 아닐까? 그리고 같은 이유로 소년에게도 매서운 회초리를 들었던 게 아닐까?

그렇게 무서운 호랑이 할머니도 날이 지나면 잘못을 뉘우친 소년을 용서해주었다. 그리고 소년에게 옛날이야기를 들려줬다. 살아 있는 이야기보따리처럼 할머니의 입에서는 어디서도 들어보지 못한 새로운 이야기들이 흘러나왔다.

잠을 이룰 수 없는 더운 여름밤이면 소년은 마루에 누워 참외를 먹으며 할머니의 이야기에 흠뻑 빠져들곤 했다. 동굴에서 쑥과 마늘만 먹은 곰이 고생 끝에 예쁜 여자가 된 이야기, 날개 달린 천하장사를 역적으로 몰아 죽인 나쁜 관리들 이야기, 여자들을 능욕한 지주에게 복수하는 한 맺힌 귀신들 이야기, 왜구가 무서워 도망친 왕을 대신해 바다에 거북선을 띄워 나라를 구하고 영예롭게 자살을 택한 장군의 이야기, 소작인들의 억울함이 흔들리는 대나무에서 들리고 그들의 피눈물이 장맛비로 내리는 이야기, 세상의 문물을 받아들여 백성들을 위한 나라를 만들려 한 왕을 독살한 조정 대신들 이야기, 나라를 침략한 일본의 왕에게 폭탄을 던진 남자의 이야기……. 할머니에게 무궁무진한 이야기들을 들을 때면 소년은, 아주 먼 곳으로 여행을 간 것처럼 가슴이 들뜨곤 했다.

할머니의 집에서 넘쳐나는 것은 이야기뿐이 아니었다. 굶을 팔자는 아니었는지, 사당에 신을 모시고 제를 올리는 집에는 먹을 것이 항상 넘쳐났다. 박씨 아줌마의 음식 솜씨 역시 훌륭했다. 소년은 박씨 아줌마의 음식 때문에 귀신들도 할머니의 집을 찾아온 다고 믿었다.

사람들은 할머니에게 복채 외에도 먹을 것을 많이 들고 왔다. 말린 어물, 산에서 캔 나물, 밭에서 딴 과일, 그리고 그들이 직접 찐 떡과 빚은 술을 아끼지 않고 갖고 왔다. 근방 부대에서 진급 여부가 궁금해 점을 치러 온 장교들도 PX에서 구한 초콜릿과 맥주를 들고 왔다. 그래도 소년이 제일 좋아하는 음식은 고기였다. 특별한 날이나, 보름장날에는 소나 돼지를 잡아 마을 전체가 잔치를 벌였다.

보름장은 이름과 달리 보름마다 열리는 장이 아니었다. 대략 한 달에 한 번꼴로 열렸는데, 매월 보름 즈음에 열려 '보름장'이라고 불렸다. 보름장은 군인들의 허가를 받아 외지에서 구해온 물품들을 거래하는 장터였다. 마을 주민들끼리 상거래도 이루어졌지만, 바깥세상에서 구해온 물건들을 구입하는 거래가 대부분이었다. 그런 장터가 있어 사람들은 바닷가의 작은 마을에서도 큰 불편 없이 살 수 있었다.

장날이 되면 마을 전체가 명랑해졌다. 소년도 할머니를 따라 빠지지 않고 장터 구경을 갔다. 어른들은 주로 새로 들어온 물건을 찾느라 바빴지만 소년의 관심사는 다른 곳에 있었다.

"야! 싸카스다!"

그날도 오후가 되자 어김없이 누군가가 큰 소리로 외쳤다. 요란한 북소리와 나팔소리가 들려오자 소년과 갑수는 사람들과 함께 소리가 들리는 쪽으로 뛰어갔다. 보름장이 설 때마다 소년이 어김없이 할머니를 따라나서는 이유는 바로 서커스 때문이었다. 어떤 의미에서는 보름장이 서커스였다. 장날은 타지를 순회하고 돌아온 서커스단이 마을 공연을 하는 날이었다.

풍각쟁이들을 앞장세워 서커스 단원들이 장터를 휘저었다. 번쩍이는 옷을 입은 꺽다리가 모여드는 사람들의 이름을 하나하나 읊어대면 군중들은 감탄하며 환호했다. 소문에 의하면 꺽다리는 천자문을 거꾸로 외우는 기억술사라 한 번 보고 들은 것은 절대로 잊지 않는다고 했다.

소년과 갑수는 사람들과 함께 새끼줄에 묶인 울긋불긋한 작은 깃발을 따라 백사장으로 갔다. 그곳에는 서커스단의 천막이 쳐져 있었고, 해가 저물면 시작될 공연을 보기 위해 관객들이 이미 삼삼오오 모여 있었다.

천막 안에서는 현실과 마술의 구분이 사라졌고 잠보다 긴 꿈이 이뤄졌다.

'홍콩펀치'라고 불리는 거인이 늘 첫 무대를 열었다. 소년은 그가 왜 그런 별명을 갖게 됐는지 몰랐지만, 그가 홍콩 사람이 아니라는 것은 알고 있었다. 입에서 불을 뿜으며 등장한 홍콩펀치는 바윗돌만 한 가슴 두 짝을 씰룩씰룩 움직이면서, 이마로 벽돌을 박살 내고, 강철봉을 부러뜨리고, 입에 문 밧줄로 무거운 수레를 끌고, 이빨로 굵은 나무 몽둥이를 옥수수 먹듯 갈아 두 동강을 내는 엽기적인 차력借力을 선보였다. 홍콩펀치가 엄청난 괴력으로 관객들을 압도한 뒤에는 다양한 레퍼토리가 이어졌다.

외바퀴 자전거로 밧줄을 타면서 크고 작은 칼들을 기가 막히게 던지는 까꾸의 곡예를 볼 때마다 소년은 긴장했다. 혹시 실수를 하면 어쩌나. 그러나 까꾸의 현란한 기술은 언제나 완벽했고, 숨을 죽이고 지켜보던 사람들은 그에게 우레 같은 박수를 보냈다.

소년은 단원들 중에서 복순이에게 눈길이 제일 많이 갔다. 화려한 의상을 입은 복순이는 공중곡예를 하면서 구슬픈 노래를 불렀다. 그녀의 목소리는 듣는 이의 가슴속 깊은 곳을 어루만졌다. 짙게 화장한 복순이가 지나갈 때 풍기는 야릇한 분 냄새는 소년의 몸을 나른하게 풀어버리곤 했다.

동물들도 단원들 못지않게 뛰어났다. 어지간한 사람보다도 영특하고 다재다능한 원숭이와 외국어까지 능통한 괴팍한 앵무새는 모두에게 사랑받았다.

하지만 최고의 인기스타는 단연 서커스단의 단장 난쟁이 문씨였다. 난쟁이 문씨는 커다란 오동나무 궤 위에 서서 청중을 사로잡는 굵직한 목소리로 공연을 진행했고, 꺽다리와 만담을 하기도 했다. 두 사람의 만담에 어른들이 배를 잡고 웃었지만 소년은 그

다지 흥미를 느끼지 못했다. 그들이 던지는 농담을 알아듣지 못해서 지루하기도 했지만, 소년은 말로 웃음을 주는 것보다는, 역동적으로 보여주는 연기가 훨씬 더 재미있었다. 그래서 소년은 서커스 공연의 피날레인 연극 〈난쟁이를 사랑한 공주〉가 항상 기다려졌다.

옛날 옛적에 평생 한 번도 웃지 않은 공주가 있었다. 어느 날 그녀는 거리에서 공연하는 난쟁이 광대를 우연히 보고 웃게 된다. 그 후로 난쟁이는 공주의 전속 광대가 되어 궁궐에서 살게 된다. 그러다 난쟁이는 공주에게 연정을 느끼게 되고, 사랑에 눈이 먼 그는 신분을 망각한 채 공주에게 자신의 마음을 고백하고 만다. 난쟁이의 고백에 공주는 깔깔대며 한참을 웃다가 난쟁이를 처형시킨다. 그 후 공주는 다시 예전으로 돌아가 웃음이 없는 여자가 된다.

난쟁이 문씨와 복순이가 주인공인 연극의 내용은 단순했지만 제목은 심오했다. '공주를 사랑한 난쟁이'가 아닌 '난쟁이를 사랑한 공주'. 소년이 생각하기에는 참 이상한 제목이었지만 소년은 이 연극을 누구보다 좋아했다. 희극으로 시작해서 비극으로 끝나는 이 연극은 눈물 없이는 볼 수 없었다. 이야기의 결말을 이미 알고 있는 사람들도 볼 때마다 웃고 울었다. 이는 모두 그 기구하고 슬픈 연극을 직접 쓰고, 훌륭하게 연기해내는 난쟁이 문씨 때문이었다. 특히 난쟁이가 익살스러운 몸짓으로 방귀를 뀌어 그의 바지 엉덩이에 묻었던 흰 분필 가루가 사방으로 날리는 장면에서는 관객들이 폭소를 터트렸다. 그리고 술에 취한 난쟁이가 공주에게 사랑을 고백하는 장면에서는 천막 안이 눈물바다가 되곤 했다. 이 장면을 볼 때면 소년도 왠지 모르게 슬퍼서 어른들과 함께 훌쩍였다. 그러면서 소년은 알게 됐다. 슬픔에는 후련함도 있다는 사실을.

소년이 이해할 수 없는 것이 하나 더 있었다. 연극의 끝에 죽은 난쟁이가 이생에서 못 이룬 사랑의 독백을 하며 공중으로 서서히 떠오르는 장면을 보면서도 눈물 한 방울 흘리지 않고 박수도 치지 않는 이들이 있었다. 인근 부대의 장교들과 연구소 직원들이었다. 그들은 마치 감정이 없는 사람들 같았다. 타지에서 온 그들은 자리에서 일어나 넋을 잃고 난쟁이 문씨를 쳐다봤다. 처음에는 그저 그들이 난쟁이 문씨의 연기에 감탄하는 줄로만 알았다. 그런데 그게 아니었다. 그들은 공중부양을 하는 사람을 처음 보는 것이었다. 그들만 그런 게 아니었다. 언젠가 공연을 보러 왔던 검은색 안경을 낀 젊은 대령도, 검정 양복의 남자들과 함께 왔던 코쟁이 미국 사람들도, 다들 그 장면에서 같은 반응을 보였다. 그들은 믿을 수 없다는 표정으로 사진을 찍어댔고, 영화카메라로 공중에 떠 있는 난쟁이 문씨를 촬영해 가기도 했다. 소년의 눈에는 그들이 참 이상해 보였다.

소년이 보기에 타지에서 온 그들은 연극을 제대로 볼 줄 몰랐다. 그 연극의 재미는 난쟁이 문씨의 탁월한 연기와 잘 짜인 대본에 있는 것이지, 공중으로 날아오르는 곡예에 있는 게 아니었다. 사실 마을에는 공중부양을 하는 사람들이 꽤 있어서, 마을 사람들에게는 특별할 게 없었다. 물론 마을 사람 누구나 부릴 수 있는 재주는 아니었지만, 그렇다고 아주 희귀한 현상도 아니었다. 그러니 실성한 사람처럼 입을 벌리고 공중에 떠 있는 난쟁이 문씨를 쳐다보는 타지 사람들이 소년에게는 한심해 보일 수밖에 없었다.

난쟁이 문씨를 공중으로 뜨게 한 것은 속임수나 마술이 아니었다. 무대 뒤에 숨은 꺽다리였다. 꺽다리는 손을 대지 않고도 사물을 움직일 수 있었다. 마을에는 꺽다리 같은 능력을 가진 사람들이 몇 있었다. 어떤 이는 손을 대지 않고 노려보기만 해도 구리 수저를 엿가락처럼 휘게 했고, 또 어떤 이는 짧은 시간이지만 자기 몸을 부양하기도 했다. 마을에서는 그런 보이지 않는 힘을 가진 사람, 알 수 없는 '기운'이 센 그들을 '역싸'力士라 불렀다. 역싸들은 서커스 단원이 될 수 있었고, 연구소의 허가를 받고 바깥세상으로 나갈 수도 있었다. 그러나 대부분은 마을에서 고기를 잡으며 조용히 살았다.

어느 여름 장마 때, 폭우로 떠내려가는 고기잡이배를 잡기 위해 바다 위를 뛰어가 배를 다시 해안으로 끌고 왔다는 꺽다리의 무용담은 마을 사람들이 다 아는 유명한 이야기였다. 옛날부터 그런 일들은 종종 있었고, 또 그런 이야기들은 모두 구전으로 전해 내려와 어린아이들까지 다 알고 있었다.

공연의 뒤풀이는 늘 바닷가에서 열렸다. 모래사장에 모닥불을 피우고 그날 잡은 돼지나 소를 구웠다. 마을에서 가져온 술을 모두 함께 나눠 마시며 취해갔다. 서커스 단원들이 들려주는 바깥세상 이야기는 그들의 공연 못지않게 신기하고 흥미진진했다. 그러다 다들 취기가 오르면, 술에 취한 난쟁이 문씨는 소년에게 미리 부탁했던 약초를 담배 종이에 말아 피우고는 온갖 익살스러운 표정을 지으며 독특한 춤을 췄다. 그러면 다른 단원들도 질세라 각자의 장기를 선보였다.

평소에는 무표정한 할머니도 서커스 공연과 뒤풀이에서는 큰 소리로 웃으며 잔치를 즐겼다. 할머니는 많은 이들을 명랑하게 해 주는 일은 훌륭한 일이고, 언젠가는 이런 재주꾼들이 총칼을 든 군인들보다 대접받는 세상이 올 것이라고 소년에게 가르쳐주었다.

사람들은 모두 박수를 치며 목청 높여 노래를 불렀다. 바이올린과 하모니카가 어우러진 가락이 멋지게 울려 퍼졌다.

가르딩 오르딩 유르벤나 유르쓰
닝공즈 닝공즈 링규싸

서커스 단원들의 단가였다. 가사의 뜻은 아무도 몰랐다. 마을 사람들뿐만 아니라 그 노래를 입에 달고 사는 단원들도 몰랐다. 하지만 흥에 겨워 춤을 추며 부르기에 딱 좋은 노래였다. 그렇게 그들은 남녀노소 없이 잠을 잊고 같은 꿈을 꾸며 새벽녘까지 흥겹게 놀았다. 모두가 제정신이 아닌 광란의 잔치를 보면서 소년은 알 수 있었다. 사람들은 함께 해를 보며 낮을 보낼 때보다, 함께 달을 보며 밤을 지새울 때 훨씬 더 가까워진다는 것을.

눈을 떠보니 월요일 새벽이었다. 일요일 하루를 꼬박 잤다.

상쾌한 아침이었다. 세상은 변함없이 돌아가고 있었고, 주말에 있었던 일들을 다 잊어버리고 평소처럼 출근했다. 로비에서 안내 데스크의 예쁜 언니들과 기분 좋게 인사를 나누고, 출입카드가 든 지갑을 출입구에 갖다 대고 통과해, 엘리베이터를 기다리고 있었다. 그때 정문 근처에서 경비들과 노닥거리던 남자 둘이 나를 힐 끗힐끗 보며 걸어왔다.

두 남자 중 스포츠머리의 남자가 내게 경찰 신분증을 슬쩍 보여 주며 잠깐 얘기를 하자고 했다. 아니 그가 쓴 정확한 표현은 '커피 한잔 마시자'였다. 조짐이 좋지 않았다. 사복형사들이 나와 차를 마시고 싶어 하다니.

나는 직원들이 많은 로비에서 시선을 끌고 싶지 않아 그들을 따라 밖으로 나갔다. 도대체 무슨 일이냐고 묻자, 이번에는 짜리몽땅한 체구에 안경을 쓴 형사가 답했다. 사람 하나가 며칠째 실종인데 그 남자의 통화 기록에 내 번호가 있다고 했다. 그 사람이 누구냐고 나는 태연하게 물었고, 형사들이 답한 이름에 고개를 가우뚱했지만 나는 알고 있었다. 그들이 말하는 사람이 꽁지머리라는 것을.

무조건 침착해야 한다. 내 안의 목소리가 속삭였다. 조금이라도 당황하는 기색을 보이면 안 될 것 같았다. 분위기로 봐서는 커피 타임이 아니라 연행에 가까웠다.

"변호사와 동행하시겠습니까?"

"예?! 변호사는 무슨…… 아니 제가 어딜 가야 되나요?"

"아, 예…… 근처 커피숍에서 해도 되지만, 너무 번거롭지 않으면 서로 가셨으면 해서요. 아무래도 내용이 좀 그래서……."

짜리몽땅은 나를 떠보고 있었다. 두 짭새가 내 표정을 읽는 게 느껴졌다. 나는 미소를 지으며 답했다.

"아니 무슨 일인지 먼저 얘기를 하셔야 협조를 할 거 아닙니까?"

이것들이 갖고 있는 히든카드가 통화 기록 말고 다른 무언가가 있는 게 분명했다. 대기업 간부를 아침부터 찾아와 자신 있게 조사를 하겠다는 것을 보면.

"아, 실은 그…… 실종된 남자, 그 사람 자동차가 어제 발견됐는데…… 거기에 선생님과 관련된 물건이 있어서 저희도 조사를 하는 겁니다."

"예? 그게 무슨……."

나는 금시초문이라는 듯 말끝을 흐렸다.

"자세한 건 가서 말씀드리겠습니다. 괜찮으시죠?"

"그럽시다. 오래 걸리지 않는다면, 가죠."

나 역시 궁금하다는 표정으로 끄덕였다. 스포츠머리와 짜리몽 땅은 확실히 내 연기에 말려들고 있었다. 내 머릿속의 CPU는 빠르게 돌아갔다. 최악의 시나리오는 뭘까? 설사 일요일에 하루 종 일 내린 비로 떠내려온 시체를 경찰들이 발견했다 하더라도, 그들이 내게 할 수 있는 조사는 한정적이었다. 그리고 무엇보다 이 일에는 동훈이 엮여 있었다. 아니 노친네한테까지 번질 수 있는 일이었다. 괜히 긁어 부스럼을 만들 필요가 없다고 판단한 나는 그들의 차를 타고 경찰서로 갔다.

경찰서에 도착하자마자 나는 형사들에게 업무상 간단한 통화를 하고 들어가겠다고 한 뒤 화장실로 들어가 전화를 걸었다. 동훈의 비서는 동훈이 회의 중이라고 했다. 나는 전화를 끊고 생각을 정 리하기 위해 물을 틀고 손을 씻었다. 화장실에는 까치발로 혼자 소변을 보는 어린아이 외에는 아무도 없었다.

세면대 거울을 보며 나는 머리를 굴렸다. 경찰에 널린 게 우리 회사 돈을 먹은 놈들이었다. 이 경찰서에도 회사에서 관리하는 놈들이 분명히 한둘쯤 있을 것이다. 내가 충분히 처리할 수 있는 상황이었다. 순간 뭔가가 옆에서 느껴졌다.

꼬마가 커다란 두 눈으로 나를 올려다보고 있었다. 다섯 살 정 도 돼 보이는 왕눈이는 소변은 혼자서 해결했지만, 높은 세면대 에서 손을 씻기에는 키가 턱없이 모자랐다. 우리 둘은 잠시 서로를 말없이 쳐다봤다. 그러다 나는 왕눈이를 들어 올려 세면대에서 손을 씻게 도와줬다. 그건 내 인생에서 처음으로 아이를 들어본 경험이었다. 묘했다. 드라이어에 손을 말린 후 아이를 데리고 화장실 밖으로 나오자 아이 엄마로 보이는 젊은 여자가 웃으며 내게 목례를 했다. 여자는 썩 매력이 있었다. 얼핏 봐도 성형으로 대량 복제된 얼굴은 아니었고, 잘 관리한 몸매를 보니 돈도 좀 있는 듯했다. 제대로 된 옷을 천박하지 않게 차려입은 폼이 정규교육을 받은 여자 같았다. 그러나 어딘지 모르게 어색했다. 딱 집어 말할 수는 없지만 어딘가 부자연스럽게 느껴졌다. 당시에는 왜 그런지 몰랐고 그런 걸 생각할 겨를도 없었다.

스포츠머리가 키보드를 치며 절차상 내게 이름과 생년월일을 묻더니 주민등록증을 보여달라고 했다. 그때 이상한 생각이 머리를 스쳤다. 꽁지머리의 SUV 안에는 내 지문이 널려 있었을 것이다. 일제 식민지에 뿌리를 두고 있는 이 나라의 주민등록제도는 온 국민을 범죄자처럼 관리한다. 성인이 되면 발급되는 주민등록증에는 지문 날인을 해야 하고, 국가는 우리 모두의 지문을 갖고 있다. 그러나 그 짧은 시간에 경찰에서 지문을 채취하고 검색해서 일치하는 내 지문을 찾아내지는 못했을 것이다. 경찰들은 무능하고 게으르다. 그럼 이것들이 그 차 안에서 발견한 '나와 관련된 물건'이라는 게 도대체 뭐란 말인가?

뒷주머니에서 지갑을 꺼내려는데…… 없었다. 분명히 출근할 때까지만 해도 있던 지갑이 없었다. 그 여자가 틀림없었다. 아까 그 왕눈이의 엄마. 나는 형사들에게 화장실에 지갑을 떨어트린 것 같으니 금방 찾아오겠다고 둘러대고 조사실을 나왔다.

경찰서 건물에서 나와 빽빽한 주차장을 둘러봤다. 지은 지 오래된 경찰서에 차를 갖고 가본 사람들은 겪어봤을 것이다. 그곳을 빠져나오는 건 매진된 프로야구 경기가 끝난 후에 주차장을 빠져나오는 것보다 어렵다는 것을. 순간 정문을 향해 서행하는 렉서스 GS가 보였다. 그 여자였다. 열을 받을 대로 받은 나는 렉서스를 향해 돌진했다.

내가 달려가 운전석 차창을 두드리자 여자는 기겁하며 창문을 내렸다. 얼굴이 사색이 된 그녀는 허겁지겁 내 지갑을 찾아 내밀며 항복이라도 하듯이 두 손을 들어 올렸다.

"안 썼어요. 아니 그러니까…… 돈 그대로 있어요……."

나는 지갑을 낚아채며 그녀를 노려봤다. 뭐 이런 게 다 있어? 멀쩡하게 생긴 여자가 그것도 애까지 데리고 뭔 짓거리를 하고 다니는 건지. 진짜 왕눈이만 없었으면 험하게 나갈 뻔했다.

"이런! 씨……. 거, 잘못했다는 말부터 해야 되는 거 아니요?!"

얼마 떨어져 있지 않은 주차장 정문의 보초가 우리를 힐끗 쳐다봤다. 나는 뒷좌석 문을 열고 그녀의 차에 올라탔다. 조수석에는 왕눈이가 타고 있었다. 유아시트도 없이 어린애를 앞자리에 태우다니. 완전히 개판이었다.

"죄…… 죄송해요. 정말 죄송해요. 저…… 나쁜 사람 아니에요. 근데, 어쩌시려고……?"

"나도 나쁜 사람 아니에요. 아줌마 신고 안 할 테니까 신도그룹 본사까지만 태워다 줘요. 여기 택시도 안 잡히는데."

"예?!"

"아님 나랑 경찰서 들어가서 아줌마 손버릇에 대해 얘기할까요?"

"아니……."

"빨리 갑시다."

경찰서 입구에는 조사실에서 나온 짜리몽땅이 주차장을 두리번거리며 나를 찾고 있었다. 그러나 내가 탄 왕눈이 엄마의 렉서스는 이미 정문을 지나 대로로 진입하고 있었다.

휴대전화가 진동했다. 동훈이었다. 나는 아침에 일이 생겨서 잠깐 나왔다 들어가는 중이라고 모호하게 말했다. 동훈이 긴장하는 게 느껴졌다. 내가 동훈과 통화하는 것을 왕눈이 엄마는 귀를 쫑긋 세우고 엿듣고 있었다. 나는 5분 내로 본사에 도착한다고 말하고 전화를 끊었다.

"어쩐지…… 비싼 양복을 입고 계시더라."

"그래서 털었어요? 생리 중인가?"

"예?!"

"상습범이죠? 보니까 하루 이틀 닦은 실력이 아닌데."

"……."

"오늘 운 좋은 줄 아세요."

잠시 후 본사 건물이 보였다. 휴대전화가 다시 진동했다. 앞자리를 보니 회사 번호였다. 전화를 받자 부산 억양을 심하게 쓰는 남자가 말했다.

"변호사님 안녕하세요. 저는 우리 신동훈 전무님 일 도와드리는 양민섭이라고 합니다. 말씀 많이 들었는데 오늘 처음 인사드립니다. 제가…… 아, 저기 보이네요…… 저기 저, 은색 렉서스! 아, 저 보이세요?"

"아, 예…… 손 흔들고 계시는 분. 예, 보입니다."

본사 앞에는 멧돼지 같은 체구의 인심 좋게 생긴 남자가 내가 탄 차를 향해 손을 흔들고 있었다. 그의 옆에는 떡대 좋은 검은 양복 사내 둘이 함께 서 있었다. 나는 전화를 끊고 그들을 가리키며 차를 세워달라고 했다. 왕눈이 엄마가 속도를 줄이며 갓길로 차를 붙이려는데, 이상한 일이 벌어졌다.

앞자리에 조용히 앉아 있던 왕눈이가 갑자기 귀가 찢어질 듯한 비명을 지르며 몸부림쳤다. 생존의 위협을 느낀 듯한 발악이었다. 이제까지 인형처럼 눈만 크게 뜬 채 가만히 있던 아이가 왜 저러는 걸까? 왕눈이의 시선은 양민섭을 향해 있었다. 왕눈이 엄마는 아이를 제어하기는커녕 오히려 나보다 더 당황한 듯했다.

"아, 애 좀 어떻게 해봐요!"

그런데…… 부산멧돼지 양민섭은 내가 은색 렉서스를 타고 오는 걸 어떻게 알았을까? 소름이 돋았다. 나는 동훈과의 통화에서 내가 무슨 차를 타고 간다는 얘기는 고사하고, 내가 경찰서에 갔었다는 얘기도 하지 않았다. 그런데 어떻게? 느낌이 좋지 않았다. 뭔가에 말리고 있었다. 내 안의 목소리가 고함쳤다.

"그냥 가!"

다급한 마음에 그녀에게 소리를 질렀다.

"밟으라고!"

아이가 흥분해 비명을 지르고 있는데 나까지 소리를 지르자 그녀는 얼이 빠진 표정이었다.

"세우지 말고 그냥 가라구요! 안 그럼 아줌마 경찰한테 넘길 거야!"

우리가 탄 차는 본사 앞을 지나쳐 계속 달렸다. 부산멧돼지로부터 다시 전화가 걸려왔지만 나는 무시했다. 왕눈이 엄마는 운전하느라 속수무책이어서 괴성을 질러대는 아이를 진정시키기 위해 나는 별별 짓을 다 했다. 나는 원래 시끄러운 건 견디지 못하는 체질이었다. 다행히 얼마 지나지 않아 왕눈이는 조용해졌다.

"아줌마 뭐 하는 사람이야? 자기 애가 저렇게 난린데. 뭐 하는 거요?"

"지갑도 돌려줬는데 왜 날 계속 부려먹어요?"

"참, 나…… 방금 저 사람 아는 사람이에요? 왜 저 사람을 보자마자 애가 난리냐고?"

"아저씨 마중 나온 사람이잖아요!"

"……."

"그리고 아줌마 아니에요. 이제 막 서른이거든요."

"아, 서른이든 마흔이든 관심 없어요."

"그리고 이 아이, 제 아이 아니에요."

"뭐라고? 뭐 그건…… 내가 알 바 아니고. 아줌마 직업이 뭐야?"

"……."

"없구만. 애 데리고 다니면서 남의 돈이나 훔치고. 잘한다……. 잠깐, 지금 어디로 가는 거야?"

날 선 대화를 주고받는 동안 어느새 차는 어느 조용한 주택가로 접어들고 있었다.

"우리 집이요."

"에?"

"아저씨는 택시를 타고 가시든지 어쩌든지 마음대로 하세요."

"나 같으면 안 그러겠어요."

"뭐라고요?"

"저 아이, 아까 그 사람이랑 무슨 관계 있어요?"

여자의 표정을 보니 정말로 모르는 것 같았다. 그녀의 두 눈은 두려움에 떨고 있었다.

"이봐요, 아줌마…… 아니, 아가씨. 저기, 지금…… 우리 얘길 좀 해야 할 것 같은데…….

"내리세요. 안 그럼 내가 부를 거예요, 경찰."

"이봐요. 협박은 사람 봐가면서 하세요."

"……."

"내 말 잘 들어요. 아가씨, 저기 방범경비대에서 검은색 양복 입은 유도대학 덩어리들 얼쩡거리는 거 보이죠? 저기…… 딱 봐도 얌전한 애들 아니죠? 내가 장담할게요. 내가 덩어리들을 부려봐서 아는데 쟤들 무식한 애들이에요. 그리고…… 얼마 안 있으면 조금 전에 꼬마가 보고 겁에 질려 울었던 그 돼지 새끼도 나타날 겁니다. 내가 왜 이런 얘길 하냐구요? 저기요, 지금 아가씨가 생각하는 것보다 훨씬 복잡하고 위험한 일에 엮였어요. 우리 둘 다."

내가 가리키는 곳을 본 그녀는 조용해졌다. 공포의 침묵이었다.

"어떡할래요? 집으로 들어갈래요? 아니면 나랑 조금 더 대화를 할래요? 마음대로 해요."

　잠시 내 얼굴을 뚫어져라 쳐다보던 그녀는 한숨을 내쉬며 다시
시동을 걸었다. 의외로 말귀를 잘 알아먹는 여자였다.

마을 뒷산 깊은 곳에는 벽이 있었다. 어른 키 높이의 회색 벽은 철조망 넝쿨로 덮여 있었다. 산줄기를 타고 길게 늘어진 그 벽을 따라가면 평야가 나왔다. 평야에는 마을을 관리하는 연구소가 있었고, 그 옆에는 서커스단의 숙소가 있었다.

소년과 갑수는 지도를 그리기 위해 뒷산을 돌아다니다 그 평야를 발견했다. 그곳은 아이들이 들어가면 안 되는 '위험지역'이었다. 아이들은 학교에서 월요조회 때마다 귀가 따갑게 '위험지역'에 대한 주의를 들어왔다. 그래서 소년은 잊지 않고 고지식한 갑수를 단속했다. 갑수는 학교에 제출하는 일기에 그들이 간 곳과 본 것들에 대해 미주알고주알 다 쓸 친구였기 때문이다. 그렇다고 갑수가 비밀을 못 지키는 아이는 아니었다. 갑수는 입이 무겁고 의리가 있는 친구였다.

숙소 앞에서 빨래를 말리던 단원들은 아이들을 보자 대단한 비밀을 들킨 사람들처럼 당황했다. 그리고 그들은 연구소 쪽을 돌아보며 불안해했다. 다행히 연구소 직원들은 그날따라 아무도 보이지 않았다. 숙소에서 나온 난쟁이 문씨가 상황을 수습했다.

"아야, 언능 들가자. 느그들 여그 서 있어봤자 군인들이 보믄 존 일 없을 거신께."

난쟁이 문씨의 말을 들은 아이들의 입가에 미소가 번졌다.

숙소는 마을의 집들과 달랐다. 숙소는 신식 건물이었지만 연구소처럼 유리창이 없는 건물은 아니었다. 방마다 모두 유리창이 있었고 선풍기가 달려 있었다. 식당에서는 몇몇 단원들이 맥주를 마시며 화투를 치고 있었다. 넓은 식당의 벽에는 붓글씨체로 '불가능이란 없다'라고 새긴 목판이 붙어 있었고, 그 밑에는 공연 때 쓰는 커다란 오동나무 궤가 놓여 있었다. 소년의 눈에는 그 모든 것이 다 근사해 보였다.

쇠붙이 소리가 요란하게 울렸다. 난쟁이 문씨를 찾는 전화였다. 서커스단 숙소에는 바깥세상에서 갖고 온 신기한 물건들이 많았지만, 소년의 마음을 사로잡은 물건은 바로 이 전화였다. 보이지도 않는 어느 먼 곳의 누군가와 대화할 수 있는 기계는 마술처럼 신기했다. 그리고 그 기계를 자유자재로 쓰는 난쟁이 문씨가 대단해 보였다.

"쌍판대기 봄시로 주접떨기는 멋허고, 그타고 혼자 궁상떨기는 애로운 삶들을 위혀 맨들어진 거시 요 전화라는 거셔."

전화에 대해서 난쟁이 문씨는 소년에게 이렇게 설명을 해줬다.

하지만 소년은 그게 무슨 말인지 도무지 알아듣지 못했다. 외로운 사람들이 서로 만나는 것을 왜 불편해한단 말인가?

그날 이후로 소년과 갑수는 난쟁이 문씨의 심부름꾼이 되어 숙소를 자유롭게 드나들 수 있었다. 심부름은 주로 마을에서 자잘한 것들을 사 오거나, 난쟁이 문씨가 즐겨 피우는 약초를 캐다 주는 일이었다. 소년과 갑수는 심부름의 대가로 서커스단의 소품들이나 평소에 접할 수 없는 바나나와 사이다 같은 주전부리를 받았다. 결혼을 하지 않은 난쟁이 문씨는 가족이 따로 없었다. 그래서인지 그는 소년과 갑수를 친자식처럼 여기며 늘 자상하게 대해줬다. 난쟁이 문씨는 아이들에게 기차, 비행기, 코끼리, 남대문, 한강철교 등의 사진들을 보여주며 도시의 이야기를 들려주기도 하고, 소년과 갑수의 사진을 직접 찍어주기도 했다.

어떤 단원들은 지도 그리는 일을 도와주었다. 그들 중에는 회색 벽 너머 산골짜기에 대해 자세히 아는 이들이 많았다. 나이가 많은 단원들은 벽이 만들어지기 전에 직접 가봤던 곳들을 또렷이 기억하고 있어서 아이들이 지도를 완성하는 데 큰 도움이 됐다.

◆　◆　◆

"음마! 니 쩌거 보이냐?"

소년이 하늘 어딘가를 가리키며 외치자, 색분필로 회색 벽에 그림을 그리던 갑수가 하늘을 쳐다보며 물었다.

"머시?"

"문씨 아자씨 말 맹키로 코끼리가 겁나게 헤엄을 잘 치는구마잉."

"아, 워디? 난 안 보이는디……."

난쟁이 문씨가 즐겨 피우는 것은 엽연초가 아니었다. 냄새부터 달랐다. 하얀색 작은 꽃이 피는 쑥 비슷한 잎을 가진 약초는 뒷산 음지 몇몇 곳에서만 찾을 수 있었다. 그 약초를 캐던 소년은 궁금해졌다. 과연 무슨 맛일까? 그래서 소년은 종이에 아까다마(양담배 '럭키스트라이크'를 말한다)를 잘 섞어 말아 피워보기로 했다. 어깨너머로 난쟁이 문씨가 하는 것을 여러 차례 눈여겨봐두어서 얼추 비슷하게 따라 할 수 있었다. 그리고 가져온 성냥으로 불을 붙여 연기를 깊이 들이마셨다. 매운 연기가 가슴속으로 넘어오면서 목이 칼칼해져 캑캑거리며 연거푸 기침을 했다. 그러나 약초의 연기를 조금 더 빨아들이자, 소년은 자신도 모르게 웃음이 터져 나오기 시작했다. 세상이 다르게 보였다. 몽롱해진 소년은 몸이 말랑말랑해지는 것을 느끼며, 빨간 나비들이 띄엄띄엄 노니는 풀밭에 벌렁 드러누워버렸다.

그리고 소년은 하늘에 있는 코끼리를 볼 수 있었다.

"쩌기 봐봐야. 구름 사이로 안 움직여브냐. 앗따 니는 그거이 안 보이냐?"

코끼리를 찾지 못해 어리둥절한 표정의 갑수도 소년의 눈에는 너무 우스워 보였다. 초록색 새마을운동 모자를 뒤집어쓴 갑수의 모습이 어설픈 광대 같았다. 약 기운이 오르자, 소년의 입에서는 실없는 소리와 웃음꽃이 연달아 피어났다.

아, 이래서 난쟁이 문씨가 늘 유쾌했구나. 이렇게 좋은 걸 이제야 알다니! 소년은 혼자 피우기 아까워 자신이 피우던 약초 말이를 친구에게 건넸다. 얼마 지나지 않아, 갑수도 두 눈이 풀리면서 하늘을 보고 소리를 질러댔다.

"워매! 이자 보이는구마이! 와~따! 코가 허벌나게 길구마이. 근디, 쩌 코끼리는 워디로 헤엄쳐 간다냐?"

"워딘 워디여. 쩌 하늘나라로 가자네."

"하. 늘. 나라? 하늘나라가 머시여?"

"아, 하늘에 있는 나라가 하늘나라재. 죽으면 다 거기로 가자네. 울 엄니도 거그 계신다드만."

"고것은 천국 아녀?"

"천국은 또 머다? 고것도 하늘에 있는 거시여?"

"사람이 죽으면 가는 곳이 천국이라고. 난 그리 들었는디……."

"그라믄, 천국도 쩌 하늘나라에 있는 거시여?"

"그랄걸……."

둘 다 잠시 고개를 갸우뚱했다. 눈은 풀려 있었지만, 둘의 대화는 진지했다.

"바우야, 난 낸중에 말이여……. 천국의 문지기가 꼭 되고 말 거시여."

"머시? 천국은 디져야 가는 곳 아녀?"

"어채피 사람은 언젱가는 다 디지는 거시여."

갑수의 말이 맞았다. 너무나 당연한 사실이었지만, 소년은 그때까지 단 한 번도 그런 생각을 해본 적이 없었다.

"천국으로 들가는 길에 문이 있는 거시여?"

"아, 거그도 다 벽이 있고, 문이 있재."

마치 천국을 가보기라도 한 사람처럼 갑수는 자신 있게 고개를 끄덕이며 회색 벽에 그려진 그림을 가리켰다. 방금 전까지 갑수가 그린 그림은 대문이었다. 궁궐의 입구처럼 두 개의 문으로 이뤄져 있었고, 양쪽에 쇠 문고리까지 달려 있었다. 갑수의 그림은 사진에서 본 남대문보다 더 근사해 보였다.

"근디…… 거그에 워째서 문지기가 이써?"

"아, 있지 안컸어? 천국에 들갈라는 사람들은 겁나게 많은디. 문을 지키는 사람이 있어야재. 그라고 천국에 들어갈 수 있는 사람들허고, 안 그런 사람들허고 나눠야겄재. 아무나 들갈 수 있는 곳이 아니자네."

나름 일리 있는 말이었다. 왠지 천국은 아무나 드나들 수 있는 곳은 아닐 것 같았다. 그래서 천국에 못 간 귀신들이 할머니네 집에 젯밥을 먹으러 찾아오는 것이라고 소년은 생각했다.

"쩌기 영구소 아자씨들 맹키로……?"

"아니여, 우리 마을 지캐주는 군인 아자씨들 같은 일이랑께."

늠름한 표정으로 갑수가 답했다. 갑수는 천국의 문지기에 대해 이미 많은 고민을 하고 결론을 내린 것 같았다.

"만약에 말이여, 천국을 지키는 문지기가 없다믄 나가 자리를 맹글어서라도 할 거시여."

"천국이 그라고 존 디면, 니가 기냥 천국 안에 들가 살아블지?"

"아니여, 그려도 난 문지기를 하고 싶당께. 비가 오고 눈이 와블어도 이 벽을 돔시로 빨갱이들로부터 지캐주는 군인 아자씨들 맹

키로. 나가 문 앞에서 떠억 허니 서 갖고잉, 천국을 지켜브러야 사
람들이 편허니 잘 수 있겄재."

"근디 천국에도 빨갱이들이 쳐들어오는 거시여?"

"아, 그라지 않겄어? 빨갱이들도 디지믄 천국에 들어갈라고 할
거신디."

"갑수, 니가 왔따다잉! 니가 겁나게 애국자다!"

약초를 다 피운 갑수는 입이 심심했는지, 옆에 있는 나뭇가지
를 하나 주워 홍콩펀치처럼 이빨로 부러뜨려 질겅질겅 씹었다. 나
뭇가지 단 즙에는 관심이 없는 소년은 자리에서 일어나 벽을 향해
걸어갔다. 몽롱해진 소년의 눈에는 갑수가 그린 대문이 진짜처럼
보였다. 문고리를 잡고 열면, 어쩐지 벽 저편으로 걸어갈 수 있을
것 같았다. 소년은 확인하고 싶었다. 벽에 그려진 문을 조심스럽
게 이리저리 어루만지며 밀어보는 소년을 본 갑수는 배를 잡고 깔
깔 웃었다.

"동작 그만!"

깜짝 놀란 두 아이가 뒤를 돌아봤다. 근방 초소에서 수색 중이
던 군인 둘이 소총을 어깨에 둘러멘 채 소년과 갑수에게 움직이지
말라며 손을 내밀고 서 있었다. 방금 소리를 지른 여드름이 많은
군인이 아이들을 진정시키기 위해 목을 가다듬으며 다시 차분하
게 말했다.

"야…… 너희들…… 우…… 움직이지 말고 가만히 있어. 아……
아저씨 마…… 말대로 하면 아무도 안 다쳐. 괘…… 괜찮을 거야.
걱정 마. 알았지?"

소년과 갑수는 고개를 끄덕였다. 하지만 무서웠다. 여드름 군인의 목소리는 심하게 떨리고 있었다. 그와 같이 온 삐쩍 마른 군인은 갑수를 업어 벽으로부터 멀리 떨어진 곳으로 가서 웅크려 앉았다. 그리고 두 군인 모두 허옇게 질린 얼굴로 소년을 쳐다봤다.

"꼬마야! 지…… 지뢰라고 알지? 학교에서 배웠지?"

"지네라?"

"아니…… 지네가 아니라 지뢰…… 임마, 지뢰 몰라?!"

"지뢰……? 고거시 머다요?"

"야! 너 움직이지 마! 알았어. 꼬마야, 그 자…… 자리에 가만있어."

여드름 군인이 도대체 무슨 소리를 하는지 소년은 알아듣지 못했다. 그때 갑수가 생각났다는 듯 손뼉을 치며 소리쳤다.

"아! 지는 알지라! 조회시간 때 배왔는디! 고거 터져블믄 다리 아작나븐다든만! 워매 워쩐디야!"

그러고 보니 소년도 들어본 것 같았다. '위험지역'에는 지뢰가 있고 밟으면 다리가 잘리거나 죽을 수도 있다고. 그런데 왜 그게 이제야 생각이 났을까? 소년은 그때 벽 주변의 풀밭에 앉은 붉은 것들이 나비가 아니라, 지뢰밭을 표시하기 위해 땅에 꽂아둔 작은 삼각 깃발들이라는 것을 깨달았다.

쾅! 굉음과 함께 지뢰가 터지며 군인의 다리가 잘려 궁중으로 떠오르는 모습을 소년은 잠시 상상했다. 오금이 저려왔다.

여드름 군인이 자신의 소총을 삐쩍 마른 군인에게 맡겼다. 그리고 아주 조심스럽게 소년이 있는 곳으로 다가왔다. 소년은 보기보다 체중이 많이 나가서 여드름 군인은 소년을 업고 일어서다 잠시 휘청거렸다. 하지만 여드름 군인은 다시 중심을 잡고 고양이처럼 살금살금 한 발짝씩 내디뎌, 삐쩍 마른 군인과 갑수가 엎드려 있는 곳으로 안전하게 빠져나왔다. 그 살얼음판을 걷는 동안, 땀으로 흠뻑 젖은 여드름 군인의 등에 밀착한 소년은 엄청난 잘못을 저지른 것 같아 미안한 마음이 들었다. 머리카락이나 손톱처럼 다시 자라나지 않는 다리가 잘릴 수도 있는 위험을 무릅쓰고, 자신을 업고 지뢰 사이를 빠져나온 여드름 군인이 소년의 눈에는 갑수가 말한 천국의 문지기보다 훨씬 훌륭하고 늠름해 보였다.

우리는 멈추지 않고 달렸다. 그리고 누가 먼저랄 것 없이 시작된 대화는 끊임없이 이어졌다. 뒷좌석의 왕눈이는 조용했고 스피커에서 흐르는 쳇 베이커의 처량한 트럼펫이 낯선 우리 두 사람의 대화를 도왔다.

여자의 이름은 민주였다. 그녀는 해직 방송기자였다. 대화 중에 실수로 내가 몇 번 '아나운서'라고 하자 민주는 내가 자신을 '아줌마'라고 불렀을 때보다 더 지랄거렸다. 기자와 아나운서의 차이도 모르냐고 나를 훈계하면서. 사실 나는 잘 몰랐다. 아나운서가 더 예쁘지 않나? 나는 검찰에 돈 먹이고 관리하는 전문가였으니, 언론에 대해서는 아는 것도 없었고 관심도 없었다.

이명박 정부 시절 릴레이로 이어지던 언론파업에 엮였던 민주는 이런저런 일들로 사측과 상당히 불편한 사이였다. 그녀의 이름

'민주'에서부터 나는 알아볼 수 있었다. 어떤 부모가 그런 이름을 지어주었을지. 그녀의 말에 의하면 자기는 나름 사회정의 구현에 앞장서는 민주시민이자 언론인이었다고 했다. 내 짧은 경험과 편견에 의하면, 민주, 자유, 시민 등등의 본명을 가진 여자들은 좋게 말하면 똑똑했고, 다르게 말하면 못생기고 피곤한 존재들이었다. 민주는 못생긴 쪽은 확실히 아니었다. 그런데 그녀가 회사를 그만둘 수밖에 없었던 결정적인 이유는 그 잘난 언론파업이나 노조활동 때문이 아니었다. 그녀의 천부적인 재능, 도벽 때문이었다.

이 세상에는 우리가 이해하지 못하는 일들이 너무나 많다. 그리고 이 세상에는 본능에 가까운 충동을 주체하지 못하고 남들이 할 수 없는 일들을 해내는 천재들이 있다. 민주는 그런 유의 절도광이었다. 그녀는 '신의 손'에 가까웠다. 그녀의 말에 따르면 주로 불안하거나 긴장될 때 '땡겼다'고 했다. 아니면 스트레스를 받거나 권태로울 때, 혹은 특정 물건이 급히 필요할 때. 그러다 자기가 생각해봐도 말이 안 되는 것 같은지, 민주는 터놓고 고백했다. 솔직히 자기도 왜 훔치는지 모르겠다고. 교과서적인 케이스는 아닐 것 같아 그녀는 정신과 치료를 받거나 전문가에게 상담받지는 않았다.

민주의 아버지는 사회학 교수였고, 어머니는 일간지 기자였다. 둘 다 강남좌파 1세대였다. 그녀는 공립학교를 다녀본 적이 없을 정도로 유복하게 컸다. 하지만 사랑이 넘치는 가정은 아니었다. 아버지는 약간 폭력성이 있는 알코올의존증 환자였고, 어머니는 항우울제를 평생 달고 살았다. 자신이 어릴 때여서 확인할 방법은 없었지만, 둘 다 각자 젊은 애인이 있었던 것 같다고 했다.

인격 장애가 있는 아버지는 틈만 나면 소리를 빽빽 질러댔고, 아내와 딸이 자신을 두려워하는 것을 즐기는 변태였다. 민주의 어머니는 이 모든 것에 대한 감각을 끄고 무시하고 부인하는, 수동적이고 이기적인 여자였다. 한마디로 민주의 부모는 불행한 영혼들이었다. 그리고 그 불행을 자신들의 딸에게 전가하려 했다. 어렸던 그녀도 부모가 정신적으로 문제가 있다는 것을 알고 있었지만, 나이가 들수록 더 이상 깊이 알고 싶지 않았다. 세월이 지날수록, 민주는 그들에 대한 애정이나 관심이 점점 없어졌다. 민주는 그저 삐뚤어진 부모로부터 하루빨리 벗어나고 싶은 마음뿐이었다. 그래서 그녀는 경제력과 직결된 자신의 능력을 일찍 발견했는지도 모른다.

그렇다고 해서 민주는 자기 세대에 비해 유별난 가정환경에서 컸다고 생각하지는 않았다. 오히려 텔레비전 드라마에나 나오는 뻔한 핵가족같이 진부했다고 말했다. 민주는 그런 성장환경이 자신의 도벽과 크게 연관이 있다고 믿지 않았다. 사춘기 내내 스스로 자신의 특이한 '버릇'에 대한 정신분석을 하다가 결국 포기한 그녀는 성인이 돼서야 깨달았다고 했다. 자신의 도벽은 버릇도 장애도 아닌 재능이라는 것을. 그것은 신이 내린 재능이었다. 민주는 훔칠 수 있으니까 훔쳤던 것이다. 그래서 그녀는 물건을 훔칠 때 우주와 일치되는 평화를 느꼈다고 했다.

그녀가 태어나 처음으로 훔친 물건은 손거울이었다. 부모님이 일곱 번째 생일선물을 사주겠다고 데리고 간 완구 가게에서 민주는 자신이 선물로 무엇을 골랐는지는 기억이 나지 않는다고 했다. 하지만 헬로키티가 그려진 분홍색 작은 손거울을 손에 쥐고 아무도 몰래 가게를 나온 쾌감은 평생 잊을 수가 없다고 했다. 그 엄청난 짜릿함보다 어린 민주에게 더 신기했던 것은 숨기지 않고도 물건을 훔칠 수 있다는 사실이었다.

나이가 들어가면서 그녀의 실력은 하루가 다르게 향상됐다. 학구적인 마인드로 다양한 책을 즐겨 읽었던 사춘기의 민주는 간단히 응용할 수 있는 최면술, 마술사들이 사람들을 홀릴 때 쓰는 여러 속임수들까지 터득하며 그 실력을 나날이 발전시켰다. 그러면서 그녀는 알게 됐다. 사람의 눈을 속이는 것은 어렵지 않다는 것을. 손은 언제나 눈보다 빠르다는 진리를.

민주의 주특기는 소매치기였다. 그녀의 이상적인 작업 장소는 유동인구가 많은 도심이었다. 번화가, 공항, 기차역은 물론이고, 뉴욕, 도쿄, 파리, 홍콩 같은 해외 도시들도 민주의 활동 무대였다. 외국에서는 이방인 여자, 특히 동양계 여자를 의심하지 않는 이상한 편견을 그녀는 적절히 착취할 줄 알았다. 그래서 남들이 학생 때 아르바이트를 해서 모은 돈으로 배낭여행을 다닐 때, 민주는 현지에서 외화를 조달하며 호화롭게 여행을 즐길 수 있었다. 민주의 표현에 의하면 '국제적인 부의 재분배'였다. 그게 왜 '부의 재분배'인지 알 수 없었지만, 그녀에게 묻지 않았다. 그녀의 친구들은 당연히 그녀의 재능에 대해 알지 못했다. 민주는 학교 친구들에게 진보적인 '신운동권'으로 각인돼 있었다. 마치 훗날 회사에서 그녀가 '투쟁하는 노조원'이었듯이. 그렇다고 그녀에게 뚜렷한 정치적 신념이 있었던 것은 아니었다. '진보'가 어린 그녀의 눈에는 그냥 '있어' 보였다고 했다.

기자 초년 시절, 민주는 사회부에 배치돼 경찰서를 출입했다. 그곳에서 민주는 여러 유형의 절도범들을 접할 수 있었고, 그들의 성공 사례와 실패 사례를 면밀히 분석하고 연구했다. 이는 민주에게 자신의 재능을 한 단계 더 향상시키는 계기가 되었다. 그런 과정을 통해 민주는 타고난 재능을 예술로 승화시킬 수 있었다.

민주는 자신의 예술에 점점 더 중독돼갔다. 도박 중독자들은 돈 때문에 도박을 하는 게 아니다. 민주 역시 마찬가지였다. 패를 쪼는 긴장감. 그 아슬아슬한 찰나의 짜릿함. 뭐라 표현할 수 없는 오르가슴 때문에 그녀는 계속 훔칠 수밖에 없었다.

손은 눈보다 빠르다. 민주의 모토였다. 하지만 곳곳에 보안카메라, 즉 인공 안구들이 깔려 있는 세상이 되었다. 변하는 환경에 맞춰 그녀 역시 진화했다. 카메라의 위치와 각도를 미리 살피고 외우는 치밀한 프로 의식은 기본이었고, 보안의 사각지대를 미리 파악해두었다. 선글라스와 모자를 활용하는 변장술 같은 연출기법도 썼다.

민주의 기술이 한창 물이 올랐던 때 그녀가 즐겨 쓰던 기술은 속칭 '목마 타기'였다. 그녀가 개발한 이 독자적인 기술은 주로 인파가 많고 복잡한 백화점에서 유용했다. 모든 백화점 입구에는 도난방지용 센서가 설치되어 있다. 이를 피하기 위해 민주는 자신이 훔친 물건을 다른 사람의 주머니 또는 가방에 넣었다. 그래서 그 숙주가 들고 간 물건이 검색대에 걸려 사이렌이 울리면, 입구가 혼란스러워진 틈을 타 숙주로부터 물건을 되찾았다. 그러고는 순진한 아가씨의 표정으로 백화점 밖 인파 속으로 사라졌다. 이 모든 과정은 순식간에 이뤄졌다.

하지만 원숭이도 나무에서 떨어지는 법이다. 원래 민주는 일주일에 한 번 이상 훔치지 않았다. 그런데 그날따라 이상하게 '땡겼다'. 방송사 파업이 장기화되면서 여가시간이 많아졌고, 또 수입역시 줄어 스트레스가 이만저만이 아니었던 것이다. 그래서 그녀는 고급 백화점에서 명품 열쇠고리를 훔치려 했고 그때 하필 경찰에 잡히고 말았다. 아니, 가방도 아니고 시계도 아니고, 고작 열쇠고리를 훔치다가 잡히다니? 심지어 민주는 그 매장의 단골이었다. 여러 번 훔치기도 했지만, 몇 백 만 원짜리 가방을 구입한 적도 여러 차례 있었다. 그래서 민주는 그 매장을 잘 아는 편이었다. 그날도 민주는 카메라와 점원들의 눈을 피해 물건을 채취해 가게를 빠져나오고 있었다. 그런데 느닷없이 백화점 보안요원들이 들이닥쳤다. 나중에 알게 된 사실이었지만, 그들은 그녀를 잡으러 온 것이 아니었다. 그날따라 매장의 보안카메라가 고장 나서 수리를 하러 온 것이었다. 하지만 이를 몰랐던 민주는 당황했고, 허겁지겁 열쇠고리를 다시 진열대에 놓으려다 덜미를 잡히고 말았다. 세상의 눈을 속이는 현란한 손놀림을 가진 민주를 잡은 것은 결국 고장 난 보안카메라였다.

민주는 그 길로 경찰에 연행됐고, 방송사 경영진은 이 소식을 듣고 박수를 치며 환호했다. 그들은 노조에서 설쳐대는 눈엣가시였던 민주를 단순히 해고하는 데서 그치지 않고, 아주 개망신을 주려고 별렀다. 그러나 그녀에게는 비장의 카드가 있었다. 방송사 경영진 수뇌부 몇몇이 청와대 행정관들과 함께 여의도의 퇴폐 안마시술소에 간 기록을 갖고 있었던 것이다. 그들의 민망한 행적은 업소 내에 설치되어 있던 보안카메라에 고스란히 찍혀 있었다. 민주는 파업 초기에 경영진을 압박할 카드로, 거금의 사비를 들여 그 기록을 사들였다. 물론 그 '거금의 사비'도 남의 주머니에서 훔친 돈이었다.

민주는 잡놈들은 잡스럽게 다뤄야 한다고 했다. 그래서 그녀는 명예를 지키며 조용히 퇴사할 수 있었다. 경찰서는 방송사 측과 협의해 없던 일로 덮었고 형사처분은 이뤄지지 않았다. 보안카메라 때문에 잡혔던 민주는 보안카메라 덕분에 풀려날 수 있었다.

민주는 벌써 2년째 실직자라고 했다. 초기에는 우울해서 방황도 많이 했다. 그러나 그녀는 점차 익숙해져갔다. 책도 읽고, 음악도 듣고, 공연도 보며 문화인처럼 살아가면서, 그녀가 몰랐던 생활의 다른 맛을 발견했다. 유명한 맛집도 찾아다니고, 여행도 다녔다. 한마디로 그녀는 그제야 인간답게 살기 시작한 것이다. 그러나 도벽은 여전히 그녀를 따라다녔다.

직업을 잃은 민주는 생계형 소매치기답게 신중히 활동했다. 그녀의 주 수입원은 명동의 관광객들과 밤늦게 유흥가를 비틀거리는 취객들이었다. 그렇게 번 돈으로 그녀는 재테크를 했다. 그녀는 미래를 생각하지 않는 바보가 아니었다. 그 덕분에 젊은 나이에 잘린 기자치고는 경제적으로 넉넉할 수 있었다. 그렇게 안정적인 삶을 즐기던 그녀의 인생에 불청객이 찾아왔다.

역사를 바꾸는 엄청난 사건들은 대부분 사소한 일에서 비롯된다. 그러나 그런 사소한 시발점은 대개 우연으로 화장한 운명적인 사건에 가깝다. 민주와 왕눈이의 만남이 그랬다. 그 둘이 그날 저녁, 길에서 마주칠 확률을 정확히 계산할 수는 없겠지만, 아무리 생각해봐도 그렇게 높은 확률은 결코 아니었다. 그런데 민주와 왕눈이가 만나지 않았다면, 이 많은 일들은 일어나지 않았을 것이다.

　그날 밤 동네에서 운전 중이던 민주는 문자메시지를 확인하다 정면을 보니, 보일 듯 말 듯한 키의 사내아이가 헤드라이트 앞에 있었다고 했다. 화들짝 놀라 차를 급정거하고 뛰쳐나가보니 아이는 쓰러져 있었고 셔츠와 바지는 피범벅이 돼 있었다. 민주는 쓰러진 아이를 차에 태웠다. 그런데 잠시 후 사고 현장에 짜리몽땅한 남자가 나타나 두리번거리며 누군가를 찾고 있었다. 왕눈이는 짜리몽땅을 보자 잽싸게 몸을 웅크렸다. 떨고 있는 왕눈이는 한눈에 봐도 전형적인 가정폭력의 피해아동이었다. 민주는 가까운 병원의 응급실로 달려갔다. 사내아이여서인지 왕눈이는 울지도 않고 아픈 티도 내지 않았다.

　응급실에서 치료를 받는 동안에도 왕눈이는 눈만 깜빡일 뿐 아무 말이 없었다. 다행히 크게 다친 곳은 없었다. 급정거하는 차에 놀라 바닥에 넘어질 때 턱 부위가 살짝 찢어져 피를 흘린 것이 전부였다. 그럼 셔츠와 바지에 묻은 혈흔은 무엇일까? 그 핏자국은 왕눈이의 것이 아니었다. 여러모로 궁금한 게 한두 가지가 아니어서 아이에게 물어봤지만 아이는 대답하지 않았다. 민주는 아이에게 이름과 집 주소를 물어봤다. 그래도 답이 없었다. 이건 뭘까?

다시 응급실 레지던트와 민주가 말을 시켜봤지만 멀뚱멀뚱 쳐다보기만 할 뿐 왕눈이는 숨소리밖에 내지 않았다. 계속 묵비권을 행사하는 왕눈이는 한국말을 모르는 것 같았다. 그러고 보니 아이의 외모가 약간 이국적이었다. 그래서 병원에 있는 외국어 가능한 인력들을 차례로 동원해 아이에게 말을 걸어봤다. 영어, 일어, 중국어 그리고 불어까지. 그러나 왕눈이는 계속 대답하지 않았다. 이상하게 여기던 의사는 왕눈이의 입을 벌리게 해서 몇 가지를 확인했다. 그제야 수수께끼가 풀렸다. 왕눈이는 벙어리였던 것이다.

병원에서 나온 민주는 왕눈이가 갈아입을 옷을 사기 위해 24시간 대형마트로 갔다. 흥미로운 사실은 그곳에서 민주가 삽을 사는 나를 목격했다는 것이다. 검은 양복 차림의 남자가 대형 삽을 두 자루 들고 있는 모습이 하도 조폭 같아서 상당히 인상적이었다고 했다. 민주는 내게 물었다. 도대체 그 시간에 삽은 왜 샀느냐고? 나는 대충 둘러댔다. 주말에 성묘를 가서 나무를 심어야 했다고.

그날 밤 민주는 왕눈이를 자기 집으로 데리고 갔다. 그다음 날인 일요일에 경찰서에 데리고 가서 미아 신고를 할 작정이었다. 그러나 그녀는 늦잠을 잤고, 일어났을 때는 이미 정오가 지나 있었다. 민주는 왕눈이를 어떻게 돌봐야 할 줄 몰라서, 피자를 시키고 텔레비전을 틀어줬다. 왕눈이는 여느 아이처럼 텔레비전을 좋아했다.

피자 배달원이 도착했을 때, 왕눈이는 경찰차의 사이렌 소리가 요란하게 울리는 추격 장면에 완전히 빠져 있었다. 배달원에게 피자 값을 치르면서, 민주는 리모컨으로 소리를 껐다. 그러자 왕눈이가 그녀를 원망스럽게 쳐다봤다. 왕눈이는 벙어리였지 귀머거리는 아니었던 것이다. 민주가 다시 소리를 높여주자 왕눈이는 질주하는 경찰차에 빠져 넋을 잃고 텔레비전을 봤다. 민주는 잠시 그런 왕눈이를 바라봤다. 벙어리 아이가 소파에 앉아 진지한 표정으로 무언가에 골똘히 집중하는 모습이 귀엽기도 했지만, 그 모습 어딘가에 이 세상 아이 같지 않은 신비함이 묻어났다.

왕눈이는 피자를 조금 먹다가 내려놓더니 입맛을 다시며 민주를 바라봤다. 그녀가 아이에게 음료수를 따라주기 위해 컵을 집으려는데, 갑자기 왕눈이가 민주에게 안기며 그녀의 젖가슴을 만졌다. 민주는 당황했지만 묘한 안정감을 느꼈다. 바로 그 순간, 민주는 충동에 가까운 깨달음을 얻었다. 이제까지 그녀가 훔쳐서 갖고 싶었던 것은 바로 그 안정감이었다는 것을. 엄마의 젖을 그리워하는 왕눈이는 그렇게 민주의 마음을 훔쳐버렸다.

민주는 왕눈이가 탐이 났지만 그녀도 양심이 있는 사람이었다. 대놓고 남의 아이를 훔칠 수는 없었다. 그 대신 민주는 경찰서 가는 것을 하루 미루고, 집 청소와 빨래를 하며 왕눈이와 함께 보냈다.

월요일 아침 일찍 민주는 관할 경찰서로 갔다. 왕눈이는 붉은 사이렌들이 즐비한 경찰서 주차장을 마냥 신기해하며 건물 안으로 들어갈 생각을 하지 않았다. 그런 왕눈이에게 손짓 발짓 해가며 데리고 들어가려던 민주는 경찰서 건물로 들어가는 남자들을 보고 소스라치게 놀라 하마터면 소리를 지를 뻔했다. 그녀가 '가정폭력범'일 거라고 넘겨짚었던 짜리몽땅이 경찰이었던 것이다. 경찰 배지를 목에 건 짜리몽땅 옆에는 24시간 마트에서 오밤중에 삽을 샀던 조폭이 같이 걷고 있었다. 순간 그녀는 등골이 싸늘해졌다. 우연치고는 너무 무서웠다. 그녀는 직감으로 알 수 있었다. 왕눈이를 지키려면 미아 신고를 해서는 안 된다는 것을.

그런데 그녀는 왜 내 지갑을 훔쳤을까? 민주는 먼저 나의 정체를 파악해야겠다고 판단했다. 그녀는 내가 왕눈이를 둘러싼 미스터리의 열쇠를 쥐고 있을 거라는 촉이 왔다고 했다. 그래서 거의 무의식적으로 내 지갑을 털었다. 아니 겁도 없이 경찰서에서, 그것도 '조폭'의 지갑을? 가까이서 보니 인상도 괜찮고, 감과 커트가 좋은 비싼 양복을 입고 있어서 형사인 짜리몽땅보다는 내가 훨씬 만만해 보였다고 한다. 그녀의 이야기를 듣고 어떻게 반응해야 할지 몰라 잠시 혼란스러웠다. 그저 좋게 봐줘서 고맙다고 할 수밖에.

민주는 왜 그런 나를 믿고 차에 태우고 가고 있는 걸까? 신원을 털어보니 대기업 임원이고, 나이에 비해 젊어 보이는 게 왠지 '그놈들'과는 다른 부류일 것이라는 생각에 안심이 됐다고 한다. 상당히 비논리적이고, 말이 하나도 되지 않는 이야기였다. 그러나 나는 왠지 이해할 수 있었다.

이제 와서 돌이켜보면, 민주도 그 당시에 인생의 막다른 골목에 몰려 있어서 갈 곳이 없었다. 하고픈 이야기는 많았지만 들어줄 상대가 없는 사람이었다.

◆　◆　◆

우리는 기름을 넣기 위해 고속도로 휴게소에 들렀다. 죽은 듯이 자던 왕눈이를 흔들어 깨우자, 녀석은 조용히 눈을 뜨며 나를 쳐다봤다. 요즘처럼 말이 많고 시끄러운 세상에서 침묵하는 아이. 몸으로 표현하고 눈으로 대화하는 신비한 아이. 그래서 무뚝뚝하고 웃지도 않는 왕눈이를 보고 있으니 왠지 깊은 우물을 들여다보는 것 같았다. 나 자신 속 깊은 곳을 들여다보는 것 같았다. 나를 쳐다보던 왕눈이가 오줌이 마렵다는 몸짓을 했다. 그리고 배도 고픈 모양이었다. 나도 배가 고팠다. 말 없이도 우리는 그렇게 원만하게 소통할 수 있었다. 마치 여행하는 부자처럼 왕눈이와 나는 손을 잡고 식당 건물로 들어갔다.

늦은 시간이어서 식당은 한산했다. 우리 셋은 우동과 돈가스, 비빔밥을 시켜 나눠 먹었다. 다들 배가 고파서 말없이 먹기만 했다. 모르는 사람이 보면 진짜 가족 같았을 것이다. 식사가 끝날 무렵 텔레비전에서 뉴스가 나왔다. 한 여성이 자신의 집에서 피살된 채 발견됐다는 보도였다. 그때 왕눈이가 씹던 음식을 뱉었다. 아니 토했다. 피살된 여자의 얼굴은 모자이크 처리됐지만, 그녀가 입고 있던 옷과 집 안이 화면에 자세히 비치고 있었다. 갑자기 왕눈이는 울음을 터트렸다. 벙어리가 소리 내어 우는 것을 들어본 적이 있는가? 가슴을 찢는 듯한 소리였다. 민주와 나는 어쩔 줄 몰라 서로를 쳐다봤다. 그러다 나는 내 휴대전화에 저장돼 있던 여자의 사진을 찾아 왕눈이에게 보여줬다. 노친네가 내게 찾아달라고 했던 여자의 사진을 보자 왕눈이는 더욱 크게 통곡했다. 왠지 모를 기시감이 들었다. 아주 오래전에 이렇게 울던 아이가 있었다. 벙어리는 아니었지만 그 아이도 소리를 죽이고 울어야

했다. 나는 왕눈이를 안아줬다. 그리고 말했다. 울라고. 숨이 막
힐 때까지, 눈물이 말라 없어질 때까지, 아무것도 남기지 말고 한
없이 울어버리라고. 왕눈이는 그렇게 울었고, 나는 그런 왕눈이를
안아주었다.

8

　소년이 잘못을 저질러 뒷산의 마을 곳간에 갇힌 것은 그날이 처음은 아니었다. 그리고 반성문 역시 한두 번 써본 것이 아니었다. 그러나 군인들이 소년과 갑수를 지뢰밭에서 구한 날 받은 벌은 마을에서 아이들이 받을 수 있는 가장 큰 벌이었다. 학교에서 장문의 반성문을 쓴 아이들은 다음 날까지 굶은 채 곳간에 갇혀 있어야 했다. 그들은 철 지난 농기구와 그물을 정리하고, 건초와 장작들을 쌓고, 그 넓은 곳간 전체를 깨끗이 청소해놔야 했다. 이 작업을 제대로 못하면, 그들은 다음 날도 그곳에서 나올 수 없었다.

　만약에 그 벌이 한 아이에게 내려졌다면, 엄한 벌이 됐을 것이다. 하지만 두 친구에게는 뒷산 곳간에 갇히는 '징역'이 그리 나쁘지 않았다. 오히려 소년과 갑수에게는 밤새도록 놀 수 있는 기회였다.

담임선생님은 곳간 문을 밖에서 잠그고 다시 마을로 돌아갔다. 아이들은 낮에 겪었던 일들을 다시 부풀려 얘기하며 되새김질했고, 얘기를 하면 할수록 그들의 무용담은 점점 더 근사해졌다. 하지만 신나게 떠들던 아이들도 얼마 지나지 않아 작업을 시작할 수밖에 없었다. 곳간에는 불빛이 없어서 해가 지기 전에 많은 할 일들을 해놔야만 했다. 곳간에서 하룻밤 이상을 보내고 싶지는 않았기 때문이다.

해가 지자 배가 고파왔다. 소년은 주머니에 남아 있던 약초 잎사귀를 꺼내 갑수와 나눠 질겅질겅 씹으며 허기를 달랬다. 곳간 안은 어두웠지만, 널빤지 틈새로 비치는 달빛 덕에 칠흑같이 깜깜하지는 않았다. 절로 눈이 감겼다.

고단한 하루를 보낸 아이들은 다음 날 아침에 남은 작업을 마저 하기로 하고 잠자리를 준비했다. 건초들이 있는 곳은 눅눅해서 둘은 상자와 어물을 올려놓는 위층으로 올라가 자리를 잡았다. 나무 바닥은 의외로 춥지도 않고 편안했다. 그들은 자정이 되기 전에 깊은 잠에 빠져들었다.

끼이익. 잠귀가 밝은 갑수가 먼저 깼다. 겁이 난 갑수는 소년을 흔들었다. 다시 나무판자를 움직이는 소리가 났다. 누굴까? 곳간 입구 쪽에서 나는 소리는 아니었다. 정확한 시간은 알 수 없었지만 통행금지 시간은 훨씬 지났을 시간이었다. 다시 정체 모를 소리가 들리며 쌓아둔 건초 더미가 움직였다. 두 아이는 긴장한 채 숨을 죽이고 서로를 쳐다봤다. 그때 건초 더미 옆 벽의 굵은 널빤지 하나가 뜯어져 나오면서 붉은 불빛이 곳간 안을 비추었다.

좁은 널빤지 사이를 비집고 손전등을 든 남자가 곳간으로 들어왔다. 그는 다름 아닌 까꾸였다. 그의 뒤로 복순이가 따라 들어왔다. 까꾸는 곳간 안 이곳저곳을 비춰보더니 떨어진 널빤지 조각을 다시 벽에 붙였다. 보아하니 못질한 몇몇 부위가 느슨해진 그 널빤지 조각이 그들만의 비밀 문이었다.

까꾸와 복순이는 건초 더미에 풀썩 주저앉았다. 그러자 소년과 갑수가 낮에 차곡차곡 정리한 더미가 일부 무너졌다. 뭐가 그렇게 재미있는지 까꾸와 복순이는 까르르 웃어댔다. 물론 그들은 위층에서 자신들의 밀애를 훔쳐보는 아이들이 있다는 사실을 알지 못했다.

까꾸는 쇠 버클이 달린 허리띠를 뽑아 공중에 띄워 자유자재로 춤추게 했다. 아직 힘이 세 보이지는 않았지만 까꾸도 역싸였다.

"어이, 이쁜 아가씨. 요거 좀 보소. 요거이 머시냐? 요거이 바로 비얌이야. 비얌. 남자 거시기! 아가씨 피부! 몸보신에 허벌나게 조타는 그 비얌이요. 자, 비얌이 왔어요. 비얌이……."

별로 웃기지도 않은 뱀 장수 흉내를 내는 까구를 보고 복순이는 뭐가 그리 재밌는지 다시 까르르 웃어댔다. 그리고 둘은 약속이라도 한 듯 옷을 벗었다. 둘은 서로에게 아주 익숙해 보였다. 소문과 달리 복순이는 외지 출신이 아니었다. 그녀의 발목에도 까꾸의 것과 똑같은 문신이 또렷이 새겨져 있었다.

남녀의 알몸이 섞이며 가늘고 굵은 신음이 엉켜 들렸다. 소년은 자신도 모르게 고개를 돌렸다. 왠지 알몸으로 뒤엉킨 까꾸와 복순이를 보면 안 될 것 같았다. 두 사람만의 은밀한 시간을 도둑질하고 싶지 않아 소년은 눈을 꾹 감았다. 어쩐지 이제 더 이상 복순이를 좋아할 수 없을 것 같았다. 아니 앞으로는 복순이와 눈도 제대로 마주치지 못할 것 같았다. 이래저래 소년에게는 길고 심란한밤이었다.

9

호숫가 통나무집에 도착했을 때는 이미 늦은 밤이었다. 왕눈이
는 울다 지쳐 뒷좌석에서 자고 있었다. 내가 운전하는 동안 왕눈이
를 챙긴 민주 역시 지쳐 있었다. 모두에게 아주 고단한 하루였다.

휴게소에서 뉴스를 본 후 나는 휴대전화를 껐다. 민주에게도 끄
라고 했다. 그리고 우리는 당분간 신용카드를 쓰지 않기로 했다.
죽은 꽁지머리가 예전에 내게 가르쳐줬었다.

"어느 한 사람에 대해 완벽하게 알 수는 없어요. 그치만 그 사람
신용카드와 휴대전화 기록만 있으면 '거의 다' 알 수는 있어요. 언
제, 어디서, 무엇을 사고, 또 누구와 연결되었는가를 보면 그 사람
의 선택, 아니 인생이 얼추 보이죠. 인생이 보이면 '왜'가 나와요.
'어떻게'가 빠졌죠? 그 정도는 추리가 되잖아요?"

우리가 처한 상황은 심각했고, 의문은 계속 늘고 있었다. 그래

서 우리에게는 생각할 시간과 공간이 필요했다. 계속 달리긴 했지만 갈 곳은 딱히 없었다. 경찰서로 갈 수는 없었다. 우리는 그렇게 순진하지 않았다. 나는 둘을 데리고 호숫가 통나무집으로 갔다.

대문의 비밀번호는 그대로였다. 불을 켜자 먼지가 쌓인 낡은 전구에 불빛이 들어왔다. 물론 집을 관리하는 루이지가 깔끔하게 청소를 하며 살고 있을 것이라고 생각하지는 않았다. 민주는 안고 있는 왕눈이를 깨우지 않으려고 내게 조용히 물었다.

"넓은데요. 누구 집이에요?"

"걱정 마요. 무단침입은 아니니까."

나는 민주와 왕눈이를 2층 침실로 안내했다. 아주 오랫동안 닫혀 있어서인지 침실에는 오히려 먼지가 많지 않았다. 이불을 들춰 보니 깔끔한 시트가 깔려 있었다. 침대 옆에는 아직도 가격표와 비닐 포장조차 뜯지 않은 요람이 있었다. 성미도 참 급했다. 쓰지도 못할 물건을 왜 그렇게 미리 샀을까? 잠시 내 두 눈의 초점이 흔들렸다. 짧은 현기증으로 몸이 기우뚱했다. 민주는 그런 나를 불안하게 바라봤다.

내가 생각해도 희한한 일이었다. 지긋지긋한 과거를 잊고 싶어서 그렇게 도망쳤는데, 다시 내 발로 걸어 들어가고 있었다. 누가 시키지도 않았는데 말이다. 지금의 현실로부터 도피하기 위해, 나는 도망쳐 나온 과거로 다시 돌아가고 있었다. 나에게는 현재와 과거만 있을 뿐 미래는 없어 보였다. 나는 외나무다리에서 원수를 만나듯, 잊힌 기억들과 다시 대면하고 있었다.

민주가 다시 눈으로 집요하게 물었다.

"괜찮아요. 장인이 물려준 집이니까."

"아, 결혼하셨구나. 부인은?"

"이제 없어요."

"이혼하셨어요?"

"아뇨, 죽었어요."

침묵. 발랄한 그녀도 입을 다물어야 할 때를 알았다.

"아이랑 여기서 자요. 난 아래 거실에서 잘게요."

한 대 맞은 듯한 표정으로 민주는 고개를 천천히 끄덕였다.

주방으로 가서 냉장고를 열어봤지만 역시 아무것도 없었다. 예전에 내가 피우던 담배 한 보루만 덩그러니 들어 있었다. 오는 길에 들른 편의점에서 산 식품과 음료를 채워 넣었다. 루이지는 도대체 집 관리를 어떻게 하는 걸까? 하긴 그놈이 밥을 해 먹지는 않을 테니 음식이 있을 리가 없었다.

식탁에 앉아 맥주를 땄다. 통나무집은 그대로였다. 아내 주리와 함께 샀던 물건들이 보였다. 식탁 세트도 아내가 고른 것이었다. 예전에 지인들과 하던 트럼프카드, 루미큐브와 도미노도 넓은 식탁 한쪽에 가지런히 정돈되어 있었다. 주리는 그런 게임을 유난히 좋아했었다. 잠시였지만 내 인생의 좋은 시절이었다. 누군가와 함께 무언가를 선택하고 꿈을 꾸던 시기였다.

나는 신도그룹에 입사하자마자 대학 시절부터 사귀어온 주리와 결혼했다. 그녀는 내가 고아라는 사실에 개의치 않았다. 결혼까지 우여곡절이 없지는 않았지만 우리는 행복했다. 결혼한 지 3년이 되던 해에 아내는 임신을 했다. 태어나서 그런 기쁨은 처음 느껴봤다. 그래서 그때만은 나도 세상의 많은 것들에 관대했었다.

그러던 한겨울 어느 밤, 나는 유난히 주색을 밝히는 검사들을 접대하느라 새벽녘에야 기사가 모는 차에 실려 귀가하고 있었다. 내가 관리하던 검사가 정치권으로 움직여서 마련된 송별회였다. 눈이 내리고 있었다. 그런데 달리던 차가 대로변에 멈춰 섰다. 타이어가 펑크 난 것이었다. 비상등을 켜고 운전수가 타이어를 교체하는 동안, 나는 집에 걸어갈 수도 있었다. 그만큼 가까운 거리였다. 하지만 나는 차 옆에 서서 내리는 눈을 맞으며 보름달을 바라봤다. 혼자 보기에 아까운 그림이었다. 잠시 내가 알지 못하는 다른 세상에 있다는 환상이 들었다. 눈 내리는 새벽의 도시는 평화롭고 포근했다.

내가 집에 들어왔을 때, 집은 고요했다. 살아 있는 것이 없는 공간의 고요함이 섬뜩할 때가 있다. 그때가 딱 그랬다. 주리가 보이지 않자 나는 정신이 번쩍 들어 전화를 확인했다. 부재중 전화가 여러 통 와 있었다. 전부 아내였다. 전화를 걸었다. 주리는 전화를 받지 않았다. 너무 늦은 시간이었지만 같은 아파트 단지에 사는 처제한테 전화를 했다. 그러나 처제 역시 전화를 받지 않았다. 불안했다. 아니 불길했다. 동서에게 전화를 했다. 신호가 울리기 무섭게 동서가 전화를 받았다.

주리는 새벽 2시경에 통증을 느끼며 잠에서 깼다. 그때 나는 아직 밖에 있었다. 더 정확히는 나는 그 시간에 집에 걸어오지 않고, 정신 나간 놈처럼 길거리에서 달을 구경하고 있었다. 아내는 내가 연락이 되지 않자 처제에게 전화를 걸었다. 예정일은 아직 보름

정도 남아 있었지만, 그래도 혹시 모르니 처제는 병원에 가보자고 했다. 처제의 차로 두 사람은 집에서 약 20분 거리에 있는 병원으로 가고 있었다. 눈이 내리는 새벽이었고, 차는 거의 없었다.

교차로에서 신호를 받고 직진하는 처제의 차를 음주운전자의 승합차가 전속력으로 달려와 들이받았다. 처제의 차는 전복됐고 형태를 알아볼 수 없을 정도로 찌그러졌다. 전기톱으로 차를 몇 시간 분해한 후에야 아내를 빼낼 수 있었다. 그 사고로 네 사람이 현장에서 즉사했다. 음주운전자와 내 아내, 처제, 그리고 내 아들이 죽었다.

검은 정장을 입은 보험사 직원이 보상금 관련 서류를 들고 왔을 때에야 비로소 나는 정신이 들었다. 그제야 내 인생에 무슨 일이 일어났는지 머릿속에 등록이 됐다. 내 가족이 모두 죽었다는 사실이 그제야 각인되었다.

사고가 있던 그날까지 나는 가족을 위해, 난생처음 가져본 내 가족을 위해, 돈을 벌고 있었다. 그래서 밥맛없는 것들과 밥을 먹고, 재수 없는 것들과 술을 마시고, 예의 없는 것들과 공을 치면서도 웃을 수 있었다. 내게는 그 모든 것을 다 인내하게 만드는 가족이 있었다. 그런데 가족이 한순간에 없어지고, 혼자서는 평생 다 쓰지도 못할 엄청난 액수의 돈이 보험금으로 들어왔다. 나는 그리 행복한 유년기를 보내지 못했다. 그래서 결혼은 내게 다시 시작할 수 있는 기회였고, 인간답게 살 수 있는 희망이었다. 내게는 가정이 희망이었다. 그런 나의 희망은 내 의지와 무관하게 거액의 돈과 바뀌었다.

내가 그날 술을 마시지 않았더라면, 내 차로 아내를 병원에 데리고 갔을 것이다. 아니 내가 전화만 제때 받았더라도 주리는 살았을 것이다. 아니 차의 타이어를 바꾸는 동안, 내가 집으로 걸어 갔더라면……. 생각하면 할수록 도무지 말이 되지 않았다. 내가 집에 일찍 도착했다면 우리는 택시를 탔을 것이다. 만약 처제의 차를 타고 갔더라도 함께였을 것이다. 그랬다면 나도 아내와 같이 죽을 수 있었다. 왜 나는 그날 같이 죽지 못했을까? 그랬더라면 모든 게 공평했을 것이다. 생각은 멈추지 않았다. 왜 타이어에 펑크가 났을까? 늦은 시간 눈길이고 시내여서 그리 빨리 달리지도 않았었는데……. 내 인생에서 내가 탄 차의 바퀴에 바람이 빠지거나 구멍이 난 건 그날이 처음이자 마지막이었다. 왜 하필이면 그날? 말이 되지 않았고 이해할 수도 없었다. 하지만 삶은 이해할 수 없을 뿐만 아니라, 공평하지도 않고, 계획한 대로 흘러가지도 않는다. 받아들여야만 했다. 아니 받아들일 수 없다면 억지로 외우고 묵묵히 사는 방법을 터득해야만 했다.

전지전능한 신은 악마를 보내서 인간을 벌하지 않는다. 오히려 주리 같은 여자를 보내줬다가 아무 예고도 없이 다시 데려가버린다.

그 후 몇 달간 나는 정신적 공황상태에 빠져 있었다. 한 달간 회사를 쉬는 동안, 나는 집 안에 혼자 틀어박혀 나오지 않았다. 그리고 한동안은 늦은 밤에 홀로 정처 없이 걸었다. 시간이 어떻게 흘러가는 줄 몰랐다. 그때 내가 만난 사람이라고는 친구 루이지와 신호 회장, 둘뿐이었다. 노친네는 그 바쁜 와중에도 시간만 되면 나를 찾아왔고, 때로는 나를 불러내 식사를 같이 하며 위로와 조언을 아끼지 않았다. 그때 노친네가 없었다면 나는 폐인이 됐을 것이다. 야심한 밤에 시체를 묻어달라는 동훈의 부탁도 마다하지 않았던 것은 노친네와 쌓아온 정 때문이었다. 회사를 그만둬야 할지도 고민했었지만, 가족이 없어진 내게 회사마저 없으면 삶에서 아무것도 남지 않을 것 같았다. 나는 다시 노친네 곁으로 돌아갔다.

시간은 흘러갔고 삶은 계속됐다. 인간의 회복력은 생각보다 강했고, 자기보호 본능은 대단히 탄력적이었다. 나는 살아냈다. 무덤덤하게. 예전 같지는 않았지만, 살 수 있었다. 몇 년이 지나자 심야영화도 혼자 보고, 주말에는 술도 마시고 여자도 만났다. 내게 있는 것은 돈뿐이었다. 시간을 포함해 돈으로 살 수 있는 것이라면 뭐든지 다 샀다. 그리고 많은 것을 잊을 수 있었다.

주리가 돌아가신 장인으로부터 물려받은 호숫가 통나무집은 주리가 죽은 후 내 소유가 됐다. 하지만 나는 그곳을 찾지 않았다. 아니 갈 수가 없었다. 그 집의 관리는 주리가 죽은 후 루이지에게 부탁했다. 그놈은 결혼도 안 했고, 특별히 하는 일도 없는 백수였다. 루이지는 통나무집의 아래층에 살면서 집을 관리했다.

루이지는 고향에서 같이 자란 불알친구였다. 아니 내게는 유일한 친구였다. 그놈의 본명은 루이지가 아니라 갑수다. 루이지는 언젠가부터 내가 붙여준 별명이다. 그놈은 목수 바지를 교복처럼 입었고, 초록색 새마을운동 모자를 즐겨 썼다. 거기에 고불거리는 콧수염까지 길러서 그는 영락없이 마리오의 쌍둥이 동생 루이지였다. 다른 점이 있다면 진짜 루이지처럼 마른 체구에 큰 키가 아니라는 것이었다. 오히려 이놈은 배가 좀 나온 체형이다. 루이지는 '마리오 브라더스'라는 게임이 뭔지도 모르고, 게임이라는 것을 해본 적도 없었다. 게임은 고사하고 그는 전화도 쓰지 않았다. 그 친구는 원래 기계치였다. 책을 읽고, 맥주를 마시고, 낚시를 즐기며 고상하게 늙어가는 기인이었다. 하지만 그는 나를 알았고, 내 말을 들어줄 줄 알았다. 너무 많은 일들이 내게 일어나고 있었고, 나는 믿을 수 있는 누군가와 대화를 해야 했다. 어쩐지 이번에는 회사가 내 편이 아닐지도 모른다는 생각이 들었기 때문이다.

루이지는 어디서 뭘 하고 있는 걸까? 밤낚시라도 하는 건가? 멀리 있지는 않을 것 같았다. 그때 내 생각을 읽기라도 한 듯 루이지가 나타났다. 긴장한 표정으로 야구방망이를 꼭 쥐고 살금살금 들어오다 나를 보고 안도의 한숨을 내쉬었다.

"아, 깜짝 놀랐네. 불이 다 켜져 있고 못 보던 차가 있어서."

"새끼, 쫄긴. 오랜만이다."

우리는 반갑게 포옹했다. 그러자 내 마음도 조금 안정됐다. 이 세상에서 나를 반겨주는 사람은 루이지뿐이었다.

"살쪘네."

"그치? 넌 그대로다. 낚시했냐?"

"요즘 철이라서. 밖에 놔뒀는데. 갖고 올까? 지금 구워도 돼." ·

"아냐, 됐어. 난 민물 안 먹잖아."

"이 늦은 밤에 웬일이냐? 누구랑 같이 온 거 아니야?"

나는 루이지에게 그 며칠간 내게, 그리고 내 주변에서 일어난 괴상망측한 일들을 이야기해줬다. 두서없이 쏟아냈지만 루이지는 다 알아들었다. 나도 이야기를 하고 나니 생각이 정리되었고, 머리와 마음도 한결 가벼워졌다.

"신 회장이 찾던 여자가 죽었고, 그 여자를 찾던 남자도 죽었다. 그 남자는 동훈과 네가 묻었다. 그리고 네가 데리고 온 사내아이는 그 여자의 아이다. 그리고 경찰에서는 너를 의심한다? 그럼, 저 아이가 신 회장 아이냐?"

사실 루이지가 그렇게 물을 때까지 그 생각은 못하고 있었다. 음, 신 회장의 아이라…… 나는 고개를 끄덕였다. 노친네, 몸에 좋다는 건 다 챙겨 먹더니. 참으로 존경스러웠다.

"그걸 니네 회장 아들이 안다 이거지?"

"어. 동훈이가 그 여자랑 아이에 대해 알아."

"그럼 그 부산멧돼지가 그 여자, 그러니까 저 애 엄마를 죽인 거 아니야?"

나는 맥주를 몇 모금 마셨다. 충분히 그럴 수 있었다. 이 세상에는 그보다 더한 일들도 매일 일어나니까. 루이지는 담배 연기를 뿜으며 말했다.

"조심해라."

"……."

"그래도 여기는 아무도 모르지?"

"찾고 싶으면 여길 찾아내는 것쯤이야 시간문제겠지. 며칠 걸리겠지만."

"며칠이라도 벌었네. 좀 쉬어라. 피곤해서 눈이 아주 시뻘겋다. 내일 고기나 잡아라. 휴가 왔다 생각하고."

내 어깨를 잡으며 루이지가 억지로 웃어줬다.

"오랜만에 보니까 좋다. 난 또 네가 새로 여자라도 사귄 줄 알았지."

나는 피식 웃었다. 루이지가 다시 진지하게 물었다.

"저 민주란 여자는…… 믿을 만해?"

"어, 왜?"

"혹시…… 내 얘기 했니? 그…… 있잖아."

"당연히 안 했지 미친놈아."

"그래. 얘기하지 마라. 알 필요 없잖아?"

"아, 그럼."

우리는 자리에서 일어나 빈 맥주 캔들을 정리했다.

"어차피 난 밖에 나가서 고기나 좀 더 잡을 거니까 내 방에서 자라."

"아냐, 괜찮아. 그냥 소파에서 잘게. 이 밤중에 뭘 잡겠다고…….."

"야, 불침번은 내가 설 테니까, 편하게 자. 내가 원래 '천국의 문지기' 아니냐?"

오랜만에 듣는 소리였다. 천국의 문지기.

"그래! 씨발, 네가 애국자다. 천국 지켜라. 나는 자야겠다."

나는 욕실에 들어가 소변을 보고 세수를 했다. 양치질을 하면서 세면대 옆에 놓인 유리컵에 물을 채웠다. 그런데 유리잔 안에 하얀 뭔가가 들어 있었다. 이빨이었다. 루이지의 송곳니였다. 치아에 굳어 있던 검은 피가 붉은 실오라기가 되어 물속으로 가늘게 번져나가고 있었다.

10

소년은 우물을 하염없이 내려다봤다. 얼마나 오래 그 자리에 서 있었는지 소년 자신도 알지 못했다. 그러나 그가 애타게 찾는 얼굴은 떠오르지 않았다. 전날 밤 꿈에서 소년은 분명히 어머니를 봤지만, 아침에 일어났을 때 어머니 얼굴을 기억할 수 없었다. 소년은 혹시나 하는 마음으로 기다렸다. 하지만 우물에는 분홍색 꽃잎과 하얀 구름만 떠 있을 뿐 어머니는 나타나지 않았다.

소년이 부모에 대해 물으면 할머니는 늘 자세히 이야기해줬다. 할머니의 이야기를 듣고 있으면 소년은 얼굴도 모르는 부모와 가까워지는 것 같아 마음이 푸근해지곤 했다. 그러다 언젠가부터 소년은 죽은 어머니나 아무도 모르는 아버지에 대해 묻지 않았다. 소년은 이야기를 듣기보다는 눈으로 보고 싶었다. 모르는 얼굴들이지만 그리운 얼굴들이었다.

왜 아버지와 어머니는 나를 두고 떠났을까? 아버지는 타지로, 어머니는 하늘나라로. 혹시 그들의 꿈에도 내가 나올까? 아버지 어머니도 내 얼굴을 보기 위해 우물을 내려다볼까? 여러 의문들이 소년을 괴롭혔다. 차라리 우물 속에다 고함이라도 지르고 싶었다. 하지만 우물 안에는 소년의 눈물이 떨어지는 소리만 미세하게 울렸다.

"아야, 우물이 니헌테 머라 그라냐?"

"야아?"

소년이 뒤를 돌아보니 난쟁이 문씨가 서 있었다. 지난번 '지뢰 사건' 이후로 소년과 갑수는 서커스단 숙소 근처에 얼씬도 하지 못했다. 그래서 난쟁이 문씨는 필요한 일을 처리하기 위해 종종 마을로 직접 내려오곤 했다.

"우물 안에 먼 개구락지라도 있어브냐? 머슬 그라고 열심히 봐 쌌냐?"

"아니라, 암것도 아니여라."

"바우…… 울었냐? 꼬치 달린 머시매가?"

"아니라, 안 울었어라."

소년은 눈물을 훔치느라 자기와 키가 비슷한 난쟁이 문씨를 똑바로 쳐다보지 못했다. 난쟁이 문씨는 하얀 치아를 모두 드러내고 웃었다. 이를 본 소년은 자신도 모르게 그를 따라 배시시 웃었다. 소년은 뭐라 설명할 수 없이 편안한 난쟁이 문씨의 웃음을 좋아했다.

아까다마 한 개비를 피우며 잠시 먼 산을 바라보던 난쟁이 문씨가 말문을 열었다.

"아, 나 같은 난쟁이 빙신도 별 지랄 다 떨어봄시로 핑 허니 사는디, 니같이 앞날이 창창허고 사지가 멀쩡한 사내 시끼가 머시 걱정이라고 우물 봄시로 짜고 그라냐? 우물 밖 시상을 봐야재. 개구락지맨치로 우물 안에서 울믄 머시 되겠냐?"

"야……."

"바깥시상에는 니가 모르는 일들이 허다하다. 싸카스보담도 요상시런 일들도 많고. 넓디널븐 시상에 을매나 존 것들이 많은디."

"……."

"바우야. 시상이라는 거슨 말이여, 암도 니가 원허는 것을 거저 주지 안능 거시여잉. 니가 알어서 찾아가야재."

난쟁이 문씨의 말을 듣자, 소년은 떠나고 싶었다. 작은 마을을 나가 세상을 보고 싶었다.

"아야, 니 백문이 불여일견이란 말 알재?"

"그거이 먼 소리다요?"

"백 번 들어봐야 한 번 보는 것보담 못하다는 야그여."

난쟁이 문씨는 유식한 말을 참 많이 알았다.

"바깥시상에 지 같은 아도 나갈 수 있을까라?"

"아야, 니도 봤자네. 우리 숙소 안에 그 걸어논 말……."

"불가능이란 읎다."

"그라재. 맴을 그라고 묵어야재."

소년은 '불가능'이 무슨 뜻인지 몰랐지만, 자신을 애틋하게 바라보는 난쟁이 문씨의 얼굴에 의미심장한 미소가 번지는 것을 보며 마음이 한결 밝아졌다.

11

눈을 뜨자 왕눈이가 무심한 표정으로 나를 내려다보고 있었다. 많이 울어서 눈이 부어 있었지만 상태는 전날보다 좋아 보였다. 나는 최대한 환한 얼굴로 왕눈이에게 웃어줬다. 그런 나의 성의에는 별 관심이 없는 듯 왕눈이는 무표정한 얼굴로 눈만 깜박였다.

부엌에서 식사를 준비하던 민주가 고개를 내밀었다.

"일어나셨어요? 아침에 꼬맹이랑 호숫가 한 바퀴 돌고 왔는데. 물안개 피어 있는 경치가 완전 예술이던데요."

민주는 아점으로 오믈렛과 토스트를 차려놓았다. 그 덕분에 정말 오랜만에 누군가가 차려주는 식사를 할 수 있었다.

"맛있네요. 훌륭해요."

민주의 요리 솜씨는 수준급이었다. 내 말에 동의하듯 왕눈이도 맛있게 먹었다.

"뭐 이 정도 갖고. 근데 사 온 맥주는 밤에 혼자 다 드셨어요?"

"그게…… 좀 그렇게 됐네."

"괜찮아요, 제가 더 사 올게요."

잠시 침묵.

"아니, 저기 아가씨……."

"네?"

"우리가…… 놀러 온 건 아니잖아요?"

"알아요. 그래도 여기 짱 박혀 있을 거면 먹을 거는 있어야죠. 전 특별히 할 일도 없고 갈 데도 없어요. 절 찾는 사람도 없고."

사실 나도 특별히 갈 데는 없었다. 회사원이 회사에 가지 못하니 정말 갈 곳이 없었다.

"아저씨가 자수하고 싶을 때 저도 같이 갈게요."

"자수?"

"왜요?"

틀린 말은 아니었다. 엄밀히 말하면 나는 범법자였다.

"여기 국도변에 우리 올 때 본 아웃렛 하나 있죠? 밥 먹고 거기 좀 다녀오려고 그러는데, 혹시 뭐 필요한 거 없으세요?"

"쇼핑 가려고요?"

"예, 저 갈아입을 것도 필요하고, 현금도 필요하고."

"현금? 아…… 현금."

나는 미처 거기까지 생각하지 못했다. 우리는 현금이 필요했다.

"그리고 오는 길에 장도 좀 보구요. 꼬맹이 마실 주스나 우유도 없고, 근처에 식당도 없어서. 우리 적어도 여기서 한 끼는 더 먹어야 될 것 아니에요."

"아니……."

"걱정 마세요. 여기 촌이라 작업도 쉬울 거예요."

"그래요……. 잘해봐요."

달리 할 말이 없었다. 돈 벌러 나가는 절도범에게 무슨 말을 해 줘야 하는지 몰랐으니까.

◆ ◆ ◆

만물이 고요했다. 사람들은 이런 곳에 오기 위해 은퇴를 기다리 며 열심히 일하지 않을까? 낚싯대 두 개를 앞에 두고 나는 상념에 잠겨 있었고, 왕눈이는 낚시 의자에 양반다리를 하고 앉아 있었 다. 왕눈이는, 무엇을 원하지는 않지만 무엇인가를 기다리는 표정 으로 호수 어딘가를 응시하고 있었다. 아주 정적인 아이였다.

마음이 무거우니 몸까지 가라앉는 느낌이었다. 비우고 싶었다. 아무리 고민해봐도 방법은 하나뿐이었다. 내가 직접 노친네한테 연락하는 것, 그게 정답이었다.

'심려를 끼쳐드려 죄송합니다. 어제는 제가 당황해서 말씀 못 드렸습니다. 전화로는 말씀드리기 예민한 내용이니 회장님께서 편하신 시간과 장소를 말씀해주시면 바로 찾아뵙고 보고드리겠습 니다.'

동훈이와 시체를 함께 묻은 일부터 시작해서 자초지종을 노친 네한테 보고해야 했다. 나는 전화를 꺼내 전원을 켰다. 그런데 전파 신호가 잡히지 않고 '통화 불가 지역'이라는 글자만 화면에 떴다. 그때 톡톡 입질이 느껴졌다.

낚싯대를 잡아보니 당기는 힘이 보통이 아니었다. 내 안의 모든 잡념들이 순식간에 사라지고 모든 신경이 입질을 하는 그놈에게 집중되었다. 나는 간을 보며 줄을 슬슬 감았다. 밀고 당기기를 반복하자, 이놈이 드디어 몸부림치며 수면 위로 모습을 드러냈다. 펄떡이면서 사방에 물을 튕기고는 눈 깜짝할 사이에 다시 물속으로 들어갔지만, 나는 정확히 볼 수 있었다. 물린 놈은 세 자는 족히 넘는 토종 잉어였다. 말없이 앉아만 있던 왕눈이도 거대한 물고기를 보더니 자리에서 벌떡 일어나 신기한 듯 입을 벌리고 쳐다봤다.

나도 왕년에 바다에서 낚시를 좀 했던 몸이라 엔도르핀이 돌면서 기운이 펄펄 나기 시작했다. 나와 씨름하는 잉어가 바다에 사는 청새치라고 상상하자, 어느새 나는 쿠바의 늙은 어부 산티아고가 돼 있었다. 하지만 놈과의 대결은 사흘이 아니라 삼 분도 가지 못했다. 내가 낚싯줄을 감으면서 힘껏 들어 올리자 이놈이 수직으로 치솟아 올랐다. 허공에서 펄떡거리며 요동치는 잉어를 보자 왕눈이는 박수를 치면서 좋아했다. 내가 봐도 정말 생생한 순간이었다. 낚싯대가 휘청거릴 정도로 힘 좋은 대어였지만 사투 끝에 그놈을 가까스로 제어할 수 있었다. 왕눈이 역시 난생처음 보는 물고기에서 눈을 떼지 못했다. 그런데 월척의 입에서 낚싯바늘을 빼내려는 순간, 잉어는 용춤을 추며 내 손아귀를 빠져나가 물속으로 다시 몸을 날렸다.

첨벙! 그놈이 튕긴 물에 온몸이 쫄딱 젖는 순간 나는 안타까움에 이마를 치며 탄식했다. 홀딱 젖은 나를 보며 왕눈이가 깔깔대며 웃기 시작했다. 나도 따라 웃었다. 내 안 깊은 곳에서, 진심으로 터져 나온 웃음이었다. 가슴을 조이면서 막고 있던 무언가가 빠져나간 것처럼 후련했다.

아이들은 고통을 빨리 털어낼 줄 안다. 버릴 줄 알고, 잊을 줄 알고, 내려놓을 줄 알기에 아이들은 가벼운 것이다. 그래서 아이들은 가라앉지 않는다. 왕눈이는 그렇게 내게 다시 웃음을 돌려줬다.

내가 그날 알게 된 것은 어린아이와 있으면, 무조건 정신을 바짝 차리고 계속 움직여야 한다는 사실이었다. 아이는 선택의 여지를 주지 않기 때문이다. 그래도 나는 왕눈이와 함께 있는 시간이 즐거웠다. 무엇보다 나를 전적으로 의지하는 왕눈이가 신뢰하는 눈빛으로 나를 바라볼 때, 나는 나보다 작고 나약한 존재를 돌보는 행위 자체가 주는 묘한 치유의 힘을 실감할 수 있었다.

◆　◆　◆

민주는 아웃렛에서 훔친 돈으로 가까운 읍내에 있는 시장에 들러 장을 봐 왔다. 민주가 작업한 지갑 세 개에는 수표를 빼고 현금이 20만 원 정도 들어 있었다. 하긴 요즘 세상에 누가 현금을 갖고 다니나? 민주는 아웃렛에서 필요한 것들을 사고, 읍내 시장 정육점에서 한우 꽃등심을 두 근 정도 훔치는 개인기까지 발휘했다. 아니 고기는 어떻게 훔쳤을까? 정말 대단한 여자였다.

저녁은 진수성찬이었다. 민주는 나를 배려해서 훔쳐온 소고기를 굽지 않고 샤브샤브를 만들었다. 식사를 하는 동안 그녀의 무용담은 끊이지 않았고, 기분이 밝아진 왕눈이 역시 적극적으로 의사를 표현했다. 우리는 왕눈이의 표정과 몸짓에 집중해야만 이해할 수 있었지만, 의사소통에는 큰 무리가 없었다. 밥을 먹으면서 나는 내가 처한 상황을 잠시 잊고 엉뚱한 상상을 해봤다. 내게도 생길 뻔했던 가족이 이런 게 아니었을까?

우유를 다 마시자 왕눈이는 두 손으로 빈 잔을 들어 올렸다. 그렇게 간단히 표현하는 왕눈이의 동작들은 보면 볼수록 귀여웠다. 나는 우유를 더 따라주기 위해 새로 사 온 우유팩을 뜯다가 깜짝 놀랐다. 우유팩을 돌려 옆면에 있는 사진을 민주에게 보여주자 그녀는 신기해하면서 말했다.

"와…… 우유팩에 사진 넣은 미아치고 찾은 아이가 없다던데. 현실적으로 찾는 게 완전 불가능하다 그러던데……."

"우리는 해냈어요."

12

소년이 집으로 돌아왔을 때는 이미 초저녁이었지만, 마을 아낙 몇이 마루에 앉아 할머니와 아직도 이야기를 나누고 있었다. 그들은 소년의 인사를 웃으며 받아줬다. 하지만 평소 점을 치러 왔을 때와는 사뭇 다른 분위기였다.

아낙들의 남편들은 연구소에 조사를 받으러 들어가 며칠째 나오지 않고 있었다. 그들이 특별히 잘못한 건 없었다. 다만 그들은 모두 역싸들이었다. 마을에 도는 흉흉한 소문에 의하면, 군인들과 함께 온 미군 코쟁이 의사들이 연구소에서 역싸들의 피와 골수를 뽑는다고 했다. 이런 이야기들 때문에 근심에 찬 아낙들은 더욱 불안해했다.

한참을 말없이 듣기만 하던 할머니는 아낙들에게 묘한 이야기를 했다. 아이를 낳지 못해서 이런 일들이 벌어진다고. 실제로 얼마 전부터 마을에서는 아이가 태어나지 않고 있었다. 굿을 하고 기도를 했지만, 마을 아낙들은 어지간해서는 아이를 갖지 못했다. 그런데 그게 연구소에서 조사를 받는 역싸들과 무슨 관련이 있단 말일까? 할머니와 아낙들의 대화를 엿듣던 소년은 이해할 수 없었다.

그때 차 소리가 들렸다. 군인들이었다. 그들의 예고 없는 방문에 아낙들과 박씨 아줌마는 물론, 할머니도 놀라는 표정이었다.

검은색 안경을 쓴 대령이 부관 장교와 함께 앞마당에 서 있었다. 할머니는 그들을 사랑방으로 안내했다. 아낙들은 젊은 대령에게 허리 숙여 인사를 하고, 이런저런 핑계를 대며 각자의 집으로 돌아갔다.

부대의 최고 권력자인 대령이 할머니를 찾아온 건 처음이 아니었다. 예전에도 소년은 점을 치러 온 대령에게 인사를 한 적이 있었다. 대령은 자신을 똑바로 쳐다보는 작은 소년의 머리를 만져주고는 아무 말 없이 지프에 올라탔었다. 소년은 대령이 왜 항상 검은색 안경을 쓰고 있는지 궁금했다. 대령이 애꾸라는 소문도 있었다. 그런 근거 없는 얘기가 도는 데는 이유가 있었다. 마을 사람들 중 대령의 눈을 직접 보고 목소리를 들어본 사람은 할머니 외에 아무도 없기 때문이었다.

군인들도 점 보는 것을 좋아했다. 그들의 호기심은 진급과 돈에 대한 욕심으로 만들어진 불안에 가까웠다. 할머니는 사람들에게 말했다. 군인들은 마을 사람들과 달리 원하는 게 많고 복잡한 사람들이라서 항상 불안해한다고.

박씨 아줌마가 차려준 저녁을 먹으면서 소년은 군인들의 불안에 대해 생각했다. 마을에 사는 사람들이 갖지 못한 것을 많이 가진 그들이 왜 불안할까? 그렇게 불안한 군인들이 어떻게 마을 사람들을 지킬 수 있을까? 아리송했다. 그러나 소년의 마음은 곧 다른 곳으로 흘러갔다. 아침 해가 뜨기 전에 일어나기 위해서는 빨리 잠들어야 했다.

할머니 말씀이 옳았다. 원하는 게 있으면 사람은 불안해진다. 그래서인지 소년은 가슴이 설레어 잠자리를 뒤척이며 밤을 지새웠다.

마을에서 나갈 수 있는 방법은 딱 두 가지뿐이었다. 배를 타고 바다로 나가거나, 연구소를 통해 육지로 나가는 것. 배가 있다고 누구나 바깥세상을 볼 수 있는 건 아니었다. 연구소는 고기잡이로 쓰는 작은 배 한 척까지도 관리했다. 군인들의 허가 없이는 그 누구도 벽 너머 세상으로 나갈 수 없었다.

서커스 단원들은 통상적인 절차를 거쳐 벽 너머로 나와서 짐을 기다렸다. 기차 시간에 맞춰 역이 있는 도시까지 그들을 태워다 줄 군용 트럭도 시동을 켠 채 대기하고 있었다.

부우웅! 묵직한 소리와 함께 기계가 작동했다. 자동으로 움직이는 고무판에 실린 단원들의 물품들이 하나씩 밖으로 나왔다. 단원들은 짐을 하나둘씩 챙겨 트럭에 실었다. 그런데 단원들의 의상과 소품을 넣는 오동나무 궤가 나오지 않고 있었다.

쿵! 갑자기 기계가 멈췄다. 잠시 후 건물 안에서 소총을 멘 군인과 함께 연구소 직원이 뛰어나왔다.

연구소 직원이 난쟁이 문씨와 단원들을 데리고 들어간 방 안에는 오동나무 궤가 바닥에 놓여 있었다. 군인의 지시대로 난쟁이 문씨가 자물쇠를 풀어 궤를 열었다. 궤 안에는 의상과 소품이 가득 차 있었다. 그리고 그 온갖 잡동사니들 사이에 웅크리고 있던 소년이 눈을 비비며 일어났다.

커다란 거울이 벽에 걸린 하얀 방이었다. 방문까지도 하얀색이었다. 체구에 비해 큰 의자에 앉힌 소년은 다리가 땅에 닿지 않았다. 양손이 뒤로 묶여 있어서 떨리는 몸을 제어할 수 없었다. 춥고 두려웠다. 이번에 저지른 일은 왠지 곳간 청소로 끝날 것 같지 않았다.

연구소 직원과 군인들이 번갈아 방으로 들어와 소년을 심문했다. 연구소 직원은 소년에게 물도 마시게 해주고 화장실도 가게 해줬지만 군인들은 달랐다. 다른 이들이 중위라고 부르는 한 장교는 질문 중에 소년이 피식 웃자, 쌍욕을 하면서 소년의 뺨을 여러 차례 후려쳤다. 소년의 코와 입술이 터져 피가 났다. 그러나 소년은 이를 악물고 끝까지 비밀을 지켰다. 그는 난쟁이 문씨가 자신을 숨겨줬다는 이야기는 끝까지 입 밖에 꺼내지 않았다.

13

우리는 밤 9시 뉴스에 나왔다. 나와 민주는 공개수배된 유괴 용의자였다. 인터넷에서는 오래전에 찍은 내 운전면허증 사진과, 경찰서에서 민주의 차를 타고 '도주'하는 모습이 찍힌 CCTV 녹화 화면을 쉽게 찾을 수 있었다. 사방에 널린 게 눈이고 카메라였다. 우리 모두는 감시의 대상이었고, 이제 사생활과 개인의 비밀은 점점 없어지고 있었다.

어쩌다 내가 그렇게 짧은 시간에 매스컴을 타는 벼락스타가 됐을까? 우유팩 사진부터 뉴스 꼭지까지 공작 냄새가 물씬 났다. 경찰의 작품이 아니었다. 이건 일종의 메시지였다. 회사에서 내게 보내는. 그렇다고 지레 겁먹을 필요는 없었다. 나의 명함 사진이나 광각으로 찍힌 동영상으로 날 알아볼 사람은 거의 없을 것이었다. 사람들은 남의 일에 관심이 많지 않으니까.

나는 저녁을 먹고 나서 노친네에게 전화를 했다. 노친네는 내가 무사해서 다행이라면서 자세한 이야기는 만나서 하자고 했다. 우유팩의 왕눈이 사진도 걸렸지만, 짧은 통화에서 나의 '안전'을 거론한 것이 찝찝해, 우리는 읍내에 있는 피시방을 찾아갔다.

인터넷 기사들을 살펴보던 민주가 퉁명스럽게 말했다.

"나도 단독으로 사진도 나오고 박스도 따로 붙고 그래야 되는 거 아냐? 아니 왜 나는 달랑 '29세 여자'로 나와? 웬 성차별?"

민주는 정말 특이한 캐릭터였다.

"보도가 공정성이 있어야지. 내 이러니까 기자질 못해먹겠다고 때려치운 거예요."

이런 상황에서 어떻게 저런 말이 나올까? 나는 이 여자의 뇌 구조를 한번 들여다보고 싶었다.

"내일 내가 신호 회장 만나서 다 풀게요. 나야 법적으로 조금 귀찮겠지만, 아가씨한테는 아무 일 없을 겁니다. 내가 약속할게요. 날 믿어요."

민주가 내 눈을 읽었다. 나를 신뢰하고 있었다.

"오~우, 아저씨 완전 터프하시다. 그거 알아요? 사진보다 실물이 훨 나아요."

"……그런 소리 종종 들어요. 그리고 나 아저씨 아니에요. 우리 나이 차이 몇 살 안 나요."

의자에 앉은 채 잠들어버린 왕눈이를 안고 우리는 피시방을 나왔다. 우리는 통나무집에서 하루 더 묵고 아침 일찍 출발하기로 했다.

하루 종일 보이지 않던 루이지는 늦은 밤에야 집에 돌아왔다.

"우유팩 미아 광고도 신 회장 작품이야?"

"벌써부터 찾고 있었겠지. 왕눈이도 여자도. 나한테만 시켰겠냐?"

"통화할 때 신 회장이 꼬마 얘기 해?"

"제일 먼저 묻더라. 같이 있냐고."

잠시 침묵이 흘렀다.

"신 회장이랑 내일 잘 얘기해봐. 그 사람이 너 좋아하잖냐. 근데…… 경찰에서 혹시 그놈 시체를 찾은 건 아니겠지?"

"모르지."

"뭐, 경찰이야 니네 회사에서 돈 쓰면 될 거고. 그리고 저 꼬마, 쟤도 부모 품으로 가야지. 그게 옳은 일 아니냐?"

루이지는 정의로운 친구였다. 그에게는 '옳은 일'이 중요했다. 나는 그런 루이지가 좋았다. 이런 황폐한 세상에서 옳고 그름을 고민하는 친구가 있다는 게. 나는 뭐가 옳지 않은지는 알았지만 뭐가 옳은지는 잘 몰랐다. 언제부터 그렇게 됐는지는 기억나지 않았다.

"어, 그래야지. 차근차근 한 타래씩 풀어야지."

"혹시 모르니까 안전하게, 사람들이 많은 장소에서 신 회장을 만나는 게 좋지 않을까?"

가끔씩 툭 던지는 말들을 보면, 루이지도 머리가 나쁜 놈은 아니었다.

"어, 그러기로 했어."

평범하게 회사를 다니다 조용히 은퇴하고 여가를 즐기다가 편안히 죽는 게 내 인생의 목표였다. 그런데 어쩌다 이런 일에 엮였을까? 한숨이 절로 나왔다. 답답했다. 의문은 많은데 답은 하나도 보이지 않았다. 장님이 코끼리를 열심히 애무하고 있었다.

"그러고 멍 때리고 있으니까 너 옛날 모습 보인다."

"뭐?"

"너 어렸을 때, 그렇게 뭐 보고 있는 거 좋아했어. 멍한 표정으로. 너 혼자 서서 이렇게 우물 안을 들여다보고 그랬었어."

"내가?"

"니가 하도 열심히 들여다봐서, 우물 안에 뭐가 있는 줄 알았어."

"뭘 보고 있었는데?"

"그래서 뭘 보고 있냐고 물어보니까 구름을 본다고 했어. 우물에 비친 구름을."

"구름?"

"응, 나도 뭔 소린가 했지. 아니 하늘에 있는 구름을 왜 우물 안에서 찾는 건지. 그때부터 알아봤지. 이 새끼는 정상이 아니구나."

루이지가 말하는 우물은 정확히 기억났다. 우리 마을에 우물은 딱 하나뿐이었다. 근데 내가 찾던 것은 구름이 아니었다.

"야, 씨발, 구름이 아니라 꿈! 새끼, 넌 어떻게 꿈을 구름이라고 듣냐? 그게, 그니까 우리 할머니가 그랬어. 전날 꾼 꿈을 다시 보고 싶으면 우물을 들여다보라고. 아마 무슨 옛날 얘기였을 거야. 그래서 내가 그러고 있었던 거야. 진짜로 보이는 줄 알고."

"그래? 거 재미있네……."

"우리 할머니가 독특한 캐릭터였잖아."

"참 좋은 분이셨지."

"새꺄 넌 존나 무서워했잖냐. 할머니가 깜깜한 밤에 소복 입고 석상 앞에서 빌고 그러면, 귀신 같다 그러면서 도망갔어."

"야, 나만 무서워했냐? 마을 사람들 다 그랬지. 너네 할머니가 보통 분이셨냐?"

"그렇지. 특별했지. 많은 걸 보는 분이셨지."

"응. 너도 그런 기질이 좀 있지 않냐?"

루이지 말이 맞다. 어렸을 때 나는 많을 것을 봤다. 그 시절 나는 공주를 사랑하는 난쟁이도 봤고, 하늘을 수영하는 코끼리도 봤고, 천국의 문도 볼 수 있었다. 그런데 나는 언제부턴가 하늘도 우물도 보지 않았다. 아니 내 눈에는 꿈도 구름도 보이지 않았다. 어른이 된 이후 난 내가 뭘 보고 살았는지 기억이 나지 않았다.

"나야 우리 할머니랑은 다르지. 할머니는 무당이었잖아. 예지력도 있고, 귀신인지 영인지도 보시고, 또 그런 거랑 얘기도 하시고. 진짜 말 그대로 영매잖아. 나는 그런 건 아냐. 난 그냥 주리 죽고 나서, 할 일 없으니까 수영장 두 개 정도의 술을 퍼 마셨잖아. 그래서 정신이 오락가락해서 가끔 헛것을 보는 거야. 알코올 중독이라서. 근데…… 할머니 보고 싶네."

루이지가 조심스럽게 물었다.

"가끔 주리도 보이니? 꿈에서……?"

"아니. 한 번도 본 적 없어. 내가 좀 비정상이지만, 그 정도는 아닌가 봐."

"네 마누라는 땅에 묻어서 그런 거 아닐까? 네 손으로 묻었잖아. 네 잘못도 아니었고. 그래서 안 보이는 거 아닐까?"

그 어떤 것도 주리와 함께했던 시간을 다시 떠올리는 것만큼 나를 행복하게 하고 또 나를 슬프게 하는 것은 없었다. 그래서 나는 주리를 기억하지 않으려고 해왔다.

"그런지도 모르지. 근데 최근 몇 년 동안 꿈을 꾼 기억이 없어. 그냥 회사에서 돌아오면 기절한 듯 푹 자. 아무 생각 없이. 차라리 지금…… 이 모든 게, 이게 다 꿈이었으면 좋겠다."

루이지는 예전에 우리가 부르던 노래를 코로 조용히 흥얼거렸다.

가르딩 요르딩 유르벤나 유르쓰
닝공즈 닝공즈 링규싸

루이지는 그의 방식으로 날 응원하고 있었다.

'괜찮을 거다. 여기까지 왔지 않냐? 너 진짜 멀리 왔다. 돌이켜보면 네 인생 자체가 기적이다. 앞으로도 잘될 것이다. 살아남아라. 반드시.'

루이지의 말이 옳았다. 나는 어차피 밑질 게 없는 인생이었다. 나는 생존자였다.

◆ ◆ ◆

아침 일찍 읍내 이발소에 들러 머리를 짧게 자르고 주유소에서 싸구려 선글라스를 하나 샀다.

나는 공개수배자였고 그런 식으로라도 유명세를 치러야 했다. 통나무집으로 돌아오니 고무된 목소리로 누군가와 통화 중이던 민주가 불쑥 나타난 나를 보고 당황했다. 급하게 전화를 끊더니 그녀는 집 안 청소를 마저 하기 시작했다.

"오우~! 인물이 달라 보이네요. 스타일 좋아요."

"무슨 일 있어요?"

"아뇨, 그냥 남친이……."

"계속 통화하지? 괜히 나 때문에."

"아니 곧 볼 텐데……."

"여기 청소 안 해도 돼요."

"그래도 오기 전처럼은 해놔야죠. 거의 다 했어요."

민주는 뭔가를 숨기고 있었다. 경찰서에서 처음 봤을 때와 같은 부자연스러움이 살짝 느껴졌다. 하지만 나는 그냥 넘겼다. 그리 가까운 사이도 아닌데, 서로의 모든 것을 다 알 필요는 없었다. 그렇게 민주의 프라이버시에 대해 생각하고 있는데…… 내 발밑에서 작은 타일 조각이 움직였다. 어어! 순간 나는 팔다리로 허공에 반원을 그리며 엉덩방아를 찧었다. 전기에 감전이라도 된 듯 저릿한 통증이 척추를 타고 턱까지 빠르게 전해졌다. 고통스러웠다.

왕눈이가 놀면서 바닥 곳곳에 뿌려놓은 도미노 조각을 밟은 것이었다. 다행히 크게 다치지는 않았지만, 잘못됐으면 뇌진탕으로 죽거나 허리를 삐끗할 수도 있었다. 그런데 나의 슬랩스틱을 본 왕눈이는 배를 잡고 웃고 있었다. 왕눈이는 기본적으로 밝고 낙천적인 아이였다. 평범하지는 않지만, 장난기도 있고 똑똑했다. 노친네가 왕눈이를 데리고 가면, 이놈을 다시 볼 수 있을까? 뜬금없이 그런 생각이 들었다. 며칠 사이에 나는 왕눈이와 정이 들어 있었다.

◆ ◆ ◆

내가 사는 주상복합 건물 앞에 차를 세우며 민주가 물었다.

"아저씨, 긴장 이빠이 했죠?"

"뭐? 아니…… 왜?"

"밤새 잠꼬대 심하게 한 거 아시죠? 이도 갈고. 장난 아니던데."

"내가? 아…… 그게 2층까지 들렸나? 내가 뭐라 그랬어요?"

왠지 긴장됐다. 오랫동안 혼자 살았기에 내 잠버릇이 어떤지 알지 못했다. 아니 루이지와 대화하는 걸 혹시 들었나? 민망한 이야기라도 했으면 어쩌지?

"얼굴은 왜 빨개져? 화성어라서 뭔 말인지 하나도 못 알아들었어요. 뭐 켕기는 거 있어요?"

"아뇨. 애나 잘 챙겨줘요. 사이렌 좋아하니까 번쩍번쩍하는 것도 좀 태워주고. 잘 돌봐줘요."

왕눈이는 차에서 내리는 나를 멀뚱멀뚱 쳐다봤다.

"꼬맹이랑 놀고 있을 테니까 전화 주세요."

"그리고 부탁인데…… 거기서는 훔치지 말아요. 아니 오늘만 좀 참아……."

120

"아, 그럼요. 사람을 어떻게 보고? 애도 있는데. 그리고 우리 이제 카드 써도 되잖아요."

"알았어요. 믿어볼게요."

나는 차에서 내려 건물로 들어섰다. 집을 비운 지 불과 이틀이었다. 그런데 마치 긴 여행을 다녀온 기분이었다. 시계를 보니 노친네와의 약속까지는 한 시간 정도 남아 있었다.

14

"할머니 지가 잘못했어라."

소년은 기어들어가는 목소리로 말했다. 할머니는 그날 연구소 직원들과 장교들에게까지 두루두루 돈을 찔러줘야 했다. 아무리 그들이 할머니와 안면이 있고 또 몇몇은 친분이 있다 해도, 그날 소년이 저지른 일은 너무도 큰일이라, 할머니는 손자를 빼내기 위해 적지 않은 돈을 쓸 수밖에 없었다.

"도라꾸 타고 싸카스랑 여그를 그라고 떠나고 잡드냐?"

"야아? 아니어라."

"허기사 할미가 해주는 거이 워째 즈그 부모만 허겄냐. 째깐한 거시 말도 못허고…….

소년은 말없이 할머니와 나란히 길을 걸었다.

"싸카스단 난장이 문가가 꼬드기드냐?"

"아…… 아니어라."

소년은 손을 저으며 부인했다.

"근디 니는 난장이 문가가 머시 그라고 조트냐?"

소년은 입을 다물고 땅만 보며 걸었다. 어째서 할머니는 난쟁이
를 유난히 싫어할까? 난쟁이도 꺽다리도 똑같은 사람인데. 할머
니와 난쟁이 문씨가 눈도 마주치지 않을 만큼 서로 피한다는 것은
나이 어린 소년도 오래전부터 눈치채고 있었다. 그러나 할머니는
홍콩펀치나 꺽다리에게는 늘 친절하게 대했다. 그런 할머니의 마
음을 소년은 이해할 수 없었다.

"이 할매하고 약조허자. 앞으로 고 잔재주 부리는 요상시런 화
상 근처에는 가지 안컸다고."

소년은 계속 땅만 보며 걸었다.

"아, 나 말 퍼뜩 못 듣겄냐!"

"야…… 알았어라."

선명하게 피멍이 든 소년의 볼을 보면서 할머니가 이를 갈며 욕
지기를 내뱉었다.

"염병 호로시끼들. 먼 직일 죄를 졌다고, 아를 패고 지랄이여."

"겁나 아프진 않았어라. 그라고…… 지 안 울었는디."

할머니의 눈시울이 붉어졌다. 평소의 꼿꼿하던 뒷모습과 달리
그날따라 힘없이 구부정해 보이는 할머니를 소년은 업어드리고
싶었다. 하지만 조용히 할머니 뒤를 터벅터벅 따라갔다.

"워째 같은 땅에 사는 꼭 같은 사람들인디, 누구는 워디를 즈그
맘대로 거시기 해불고, 누구는 안 된다는 거시여? 거이 즈그들 맴

대로 맹글어논 저놈의 벽 때문이여. 썩을 것들. 허그사 미군정 때도 그랬고, 왜놈들 시절에도 그랬었재."

소년은 놀라지 않을 수 없었다. 할머니는 군인들이 들었다가는 정말 큰일 날 이야기를 하고 있었다.

"군인들, 관리들, 핵교 선상들이 허는 말 다 믿을 필요 없다잉. 다 참말은 아니니께잉. 그라고, 저것들이 자꾸 지뢰, 지뢰 혔쌌는디, 지뢰는 없응깨 벽을 넘고 자프믄 후울딱 넘어뿔믄 그만이다잉. 사램이 말이여…… 진짜로 무서버할 거슨 무서버하는 맴뿐이여. 무선 맴 묵고 있으면 될 일도 안 되는 거시여. 나 말 무슨 말인지 알겠재?"

"야……"

"근디, 워디 가가꼬 할미가 이런 야그 했다고 하믄 안 된다잉."

소년은 혼란스러웠다. 할머니의 이야기는 소년이 학교에서 배운 내용과는 정반대였다. 지뢰가 없다니. 그게 무슨 말인가? 그리고 벽을 넘을 수 있다니.

"지는 나갔다 기냥 시상 구갱만 째깐 허고 여그로 다시 돌아올라 그랬는디……."

할머니는 소년을 돌아보며 한숨을 내쉬었다.

"이 손바닥만 한 마을이 답답도 허겠재. 니도 인자 다 컸는디, 가고 자프믄 가야재."

"……"

"이 할미 말 잘 들어라잉. 니도 여그를 나갈 날이 꼭 올 거시여. 큰 시상으로 나가, 이 할미는 꿈도 못 꿔본 곳을 니는 다 볼 거시여. 그란디…… 대장부가 맴을 묵었으믄 앞만 보고 뛰어야재. 자꾸 돌아봤싸믄 큰일 못하는 거시여. 알겄재? 니는 사주를 잘 타고 나서, 낸중에 크믄 대장부 맨치로 큰일 할 거시여. 다른 이들도 위허고, 시상도 위허고 아주 존 일 할 거시여. 그때 이 할미는 죽고 여그 시상에 없겄지만, 우리 바우 다 내려다볼 것잉깨 잘돼야 된다잉. 그라고, 니 눈에는 쩌그 바껕시상이 화려하겄지만 은젠가는 니도 알 거시다. 사람 사는 거시 다 거그서 거그라는 걸. 니도 크믄, 여가 보고 자픈 날이 올 거시다.”

마을에 가까워지자 여기저기서 풀벌레 우는 소리가 들려왔고, 집집마다 저녁을 차리느라 하얀 연기가 모락모락 피어오르고 있었다.

“어여 집에 가자, 시장헐 틴디. 박씨한테 달구 새끼라도 한 마리 잡으라 해야겄다. 오늘 째깐한 거시 이래저래 고생이 많았을 거신디.”

소년은 연구소에서 풀려나오면서 화가 많이 난 할머니한테 단단히 야단맞을 각오를 하고 있었다. 그런데 오히려 할머니가 소년에게 미안해하고 있었다. 할머니에게 들키지 않으려고 소년은 손등으로 젖은 두 눈을 재빨리 훔쳤다.

15

문을 여는데 손이 떨렸다. 엘리베이터에서부터 나의 편집증이 발동했다. 누군가가 집에 들어와 있을지도 모른다는 망상에 긴장이 됐다. 그러나 누군가 다녀간 흔적은 없었다. 모든 게 그대로였다.

샤워와 면도를 하고, 옷을 갈아입었다. 냉장고 안에 숨겨둔 현금 다발과 소형 전기충격기를 꺼냈다. 책상 서랍에 있는 여권도 잊지 않았다. 꼴사납지 않은 선글라스로 바꿔 끼고, 캐주얼 복장에 어울리는 운동화를 신었다. 현관 전신거울에 비친 내 모습이 낯설어 보였다.

나는 일부러 건물 앞에서 택시를 잡지 않고 대로로 걸어 나왔다. 그리고 지하철역 입구까지 걸어가 지하도로 내려갔다. 하지만 지하철을 타지 않고 맞은편의 다른 입구로 다시 뛰어나왔다. 예상대로 누군가가 미행하고 있었다.

검은 등산복 점퍼에 검은 군복 바지, 그리고 검은 등산모까지 푹 눌러쓴 올블랙의 남자는 얼굴이 보이지 않아 나이는 짐작하기 어려웠지만, 힐끗 봐도 호리호리한 체구와 가벼운 몸놀림에서 전문적인 훈련을 받은 냄새가 났다. 경찰일까? 아니면 회사에서 고용한 놈일까? 어느 쪽이든 중요하지 않았다. 어중이떠중이 민간인은 확실히 아니었다.

허리에 찬 C2 충격기가 든든하게 느껴졌다. 집에서 새 카트리지를 끼워 확인했을 때, 작동에 이상은 없었다. 중국산 짝퉁이 아닌 그 유명한 테이저 사社에서 제조한 정품이었다. 따라오는 올블랙을 제압하기에 거리는 충분했다. 놈을 조준해 버튼만 누르면 그놈의 몸에 정확하게 두 개의 핀이 꽂힐 것이었다. 각각 플러스와 마이너스의 전하電荷가 흐르는 핀 두 개는 놈의 근육을 15초 동안 마비시킬 수 있다.

나는 기본적으로 인간은 누구나 자신을 보호할 권리가 있다고 믿는다. 그 권리에는 당연히 무기 사용도 포함된다. 무기를 가진 놈들에게 무자비하게 짓밟혀본 사람이라면 나를 이해할 것이다.

하지만 백주대낮에 길 한복판에서 전기충격기를 쓸 수는 없는 노릇이었다. 나는 제일 먼저 다가오는 택시를 세워 택시 기사 옆자리에 앉았다. 옆 거울로 뒤를 보니 올블랙도 택시를 잡아타고 따라오고 있었다.

내가 탄 택시는 반도클럽 입구 차단기 앞에서 멈춰 섰다. 초소 안의 경비가 나를 살피며 회원인지 물었다. 나는 회원은 아니지만 회원과 약속이 있어 왔다고 대답했다. 그러자 경비가 나를 의심스럽게 훑어보며 어느 회원과의 약속인지 물었다.

회원제로 운영되는 반도클럽은 도심 속의 고급 휴양시설이었다. 행사와 사교 모임 때문에 여러 차례 왔지만, 나는 정식 회원은 아니었다. 회사와 적당히 떨어져 있어서 이따금 노친네와 따로 만날 때 이용하던 곳이었다.

옷차림도 그렇고 택시 기사 옆자리에 앉아 있는 내가 경비의 눈에는 만만해 보였던 것 같다. 불친절한 말투로 깐깐하게 구는 경비가 같잖았지만, 나는 꾹 참고 신호 회장을 만나러 왔다고 대답했다. 반도클럽이 신호 회장의 개인회사 소유인 것은 알고 있었지만, 노친네가 클럽 회원인지는 확실치 않았다. 그때 나도 모르게 절로 한숨이 나왔다. 사람들이 많은 공공장소를 고른다는 것이 결국 노친네가 소유한 클럽이라는 사실에 나도 모르게 실소가 나왔다. 뛰어봐야 누구 손바닥 위라더니.

잠시 후 인터폰으로 프론트에 내 이름을 확인한 경비는 거수경례를 하며 차단기를 열었다. 올블랙이 타고 뒤따라오던 택시는 클럽으로 들어오지 못하고 유턴을 해서 돌아가고 있었다. 심부름으로 남의 꽁무니를 따라다니며 뒷조사하는 것들도 결국은 소외계층이고 용역 머슴이었다. 그들이 아무리 내 뒤를 밟아도 반도클럽까지 따라 들어올 수는 없었다.

지배인이 입구에서 나를 안내했다. 복도 양옆의 창으로 화창한 가을 날씨에 야외수영장 '파빌론'에서 음료를 즐기는 이들이 보였다. 대부분 젊은 유한마담들이었다. 신분 상승에 성공한 미시족이라 안구 정화 효과는 확실히 있었다. 나는 혹시나 그들 중 누군가가 나를 알아볼까 봐 잠시 긴장했다. 그러나 곧 깨달았다. 아무도 나를 신경 쓰지 않는다는 것을. 이곳에서 공개수배된 나를 알아볼 사람은 없다. 이곳에 드나드는 사람들은 클럽 밖, 즉 차단기 밖의 사람들과는 완전히 다른 세상에 살고 있는 사람들이 아닌가? 세상은 그렇게 나뉘어 돌아간다. 주중 한낮에 클럽에서 여가와 사교를 즐기며 시간을 보내는 유한계급이 있고, 차단기 밖에는 온갖 내키지 않는 일을 꾸역꾸역 하며 '좆뺑이' 치는 인간들이 있다.

복도 끝에 있는 프라이빗 다이닝룸 앞에 멈춰 선 지배인은 노크를 했다. 그리고 내게 목례를 하며 문을 열어줬다. 방 안에서는 노친네가 나를 기다리고 있었다.

노친네는 인상을 찌푸리며 한숨을 깊이 내쉬었다. 평소의 여유롭던 모습은 찾아볼 수 없었다.

"자넨 자식이 없어서 이 업보를 몰라. 골프공하고 자식새끼는 마음대로 안 간다는 말 있지? 잘못 친 공은 무르고 다시 칠 수나 있지. 이건 무르지도 못하고. 그놈은 대체 왜 그 모양인지. 어디서부터 잘못됐는지……."

아무래도 동훈이가 병신 짓을 해서 노친네를 다시 한 번 실망시킨 것이 틀림없었다. 그러나 동훈이 정확히 무슨 짓을 저질렀는지는 파악할 수 없었다. 노친네가 나를 신뢰해서 독대를 할 기회가 많긴 했지만, 그렇다고 신 회장에게 궁금한 것을 모조리 질문할 수 있는 관계는 아니었다. 어쩐지 나는 머저리 아들을 둔 늙은 아비에게 연민을 느꼈다.

"여러 가지 오해로 자네도 당황했을 거야. 일이 꼬였지만, 자네

문제는 회사에서 알아서 해결해줄 테니 걱정 말게나. 잠시 외국에 나가 바람이나 쐬고 오면 돼."

"……."

"그 아이가 지금 그 기자랑 있다고?"

"예."

"아이를 왜 데리고 오지 않았나?"

"제가 경황이 없어서 생각을 잘못했습니다."

"난 지금 협상을 하자는 게 아니라 자네를 도우려는 건데……."

노친네의 눈빛이 번뜩였다. 나는 바로 꼬리를 내렸다.

"죄송합니다."

고개 숙여 깍듯이 사과하자, 노친네는 다소 누그러진 목소리로 말을 다시 이었다.

"그 아이, 중요한 아이네. 지금 아이의 건강 상태가 어떤지 모르지만, 여러 검진이 필요하네."

"……."

"길게 설명 않겠네. 그렇게 알고……."

"예."

"다음에 날 볼 때는 이번 일 다 잊고 오게."

"예, 알겠습니다."

노친네는 식탁에 놓인 작은 버튼을 눌렀다. 그러자 누군가가 밖에서 노크를 했다. 노친네가 들어오라고 하자 방문이 열리고 양민섭이 들어왔다. 눈앞에 선 부산멧돼지를 보자 머릿속이 다시 복잡해졌다.

양민섭과 나는 그의 차를 타고 반도클럽에서 나왔다. 민주와 왕눈이가 있는 놀이공원으로 가는 내내 차 안은 조용했다. 부산멧돼지나 나나 서로 주고받을 말은 없었다.

놀이공원 주차장에 막 도착했을 때 휴대전화가 울렸다. 민주였다.

"아저씨! 큰일 났어요! 꼬맹이가 없어졌어요!"

"그게 무슨 소리야?!"

"아, 그…… 그게…… 그놈이 꼬맹이를 데리고 갔어요!"

"방금 도착했으니까. 바로 갈게요. 거기 어디예요?"

전화에서 새어 나오는 민주의 흥분한 목소리를 듣고 부산멧돼지가 의아한 표정으로 나를 봤다. 민주가 있는 곳의 위치를 확인하고 전화를 끊은 다음 양민섭한테 상황을 설명하려는데, 이번에는 그놈의 전화가 진동했다. 무의식적으로 양민섭은 자기 전화를 들여다봤다. 문자메시지를 확인하는 그놈의 얼굴에 야비한 미소가 살짝 번졌다. 그 순간 내 직감은 C2 충격기를 뽑으라고 외쳤다. 나는 바로 부산멧돼지를 C2 충격기로 지져버렸다. 그놈은 외마디 비명을 지르며 기절했다. 부산멧돼지는 입에 거품을 물고 숨을 거칠게 내쉬었다. 고혈압이나 특별한 심장질환이 없다면 이 정도로는 죽지 않을 체격이었다.

[벙어리 확보.]

부산멧돼지의 전화에는 그렇게 찍혀 있었다. 그놈의 허리춤에는 수갑과 장전된 권총이 있었다. 뭔가 이상했다. 양민섭의 안주머니에서 지갑을 뒤져보니 그놈은 현직 경찰 간부였다. 나는 정말 대단한 회사에 다니고 있었다.

양민섭의 두 손에 수갑을 채우고 그가 매고 있던 넥타이로 재갈을 물렸다. 뒷좌석을 앞으로 젖혀 놈을 트렁크로 밀어 넣고 닫았다. 부산멧돼지에게 물어보고 싶은 게 한두 가지가 아니었지만, 우선 급한 불부터 꺼야 했다.

◆ ◆ ◆

민주는 나를 집에 데려다 주고, 왕눈이와 함께 도심에 있는 실내놀이공원으로 갔다. 엄청난 쇼크로 힘들었을 왕눈이에게 맛있는 것도 사주고 놀이기구도 태워주면서 기분전환을 시켜주고 싶었고, 또 상황이 어떻게 될지 모르기 때문에 민주와 나는 따로 움직이기로 한 것이다. 내가 노친네를 만나 상황을 파악한 후 민주에게 연락을 하면, 왕눈이를 신 회장 측에 넘겨주는 것이 원래 우리의 계획이었다. 하지만 민주는 그 계획에서 살짝 벗어난 짓을 했다.

평일 오후였지만 놀이공원은 관광객들로 붐볐다. 민주는 그곳에 남자친구 태현을 불렀다.

민주의 입사 동기인 태현은 결혼을 한 후에도 민주와 관계를 계속 이어왔다. 태현은 민주와 달리 현역 기자였다. 대학에서 경영학과를 나온 태현은 회사원 트레이닝이 잘돼 있어, 눈치가 빠르고 권력에 예민했다. 민주의 말에 의하면, 그는 뉴스의 보도보다 생산에 관심이 많았고, 미디어를 자신이 인생에서 가고 싶은 곳의 중간단계 정도로 생각하는 약삭빠른 놈이었다.

점심을 먹은 후, 민주는 왕눈이에게 사이렌이 울리는 멋진 장난감 소방차도 사주고, 함께 놀이기구도 타면서 재미있게 놀고 있었다. 그러다 잠시 민주가 화장실에 간 사이에 태현은 왕눈이를 데리고 사라져버렸다. 놀란 민주가 그에게 전화를 했지만, 태현은 자기가 알아서 처리하겠다며 끊어버렸다. 민주는 태현이 무슨 소리를 하는지 알아듣지 못했지만, 그가 자기를 배신했다는 사실에 광분했다.

나는 민주에게 양민섭의 전화에 찍힌 문자메시지를 보여줬다. 민주의 얼굴이 사색이 되며 일그러졌다.

세상에는 두 가지 권력이 있다. 자본권력과 정치권력. 그에 따르는 유혹의 종류 역시 무궁무진하다. 그래서 사람은 영혼을 파는지도 모른다. 영혼을 파는 놈들에게 특별한 유전자가 있는 것은 아니다. 태어날 때부터 그런 놈들은 없다. 정부, 검찰, 언론에 종사하면서 뒷돈 받아먹는 놈들도 집에 가면 누구의 아비고 한 집안의 가장이다. 그들 중에 학교 졸업 할 때부터 구린 돈을 먹으며 잘 살겠다고 다짐한 이들은 많지 않을 것이다. 생각해보니 내가 아는 몇몇 가운데 그런 놈들도 있긴 하다. 뭐, 어느 분야에서나 남들보다 출발이 빠른 놈들이 있기 마련이니까.

예전에 내가 한참 주색에 빠져 지낼 때, 클럽에서 만난 여자들에게 이런 농담을 자주 던졌다. 특히 본인이 많이 배워 도도하고 잘났다고 생각하는 젊은 여성들에게. 어떤 남자와 얼마를 주면 결혼하겠나? 분위기에 따라 '결혼'이 '잠자리'로 바뀌기도 했다. 그러면 액수를 바로 말하는 여자들도 있었지만, 내가 무슨 창녀인 줄 아느냐며 팔짝 뛰는 것들이 대부분이었다. 그러나 100억짜리 부자와 결혼하는 게 그렇게 싫으냐고 다시 물으면, 단호하게 싫다고 답하는 여자는 거의 없었다. 대부분은 그런 나의 질문에 그냥 실실 쪼개며 100억이라면 생각해볼 수도 있다는 반응을 보였다. 사실 거액의 보험금을 타긴 했지만, 당시에 나의 유동재산은 50억 정도밖에 되지 않았었다. 그러면 나는 부드럽게 미소를 지으며, 현실적으로 100억은 심하고 50억은 어떻겠느냐고 다시 물었다. 그러면 상당수의 여자들은 대화를 이어갔다. 나는 그럴 때마다 아주 예의 바르게 되묻고 싶었다. 이래도 창녀가 아니세요? 이미 가격 흥정을 하고 있는데. 결국 다 가격의 문제다. 마음이든 몸이든 팔겠다고 맘먹은 것들에게는. 별별 것들을 서슴없이 사고파는 세상이라, 진짜 나쁜 놈들이 판을 치는 세상이 됐는지도 모른다. 하여튼 나는 태현이라는 놈이 그렇게 특별히 사악하다고는 생각하지 않았다. 신분 상승과 눈앞의 이익을 위해서는 무엇이든 다 하는 자유로운 영혼은 주변에서 흔히 봐온 유형이었다.

그러면 왜 똑똑한 민주가 태현의 본질을 파악하지 못했을까? 그놈과 몸정을 나누었기 때문에? 그럴 수도 있었다. 그러나 원래 사기란 당하는 사람의 욕망으로 인해 비로소 완성되는 것이다. 나중에야 알게 됐지만, 민주도 그날 내게는 말하지 않았던 다른 꿍꿍이가 있었다.

왜 하필이면 민주는 거기서 남자친구를 만났을까? 단순히 며칠 못 만났기 때문에 보고 싶어서 불러냈을까? 모함에 빠진 우리를 언론에서 구해줄 거라고 생각했던 걸까? 이런 의문들이 머릿속을 헤엄치고 있을 때, 시야에 아주 낯익은 얼굴이 하나 보였다. 먼 거리였지만 사람들 사이로 나는 확실히 볼 수 있었다. 짜리몽땅이었다! 무전기로 열심히 교신하던 그가 나와 눈이 마주쳤다. 그러자 이놈이 씨익 입꼬리를 올렸다.

좆됐다. 주위를 둘러보니 놀이공원과는 전혀 어울리지 않는 차림의 사복형사 똘마니들이 사방에서 민주와 나를 향해 걸어오고 있었다. 이것들은 하나같이 자기들이 짭새라는 걸 광고라도 하듯이 귀에 무전이어폰을 꽂고 있어, 멀리서도 알아볼 수 있었다. 그럴 거면 차라리 유니폼을 입고 오든지. 대한민국 짭새들은 진짜 연구대상이다.

아, 노친네가 나한테 다 해결해주겠다고 한 게 이런 거였나? 아니, 이제 괜한 일에 엮인 정도가 아니라, 잠자는 호랑이의 꼬리를 밟았다는 느낌이 들었다. 뒤통수를 친 애인을 원망하며 인생을 개탄하던 민주도 그들을 보자 곧바로 정신을 차렸다. 마음이 급해진 나는 짜리몽땅과 똘마니들의 반대 방향으로 뛰었다. 내가 뛰자 민주도 따라 뛰었다.

"아니, 아가씨는 왜?"

"뭘 왜?"

숨을 헐떡이며 민주가 나를 봤다.

"아, 왜 뛰냐고? 경찰들인데……."

"저것들을 어떻게 믿어요? 다 같은 패거린데."

"아가씬 빠져요."

"이제 와서…… 어떻게…… 그냥 닥치고 뛰세요."

경찰을 못 믿으면 그럼 날 믿는단 말인가? 우리는 일단 닥치고 뛰었다.

어른과 아이들이 뒤엉킨 놀이공원에서 인파를 헤치고 뛰는 일은 상당히 번거로웠다. 아이들이 넘어지고 부모들이 지랄해댔다. 미안했지만 어쩔 수 없었다. 다행히 민주가 날렵하게 움직여줬다. 민주는 보기보다 운동신경이 좋았다.

그런데 얼마 가지 않아, 맞은편에서 덩어리 한 놈이 뛰어오는 것이 보였다. 나 하나 잡겠다고 무슨 짭새들이 이렇게 많이 출동했을까? 왠지 순간 좀 우쭐해졌다. 내가 중요한 사람이라도 된 것 같았고, 또 싸움을 썩 잘하는 사람으로 경찰한테 인정받은 것 같았다.

민주와 나는 방향을 틀어 출입구를 찾아보았다. 하지만 그 넓은 실내놀이공원에서 비상구가 어디에도 보이지 않았다. 한참을 이리저리 헤매다 '관계자 외 출입금지'라고 쓰인 철문이 눈에 들어왔다. 민주와 나는 그리로 달려 들어갔다. 안에 있던 '관계자'들은 우리를 제지하기는커녕, 우리에게 신경도 쓰지 않았다. 사람들은 남의 일에 관심이 없었다.

좁은 통로를 지나자 직원들이 사용하는 탈의실이 나왔고, 그 옆에 또 다른 비상구가 보였다. 비상구를 열자 계단이 나왔다. 이미 한 놈이 우리 뒤를 빠르게 쫓고 있었다. 다른 짭새들도 곧 따라올 것이었다. 생각할 겨를이 없었다. 계단을 한 층 반 정도 뛰어 내려갔을 때, 나는 발을 잘못 디뎌 굴렀다. 당황한 민주가 나를 부축하다가 갑자기 기겁을 하며 비명을 질렀다.

일어나 돌아보니 올블랙이 보였다. 계단을 뛰어 내려오는 그를 향해 나는 무의식적으로 주먹을 날렸다. 올블랙은 체조선수처럼 공중에서 몸을 틀며 내 주먹을 피해 착지했다. 순간 나는 본능적으로 알 수 있었다. 올블랙한테 죽도록 맞게 되리라는 것을. 그런데 올블랙이 등산모를 벗으며 외쳤다.

"바우야! 나다!"

나는 내 눈을 믿을 수가 없었다.

"아…… 아저씨!"

어부 박씨였다. 새까맣게 그을린 그의 얼굴을 살펴봤다. 주름살이 몇 군데 생겼지만 예전 얼굴 그대로였다. 민주는 어리둥절한 표정으로 어부 박씨와 나를 번갈아 봤다.

요란한 발소리가 계단을 울렸다. 짭새들이 위층 비상문에서 나와 계단을 내려오고 있었다. 민주는 멍청하게 서 있는 나를 잡아당겼다.

어부 박씨의 발이 앞장서서 내려오던 덩어리의 무릎을 가격했다. 자빠진 덩어리를 어부 박씨가 그대로 밟았다. 퍽! 빡! 덩어리의 뼈가 부러지는 불편한 소리가 연달아 들려왔다. 덩어리 뒤를 따라온 안경잡이 짭새는 어부 박씨의 업어치기에 계단 아래로 던져졌다. 다시 일어서려는 안경잡이의 주요 관절을 어부 박씨의 발이 연달아 가격했다. 으악! 짭새들의 비명과 신음이 터져 나왔다.

어부 박씨는 짭새 둘을 순식간에 제압했다. 계단 위쪽에 서서 어부 박씨를 지켜보던 짜리몽땅은 얼굴이 창백해졌다. 어부 박씨가 올려다보자, 짜리몽땅은 쫄아서 괜히 무전을 받는 척하며 후다닥 계단을 올라가 비상문을 열고 도망쳤다. 어부 박씨는 그 나이에도 실력이 여전했다. 세월을 초월한 무술이었다.

우리는 계단을 내려와 주차장으로 향했다. 이미 경찰에서 민주의 차를 알고 있을 것 같아, 양민섭의 차가 있는 곳으로 갔다. 다행히 두 차는 멀리 떨어져 있었다.

차에 타자 볼륨을 죽인 듯한 라디오 소리가 들려왔다. 트렁크에 있는 부산멧돼지였다. 하지만 시동을 걸자 놈은 알아서 조용해졌다. 왕눈이는 어떻게 된 것일까? 그 답을 얻기 위해서는 부산멧돼지를 죽지 않을 만큼 조져야 했다.

16

겨울이 지나고 봄이 다시 찾아왔다. 한 학년을 진급한 소년은 예전보다 열심히 학교를 다녔다. 더 이상 할머니의 속을 썩이고 싶지 않았다. 소년은 뒷산 평야나 '위험지역' 근처에는 얼씬도 하지 않았다.

섬 아닌 섬의 마을 사람들이 가장 무서워하는 것은 태풍이었다. 태풍은 주로 한여름에 오곤 했는데 그해에는 늦은 봄에 나타났다. 때 이른 태풍은 잔뜩 굶주린 짐승보다 사나웠다. 바다와 하늘은 합심이라도 한 듯 마을을 송두리째 뒤흔들었다. 해마다 폭풍우를 겪었던 터라 인명 피해는 없었지만, 고기잡이배들과 마을 곳곳이 파손됐다. 피해도 피해였지만 할머니는 여치 소리가 들리지 않는 것을 이상하게 여겼다. 그리고 보니 태풍이 지나간 후로는 여치들이 보이지 않았다.

부대에서 내려온 사병들이 피해 복구를 도왔다. 곳간 창고에 들어 있던 장비들을 꺼내 쓰레기를 치우고 부서진 곳을 고치고 페인트칠을 새로 했다. 마을은 폐허에서 일어나 새롭게 시작하기 위해 몸부림쳤다. 하지만 무겁게 침체된 분위기는 좀처럼 나아지지 않았다. 심지어 엎친 데 덮친 격으로 연구소에서 조사를 받고 나온 역싸 몇몇이 원인 모를 열병을 앓다가 시름시름 죽고 말았다.

연구소에서는 태풍 때문에 악성 전염병이 돌고 있다면서 학교 운동장에 사람들을 모아놓고 예방접종을 실시했고, 마을 우물도 둥근 목판으로 폐쇄해버렸다. 그리고 하얀 비닐복과 방독면을 쓴 군인들이 나타나 마을 곳곳에 하얀 연기를 뿌리며 대대적으로 소독을 실시했다.

하지만 흉흉한 소문은 전염병보다 빨리 돌았다. 연구소 직원들이 코쟁이 의사들과 함께 마을 역싸들을 죽인다는 소문에서부터, 예방접종주사를 맞고 더 심한 열병이 난 사람들이 있다는 말까지 들렸다. 그리고 그런 소문들이 마을을 이미 한 바퀴 돌았을 때쯤 또 다른 괴담이 돌았다. 빨갱이들이 쳐들어오려고 마을에 미리 질병을 퍼트리고 있다는 이야기였다.

서커스단의 꺽다리까지 연구소에 불려갔다가 나오지 않자, 서커스단의 모든 공연이 중단돼버렸다. 서커스단의 공연이 없어지자 보름장의 뒤풀이도 없어졌다. 단원들이 외부에서 가져오는 물품들이 없는 장터에는 군부대의 보급품들만 나왔고, 얼마 지나지 않아 보름장 자체가 서지 않았다. 난쟁이 문씨는 연구소와 군부대에 꺽다리와의 면회를 신청했지만 군인들은 아무 설명도 없이 거절했다.

　마을에서는 웃음이 사라졌다. 사람들은 할머니를 찾아왔지만 할머니는 그 누구도 만나지 않았다.

17

날이 어두워졌지만 우리는 불을 켜지 않았다. 통나무집 지하실에 딸린 화장실에는 우리 셋뿐이었고, 그놈의 거친 숨소리만 들렸다.

어둠을 무서워하는 아이들이 있다. 내가 그랬다. 어른이 된 후에도 나는 어둠을 기피했다. 어둠 속에서 나는 다른 사람이 됐다. 밝은 곳에서와는 전혀 다른 '나'가 기어 나왔다. 어둠 속에서는 감출 수가 없었다. 보호본능으로 포장해 숨길 수도 없었다. 내 안의 그놈이 가만히 있지를 않았다. 어둠 속의 괴물이 아니라, 내 안의 괴물이 무서웠다. 그놈이 진짜 무서운 놈이었다. 그놈이 항상 내 안에 있지는 않았다. 아주 오래전 어느 밤, 그놈은 어둠을 틈타 내 안으로 기어 들어왔다. 그 후로 나는 어둠이 두려워졌다.

나는 양말을 벗고 바지를 걷어 올렸다. 우리가 서 있는 바닥은

홍건히 젖어 있었고, 아무리 조심해도 물이 튀었다.

부산멧돼지의 얼굴은 젖은 수건으로 덮여 있었다. 부산멧돼지는 의자 등 뒤로 묶여 있는 양 팔과 교차로 묶인 두 발을 버둥거리며 살려달라고 몸부림쳤다. 그러나 나는 아랑곳 않고 구리 주전자에 든 찬물을 천천히 수건 위로 부었다.

덩치에 비해 놈은 엄살이 심했다. 어부 박씨는 그놈이 앉은 의자가 쓰러지지 않게 잡고 있었다. 우리는 그놈에게 한마디도 하지 않았다. 큰 주전자로 물 두 통을 먼저 먹이고 질문을 하는 것이 효율적일 거라고 어부 박씨가 내게 미리 귀띔을 했다. 원래 죽음의 공포는 죽음 그 자체보다 훨씬 무서운 법이다.

루이지는 어디서 뭘 하는지 보이지 않았다. 민주에게는 차를 몰고 읍내에 가서 식수를 사다달라고 했다. 왜 하필 그녀에게 물을 부탁했을까. 부산멧돼지에게 식수를 먹일 것도 아니었는데. 아무튼 민주는 우리가 지하실에서 무슨 일을 하고 있는지 상상도 못할 것이고, 알 필요도 없었다.

예전에는 몰랐었다. 내가 이런 짓을 할 수 있다는 걸. 그러나 내 안에는 내가 모르는 많은 것들이 있었다. 부산멧돼지가 고통스러워하는 모습을 보면서 나는 묘한 희열을 느꼈다. 우월한 동물로서의 쾌감이라고 할까?

부산멧돼지 얼굴에서 흠뻑 젖은 수건을 벗겨내며 내가 차분히 말했다.

"당신이 정직하게 하면 우리도 그만할게. 근데…… 이야기가 이상하다, 그러면 축축하게 젖은 몸에 전기를 쓸 거야."

"예…… 예…….."

"그리고 그렇게까지 했는데도 안 된다? 그러면 그때는 여기 계신 이 양반께서 젖은 이 수건을 길게 말아서 당신 위에 쑤셔 넣으실 거야. 위내시경보다 훨씬 불편하겠지? 그러니까 우리 잘해보자고. 응?"

"예. 아…… 알겠습니다."

물 먹은 부산멧돼지는 사시나무처럼 떨면서 고개를 끄덕였다. 놈이 사실대로 불 것이라는 확신이 들었다.

◆ ◆ ◆

양민섭은 오래전부터 신호 회장의 일을, 아니 더 정확히는 동훈의 일을 봐주는 경찰이었다. 그는 전형적인 대기업 장학생으로 큰 공무원이었다.

어느 날 동훈은 양민섭에게 신 회장과 관련된 한 묘령의 여자에 대해 문의를 해왔다. 동훈이 들은 '첩보'에 의하면, 신 회장이 그 여자와 그녀의 아이를 찾고 있다는 것이었다. 사실 양민섭도 이미 신 회장으로부터 지시를 받아 갖가지 방법으로 그 여자를 수소문하고 있었다. 우유팩 미아 광고도 그때 만든 것이었다. 양민섭은 신원조회를 통해, 그 여자의 특이한 이력에 대해서 이미 알고 있었다. 여자는 향정신성약물복용 및 거래로 입건된 적이 몇 번 있었다. 별다른 직업이 없는 필로폰 중독자였다. 그래도 미혼모라는 사실이 참작돼 실형을 산 적은 없었다. 신 회장은 왜 이 여자를 찾

144

는 걸까? 동훈은 양민섭에게 그녀를 찾으면 아버지보다 자신에게 먼저 알려달라고 부탁했다.

동훈은 신호 회장의 친아들이었지만 외모를 제외하고는 아버지와 모든 면에서 달랐다. 오랜 세월 축적된 열등감은 분노와 증오로 동훈의 가슴에 응어리져 있었고, 급격히 돌변하는 그의 성격역시 무자비할 때가 많았다. 그래서 양민섭도 내심 그를 두려워했고, 동훈의 부탁을 거절하지 못했다.

양민섭은 시내 약쟁이들과 거래상을 통해 여자를 찾아냈다. 양민섭은 거래처에서 약을 구해 집으로 가는 그녀를 미행했다. 의외로 그녀는 버젓한 주택가에 살고 있었다. 마침 신 회장이 일본 출장 중이어서 양민섭은 회장에게 보고하지 않고 동훈과 함께 그녀의 집을 찾아갔다. 그는 만일을 대비해서 자신의 부하 짜리몽땅을 데리고 갔다. 그게 지난 금요일이었다.

양민섭과 동훈이 신호 회장과 관련된 사람들이라고 하자 여자는 그들을 집으로 들였다.

그 집은 여자의 집이 아니었다. 그 집은 성매매와 투약이 이뤄지는 일명 '하우스'였다. 인테리어는 나름대로 그럴듯했지만, 눅눅한 담배 냄새가 밴 싸구려 호텔 느낌이 나는 음침한 곳이었다. 여자는 하우스의 마담 같았다. 초저녁도 되지 않은 이른 시간이라그곳에는 아무도 없었다.

이미 약을 한 대 맞은 상태였던 여자는 횡설수설했다. 그래서 동훈과의 대화는 처음부터 변죽을 때리며 엇갈렸다. 여자는 무엇보다 신호 회장이 누군지를 모르는 것 같았다. 그녀는 양민섭과 동훈을 VIP 고객의 대리인 정도로 착각하고 있었다. 그러든 말든 동훈은 그녀의 정체에 대해 캐물었고, 두 남자를 수상하게 여긴 여자는 그들을 쫓아내려 했다. 그때 동훈과 여자 사이에 불필요하게 거친 말이 오갔다.

아버지에게 인정받지 못하고 자란 동훈은 불안한 영혼이었다. 늘 의심에 가득 차 있었고, 노이로제에 가까운 피해망상에 시달렸다. 동훈은 문제의 그 여자가 아버지의 숨겨진 딸이라고 확신했고, 그 여자에게 자신이 모르는 막대한 유산이 갈까 봐 걱정했다.

이 세상에 돈만 믿고 의존하는 사람들은 있어도 돈을 무시하는 사람은 없다. 세상을 돌고 돌아서 돈이라고 부르지만, 사람들을 돌게 하는 것 역시 돈이었다. 가진 것들이 돈 앞에서 더 무섭게 굴었고, 보통 사람들보다 훨씬 더 돈에 집착했다. 가진 거라고는 돈밖에 없는 인간들에게는 인생의 이유도 돈밖에 없으니까.

동훈은 여자에게 단도직입적으로 신 회장의 딸이냐고 물었고, 여자는 '아니 내가 무슨 회장 딸이면 여기서 지지리 궁상으로 살겠느냐'며 비아냥거렸다. 그 말이 동훈의 어딘가를 건드렸다.

필요 이상으로 흥분한 동훈은 여자의 따귀를 후려갈겼다. 양민섭도 옆에 있는데, 뒷골목 마약쟁이 창녀한테 무시를 당했으니 동훈은 열이 받았을 것이다. 그러나 얼굴을 맞은 여자도 만만치 않았다. 여자는 눈이 뒤집히더니 탁자에 놓인 주삿바늘을 집어 들고 동훈에게 달려들었다. 약 기운 때문인지 그 여자 역시 정상과는 거리가 멀었다.

두 사람은 잠시 뒤엉켜 몸싸움을 했고, 동훈은 그녀를 던지다시피 거실 장식장에 처박아버렸다. 그러자 앞유리가 깨지면서 그 중 한 조각이 쓰러진 여자의 목에 수직으로 꽂혔다. 호스가 터진 것처럼 여자의 목에서 피가 솟구쳐 올랐다. 여자는 비명도 지르지 못하고 그 자리에서 즉사했다. 이 엽기적인 돌발 상황에 양민섭과 동훈은 잠시 넋을 잃고 그 자리에 멍하니 서 있었다. 그사이에 집 안 곳곳이 여자의 피로 물들고 있었다.

그때 쿵 하고 뭔가가 떨어지는 소리가 났다. 그리고 강아지같이 작은 동물이 뛰어가는 듯한 소리가 들렸다. 양민섭은 소리가 나는 곳으로 가봤다. 어린아이의 발자국이 보였다. 피 묻은 바닥에 미끄러져 넘어진 아이가 다시 일어나 뒷문으로 뛰어나간 것 같았다. 양민섭은 재빨리 뒤를 쫓았다.

뒷문은 좁은 거리로 이어졌고 발자국은 더 이상 보이지 않았다. 한산하고 고요한 주택가에서 아이가 숨을 만한 곳을 다 뒤져봤지만 아이는 온데간데없었다. 양민섭은 다시 집 대문 쪽으로 갔다. 차 안에서 졸고 있던 짜리몽땅을 깨워 주변을 돌아보라고 했다.

'하우스'로 다시 들어가려던 양민섭은 수상한 시선을 느꼈다. 그리고 얼마 떨어지지 않은 골목에서 망원렌즈로 사진을 찍고 있는 꽁지머리 남자를 볼 수 있었다. 양민섭은 꽁지머리를 향해 달려갔고, 양민섭을 본 꽁지머리는 당황하며 자신의 SUV로 도망갔다. 그때 꽁지머리가 자신의 SUV로 뛰지 않고 그냥 도망갔다면, 꽁지머리는 잡히지 않았을 것이다.

아무리 체중이 불 대로 분 둔한 중년이었지만 양민섭도 명색이 경찰이었다. 썩어도 준치였다. 그 정도 단거리에서 꽁지머리를 잡아 제압하는 건 일도 아니었다. 이 모든 일이 일어나는 동안, 동네 개 한 마리조차 짖지 않았다.

하우스 근처에서 오랫동안 잠복한 꽁지머리의 카메라에는 많은 것들이 찍혀 있었다. 꽁지머리는 여자의 죽음도 알고 있는 것 같았다.

동훈의 안가는 고요했다. 양민섭과 동훈은 눈짓을 주고받을 뿐 아무 말도 하지 않았다. 영문도 모른 채 권총을 든 '경찰'에게 잡혀 어딘지도 모르는 곳으로 끌려온 꽁지머리는 겁에 질릴 대로 질려 있었다.

"당신, 나 누군지 알아?"

동훈이 꽁지머리에게 물었다. 갑작스러운 질문에 당황한 꽁지머리는 어떻게 대답해야 할지 몰라 눈동자를 굴리며 머뭇거렸다.

"아뇨, 모릅니다."

동훈은 제일 먼저 손에 잡히는 양주 병으로 꽁지머리의 정수리를 가격했다. 맥없이 쓰러진 꽁지머리를 보며 동훈이 나직이 말했다.

"거짓말. 잔머리 굴리느라 눈깔이 올라가잖아."

그때 당황한 양민섭이 꽁지머리의 맥박을 짚어봤다. 꽁지머리는 이미 죽어 있었다.

꽁지머리의 휴대전화를 뒤지자 내 번호가 나왔다. 나와 통화한 내역을 본 그들은 꽁지머리가 무슨 일을 하고 있었는지 대충 눈치챌 수 있었다. 그때 동훈은 나에게 이 모든 일을 뒤집어씌우기로 마음먹었다. 그들은 꽁지머리가 몰고 온 SUV를 경찰에 도난 신고하고, 그 차 뒷좌석에 내 번호가 찍힌 꽁지머리의 전화를 심어놓았다.

기이한 이야기였지만 나는 부산멧돼지의 이야기를 믿었다. 양민섭은 두려움에 떨고 있었고, 그가 진실을 말하고 있다는 것을 직감으로 알 수 있었다. 무엇보다 부산멧돼지는 거짓말을 할 의지가 없었다. 아니 그는 이미 어떤 저항도 할 기력이 없었다. 그가 실토한 이야기의 많은 장면들이 생생하게 그려졌다. 통나무집 지하실에 있는 어부 박씨와 내가, 부산멧돼지의 이야기 속에 등장하는 동훈과 양민섭이 된 것 같은 묘한 기분까지 들었다.

서운하기보다는 궁금했다. 동훈은 왜 나한테 뒤집어씌우려고 했을까? 나는 동훈에게 섭섭하게 한 일이 없는데……. 아니 오히려 나는 그날 밤 동훈을 도와주러 갔었다. 그놈이 나를 완전히 보내버릴 음모를 꾸미는지도 모르고. 어쩌면 자기 기분 내키는 대로 막 가는 그런 놈에게는 '왜'가 필요 없는지도 모른다. 토사구팽. 그게 월급쟁이 회사원의 종착역이었다.

기진맥진한 부산멧돼지가 축 늘어뜨렸던 고개를 들며 놀란 눈빛으로 나를 올려다봤다. 그리고 내 발목에 새겨진 문신을 다시 유심히 살펴봤다. 그는 자신의 코와 입에 묻은 위액을 어깨로 닦으며 말했다.

"그 여자…… 그 죽은 여자도 발목에 그런…… 당신 거랑 똑같은 문신이 있었어요."

그의 말에 나는 번개를 맞은 것처럼 온몸에 경련이 일었다. 어부 박씨와 나는 말없이 서로를 봤다. 우리만의 비밀을 들킨 것 같았다. 더 이상 '내가 어쩌다 이런 일에 엮이게 됐을까'를 궁금해할 필요가 없었다. '애초부터 나는 이 일에 엮일 수밖에 없었다'가 정답이었다.

운명은 앞에서 날아오는 돌이지만, 숙명은 뒤에서 날아오는 돌이라 피할 수가 없다. 어렸을 적에 할머니로부터 자주 듣던 말이었다. '숙명'에 대해 나는 곰곰이 생각하며 잠시 멍하니 서 있었다. 그런 나를 본 부산멧돼지는 더욱더 겁에 질려 애걸복걸했다.

"저…… 전 정말 아무것도 모릅니다. 그냥 먹고살기 위해 시키는 대로 했을 뿐입니다."

그때 밖에서 자동차 소리가 들렸다.

'민주가 아니다. 부산멧돼지의 차가 아니야!'

어디선가 루이지의 목소리가 들려왔다. 민주가 벌써 돌아올 리는 없었다.

잠시 후 쿵쿵거리는 발소리가 위에서 들려왔다. 어부 박씨는 재빨리 부산멧돼지의 입에 재갈을 물렸다. 화장실에 그놈을 놔두고 어부 박씨와 나는 계단 뒤로 몸을 숨겼다. 어둠 속에서 우리는 숨을 죽이고 위에서 들려오는 소리에 집중했다. 계단을 오르내리는 발소리를 들으니 침입자는 한 사람이 아닌 것 같았다. 그들은 2층을 둘러보고 다시 내려왔다. 그리고 부엌으로 와서 지하실로 이어지는 문을 열었다. 그러자 계단 위에서 불빛이 새어 들어오며 두 남자가 내려왔다.

부산멧돼지는 누군가가 지하실로 내려오는 소리를 듣고는 안간힘을 써서 온갖 신음을 내뱉고 있었다. 우리를 보지 못한 그들은 소리를 따라 화장실로 갔다. 검은 복면을 쓴 두 남자가 화장실 불을 켜고 양민섭의 재갈을 풀어줬다. 부산멧돼지가 살았다고 호들갑을 떨었다.

팅! 팅! 그들은 소음기가 장착된 권총으로 양민섭을 죽였다. 그 순간 나도 모르게 숨을 몰아쉬었다. 그러자 놈들이 우리 쪽으로 돌아보며 다시 총을 쐈다. 그와 동시에 어부 박씨가 지하실 불을 켰다. 갑자기 실내가 환해지자 두 놈은 어리둥절하며 잠시 멈칫했고, 이때 탕! 탕! 탕! 총소리가 연발하며 두 놈이 바닥에 꼬꾸라졌다.

삐—이—. 아주 불편한 고음이 귓속을 울렸다. 부산멧돼지의 권총을 든 어부 박씨는 쓰러진 두 놈이 죽었는지 확인했다. 그리고 내게 뭐라고 소리쳤다. 나는 들리지 않았다. 그가 다가와 휘청거리는 나를 붙잡으며 다시 물었다.

"바우야! 괜찮아?"

"예, 이제 좀 들리네요. 고막 터지는 줄 알았어요."

어부 박씨는 인간병기였다. 복면을 쓴 두 놈을 순식간에 제거했다. 그런데 그는 걱정스러운 표정으로 날 보고 있었다. 내 옆으로 피가 뚝뚝 떨어지고 있었다. 나는 내 귀를 만져봤다. 귀에서 나는 피는 아니었다. 피는 내 오른쪽 머리에서 흐르고 있었다. 머리에 총에 맞은 것이었다. 갑자기 사방이 빠르게 회전했다. 바닥이 울렁거리면서 두 다리가 풀렸다. 어부 박씨가 쓰러지는 나를 잡았다. 그 이후는 기억나지 않는다.

18.

　소년은 깨어나고 싶었다. 그러나 무언가가 온몸을 짓누르고 있
어 일어날 수 없었다. 비명을 지르며 가까스로 눈을 떴다. 무서운
꿈이었다. 하지만 아무것도 기억나지 않았다. 식은땀으로 범벅이
된 소년은 자신의 입과 코에서 뜨거운 바람이 빠져나가는 것을 느
꼈다. 바람이 아니라 검은 연기였다. 소년은 일어나 미닫이문을
열었다.

　"오메오메!"

　마루에 앉아 있던 소복 차림의 할머니가 소년을 보고 깜짝 놀랐
다. 할머니가 놀라자 소년도 겁이 났다. 소년의 코에서 빠져 나온
검은 연기는 그의 목을 한 번 감아 돌더니 다시 마당 어딘가로 흘
러갔다. 자리에서 일어난 할머니는 그 검은 연기를 깊이 들이마셨
다. 그러자 검은 연기는 미꾸라지처럼 공중에서 요동쳤다. 검은

연기의 일부는 할머니의 숨으로 잡을 수 있었지만, 나머지는 검푸른 밤하늘 어딘가로 사라졌다. 문간방에서 자다 깨 마당으로 나온 박씨 아저씨도 검은 연기가 도망치는 것을 두 눈으로 똑똑히 보았다.

할머니는 소년에게 방으로 들어가 있으라고 하고는 박씨와 따로 이야기를 나눴다. 소년은 아주 먼 훗날에야 알게 됐지만, 그날 밤 할머니는 어부 박씨에게 소년을 평생 보살펴줄 것을 신신당부했다고 한다.

할머니는 강인한 사람이었다. 노여울 때는 역정도 냈지만, 산전수전 다 겪은 노인답게 세상 어떤 일에도 그리 쉽게 놀라지 않았다. 빈곤, 천재지변, 식민지, 전쟁, 독재를 몸으로 겪으며 그 나이까지 살아낸 사람 특유의 여유가 있었다. 하지만 그 음산한 밤에 괴상한 일이 있은 이후로는 할머니도 흔들렸다. 그리고 그날부터 쉬지 않고 기도를 했다. 그날도, 그다음 날도 할머니는 식음을 전폐하고 마당의 석상 앞에서 알아들을 수 없는 잠꼬대 같은 말을 끊임없이 중얼거리며 손이 발이 되도록 빌었다. 그럴 때 할머니는 깨어 있지도, 자고 있지도 않았다. 할머니는 이 세상 사람이 아니었다. 소년은 그런 할머니가 점점 무서워졌다.

19

추웠다. 몸 상태가 확실히 좋지 않았다. 몸을 일으켜 세울 기운
도 없었다. 소독약 냄새가 났다. 내가 있는 곳이 어딘지 정확히 알
수는 없었지만, 수술실보다는 주방에 가까웠다. 정신이 오락가락
했다. 한기가 계속 느껴졌다.

민주와 어부 박씨, 그리고 처음 보는 남자가 나를 내려다보고
있었다. 기생오라비같이 생긴 그 남자는 나를 수술할 돌팔이였다.

나는 머리에 총을 맞았다. 지혈은 됐지만 우뇌를 건드리고 있는
총알 파편을 빼내야 한다는 게 돌팔이의 소견이었다. 돌팔이의 타
이타늄 다리를 쳐다보고 있는 내게 그가 웃으며 말했다.

"걱정할 거 없어요. 내가 이래 봬도 도주자, 범죄자 그리고 여러
음지의 인생을 위해 의료봉사를 한 지가 7년이에요. 뭐, 내 입으
로 얘기하긴 그렇지만, '천재 외과의사'란 말도 종종 들었고. 뇌수

술은 나도 처음이지만, 맘 편하게 가져요. 달리기나 축구가 아니라 수술이니까. 하하. 다리가 하나라도 할 건 다 합니다."

어부 박씨가 통나무집에서 죽인 복면의 '자객'들은 부산멧돼지 양민섭을 제거하러 온 놈들이었다. 그들은 전원이 켜져 있었던 양민섭의 휴대전화의 위치를 추적해 찾아온 것 같았다.

모든 병원에서 총상 환자는 무조건 경찰에 신고가 들어가고 조사가 이뤄진다. 게다가 일반 병원에서는 나를 죽이기 위해 또 다른 '자객'들이 언제 들이닥칠지 몰랐다. 그래서 어부 박씨는 나를 자기 친구가 운영하는 야매 병원으로 데리고 온 것이었다.

민주가 웃으며 내 손을 잡았다. 원래 이 돌팔이는 성형외과 전문의였지만 단골 환자들과 놀면서 프로포폴을 남용하다 적발됐고, 그 바람에 의사면허를 잃었다. 하지만 그 후로는 야매 병원을 운영하면서 돈을 훨씬 더 많이 벌고 있다고 했다. 수의사 출신이라고 한 건 농담이었으니 나더러 안심해도 된다고 했다. 민주는 골 때리는 여자였다.

보아하니 어부 박씨와 돌팔이는 각별한 사이였다. 돌연 내 앞에 나타난 어부 박씨가 지난 세월을 어떻게 살아왔는지 나는 궁금해졌다.

어부 박씨는 군에서 특수 훈련을 받고 표창까지 받았지만, 어느 날 갑자기 불명예제대를 당하고 원양어선을 탔다. 그렇게 세계 곳곳을 돌아다니다, 누나가 있는 우리 마을로 들어오게 됐다. 어부 박씨같이 좋은 사람이 왜 군대에서 쫓겨나 배를 타고 먼 이국을 떠돌다 그 촌마을로 들어오게 됐는지 어렸던 나는 이해하지 못했다. 내 기억에, 어부 박씨는 늘 조용했지만 마을 아이들에게는 인기가 최고였다. 그는 못하는 무술이 없었고, 바닷고기를 잡는 솜씨 역시 대단했다. 그런 그가 30년 만에 불쑥 나타나 내 목숨을 구해준 것이다.

돌팔이 집도의가 말했다.

"자, 이제 마취 들어가요. 릴랙스…… 잘될 거예요. 오케이. 그냥 안심하고 믿으세요."

믿으세요. 그 말이 내 머릿속에 서서히 번졌다. 마치 전염병이 마을에 퍼져나가듯이. 그러다 갑자기 빨라졌다. 군대가 마을을 점령하듯이. 믿는다. 믿는다? 믿는……다……. 가물가물하다 순간 모든 것이 선명해지고 내 몸이 점점 가벼워졌다. 순간 내 인생의 많은 것들이 이해가 됐다. 수많은 기억과 이야기가 성난 태풍처럼 몰아쳐왔다. 그리고 내 몸이 조금씩 떠오르기 시작했다. 이내 나는 공중부양을 하고 있었다.

말로만 듣던 유체이탈이었다. 짧게 면도한 내 머리에 칼을 대고 있는 돌팔이가 내려다보였다.

대체 무슨 일이 벌어지고 있는 걸까?

20

그날도 오후부터 정전停電이었다. 태풍 복구 작업 이후로도 마을에서는 잊을 만하면 정전이 됐다. 방과 후 소년은 갑수네 집으로 갔다. 그날따라 결석을 한 갑수가 궁금하기도 했고, 며칠째 할머니가 기도만 하고 있는 집이 불편하기도 했다. 갑수는 개도 안 걸린다는 오뉴월 감기에 걸려 있었다. 집에서는 갑수 어머니와 다른 해녀들이 장비를 손질하고 있어, 아이들은 달리 갈 곳도 마땅치 않아 오랜만에 뒷산 곳간으로 갔다. 갑수는 목이 붓고 기침도 심해서 집에서 쉬고 싶어 했지만, 소년이 하도 보채는 바람에 어쩔 수 없이 따라나섰다.

태풍 때 부서진 곳을 수리하고 새로 칠해서 곳간은 말끔해 보였다. 그래도 내부는 예전의 익숙한 모습 그대로였다. 그들이 숨겨 놨던 아까다마와 마른 약초도 아직 있었고, 불과 몇 달 전까지만 해도 소년과 갑수가 애지중지했던 마을 지도도 그대로 있었다.

　날이 저물자 곳간은 선선해졌다. 갑수는 감기 기운 때문에 춥다면서 집에 돌아가자고 했다. 그때였다.

　위이잉-

　평야 쪽에서 저음의 사이렌 소리가 울려왔다. 평소 민방위 대피훈련 때 들리던 사이렌보다 훨씬 긴 음이었다. 원래 초저녁에는 훈련을 하지 않았다. 긴장한 소년과 갑수는 서로를 쳐다봤다.

21

하얗다. 모든 것이 하얀 빛이다. 아무것도 보이지 않는다.

그 눈부심 속을 나는 둥둥 떠다닌다. 아니 어딘가를 향해 흐른다.

뜨거운 모래를 밟고 서 있다. 붉은 꽃잎들이 날린다. 모래 위로 떨어지는 꽃잎들을 따라간다. 저 멀리 누군가가 나타났다 신기루 속으로 사라진다. 사막을 걷는다. 걸음을 옮길 때마다 모래알들이 한 알씩 움직인다. 거대한 모래 능선이 울렁인다. 보일 듯 말 듯 가물거리는 누군가가 손을 흔들며 나를 부른다.

작은 배의 돛이 바람에 찢어질 듯 펄럭인다. 배가 빠르게 모래를 가르며 미끄러지자 누군가가 조금씩 보인다. 웃으며 나를 반기는 익숙한 얼굴은 할머니다! 할머니는 내 기억 속 모습 그대로였다. 할머니를 향해 뛰어가자 할머니 앞에 서 있던 왕눈이가 내게 뭐라고 말을 한다. 하지만 들리지 않는다. 아니 알아들을 수가 없다. 왕눈이는 나를 놀리기라도 하듯이 피식 웃으며 돌아선다. 마음은 급한데 발이 움직이지 않는다. 자꾸 어딘가로 빠져든다. 뜨거운 모래 속으로 빨려 들어간다.

하늘을 본다. 구름 한 점 없다.

나는 다시 떠 있다. 어딘가를 향해 떠내려간다.

하얗다. 거꾸로 자란 거대한 고드름 같은 하얀 기둥들이 내 주위에 숲을 이루고 있다. 얼음인지 소금인지 알 수 없다. 맛을 본다. 짜다. 저 멀리 소금 기둥 사이로 하얀 연기가 피어오른다.

호숫가 통나무집이 불타고 있다. 아름답다. 루이지가 내게 차가운 맥주를 건넨다. 불타는 통나무집을 구경하며 우리는 건배한다.

몸을 일으켜 세워 다시 걷는다. 나를 기다리는 할머니를 향해 호수 위를 단숨에 달린다. 아래를 내려다보니 희미하게 보인다. 움직이는 사람들. 빌딩 사이를 기어 다니는 차들이. 고소공포증 때문에 현기증이 인다. 요란한 바람 소리에 세상이 돌고 내 몸이 뒤틀린다. 한없이 추락한다!

"으아악!"

온몸이 땀으로 젖어 있고 머리 오른쪽에 벽돌이 하나 느껴졌다. 그 무게에 머리가 둘로 쪼개질 것 같았다. 내가 발악을 하며 비명을 지르자 돌팔이가 주사를 놨다. 순식간에 고통이 사그라졌다. 초점이 서서히 돌아오는 듯했다. 어부 박씨와 민주가 보였다. 마취에서 깨어난 나를 보고 다들 안도하고 있었다. 나도 그들을 보고 웃었다. 그리고 다시 기절했다.

모든 것이 하얗다. 너무나 많은 기억들이, 너무나 뚜렷하게 밀

려왔다. 그리고 어느새 나는 다시 햇살이 반짝이는 바닷가로 돌아
가 있었다.

22

따당! 탕탕! 따탕! 탕!

짧은 우레 소리가 들렸다. 그리고 귀청이 찢어질 듯한 콩 볶는
소리가 이어졌다. 사람들의 처절한 비명 소리가 뒤따랐다. 아무도
가르쳐주지 않았지만, 두 아이는 그 소리가 총소리라는 것을 본능
적으로 알 수 있었다.

누군가가 곳간으로 뛰어오고 있었다. 한 사람이 아니었다. 두
아이는 수북한 건초 더미와 장비들 뒤로 웅크려 숨었다.

곳간으로 헐레벌떡 뛰어 들어온 까꾸와 복순이는 공포에 질린
표정으로 안을 둘러봤다. 그런데 복순이의 몸이 예전 같지 않았
다. 배가 나와 있었고, 얼굴이 부어 있었다. 까꾸는 숨을 가다듬으
면서 임신한 복순이가 괜찮은지 살폈다. 아무도 없다고 생각한 그
들은 들고 온 가방과 보따리를 건초 더미 속에 다급히 숨겼다. 그

칠 줄 모르는 요란한 총소리와 함께 밖에서는 군인들의 고함소리가 들려왔다. 까꾸와 복순이는 짐을 숨기자마자 곧바로 곳간을 뛰쳐나갔다.

철컥! 까꾸가 자물쇠로 곳간 문을 밖에서 잠그는 소리가 들렸다.

소년과 갑수는 널빤지 사이로 밖을 내다봤다. 수많은 군인들이 뛰어다니면서 총을 쏴댔다. 얼마 지나지 않아 방금 전 나갔던 까꾸와 복순이가 다시 군인들을 피해 곳간 쪽으로 달려오고 있었다. 하지만 배가 나온 복순이는 뒤뚱거리며 제대로 뛰지 못했다.

군인들이 무릎을 꿇은 채 두 사람을 조준했다. 그리 어둡지 않은 초저녁이어서 소년은 군인들의 얼굴을 똑똑히 볼 수 있었다. 그중 하나는 소년을 지뢰밭에서 구해준 여드름 군인이었다.

탕! 복순이의 뒤통수가 터졌다. 까꾸가 쓰러진 복순이를 안아 일으키려 했다. 탕! 따탕! 복순이를 안은 까꾸의 가슴에도 핏구멍이 연달아 뚫렸다. 군인들은 곳간 앞으로 달려와 쓰러진 까꾸와 복순이를 확인 사살했다. 소년과 갑수는 누가 먼저랄 것도 없이 잽싸게 땅에 바짝 엎드렸다. 탕! 탕! 고막이 터질 듯한 요란한 총소리와 함께 모래 같은 나무 가루가 소년의 머리 위로 떨어졌고, 어디서 나왔는지 모를 하얀 조약돌들이 이리저리 튀었다. 널빤지 벽의 크고 작은 구멍들로 들어온 빛줄기들은 곳간 안을 거미줄처럼 옭아매버렸다.

까꾸와 복순이를 확인하던 여드름 군인은 멈칫하며 널빤지 사이를 노려봤다. 여드름 군인의 눈과 소년의 눈이 그대로 마주쳤다. 그대로 굳어버린 소년은 눈길을 피할 틈도 없었다.

덜컹! 덜컹! 또 다른 군인이 곳간을 걸어 잠근 자물쇠를 잡고 흔들었다. 곳간 문이 떨어져나갈 듯 덜컹거렸다. 자물쇠로 굳게 채워진 문은 다행히 열리지 않았다.

소년을 응시하던 여드름 군인은 다른 군인들에게 뭐라고 고함을 질렀다. 그러자 요동치던 문이 조용해졌다. 이내 곳간 주위는 다시 잠잠해졌다.

소년은 두 눈을 꼭 감고 속으로 숫자를 셌다. 소년은 혹시 감기에 걸린 갑수가 기침을 하지 않을까 걱정이 됐다. 그러나 다행히 갑수는 아무 소리도 내지 않았다. 이게 학교에서 배웠던 전쟁이라고 소년은 확신했다. 그런데 아까 그 군인들은 교과서에서 배운 빨갱이들이 아니었다. 그들은 분명히 마을의 벽을 지키는 군인들이었다.

소년은 쉰까지 천천히 센 후에야 용기를 내 눈을 뜨고 널빤지 틈새로 밖을 내다볼 수 있었다. 큰 불을 뿜어내는 커다란 총을 든 군인들이 숲을 수색하고 있었다. 그들은 닥치는 대로 모든 것을 태워버리고 있었다. 어디선가 총소리와 비명 소리가 계속 울려왔다. 소년은 조심스럽게 곳간 안을 둘러봤다. 화약 냄새와 역겨운 비린내가 진동했다. 그런데 조금 전에 총소리와 함께 튀었던 것들은 돌들이 아니었다. 옆에 떨어진 것들은 피 묻은 이빨들이었다.

소년은 건초 더미 안에 숨은 갑수를 불렀다. 그러나 거친 숨소리만 들릴 뿐 반응이 없었다. 엎드린 갑수의 몸을 뒤집어보고 소년은 기겁을 하며 소리를 질렀다.

갑수의 왼쪽 볼은 살이 다 떨어져나가 형체를 알아볼 수 없었다. 치아와 위아래 잇몸은 흉측하게 드러나 있었고, 거친 호흡을 내쉴 때마다 피가 한 사발씩 솟구쳐 나왔다. 갑수는 배와 목에도 총을 맞아 출혈이 심했다. 소년은 발이 땅에 못 박히기라도 한 듯 움직이지 못하고 그저 바라보기만 했다. 겁에 질린 소년은 그렇게 죽어가는 친구의 손도 잡아주지 못했다. 잠시 후 짧은 경련을 일으키더니 갑수는 눈을 뜬 채 움직임을 완전히 멈췄다. 한마디 인사도 없이 갑수는 숨을 거두고 말았다.

어딘가로부터 매운 연기가 들어왔다. 곳간 밖은 붉게 밝아오고 있었다. 널빤지 틈 사이로 검은 연기와 불길이 띄엄띄엄 보였다. 산불이었다.

소년은 온 힘을 다했지만 굳게 잠긴 곳간 문은 도저히 열리지 않았다. 다급해진 소년은 곳간 안을 둘러봤다. 그러나 기구와 공구들은 소년의 힘으로는 다룰 수가 없었다. 빠져나갈 방법은 없는데 뜨겁고 매운 연기는 계속 안으로 스며 들어왔다. 밖을 살펴보니 불길은 계속 사나워지고 있었다. 소년은 번지는 산불에 타 죽기 전에, 검은 연기에 먼저 질식할 것 같았다. 무조건 곳간을 빠져나가야 했다. 순간 소년은 문 앞의 까꾸와 복순이의 시체를 보고는 문득 생각이 스쳤다.

소년은 건초 더미 옆 벽을 더듬었다. 못질이 느슨한 널빤지를 찾았지만, 예전에 까꾸와 복순이가 드나들던 그 입구는 없어진 것 같았다. 태풍 복구 작업 때, 곳간의 널빤지들을 대못으로 모두 다시 박아 느슨한 부분은 찾을 수가 없었다.

소년은 그나마 제일 느슨한 널빤지를 찾아 틈 사이에 두 손을 넣고 체중을 실어 잡아당겼다. 그러나 벌어지는 틈은 소년의 몸이 빠져나가기에는 턱없이 비좁았다. 전력을 다해 널빤지를 흔들었지만 잘 빠지지 않았다. 그래도 소년은 포기하지 않았다. 소년은 못 주변을 손톱으로 후벼 팠다. 가까스로 못을 뽑아내고, 널빤지를 다시 당기자 틈이 살짝 커졌다. 그러나 아래에 박힌 대못을 빼지 않으면 나갈 수 없을 것 같았다. 손톱으로 파내기에는 역부족이었다. 대못은 아주 단단히 박혀 있었다. 손톱은 금세 부러졌고, 벗겨진 살점과 피가 엉겨 대못 주변의 나무를 제대로 긁을 수 없었다.

소년은 까꾸와 복순이가 숨겨놓은 가방과 보따리를 뒤져보았다. 그러나 돈뭉치와 옷가지만 있을 뿐 쓸 만한 물건은 하나도 없었다.

소년은 눈물로 범벅이 돼 앞을 보기가 어려웠고, 기침을 할수록 숨이 가빠왔다. 하지만 포기하지 않았다. 소년은 살고 싶었다.

그때 얼굴 반쪽이 사라진 갑수의 얼굴에 남아 있는 치아가 눈에 들어왔다. 볼살이 다 떨어져나가 드러나 있는 갑수의 송곳니는 맹수의 이빨처럼 크고 날카로웠다. 소년은 주저 없이 갑수의 송곳니를 잡고 흔들었다. 그러나 송곳니는 빠지지 않았다. 소년은 죽은 갑수의 얼굴을 천장을 향하게 한 다음 두 눈을 질끈 감고 발로 갑수의 위턱을 있는 힘껏 내리찍었다.

뿌드득!

피범벅이 된 이빨들이 떨어져 나왔다. 소년은 그중에서 송곳니를 골라 이빨에 붙은 미끈미끈한 피와 잇몸을 바지에 닦아냈다.

소년은 갑수의 송곳니로 대못의 둘레를 열심히 파냈다. 송곳니에 파인 나무 가루들을 불어내자 대못을 잡아 뺄 수 있었다. 대못이 빠진 널빤지를 죽을힘을 다해 잡아당겼다. 마침내 널빤지가 떨어져 나왔다.

불길은 마을 쪽에서 올라오고 있었다. 사방이 연기로 휩싸여 분간하기 어려웠지만 소년은 어렴풋이 보이는 달과 별들을 보며 방향을 가늠했다. 지도는 없었지만 어디로 가야 평야가 나오는지 알 수 있었다. 그곳에 가면 산불을 피할 수 있었다.

지뢰는 없다. 뒤를 보면 안 된다. 앞만 보고 뛰면서 소년은 그렇게 혼자 되뇌었다. 여기저기 번지는 연기 사이로 고기 굽는 냄새가 진동했다. 소년은 그것이 사람 살이 타는 냄새라는 것을 알 수 있었다. 멀지 않은 마을에서는 비명이 끊이지 않았다. 그곳에서 무슨 일이 벌어지고 있는지는 상상도 하고 싶지 않았다.

탕! 탕! 타당! 정신없이 뛰던 소년은 총소리에 본능적으로 몸을 날려 땅에 엎드렸다. 자욱한 연기 속에서 군인들의 고함 소리와 총소리가 다시 울렸다. 그들은 소년이 있는 곳으로 뛰어오고 있었다.

그때 연기 사이로 커다란 그림자가 소년의 앞을 가로막았다. 마을 언덕을 지키는 목장승 같은 그림자는 알아들을 수 없는 괴성을 고래고래 지르며 소총을 난사하고 있었다. 겁에 질린 소년은 그 자리에 얼어붙은 채 모든 것을 체념했다.

"쭈겨! 쭈겨! 다 쯔러버려!"

사람의 소리가 아닌 기괴한 목소리가 불길함을 더했다. 안개 같은 매연 속에서 붉고 푸른 깃털이 날렸다.

"다 쭈겨! 다 쯔러버려!"

푸드득! 앵무새였다. 그리고 소년이 본 목장승은 서커스단의 껑다리였다. 껑다리는 이미 얼굴과 온몸이 피범벅이 돼 있었다.

"아자씨! 지 바우여라! 바우……."

겁에 질려 울먹이는 소년을 내려다보는 껑다리의 눈은 산 사람의 눈이 아니었다. 그 유순한 눈매는 온데간데없고, 핏발이 일어나 흰자가 없는 눈의 동공은 황색을 띠고 있었다. 그리고 그 눈은 소년을 알아보지 못했다. 그토록 기억력이 좋던 껑다리가 아닌 다른 사람 같았다.

"아자씨…… 지 바우요. 지 모르시겠소? 무서버 죽겠소. 지발 쫌 살려주셔라……."

아무 말 없이 서 있던 껑다리는 울며 애원하는 소년을 갑자기 한 손으로 집어 들었다. 껑다리를 본 군인들이 총질을 하며 달려왔다. 껑다리도 소총을 쏘면서 군인들과 맞섰다. 고막이 찢어질 듯한 총소리에도 껑다리의 품에 웅크린 소년은 아무 소리도 내지 않았다.

껑다리는 마지막 사력을 다해 성큼성큼 벽으로 걸어갔다. 그리고 소년을 번쩍 치켜들었다. 순간 소년은 껑다리가 벽 위 허공으로 자신을 던져 올린 줄 알았다. 하지만 아니었다. 비록 짧은 찰나였지만 소년은 분명히 느낄 수 있었다. 몸이 구름처럼 공중에 떠 있었다. 잠시 후 소년은 벽 위를 덮은 철조망을 넘어 반대편 암흑으로 떨어졌다. 경사진 땅에 떨어진 소년은 한참을 굴렀다.

벽 저편에서 야단스러운 총소리와 함께 껑다리의 마지막 비명이 들려왔다. 소년은 무서웠지만 소리 내지 않고 속으로 울었다. 그리고 멈추지 않고 앞만 보며 달렸다. 넘어지고 다쳤지만, 그럴 때마다 소년은 다시 일어나 달렸다.

어둠을 무서워하는 아이들이 있다. 어둠 속에서 아이들은 두려움에 울부짖는다. 그 울부짖음은 절망이 아니라 바람이다. 누군가가 자신을 구해줄 것이라는 희망이다. 나는 그 어두운 밤 속을 헤쳐 나오며 숨소리도 내지 않았다. 아무도 나를 구해줄 사람은 없고, 오직 침묵만이 살길이라는 것을 어린 나이에도 알 수 있었다.

그렇게 나는 30년 동안 돌아보지 않고 앞만 보며 달렸다. 그날 이후로 나는 높은 곳을 무서워하게 됐고, 어둠을 싫어하게 됐고, 고기 굽는 냄새를 맡으면 구역질이 났다. 하지만 나는 그날 밤의 일을 그 누구에게도 말하지 않았다. 아내 주리에게도 그 이야기는 하지 않았다. 나는 그저 앞만 보며 살고 싶었다.

한때 나는 그날 밤에 있었던 모든 일이 어린 나의 착각이고 악몽이라고 믿고 싶었다. 하지만 그 모든 일은 실제로 일어났었다. 믿거나 말거나 실제로 있었던 일이다. 그리고 나는 그 모든 것을 아직도 생생히 기억하고 있다.

23

정신이 들었다. 얼마나 여기, 이 방에, 이 침대에 누워 있었을
까? 감이 오지 않았다. 붕대가 감긴 이마가 가려워서 긁었다. 꿈
은 아니었다. 나는 깨어났고, 살아 있었다. 허리가 뻐근했다. 상당
히 오래 누워 있었던 모양이다.

아우~ 산짐승 우는 소리가 들렸다. 창밖을 내다보니 검고 하얀
털을 가진 늑대가 목을 치켜들고 구슬피 울고 있었다. 크고 작은
산들이 아담한 평지를 둘러싸고 있었고 온 세상은 눈으로 덮여 있
었다.

침대 옆 탁자 위에는 음식이 놓여 있었다. 나는 보리빵과 아직
식지 않은 깡통 수프를 허겁지겁 먹었다.

산장으로 실려와 주방에서 수술을 받은 나는 침실로 옮겨져 있
었다. 내가 자다 깨다 반복하는 동안 민주가 죽을 갖고 와서 떠먹

여주고, 땀으로 젖은 옷을 갈아 입혀준 것이 기억났다. 아주 어렴풋이.

사방이 조용했다. 그런데 어딘가에서 바이올린 소리가 가늘게 들려왔다. 여러 감정이 담긴 여자의 목소리 같은 연주는 천장에 수많은 그림을 그려주며 나를 잠시 다른 곳으로 데려갔다.

병상에 누워 있으면 확실히 청각이 예민해진다. 그리고 육체적인 제약은 상상력을 한없이 넓혀주어서 보다 많은 것을 듣게 한다. 평소에는 시끄러운 내 안에 들어오지 못했던 주위의 소리들이 편안하게 들어온다.

여의도에서 한 증권맨에게 실제로 있었던 일이다. 하루는 어린 아들이 회사로 찾아와 함께 점심을 먹으러 가는데, 아들이 걸음을 멈추며 물었다. "저 소리 들려?" 아무 소리도 듣지 못한 증권맨은 아들에게 되물었다. "무슨 소리?" 그러자 아이는 그를 이끌고 가로수가 늘어선 풀밭으로 갔다. 그곳에는 여치 한 마리가 울고 있었다. 증권맨은 여의도 길가에 여치가 있는 것도 신기했지만, 그 소리를 들은 아들이 신통해 보였다. 그리고 길을 가득 메운 다른 행인들은 그 소리를 왜 듣지 못할까 하는 의문이 들었다. 땡그랑! 그때 길가에서 아주 평범한 일이 벌어졌고 증권맨은 그 답을 얻었다. 길을 걷던 누군가가 동전을 떨어트리자 바삐 길을 가던 사람들이 모두 돈이 떨어진 곳을 힐끗 쳐다봤다. 그들의 반응은 본능에 가까울 정도로 빠르고 자연스러웠다.

2007년 1월 워싱턴 D.C.에서 있었던 일이다. 한 바이올린 연주자가 출근 시간에 지하철역에서 약 40분간 연주를 했다. 1,000명이 넘는 행인들이 거의 모두 무관심하게 지나갔다. 그중 7명이 잠시 멈춰 음악을 음미했다. 그 거리의 악사는 다름 아닌 세계적인 바이올리니스트 조슈아 벨이었다. 공연에서 1분당 1,000달러 이상을 버는 조슈아 벨은 그날 아침 50달러가량 벌었다. 《워싱턴포스트》기자가 기획한 이 '실험'은 미학에 대한 고찰을 자극하는 이야기이기도 하지만, 본질적으로 사람들이 무엇을 어떻게 듣는지를 보여주는 사건이다. 소리는 귀를 통해 들어오지만, 결국 그 소리를 듣는 것은 귀가 아니라 사람의 마음이다.

나는 어딘가에서 들려오는 바이올린 소리가 궁금했다. 방에서 나가 어부 박씨와 민주도 찾아보고 싶었다. 그러나 몸이 말을 듣지 않았다. 그들을 불러보고 싶었지만 목소리는커녕 입도 제대로 열 수 없었다. 음식을 넘기긴 했지만 기운이 한 줌도 없었다. 다시 두 눈이 스르륵 감겼다.

◆　◆　◆

며칠째 눈이 내렸다. 산장에는 나와 외다리 돌팔이만 남아 있었다. 그리고 개 한 마리가 같이 있었다. 며칠 전 내가 늑대로 잘못 본 놈은 돌팔이가 키우는 말라뮤트였다. 60킬로그램 정도 나가는 놈으로 똑똑하고 말도 잘 들었다. 알래스카에서 태어났다면 썰매를 끌겠지만, 산장에서는 그냥 어슬렁거리며 눈에서 뒹굴며 놀기만 했다.

나는 더 이상 진통제와 항생제를 먹지 않아도 됐다. 밀었던 수

술 부위에도 머리가 자라나서 상처가 보이지 않았다. 멍멍이와 벽난로를 쬐고 있는 내게 돌팔이가 작은 유리병을 건넸다. 내 머릿속에서 꺼낸 탄환이 들어 있었다. 다시 살아난 것을 축하하는 기념품이었다. 멍멍이는 소리 나는 작은 병을 먹을 것인 줄 알고 유심히 봤다. 은근히 귀여운 놈이었다. 내 눈치를 슬슬 보며 옆으로 다가와 내 다리에 슬쩍 자기 등을 비비며 지나갔다.

"고맙습니다. 치료해주셔서……."

"나야 원래 하는 일인데 뭐. 그리고 박형하고 나하고야…… 특별하니까."

돌팔이는 전축에 판을 올렸다. 황병기의 가야금 연주가 나왔다. 돌팔이는 음악에만 조예가 깊은 게 아니었다. 그의 서재는 훌륭했다. 벽난로와 문을 제외한 서재의 벽은 바닥에서 천장까지 책으로 가득 차 있었다. 남에게 보여주기 위해 꾸며놓은 게 아니었다. 책들은 일관성이 있었고, 기준과 기호와 격이 있었다. 그중 반 이상은 나도 읽은 책들이었다. 갑자기 돌팔이가 가깝게 느껴졌다. 지난 세월 어딘가에서 나와 같은 책을 읽고 비슷한 감정을 느꼈을 것이라는 생각이 들자 그에게 품었던 경계심이 한 방에 녹아버렸다.

유난히 눈에 띄는 붉은 책을 빼냈다. 그러자 돌팔이가 나를 제지했다.

"아, 그건 좀……."

부드러운 고급 천으로 제본된 그 붉은 책은 돌팔이의 일기장 같았다. 이 사람 일기도 쓰네. 껄렁껄렁하게 보이는 것과 달리 지적인 인간이었다.

나는 무안해하는 돌팔이에게서 시선을 돌려 벽난로에 놓인 사진들을 봤다. 안나푸르나를 배경으로 지금보다 훨씬 젊은 두 남자가 서 있었다. 다리가 멀쩡한 돌팔이와 젊은 시절의 어부 박씨였다. 둘이 함께 찍은 다른 사진들도 몇 장 더 보였다. 둘은 산에 자주 갔던 모양이다. 어부 박씨가 산을 그렇게 좋아했는지 나는 몰랐었다.

　"여쭤봐도 돼요?"

　"뭐? 내 다리?"

　사실 내가 궁금한 건 그게 아니었다.

　"지뢰. 장마철에 물이 불면 옛날 6·25 때 썼던 지뢰들, 몇 십 년 된 지뢰들이 둥둥 떠내려오는데, 조심하지 않으면 나같이 돼요."

　"예?!"

　"농담이구요. 아, 근데 진짜로 떠내려온 지뢰들이 있긴 있어요. 이 산골짜기에도. 나도 봤어."

　"……."

　"산악사고. 히말라야에 다리 하나 바쳤어요. 동상으로 썩어서 무릎 아래로 절단."

　그리고 짧은 침묵. 마치 손톱 잘라낸 얘기하듯 아무렇지 않게 이야기해서 오히려 듣는 내가 난감했다. 나는 혹시 돌팔이가 우리 마을 출신인지가 궁금했었다. 하지만 아니었다.

　그는 도시에 있는 평범한 집안에서 자란 사람이었다. 괜찮은 의과대학을 졸업하고 잠시 결혼을 했다가 이혼을 했다. 그는 보기보다 나이가 적었다. 어부 박씨와는 띠동갑이라고 했다. 알고 보니 오히려 나와 더 가까운 나이였다. 그러나 왠지 모르게 그에게는 노인들한테서나 풍겨나는 편안한 허무함이 있었다. 그에게서는 거친 욕망이나 분노가 느껴지지 않았다. 그는 뭔가를 떨쳐버리고 비워낸 사람 같았다.

산악 사고 후 돌팔이는 약물 중독에 빠졌고, 그런 그를 구해낸 것은 사랑이었다고 했다. 어부 박씨와 돌팔이는 히말라야만 같이 타는 사이가 아니었다. 그들은 아주 오래된 연인이었다. 사진들을 다시 보니 둘은 썩 잘 어울렸다.

"왜요? 하하. 다리가 하나라도 할 건 다 할 수 있다니까."

나도 의심하지 않았다.

어부 박씨는 오래전부터 나를 지켜보고 있었다. 방송과 언론에서 공개수배된 내 사진을 보고 그는 걱정이 돼서 나를 찾아 나섰다고 했다.

사실 나는 대학 때 종로에서 어부 박씨를 본 적이 있었다. 그날 나는 주리와 허리우드극장에서 영화를 보고 나와 저녁을 먹기 위해 근방을 배회하고 있었다. 그러다 우연히 어부 박씨를 보고 놀란 나는 주리와 함께 도망치듯 자리를 피했다. 그때 내가 왜 그랬는지 설명하기는 어렵다. 옛날 마을 사람을 보자 마치 보면 안 될 것을 보기라도 한 듯 불편했다. 아니 싫었다. 어렵게 지운 기억들이 다시 되살아날지도 모른다는 두려움이었다. 그날 그 거리에서, 나만 어부 박씨를 본 것은 아니었다. 그도 나를 알아봤다고 했다. 도망치는 내 모습을 지켜보며 어부 박씨는 내가 살아 있다는 사실에 감사했다고 했다.

· · ·

눈은 계속 내렸다. 어부 박씨와 민주는 일주일이 넘도록 돌아오지 않았다. 걱정이 됐다. 두 사람은 필요한 물건들을 구하고 정황을 살피기 위해 산을 내려갔다. 며칠째 내린 폭설로 도시로 이어지는 국도는 말할 것도 없고, 전기와 통신이 끊긴 상태였다. 그렇지 않아도 외지고 고립된 산골짜기인데 전기까지 안 들어오니 세월과 문명을 완전히 초월한 곳이 되었다. 내리는 눈과 설경을 계속 보고 있으면, 나까지 점점 하얗게 탈색되는 듯한 기분이 들었다. 그런데 그 설국 샹그릴라에도 문제가 있었다.

돌팔이와 나는 사흘째 굶고 있었다. 산장에 있는 식량이 바닥난 것이었다. 우리는 향신료와 조미료를 넣어 개 사료를 죽으로 끓여 먹는 시도까지 해봤지만 결국 포기하고 말았다. 식도로 넘기기가 불가능할 정도로 역겨웠다.

인간은 먹지 않고는 40일을, 마시지 않고는 4일을, 숨 쉬지 않고는 4분을 버틸 수 있지만, 희망이 없으면 4초도 버티기 힘들다는 말을 들은 적이 있다. 희망, 그 보이지 않는 것에 대한 바람. 보이지 않고 확실치도 않은 미래에 대한 믿음. 다행히 굶고 있는 나에게는 희망이 있었다. 한동안 없었지만, 어느새 나도 모르게 다시 싹트고 있었다. 수술 때문인지 단식 때문인지는 알 수 없었다. 지금 이 순간 세상과 단절돼 굶어 죽어도 두렵지 않다는 용기가 내 안에 꿈틀거린다는 게 신기했다. 물론 사방에 널린 게 눈이어서 갈증으로 죽지는 않을 것이라는 확신도 있었다.

돌팔이는 나를 산장 뒤 창고로 데리고 갔다. 주차된 지프차 옆에는 나무 상자처럼 생긴 썰매가 있었다. 철 프레임이 나무 본체를 든든하게 받쳐주는 고전적인 모양이 꽤 근사했다. 뚱뚱한 산타클로스 두 명도 태울 수 있는 크기였다. 어린아이처럼 나무썰매를 어루만지며 신기해하는 나를 돌팔이가 불렀다.

돌팔이는 장작더미 옆에 있는 큰 뒤주를 열었다. 나는 숨이 턱 막히며 입이 쫙 벌어졌다. AK47, 카빈, 엽총, 12구경 산탄총, M14 라이플까지 가지각색 총이 다 있었다. 더 들여다보니 브라우닝과 베레타 자동권총도 몇 자루 보였다. 아니 이 아저씨들, 무슨 빨치산도 아니고…… . 도대체 뭐 하는 짓들인가?

"총 쏠 줄 알죠?"

"예?! 총이요?"

"군대 안 갔다왔어요?"

"아 그게…… 근데, 이걸 다 어떻게…… ."

"박형이 몇 년 동안, 여기저기서 하나둘씩 구해온 거예요."

진실은 늘 신선했다. 동성애자들이 대체로 섬세하고 예민해서 평화주의자라는 왜곡된 편견은 그 순간 내 머리에서 싹 지워졌다.

"저 강아지, 키우면서 정 많이 드셨을 텐데."

실수한 것 같았다. 멍멍탕 얘기를 하자 돌팔이가 광기 서린 눈으로 나를 째려봤다. 나를 쏴 죽일 분위기였다.

"농담이었습니다."

탕! 탕탕!

메아리치는 총소리에 내 몸 구석구석의 세포들에 기록되어 있던 공포가 되살아났다. 오랫만에 느끼는 공포였지만 못 견딜 정도는 아니었다. 그 정도로 정신력이 약하지는 않았다. 오히려 찬바람을 맞으며 사격에 집중하니 몸과 마음이 개운해지는 듯했다.

눈으로 덮인 세상에는 살아 움직이는 것이라고는 없어 보였다. 돌팔이는 내게 소총과 권총 쏘는 법을 가르쳐줬다. 빈 병을 맞히고, 나무에 건 종이 표지를 쐈다. 돌팔이는 다리 한쪽이 없어도 균형감각과 운동신경이 뛰어나 사격 실력이 수준급이었다. 경이로웠다.

너무 추워서 새들도 얼어 죽었는지 숲 속 생명들은 총소리에도 반응이 없었다. 나는 잠시 산사태가 나지 않을까 걱정을 했다. 그러나 여긴 히말라야가 아니라 강원도 태백산맥이었다.

"형가 이야기 알죠?"

"예? 뭔가요?"

"옛날에 진시황제를 죽이러 간 자객."

"아, 예……."

옛날 옛적에, 진시황제가 천하를 통일하기 전 그가 아직 진秦나라의 왕일 때 일이었다. 연나라의 태자 단丹이 위나라 출신의 형가荊軻라는 협객에게 진 왕의 암살을 의뢰했다. 대의를 위해 형가는 진 왕을 죽이기로 결심하고, 태자에게 세 가지를 요구했다.

진나라에서 예전부터 탐내온 연나라의 지도와, 연나라로 망명한 진나라 장수 번어기樊於期의 머리, 그리고 거사에 동행할 검사 노구천魯句踐이라는 형가의 친구였다. 이 말을 들은 태자는 지도를 형가에게 내줬다. 태자의 확고한 의지를 확인한 형가는 바로 번어기를 찾아가 암살 계획을 설명했다. 그러자 번어기는 흔쾌히 자신의 목을 자르라고 했다. 그 시절에는 의인이 있고, 대의가 있었다. 한마디로 멋이 있었다. 그렇게 두 가지 준비를 마친 형가는 인편을 통해 노구천에게 편지를 보냈다.

때마침 우기라 비가 계속 내렸고, 형가는 태자가 베푼 미녀와 음식으로 날이면 날마다 호강을 하며 친구를 기다렸다. 그러나 형가의 친구 노구천은 폭우로 강이 범람해서 제때 오지 못하고 있었다. 노구천이 나타나지 않자 초조해진 태자가 형가를 다그쳤다. 태자는 조급해졌다. 나날이 늘어나는 접대비용도 만만치 않았지만, 혹시 형가의 마음이 변한 것이 아닌지 불안하기도 했다. 형가는 그런 소인배 태자의 마음을 간파했다. 형가 입장에서는 더럽고 치사했을 것이다. 결국 형가는 태자의 의심에 떠밀려 노구천 대신 진무양秦舞陽이라는 어린 아마추어 무사를 데리고 진 왕을 죽이러 갔다. 진나라로 들어가기 위해 역수를 건너기 전, 형가는 자신의 오랜 벗이자 현악기 축筑의 달인 고점리高漸離의 연주에 맞춰 그 유명한 역수가易水歌를 불렀다.

바람 스산하고 역수는 차구나
장사는 한번 가면 못 돌아오리

노래를 마친 형가는 배에 올라탔다. 그리고 그가 탄 배는 자욱한 물안개 속으로 사라져버렸다.

진나라에 도착한 형가는 소금에 절인 번어기의 머리와 연나라지도를 들고 진 왕을 알현할 수 있었다. 그런데 어린 진무양은 거대한 궁에 들어가 진 왕 앞에 서자 주눅이 들어 벌벌 떨기 시작했다. 이를 수상히 본 진 왕은 형가로부터 떨어지며 몸을 피했다. 형가는 연나라 지도에 숨겨온 독이 묻은 비수를 진 왕에게 던졌지만, 기둥 뒤에 숨은 진 왕을 죽이지 못했다. 조바심, 불신 그리고 아마추어리즘 때문에 결국 거사를 그르치고 말았다.

그런데…… 돌팔이가 왜 지금 형가 이야기를 나한테 하는 걸까? 궁금함을 넘어 긴장이 됐다. 내가 돌팔이에게 물었다.

"아쉬운 이야기죠. 근데…… 진무양이 제대로 트레이닝을 받았다면 암살에 성공하지 않았을까요?"

"아니죠. 형가의 친구 노구천이 올 때까지 기다렸어야죠."

돌팔이의 말은 내가 진무양이라는 건가? 그럼 누가 형가인가? 잠깐, 누가 진 왕이란 말인가? 아리송했지만 나는 더 이상 묻지 않았다.

◆　◆　◆

아침보다 더 추워져 있었다. 눈보라와 함께 몰아치는 칼바람 때문에 나는 바지를 안 입고 나온 줄 잠시 착각했다. 살을 갈라버리는 추위는 장난이 아니었다. 살인적인 한파였다.

두툼한 옷을 챙겨 입은 돌팔이와 나는 사냥감을 찾아 돌아다녔다. 돌팔이는 엽총을, 나는 M14 저격용 라이플을 들고 있었다. 우리는 마치 이 세상의 마지막 인간들 같았다. 아니 어쩌면 인류 최초의 인간들일 수도. 설국이 되어버린 산속은 그렇게 우리를 홀렸다.

우리는 무릎까지 빠지는 눈을 헤치고 나아갔다. 의족에 지팡이를 짚은 돌팔이는 다리가 셋이었다. 산에 익숙한 그는 산짐승처럼 날렵하게 움직였다. 앞서 가던 돌팔이가 주먹을 들어 올리며 멈춰섰다. 그러더니 진짜 다리는 하나뿐이라는 게 믿기지 않을 정도로 민첩하게 가까운 나무에 몸을 은폐했다. 나도 움츠렸다. 그가 가리키는 전방을 보니 눈보라 사이로 무언가가 움직이고 있었다. 따라나선 멍멍이도 조용히 엎드렸다. 아주 멀리 사슴 혹은 노루 비슷한 놈이 보였다.

드디어 오늘 저녁에 단백질을 맛보겠구나. 입안에 군침이 돌면서 몸에 아드레날린이 돌았다. 돌팔이가 내게 다시 손짓했다. 위치와 각도상 내가 쏴야 했다. 나는 어깨에 메고 있던 라이플을 내려 천천히 조준했다. 그리고 방아쇠를 당겼다.

탕! 동시에 사슴 혹은 노루 비슷한 놈도 뛰었다. 놈은 우리의 시야에서 순식간에 사라졌다. 아니 어떻게 그걸 못 맞혔지? 돌팔이는 나를 노려봤다. 나 스스로도 한심했다. 수전증 때문이었다. 회사에 다니면서 수영장 두 개만큼 술을 퍼 마셨으니. 나는 야생에서는 전혀 쓸모가 없는 인간이었다.

그때 얌전히 앉아 있던 멍멍이가 고개를 돌려 어딘가를 응시했다. 돌팔이와 나는 동시에 그쪽을 돌아봤다. 어렴풋이 곰 같은 게 우리를 향해 걸어오고 있었다. 나는 재빨리 라이플을 다시 들어 올렸다. 방금 전의 실책을 만회할 기회였다. 라이플에 장착된 렌즈로 자세히 보니 곰은 한 마리가 아니고 두 마리였다. 방아쇠에

손가락을 갖다 대고 숨을 꾹 참았다. 그런데 알록달록한 형체가 사람 같았다. 자세히 보니 곰이 아니라 민주와 어부 박씨였다. 그들은 손을 흔들면서 고함을 지르며 우리에게 달려오고 있었다. 나도 환호하며 그들에게 달려갔다. 어른 키만 한 배낭을 짊어진 어부 박씨와 민주는 거인처럼 보였다.

아, 이제 살았다! 나는 그들을 얼싸안고 놓지 않았다. 꼴을 보아 하니 그들도 어지간히 고생을 한 모양이었다.

어부 박씨와 민주가 갖고 간 차는 오는 길에 폭설에 빠져 꿈적도 할 수 없었다. 그들은 차 안에 갇혀 밤을 지새우고 아침 일찍부터 걸었다고 했다. 하지만 그들은 눈보라 속에서 길을 잃었다. 만약 내가 쏜 총소리를 듣지 못했더라면 우리를 만나지 못했을 것이다. 그들은 추위에 얼어 죽고 돌팔이와 나는 굶어 죽었을 것이다. 우리는 서로를 그렇게 구한 것이었다.

우리 넷은 따뜻한 저녁식사로 허기진 배를 꾸역꾸역 채웠다. 모두 살아 있었다. 서로 궁금한 게 많고 해줄 이야기도 많았지만 우선 묵묵히 먹기만 했다. 해는 졌지만 창밖 세상에는 아직도 눈이 날리고 있었다.

2부 / 거대한 괴물

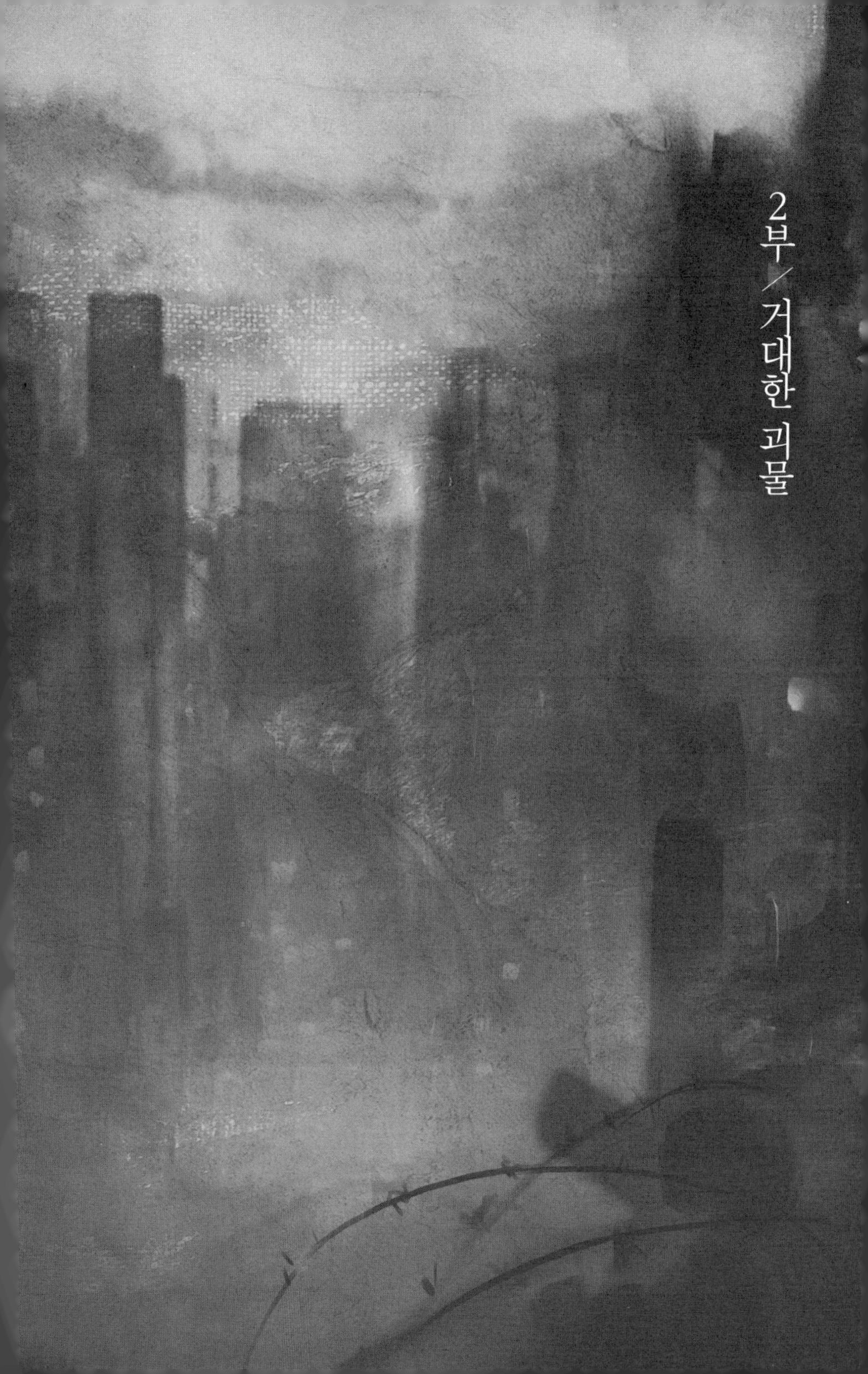

24

고대 그리스 시대에 있었던 일이다. 시인 시모니데스가 사회 지
도층이 모이는 만찬에 초대받아 낭송을 했다. 그날따라 만찬 참
석자들은 시모니데스의 시에 별 호응을 보이지 않았다. 열이 받
을 대로 받은 시모니데스는 자신의 예술을 이해하지 못하고, 자리
에 앉아서 위장에 음식만 쑤셔 넣고 있는 무식한 속물들을 모조리
저주하며 연회장을 뛰쳐나갔다. 그런데 그가 연회장을 나서자마
자 대형 사고가 일어났다. 그 연회장 건물이 폭삭 무너져 내려 그
안에 있던 모든 이들이 깔려 죽고 말았다. 그리고 시체들은 하나
같이 알아볼 수 없을 정도로 훼손돼 그들의 신원을 확인할 방법이
없었다.

유족들은 울고불고 아비규환이었다. 그러나 참사 현장으로 돌
아온 시모니데스는 모두를 조용히 시켰다. 시모니데스는 눈을 천

천히 감고 머릿속으로 시간을 되돌렸다. 그러자 현장에 떨어져 있던 크고 작은 돌들이 다시 하늘로 올라가기 시작했다. 부러지고 쓰러졌던 거대한 기둥들이 다시 일어나 지붕을 받쳤다. 거대한 건물의 모든 것이 원상태로 복원됐다. 그렇게 시모니데스는 머릿속으로 자신이 뛰쳐나온 만찬을 다시 재현해냈다. 그는 누가 어느 자리에 앉아 있었는지를 일일이 다시 볼 수 있었다. 그리하여 머릿속에 그린 공간을 세분화시켜 수많은 정보들을 하나씩 차례차례 정확하게 기억해냈고, 참사로 죽은 모든 이들의 신원을 확인할 수 있었다. 서양 지성의 전통 중 하나인 '기억의 예술'이 이렇게 시모니데스에 의해 탄생했다.

언제 어디서 누구와 무엇을 어떻게 왜 했는지에 대한 기억과 그에 연관된 경험들의 나열이, 사람이 인지하는 시간일 것이다. 시간은 기억에 의존하고, 기억은 공간을 통해 만들어진다. 그래서 삶이라는 시간은 공간에서 일어난 사건에 대한 기억들로 구성돼 있다.

왜 노인의 하루는 길지만 1년은 짧고, 아이의 하루는 짧지만 1년은 길게 느껴질까? 아마 시간이라는 것은 새로운 경험을 흡수하는 강도에 따라 고무줄처럼 늘었다 줄었다 하기 때문일 것이다.

사람은 '기억' 때문에 사람답게 살 수 있는지도 모른다.

인류 역사상 가장 뛰어난 기억력을 보유한 사람으로 기록된 인물이 있다. 솔로몬 쉬레세프스키Соломон Шерешевский, 일명 '싀ш'라는 러시아 남자다. 초능력에 가까운 기억력을 보유한 싀는 소비에트의 저명한 신경심리학자 알렉산더 루리아Алекса ндр Лу рия가 약

30년간이나 연구한 역사적인 케이스이기도 하다.

'식'는 원래 바이올린 연주자가 되고 싶었지만 신문기자가 되었다. 그는 신문사의 아침 회의 때마다 메모를 하지 않았다. 그래서 하루는 담당 부장이 이런 '식'의 버릇을 지적했다. 그러나 '식'는 회의 내용을 완벽하게, 글자 그대로 기억하고 있었다. 좀 더 대화를 해보니 '식'는 몇 년 전에 한 인터뷰도 완벽하게 기억하고 있었다.

'식'는 루리아의 연구소에서 여러 검사를 받았다. 연구 결과는 흥미로웠다. '식'는 시모니데스처럼 자신만의 '지도'를 머릿속에 그려서 기억하는 능력이 있을 뿐 아니라, 공감각共感覺이 발달돼 오감으로 정보를 습득하고 있었다. 예를 들어, 그에게 숫자 '1'은 시각적으로 '자신감 넘치는 남자'였고, '8'은 '통통한 아줌마'였다. 또 어떤 음악은 파랑에서 단맛으로 변했고, 어떤 표현은 석탄 냄새와 나무껍질이 느껴졌다. 이렇게 오감으로 모든 것을 기억하는 '식'의 상상력은 평범하지 않았다. 그는 보통 사람이 알지 못하는 세계에서 살고 있었다.

그런데 완벽한 기억력에 풍부한 상상력까지 겸비한 '식'는 어째서 훌륭한 바이올린 연주자가 되지 못했을까? 심지어 그는 신문기자로서도 두각을 나타내지 못했다. 왜일까?

'식'는 자신이 흡수한 엄청난 양의 정보를 걸러내거나 해석하는 능력이 전혀 없었다. 우선경중을 가려 자신만의 방식으로 표현하지도 못했다. 그런 면에서 그의 완벽한 기억력은 지적 장애에 가까웠다. 그는 세상에서 가장 긴 시를 외울 수는 있었지만, 그 뜻이나 정서를 전혀 이해하지 못했다. '식'는 보편적으로 쓰이는 '무無'

같은 추상적인 개념도 이해하지 못했다.

흥미로운 사실은 이 엄청난 기억력을 가진 '식'가 사람의 얼굴은 잘 못 알아봤다는 것이다. 그는 한 번 본 사람의 얼굴을 '완벽하게' 기억했기 때문에, 끊임없이 미묘하게 변하는 사람의 얼굴을 잘 알아보지 못했던 것이다. 감정, 건강, 시간, 장소, 조명 등에 따라 수시로 변하는 얼굴 앞에서 '식'의 인지능력은 제대로 작동하지 못했다. 그는 일종의 안면인식장애를 앓는 셈이었다. 이보다 더 흥미로운 사실은, 인류 역사상 기억력이 가장 뛰어났던 '식'는 지능지수 시험에서는 평균치를 맴돌았다는 것이다.

신문사를 퇴직한 그는 러시아의 한 서커스단에서 기억술사로 순회공연을 하며 돈을 벌기도 했지만 얼마 지나지 않아 그 일도 그만뒀다. 그 뒤 '식'는 모스크바에서 택시 기사로 살다가 1958년에 사망했다.

'식'라는 사람은 과연 행복했을까? 그에게 기억력은 장애를 넘어 저주였다. '식'는 평생 '잊지 못하는 병'을 앓았다. 그가 보드카를 얼마나 마셨는지는 모르지만, 그런 병에는 술만 한 약도 없었을 것이다. 술은 많은 것을 지워주고 잊게 해준다. 물론 영구적으로 지워지는 기억이란 없는지도 모른다. 기억이라는 괴물은 사람의 의지대로 제어되지 않는다. 잊었다고 방심할 때 뜬금없이 되살아나곤 한다. 그래서 사람은 현재를 지배하는 과거의 기억들과 싸워야 할 때가 많다. 잊을 수 있어야 사람답게 살 수 있다. 삶을 지탱하기 위해서는 '기억의 예술'보다는 '망각의 예술'이 훨씬 더 필요한지도 모른다.

25

하얀 입김이 새어 나오기 무섭게 미세한 얼음이 되어 흩어졌다.
폭설이 멈추고 날씨가 풀렸지만 여전히 추웠다. 우리는 국도변에
세워둔 차를 찾으러 아침 일찍 산장을 나섰다. 차 안에는 어부 박
씨와 민주가 전날 미처 들고 오지 못한 물품들이 있었다. 어부 박
씨와 돌팔이는 둘이서 다녀오겠다고 했지만, 나도 바람을 쐬고 싶
어서 따라나섰다. 몸이 많이 나아져서 그런지 마음속이 다시 복잡
하게 엉키고 있었다. 머리를 식히며 걷기에 딱 좋은 날씨였다. 전
날 저녁부터 기절한 듯 자고 있는 민주는 깨우지 않고 남자 셋이
서 묵묵히 국도를 향해 걸었다.

앞장선 돌팔이는 역시 빨랐다. 다리가 하나라는 사실이 아무리
봐도 믿기지 않을 지경이었다. 나는 묵묵히 내 앞의 발자국을 따
라 하얀 눈을 밟았다. 어부 박씨는 혹시 모르니까 소총을 한 자루

씩 들고 가자고 했다. 그래서 우리는 사냥 나온 알래스카의 에스키모들처럼 총을 메고 있었다.

에스키모는 심란할 때마다 특정 방향을 정해놓고 이글루에서부터 걷는다고 한다. 자신 안에 파도처럼 울렁이는 감정이 안정될 때까지 쉬지 않고 자기 자신과 대화하며 걷는다. 그렇게 한참을 걷다 보면 차츰 뜨거웠던 머리가 식고, 가슴을 짓누르던 슬픔이 녹아내리고, 무거운 고민에 대한 대책이 떠오르고, 타오르던 분노가 수그러드는 때가 온다. 그때 발길을 멈춘다. 그리고 그 자리에 갖고 있던 말뚝을 박아 표시를 하고, 다시 이글루로 돌아간다. 살아가다가 또 감당할 수 없이 심란한 일이 생기면 에스키모는 다시 그 방향으로 걷는다. 그렇게 걷다가 멈춰 섰을 때, 그는 자신이 오래전에 표시해두었던 말뚝을 지났는지 안 지났는지를 확인한다. 그렇게 근심의 강도를 측정하고 자신의 상태를 파악한다고 한다.

나도 내 안의 뭔가를 삭여야 할 때 무작정 걷는 버릇이 있었다. 주로 나는 집에서 나와 한남대교를 건너 남쪽으로 걷곤 했다. 그렇게 신사역까지도 갔고, 아내가 죽은 후에는 양재역까지도 걸었다. 생각이 많을 때에는 무조건 걷는 게 상책이었다.

나는 지금 어디로 가고 있는가. 언제나 그랬듯이 또 도망치고 있었다.

루이지가 보고 싶었다. 친구와 대화하고 싶었다. 그 익숙한 목소리를 들으면서 불안을 떨쳐버리고 싶었다. 왠지 그놈은 답을 알고 있을 것 같았다. 내가 무기력한 상황에 처할 때마다 그는 늘 곁에서 나를 지켜줬었다. 아내 주리가 죽었을 때부터. 내가 예상치 못한, 내가 막지 못하는 불행이 닥치면, 내 안의 소년은 벌을 받는 거라고 생각했다. 그럴 때마다 나는 언제나 루이지를 찾았다. 하지만 루이지는 어디에도 보이지 않았다. 내가 혼자 있을 때가 아니면 그놈은 목소리조차 쉽게 들려주지 않았다.

지금은 생각보다는 행동을 할 때다. 얼음 바람이 다시 매섭게 불어와 상념에 묻힌 나를 일깨웠다. 나는 코앞에 닥친 사실들을 부인할 만큼 여유롭지 못했다. 현실이 거지 같고 불편하더라도 대면해야 했다. 실타래같이 얽히고설킨 상황을 풀어야 했다. 아직 갈 길이 많이 남아 있었다. 현실에, 현재에 집중해야 했다. 그래야 살아남을 수 있었다.

그렇게 심란함을 다잡고 있는데, 들릴 듯 말 듯한 누군가의 속삭임이 귓전을 스쳤다. 앞에 걷는 돌팔이도, 내 뒤를 따라오는 어부 박씨도 아니었다. 주변을 휙 둘러봤다. 같은 목소리가 다시 크게 들렸다.

"엎드려!"

루이지였다. 나는 본능적으로 눈 속으로 몸을 날렸다. 내 움직임을 본 어부 박씨와 돌팔이도 근처 나무에 재빠르게 엄폐했다.

탕! 탕! 순간 총소리가 울리며 나무껍질이 사방으로 튀었다.

26

　내가 뇌수술을 받고 수면 속을 헤매고 있을 때, 민주와 어부 박
씨는 시내에 나갔다. 먹을 것도 구해야 했고, 신호 회장에 대해 조
사하며 정황을 살피기 위해서였다. 싸움을 하든 투항을 하든 도망
을 치든, 일단 적을 알아야 했다. 손가락만 빨면서 멍하니 있다가
는 양민섭처럼 되지 말라는 법이 없었다.

　민주는 궁금했다. 신호 회장과 왕눈이 모자母子가 무슨 관련이
있는지. 왜 사람을 사서 유괴를 할 정도로 그 아이에게 집착하는
지. 단순히 왕눈이가 살인 현장을 목격했기 때문만은 아닌 것 같
았다. 양민섭의 입을 막기 위해 자객을 보낸 것만 봐도, 신호 회
장과 그의 머슴들이 이 일을 얼마나 신중하게 처리하고 있는지 알
수 있었다. 뭔가가 있었다. 오래 묵은 구린내가 났다. 콕 찍어내기
는 어려웠지만, 미끈미끈한 음모가 꿈틀거리고 있었다. 무엇보다

민주는 자신을 믿고 따랐던 왕눈이가 걱정됐고, 아이에게 미안한 마음을 지울 수가 없었다.

끝없는 미로 같은 의문들을 풀기 위해 민주는 움직였다. 민주는 언제나 생각보다는 행동을 선호했다. 그런 기질 때문에 기자가 된 건지, 아니면 기자질로 밥을 벌어먹다 보니 그런 기질이 생겼는지는 알 수 없었다. 그러나 확실한 것은 그녀는 기획보다는 추진하는 타입이라는 것이었다. 뛰면서 생각하는 능력이 그녀의 경쟁력이었다.

민주의 호기심이 죄책감과 두려움에서 나온 것이었다면, 어부 박씨의 호기심은 한풀이가 섞인 커밍아웃에 가까웠다. 그 역시 알고 싶었다. 풀리지 않은, 풀지 못한 의문들을 안고 30년을 버텨온 그였다. 그는 답이 필요했다. 과거를 감춘 채 두려움에 떨며 숨어 살기에는 지친 나이였다.

어부 박씨는 고향 마을에 대해서 알고 있는 모든 사실을 민주에게 전해줬다. 그가 언제부터 민주를 신뢰하게 됐는지는 알 수 없지만, 아마 내가 수술을 마치고 회복할 때부터였던 것 같다. 나를 보살펴주는 민주의 모습에서 어부 박씨는 그녀의 사람됨을 읽은 것 같았다. 생사의 기로에서 사람들은 본질을 드러낸다. 자신의 목숨이 걸린 일이 아니더라도.

어부 박씨의 이야기를 들은 민주는 차분하게 움직였다. 찾을 수 있는 정보는 샅샅이 뒤지고, 팔 수 있는 데까지 파고들어 물고 늘어졌다. 민주는 기자 시절에 특종을 때린 적은 없었지만, 독종이라는 말은 자주 듣곤 했다. 잠자고 있던 그녀의 전투력이 서서히 발동하고 있었다.

　시내에 도착하자마자 민주는 먼저 대포폰을 구입했다. 그리고 피시방에 들어가 태현의 아이디로 회사 데이터베이스에 접속해 신호 회장과 신도그룹에 대한 정보를 수집했다. 배신과 중상을 감쪽같이 한 놈치고 태현은 치밀하지 못했다. 그의 비밀번호는 예전 그대로였다. 천만다행이었다. 민주는 오프라인에서나 도둑이었지 온라인상의 해커는 아니었으니까.

　민주는 태현을 갈기갈기 찢어 죽이고 싶은 마음이 굴뚝같았지만, 꾸욱 참을 수밖에 없었다. 참고 인내하면 복수할 기회가 반드시 올 것이라고 믿으며 민주는 자신을 달랬다.

　민주가 챙긴 정보들은 그리 신통치 못했다. 몇 년에 한 번꼴로 주요 언론에 실린 신호 회장 인터뷰와 회사 홍보기사들 외에는 특별한 것을 건질 수 없었다. 여의도에서 과거에 돌았던 '증권가 찌라시'들까지 면밀히 훑어봤지만 영양가 있는 것은 찾지 못했다. 고작해야 여자 연예인을 데리고 놀다 걸린 동훈의 얘기가 다였다.

　그러다 민주는 아주 작은 기사 하나를 발견했다. 이미 10년도 훨씬 지난 연합통신의 단신이었다. 워낙 눈에 띄지 않는 기사여서 민주도 그냥 지나칠 뻔했다. 신호 회장과 신도그룹이 어느 전직 기자를 상대로 낸 명예훼손소송에서 승소했다는 내용이었다. 흥미로운 점은 이 내용을 어느 언론사에서도 다루지 않았다는 것이다. 대기업에 불리한 판결이 주요 언론에서 축소되거나 빠지는 일은 다반사였지만, 명예훼손 송사에서 대기업이 승소한 사건을 숨기는 경우는 본 적이 없었다.

강태웅. 그 기자의 이름이었다. 현재 그는 일흔을 넘긴 나이였다. 민주는 이 독특한 사람을 만나고 싶었다.

강태웅 선생에 대해서 조금이라도 아는 이들은 모두 그가 미쳤었다고 했다. 강 선생은 서울대학교를 졸업하고 1970년대 후반에 유력 일간지에 입사해 촉망받는 기자로 크고 있었다. 그는 1980년대에는 워싱턴 특파원을 지내기도 했고, IMF 사태 이후에는 경제부로 옮겨 재경부와 유수 기업들을 출입했다. 그 시절은 거의 모든 경제부 기자들이 닷컴과 주식에 미쳐 있을 때였다.

신 회장은 그때 이미 존경받는 기업인이었다. 다른 재벌들과 달리 신 회장은 정보통신과 금융뿐만 아니라 나노기술과 생명공학에 과감하게 투자하고 있었다. 사회 각계에서 그를 선견지명이 있는 경제 지도자라고 찬양했다. 바로 그즈음에 강 선생이 신 회장과 문제를 일으켜 법적 송사까지 간 것이었다.

강 선생은 이력상으로는 아무 문제가 없는 엘리트였다. 이런 유형은 대개 기업들과 돈독히 지내면서 마누라 이름으로 땅과 주식에 투자하고, 정치권에 공을 들여 금배지를 달고 국가와 민족을 위해 헌신하는 길을 가는 게 교과서적인 정석이었다. 그런데 도대체 무슨 사연이 있기에 강 선생은 대기업 오너와 '맞짱'을 뜨는 삐딱선을 탔단 말인가? 그로 인해 강 선생은 다니던 신문사에서 잘리고, 재판에서 패소해 재산까지 날려 완전히 골로 간 케이스가 돼버렸다.

다수는 강 선생을 두고 자기만의 공명심에 빠진 자아도취형 한탕주의자라고 비난했지만, 일부 소수는 그를 썩어빠진 언론계의

'마지막 전설'이라고 부르기도 했다. 그러나 일간지에서 강 선생과 함께 일했던 동료들은 하나같이 그가 과대망상증이라고 했다. 그는 거대한 음모론을 제기하면서, 진실을 폭로하는 자신이 핍박받는다고 생각하는 전형적인 열사 콤플렉스 환자였다는 것이다. 그래서 그는 '미친놈'으로 불렸다. 그런데 강 선생의 정신질환만큼 흥미로운 점은, 그를 잘 알았던 지인들조차도 그가 무슨 일로 신 회장 측과 분쟁이 있었는지는 기억하지 못한다는 것이었다.

민주는 선배들을 비롯한 모든 인맥을 동원해 강 선생의 소재를 수소문했다. 그녀의 지인들은 그런 민주를 걱정했다. 실직한 그녀가 이상한 짓을 하고 있다고. 괜한 짓을 하다가 대기업들한테까지 찍히면 홍보판에 취직하기도 어려울 것이라는 충고를 들으면서 민주는 너무나 당연한 사실을 새삼 깨달았다. 결국 언론사의 기자들도 회사원들이고, 이 체제하에서는 똑같은 머슴들이라는 것을.

강 선생에 대한 풍문은 가지가지였다. 이미 사망했다, 알코올의 존중으로 요양원에 들어갔다, 해외로 이민을 갔다……. 세상에서 잊힌 존재에 대한 소문들이 다 그렇듯이 중구난방이었다. 그래서 민주는 가장 확실한 방법으로 강 선생을 찾기로 했다. 민주는 인터넷으로 신상털이 알바 해커를 고용했다. 그리고 법원에서 빼낸 강 선생의 주민등록번호를 알바에게 넘기고 소재지 파악을 의뢰했다. 고삐리 알바가 강 선생의 주민등록등본, 주거지 주소, 의료 기록, 전화번호 등을 알아내 민주에게 메일로 보내주기까지는 한 시간도 걸리지 않았다. 어지간한 흥신소보다 훨씬 유능했고 비용도 비싸지 않았다. 주민을 범죄자처럼 관리하기 위해 만든 주민등록번호는 이제 미성년자 해커를 통해 서로 염탐하는 수단이 돼버렸다.

강 선생은 이미 오래전에 이혼해 지방에서 혼자 살고 있었다. 미국으로 이민 간 처자식들과는 교류가 끊긴 지 오래였다. 그는 직업도 없이 기초생활수급자로 연명하면서 정기적으로 병원 치료를 받고 있었다.

민주와 어부 박씨는 강 선생을 찾아가기 전에 대형마트에 들러 산장에서 필요한 물건들을 구입했다. 그곳에서 민주는 캠코더와 싱글몰트 스카치 한 병을 잊지 않고 챙겼다.

민주와 어부 박씨가 어렵게 찾아간 집은 다세대주택이 밀집한 지역에 있었다. 초인종을 누르자 한 백발노인이 대문을 열어주었다. 강 선생은 민주가 언론사에서 구한 사진 속 모습보다 훨씬 늙어 있었다. 그는 민주와 어부 박씨를 경계하는 눈빛으로 노려봤다. 민주는 아랑곳 않고 해맑게 웃으며 그에게 예전에 쓰던 기자 명함을 건네며 싹싹하게 인사했다. 그러고는 캠코더와 삼각대를 들고 있는 어부 박씨를 카메라맨이라고 소개했다. 사회적으로 예민한 주제를 다루는 시사 프로그램 〈이제는 밝힐 수 있다〉의 특성상 취재의 보안을 유지해야 해서 미리 연락하지 못하고 찾아왔다면서 민주는 강 선생에게 사과했다. 그러나 명함을 받은 강 선생은 경직된 표정으로 아무 말 없이 그 자리에 서 있었다. 잠시 썰렁한 기운이 돌았다. 민주의 능숙한 거짓말을 반신반의하는 눈치였다. 민주는 웃으면서 준비해온 21년짜리 싱글몰트 글렌리빗을 가방에서 꺼내 강 선생에게 건넸다. 그제야 강 선생의 입가에 미소가 번졌다.

"오, 스페이사이드! 이거 오랜만이네. 들어와요."

강 선생은 그들을 집 안으로 안내했다.

27

매복이었다! 우리가 국도변에 세워둔 차를 찾으러 올 것을 예상한 놈들이 미리 잠복해 있었다. 놈들은 산에서 내려오는 우리를 지켜보다가, 내가 갑자기 엎드리며 몸을 엄폐하자 총을 쏜 것이었다.

얼핏 내려다보니 국도변에서 총을 쏘는 덩어리들은 서너 명이었다. 어디서 협찬이라도 받았는지 하나같이 검정색 노스페이스 점퍼를 입고 있었다. 놈들의 사격은 장난도, 위협도 아니었다. 그들은 우리를 죽일 작정으로 쏘고 있었다. 누가 보냈기에 이렇게 살기를 품고 우리를 죽이려는 것일까? 답이 떠오르지 않았다. 깊이 생각할 겨를이 없었다. 우리도 반격을 가했다. 소총을 하나씩 들고 나오자던 어부 박씨의 노파심이 우리를 살렸다.

상대적으로 고지를 점한 우리가 유리했다. 우리는 안정적인 자세로 양민섭의 차 뒤에 숨은 그들을 조준 사격했다. 차창이 깨지고 후드는 벌집이 됐다. 덩어리 한 놈이 우리가 쏜 총에 맞고 쓰러졌다. 나도 모르게 짜릿한 쾌감이 전율했다.

눈 덮인 산속에서 총격전이 이어졌다. 검은 승합차 두 대가 더 나타나더니 이미 너덜너덜해진 양민섭의 차 옆에 급정거했다. 검은색 노스페이스를 입은 덩어리들이 두 대의 차에서 쏟아져 나왔다. 무장한 그들은 총을 쏴대며 우리를 향해 좀비들처럼 달려왔다.

우리에게는 실탄이 많지 않았다. 고민할 것 없이 우리는 철수했다. 아무리 봐도 인해전술은 피하는 것이 상책이었다. 무엇보다 산장에 민주가 혼자 있었다.

사격하다가 뛰고, 또 뛰다가 사격하며 후퇴했다. 눈 덮인 산길을 오르느라 좀비들은 우리를 제대로 뒤쫓지 못했다. 냄새 맡는 개를 풀지 않는 한, 하얀 눈이 곳곳에 덮인 산속에서 우리를 뒤쫓는 것은 불가능해 보였다. 이곳의 산맥과 지형을 누구보다 잘 아는 돌팔이는 일부러 우리가 왔던 길과는 다른 길을 택했다. 좀비들은 우리가 어느 쪽으로 움직이는지조차 제대로 포착하지 못하고 있었다. 놈들을 따돌리는 것은 어렵지 않아 보였다.

곡예하듯 산을 타는 돌팔이를 따라 우리도 민첩하게 움직였다. 숨이 가빠왔지만 내 몸도 거의 회복이 돼서 견딜 만했다. 얼마 후 산장이 나타났다. 뒤를 돌아보니 좀비들은 보이지 않았다. 우리는 마지막 힘을 다해 산장을 향해 달렸다. 멍멍이와 밖에서 놀고 있던 민주가 우리를 보고 마중 나왔다.

"아니, 어쩌다 이렇게 다치셨어요?"

민주의 외침에 모두의 시선이 돌팔이를 향했다. 그의 보라색 파카가 피로 검게 물들어 있었다. 핏방울은 소매를 타고 땅으로 떨어지고 있었다. 누가 먼저랄 것도 없이 우리는 달려온 길을 돌아봤다.

"씨발, 아주 친절하게 가이드를 했구만."

돌팔이가 한숨을 내쉬며 고개를 들지 못했다. 하얀 눈에 붉은 꽃잎처럼 띄엄띄엄 흘린 혈흔은 먼 곳에서도 또렷이 보일 정도로 선명했다.

◆ ◆ ◆

시간이 없었다. 우리는 꼭 필요한 물건들만을 간추려 짐을 쌌다. 민주는 캠코더와 자료들을 챙겼다. 어부 박씨와 나는 창고에서 꺼낸 무기를 담요로 싸서 대형 배낭에 집어넣었다.

산장으로 다시 돌아와보니 팔에 붕대를 감은 돌팔이가 문이 열린 캐비닛 앞에 멍하니 서 있었다. 캐비닛 안에는 프로포폴을 비롯한 가지각색의 약들이 가득했다. 돌팔이는 그 약들을 바라보는 것만으로도 황홀한지 꼼짝도 하지 않았다. 그는 우리를 돌아보며 좌절 섞인 탄식을 내뱉었다.

"박형, 난 그냥 있을래."

이건 또 뭔 소린가. 어부 박씨와 나는 어이가 없어 서로를 쳐다봤다.

"이 좋은 약을 놔두고 내가 어디를 가?"

"약이야 또 구하면 되지. 빨리 가자."

어부 박씨가 돌팔이를 달래며 약병들을 챙겼다.

"난 체질상 도망 다니면서는 못 살아. 아니, 이 다리로 며칠이나 가겠어?"

"지금 어리광 부릴 시간 없어. 자, 빨리!"

나는 미안했지만 어쩔 수 없이 두 연인의 사적인 대화에 끼어들었다.

"차 열쇠 주세요!"

"차로 못 나가요!"

"아니 왜요?"

"산장에서 국도로 이어지는 길은 저 길 하난데, 그리로 가면 놈들을 마중 나가는 꼴이니까."

"뒷문은? 뒷길로 가면 되잖아⋯⋯."

창가로 다가가 산장 뒤의 풍경을 본 어부 박씨는 말끝을 흐렸다. 산장 뒤편은 평지였다. 그러나 그 평지까지는 매우 가파른 급경사가 있었다. 거기를 걸어서 내려가는 것은 불가능해 보였다. 잠시 아무도 말을 못하고 서 있기만 했다.

"썰매!"

내 외침에 돌팔이가 눈썹을 올리면서 끄덕였다.

어부 박씨와 나는 창고로 뛰어가 썰매를 끌고 나왔다. 썰매 앞부분에는 두꺼운 가죽 하네스가 묶여 있었다. 나는 꼬리를 흔들며 눈밭에서 뛰놀고 있는 멍멍이를 봤다. 그 녀석으로는 안 될 것 같았다. 이 큰 썰매를 끌려면 당나귀 정도는 돼야 할 것 같았다.

우리는 썰매에 짐을 싣고, 꾸물대고 있는 민주와 돌팔이를 재촉했다. 돌팔이는 서재에서 챙긴 붉은 책을 어부 박씨에게 건넸다.

"박형, 이거……."

"뭐야? 나중에 줘."

"받아. 원래 주려고 그랬어."

돌팔이의 붉은 다이어리를 어부 박씨가 들춰보자 돌팔이가 무안해하며 말린다. 사실 그 순간 진짜 무안한 사람은 두 남자의 브로맨스bromance를 옆에서 지켜보는 민주와 나였다.

아우~ 밖에서 멍멍이가 울부짖었다. 우리 모두 반사적으로 창밖을 봤다. 좀비들이었다.

탕! 타탕! 탕탕! 좀비들의 총소리와 함께 유리창 파편이 사방으로 튀었다. AK47에 탄창을 장전한 돌팔이가 창가로 포복해 가서 자세를 잡았다. 어부 박씨도 소총을 챙겨 위치를 잡고 좀비들에게 사격했다. 총격전이 벌어지는 틈을 타 민주와 나는 산장 뒷문으로 기어나갔다.

잠시 후 돌팔이가 쩔뚝거리며 산장에서 나와 썰매에 탔다. 그 뒤를 엄호하며 따라 나온 어부 박씨는 나와 함께 썰매를 밀었다. 민주와 돌팔이가 탄 썰매는 조금씩 가속이 붙어 점점 빠르게 미끄러졌다. 경사가 가까워지자 어부 박씨와 나는 숙달된 봅슬레이 선수들처럼 썰매에 올라탔다. 멍멍이도 달려와 합류했다. 우리는 좁은 기차 칸에 꾸겨 탄 피난민들처럼 웅크렸고, 달리는 썰매가 중심을 잃지 않도록 모두 최대한 몸을 낮춰야 했다.

썰매는 엄청나게 빠른 속도로 내달렸다. 민주는 롤러코스터를 탄 여중생처럼 소리까지 질러댔다. 가파른 경사를 쏜살같이 달려 내려온 썰매는 평지 위에서도 한참을 미끄러졌다.

썰매의 속도가 줄어들기 무섭게 돌팔이는 빨리 내리라고 고함 쳤다. 썰매에서 내려 미끌미끌한 평지를 밟으니 돌팔이가 왜 그랬 는지 알 수 있었다. 평지라고 생각했던 그곳은 땅이 아니라 아담 한 호수였다. 눈이 얇게 깔린 빙판은 그리 두껍지 않아 보였다. 심 지어 군데군데 기포가 보이기도 했다.

돌팔이는 우리에게 신발에 부착할 등산용 징을 던져줬다. 그리 고 가죽 하네스를 멍멍이의 어깨에 매주었다.

돌팔이가 구령을 외치자 멍멍이가 썰매를 끌기 시작했다. 힘이 장난이 아니었다. 거구의 멍멍이는 빙판 너머 작은 산 고개를 향 해 썰매를 끌었다. 멍멍이는 아주 신통방통한 놈이었다.

우리는 멍멍이가 끄는 썰매를 따라 빠르게 걸었다. 1킬로미터 정도만 가면, 호수를 건너 산 고개에 도달할 수 있었다. 돌팔이는 그 산 고개 근방에 스키 리조트와 번화가가 있다고 했다. 아무리 좀비들이라도 그곳에서는 총질을 못할 것이었다. 해가 지기 전에 리조트에 도착하기 위해 우리는 부지런히 움직여야만 했다.

그때 빠지직 하고 뭔가가 빠개지는 소리에 모두가 놀라 돌아봤 다. 어어! 어부 박씨의 왼발이 부서진 얼음에 빠지면서 그 주변에 빠르게 금이 갔다. 순식간에 맨홀 정도 크기의 얼음 구멍에 빠진 어부 박씨는 머리만 겨우 내민 채 떠 있었다. 내가 그에게 달려가 려 하자 돌팔이가 손을 저으며 막았다.

"안 돼! 더 깨져!"

그의 말이 옳았다. 어부 박씨는 일행 중 짐을 가장 많이 지고 있었다. 그래서 무게가 제일 많이 나갔을 뿐 아니라 맨 뒤에서 걸어와 약해진 빙판을 밟았던 것이다. 다행히 물에 익숙한 사람이라 허우적거리지 않고 침착했지만, 얼굴이 파랗게 질려 있는 것으로 봐서는 익사하기 전에 동사할 지경이었다.

"이거라도!"

돌팔이는 탄창을 뺀 소총을 내게 던졌다. 나는 조심스럽게 빙판에 엎드려 어부 박씨에게 소총을 내밀었다. 그가 총구를 두 손으로 잡자 돌팔이가 내 다리를 천천히 당겼다. 민주는 돌팔이를 잡아당겼고, 민주가 탄 썰매를 멍멍이가 끌기 시작했다. 어부 박씨의 몸이 조금씩 얼음물에서 빠져나왔다.

"자, 방아쇠 조심. 그거 당기면 우리 박형 머리 바로 터져요."

물에서 빠져나온 후에도 어부 박씨는 엎드린 자세를 유지했다. 우리가 그를 얼음이 두꺼운 곳까지 끌고 간 후에야 어부 박씨는 몸을 일으킬 수 있었다. 얼음물에 흠뻑 젖은 것 말고는 다행히 다친 데는 없어 보였다. 돌팔이는 어부 박씨의 배낭과 점퍼를 벗기고 자신의 파카를 벗어 입혔다.

"시원하지? 이민 가냐? 뭘 그렇게 많이 싸 갖고 왔어?"

탕! 탕탕! 핑!

어느새 호수 저편에서 놈들이 달려오고 있었다. 어느 용역업체인지 몰라도 보통이 아니었다. 영혼 없는 좀비들이 확실했다. 죽음을 무서워하지 않는 그것들은 세상 끝까지라도 우리를 쫓아올 기세였다.

우리는 멍멍이가 끄는 썰매를 잡고 발길을 재촉했다. 고지가 바로 눈앞이었다. 좀비들은 끊임없이 총질을 해대며 따라왔지만, 맨 뒤에서 엄호 사격을 해준 돌팔이 덕분에 우리는 아슬아슬하게 호수를 건널 수 있었다.

그때 짧은 비명이 들렸다. 가슴에 총을 맞은 돌팔이가 잠시 비틀거리다 빙판에 쓰러졌다. 어부 박씨와 내가 어떻게 하기도 전에 그는 우리에게 소리를 질렀다.

"됐어! 오지 마! 괜찮아!"

돌팔이는 고통스러운 듯 오만상을 찡그리며 메고 있던 가방에서 주섬주섬 주사기를 꺼내 허벅지에 꽂았다. 약 기운이 서서히 올라오자 그의 얼굴에 미소가 가늘게 번졌다. 그래도 많이 지쳐 보였다. 돌팔이는 달려오는 좀비들을 보며 큰 소리로 껄껄 웃기 시작했다.

"하하, 저것들도 참. 열심히들 산다."

어부 박씨가 그에게 다가가려 하자 돌팔이가 소총을 휘저으며 다시 외쳤다.

"아, 오지 말라니까! 나 좀 내버려둬!"

멍멍이는 가죽 하네스를 풀어달라고 길길이 날뛰었다. 민주가 끈을 풀자마자 멍멍이는 쏜살같이 달려가 자기 주인의 품에 안겼다. 멍멍이의 무게를 이기지 못한 돌팔이가 옆으로 다시 꼬꾸라졌다. 그러면서도 돌팔이는 멍멍이의 두툼한 목덜미를 껴안고 배를 만져줬다. 돌팔이가 주저앉은 자리는 출혈로 시커멓게 물들어가고 있었다.

돌팔이는 소총을 짚고 힘겹게 일어났다. 총을 쏘며 달려오는 좀비들이 점점 가까워지고 있었다. 제물처럼 놓인 돌팔이를 보고만 있을 수 없었던 어부 박씨가 돌팔이에게 다가가려 하자 그는 어부 박씨가 다가오지 못하도록 빙판에 위협사격을 했다.

탕! 타탕! 탕탕탕!

"박형, 미안한데…… 난 여기까지."

어부 박씨는 할 말을 잃고 잠시 멍하니 서 있었다. 돌팔이가 나를 보며 외쳤다.

"이봐, 우리 박형 잘 부탁해요! 그리고 저기 민주 씨한테 잘해 줘요. 자기한테 맞는 짝이야! 박형, 우린 다음 세상에서도 꼭 다시 만납시다!"

그리고 돌팔이는 모든 것에 초연한 듯 미소를 지으며 떨리는 입술로 말했다.

"괜찮아."

돌팔이는 돌아서서 괴성을 지르며 좀비들에게 총을 쐈다. 그리고 마지막 사력을 다해 절뚝거리며 호수 중앙을 향해 걸어갔다. 그의 옆을 지키던 멍멍이가 총에 맞아 쓰러졌다. 그러자 돌팔이는 남은 실탄을 모조리 빙판 곳곳에 쏴버렸다.

빙판은 순식간에 거미줄처럼 갈라졌다. 그러다 엄청난 소리와 함께 산산조각 난 거대한 얼음판이 뒤집어졌다. 곤한 잠에서 깨어난 호수의 분노는 눈 깜짝할 사이에 빙판 위의 모든 것을 삼켜버렸다.

얼음 조각들은 이내 제자리를 찾았고, 마치 아무 일도 없었다는 듯 호수는 다시 잠잠해졌다. 그리고 바람 소리만 들렸다.

28

"유 병장 사건⋯⋯이라고 들어봤나?"

강 선생은 위스키를 입안에서 음미하며 말문을 열었다. 당연히 처음 듣는 이야기였지만, 민주는 고개를 진지하게 끄덕이며 마치 자신이 모르는 가족사를 듣는 것처럼 호기심 어린 눈빛으로 강 선생을 응시했다.

"그러니까⋯⋯ 그게 벌써 20년 된 이야기지. 전두환이가 정권 잡은 지 몇 년 돼서니까. 뭐? 뭐라고? 아, 그런가? 벌써 30년이 더 됐나? 허허. 요즘에는 이렇게 숫자나 날짜가 하도 오락가락해서. 아무튼. 가만있자, 그러니까 그때가⋯⋯ 나도 입사한 지가 몇 년 돼서 딱지를 떼고 기자로 자리 잡았을 때였고, 집사람은 둘째를 가졌었지."

강 선생은 미리 민주가 알려준 대로 카메라를 보지 않고 민주에게 시선을 고정한 채 또박또박 말을 이어나갔다. 그는 '인터뷰' 녹화를 위해 그사이에 화장실에서 면도도 하고 머리에 포마드까지 발라 한결 단정해 보였다. 강 선생의 인터뷰는 진짜 방송에 내보낼 수 있을 정도로 자연스러웠다.

"하루는 고향에 사시는 어머니한테서 전화가 왔어. 막내이모 아들, 그러니까 내 이종사촌동생이지. 그 녀석이 군에서 일이 생겨서 수통에 입원해 있으니 나더러 한번 가보라고. 후기대학에 갔지만 머리도 좋고 예배당도 다니는 아주 착실한 녀석이었지. 어렸을 때부터 날 잘 따라서 휴가 나오면 내가 밥도 사주고 그랬었어. 아무튼 그래서 그 녀석을 보러 갔지. 근데 녀석이 외상은 없는데 약간 맛이 간 거야. 그러니까…… 제정신이 아니더라고. 병원에서는 이리저리 눈치를 보느라 녀석이 이야기를 못하는 것 같아서, 바깥공기라도 쐬게 해주려고 드라이브를 갔지.

'형님, 내가 사람을 죽였어요'. 조용하던 녀석이 차 안에서 대뜸 한다는 첫말이 그거였어. 난 잘못 들은 줄 알았어. 근데 녀석이 계속 같은 말을 되풀이하는 거야. 그래서 나는 처음부터 차근차근 이야기를 해보라고 그랬지.

녀석이 있던 부대에서 무슨 특수집단의 사람들이 모여 사는 부락을 하나 관리했다는 거야. 그리고 그 부락을 관리하는 작전은 대외비였다는 거지. 그런데 거기 주민들이 부대의 무기를 탈취해 총격전이 일어났대. 그래서 사상자가 속출하고 비상사태가 벌어졌어. 그렇게 되니까 발포 명령이 떨어졌고, 그 부락 전체를 싹 쓸어버렸다는 거야. 말 그대로 초토화시켰다는 거지. 이게 무슨

6·25 때 일어난 일이 아니라, 녀석이 있던 부대에서 일어났다는 거야.

녀석은 병장이었는데 그 사건 이후 정신이 왔다 갔다 하면서 헛소리를 자꾸 해대니까, 병원으로 후송해서 치료하다가 그냥 제대시켜버렸어.

아, 이게 바로 선배들이 말하던 특종이구나! 녀석한테는 미안한 이야기지만, 솔직히 그 이야기를 들으면서 녀석의 건강보다, 내 인생의 특종이 굴러들어왔다는 생각에 너무 흥분돼서 운전을 하기가 어렵더라고.

일단 차를 세우고 내가 물었지. 부대에서 관리하던 그 부락이 혹시 무슨 형무소나 감옥이었냐? 그랬더니 아니래. 자기가 알기로는 그냥 평범한 사람들이 사는 곳이었다는 거야. 그럼 왜 그 부락 사람들을 군에서 관리하고 통제를 했느냐고 물었더니 자기는 사병이라서 그런 건 모르고, 처음 입대했을 때 훈련소에서 널널하게 있다가 제대할 수 있는 좋은 부대라고 누가 그래서 지원했다는 거야. 그리고 신원이 괜찮은 애들만 뽑는 것 같더래. 아무튼 그 녀석도 국방부에서 쓰라는 비밀 유지 서약서를 몇 장 쓰고 그 부대에 배치받았다고 하더라고. 녀석 말로는 그 민간인 학살이 있기 전까지는 일도 없고 아주 한가했었대. 부락을 둘러싼 벽을 순찰하고, 가끔씩 옆에 있는 국가연구소에 행정지원이나 병참지원을 해줬다는 거야. 뭐? 내 귀가 잘 안 들려. 연구소? 아, 조금만 기다려봐. 그 이야기도 해줄게.

이 녀석이 울면서 자기 이제 어떻게 사느냐고 나한테 그러는 거야. 자기가 사람을 죽일 줄은 꿈에도 생각 못했다는 거지. 누구한 테 이 이야기를 했냐고 물었더니 내가 처음이래. 그래서 내가 그 랬어. 이건 네 잘못이 아니다. 넌 명령에 복종한 군인이었다. 군인 이라는 게 본질적으로 그런 거다. 총칼 들고 사람 죽이라고 훈련 을 받고 명령을 따르는 거다. 그러니까 마음 단단히 먹어라. 세상 에 이보다 더한 일 겪은 사람들도 장가가서 애 낳고 출세하고 돈 벌고, 잘 먹고 잘 산다. 그러니까 너무 깊이 생각하지 마라. 그리 고 다른 사람들한테는 절대로 이 이야기를 하지 말라고 그랬지. 그렇게 달래주니까 다행히 녀석도 많이 진정하더라고.

난 회사에다가는 별 이야기를 않고, 군 쪽에 아는 라인을 동원 해서 녀석이 있던 부대에 대해 알아봤어. 근데 그 부대에 대해서 는 아는 사람이 없었어. 연합사랑 육본에 있는 고위급들은 좀 들 어본 눈치였지만 다들 말을 피하더라고.

그래서 난 부대를 직접 찾아갔지. 눈으로 봐야겠더라고. 근데 이게 한반도 남단 끝자락에 위치한 부대 분위기가 아니야. 무슨 최전방 G.O.P.랑 비슷해. 체크포인트도 한두 개가 아니고, 통제 하는 군바리들 군기도 보통이 아니더라고. 그리고 얼핏 보니까, 그 녀석이 말했던 철조망을 쳐놓은 콘크리트 벽도 초소 너머로 보 이더라고.

나는 여러 방면으로 쑤셔봤지. 그런데 그 부대가 통제했다는 부 락에 대한 자료나 정보는 아무 데도 없더라고. 그 부대 근처에 그 런 부락 자체가 없다는 거야. 민간인들이 학살됐다는 그 부락은 행정구역만 없는 게 아니라 행정적으로 아예 존재하지를 않더라고. 아니 지도상에 있지도 않아. 그러니까 나도 미치겠더라고. 다른 한편으로는 피가 부글부글 끓고! 왜 그런 거 있잖아? 가지 말라면 가보고 싶고, 먹지 말라면 먹고 싶은 거. 뭐 인간의 본능이겠지만. 나도 그랬어. 단순한 호기심을 넘어 젊은 혈기에 영웅 심리도 있었겠지. 왜 심마니들이 백사를 보면 근처에서 산삼을 캔다는 말이 있지. 그때 내 기분이 딱 그랬어. 아, 내가 엄청난 산삼 근처에 와 있구나. 이 사건을 파헤치려고 내가 기자가 됐구나. 그런 생각까지 들었지. 뭐? 뭐라고⋯⋯? 아, 그럼. 당연히 나도 무서웠지. 안 무서울 수가 있나? 아니 때가 어느 땐데? 서슬 퍼런 전두환이 시절이었잖아. 허허. 그래도, 나도 그때는 젊었잖아. 그래서 기개가 있었지. 기개가.”

미소를 지으며 젊은 날을 회상하는 강 선생의 두 눈에 생기가 돌았다. 강 선생은 빈 잔에 위스키를 한 잔 더 따랐다. 진정한 싱글몰트 애호가답게 그는 얼음을 넣지 않았다. 술기운으로 혈색이 밝아진 강 선생은 조금 전 민주와 어부 박씨에게 문을 열어주었던 백발노인보다 10년은 젊어 보였다.

“난 이종사촌, 그놈을 다시 만났지. 그리고 녀석한테 이야기를 받쳐줄 증인이 필요하다 그랬어. 부대에서 같이 근무했던 군인도 좋고 민간인도 좋으니, 내가 만나봐야겠다고. 그랬더니 녀석이 자기랑 같이 부대에 있던 군의관이 있는데 양심 있는 친구라서 아마 나한테 이야기를 잘해줄 거라는 거야. 알아보니까 그 군의관도 제대해서 서울의 한 종합병원에 있더라고. 최 뭐더라⋯⋯ 최⋯⋯ 아무튼⋯⋯ 최가 성을 가진 외과의사였어.

처음에는 그 의사도 나를 피했지. 그래도 내가 찰거머리처럼 착 달라붙어서 예쁜 아가씨 나오는 비싼 싸롱 가서 양주도 사주고 그러니까 결국에는 입을 열더라고. 얘기를 해보니까 젊은 친구가 아주 차분하고 똑똑하더라고. 뭐? 뭐라고? 돈 많이 들었냐고? 아, 그때는 회사에다 '유 병장 사건'에 대해 이미 보고를 한 후였어. 우리 부장이 사장한테까지 승인을 받아줘서, 회사에서 나한테 취재비를 아주 넉넉하게 챙겨줬었지. 허허. 아, 회사에서야 당연히 나랑 담당부장 외에는 아무도 모르게 조용히 진행했지. 어? 아, 그게, 맨 처음에 나한테 이야기를 해준 그 녀석, 내 이종사촌 녀석 성이 유가야. 그래서 처음부터 이름이 그냥 '유 병장 사건'이 된 거지.

그 군의관, 최가 의사 얘기로는 자기네들이 있던 부대가 아니라 그 부대 옆에 있던 연구소가 그 민간인 부락을 통제하고 관리했다 그러더라고. 아까 얘기했던 그 연구소. 그래서 나는 그게 무슨 연구소길래 민간인 부락을 관리하느냐고 물었지. 그 친구도 그 연구소에 대해서는 자세히 모르더라고. 보안이 하도 심해서 그 친구도 거기 복무하면서 연구소에는 한 번밖에 못 들어가봤었대. 어, 그치. 딱 한 번.

재미있는 건, 그 친구 말로는 통제구역을 벗어나 외부로 나온 그 부락 주민들을 자기도 본 적이 있고 같이 얘기도 했다는 거야. 그냥 인심 후한, 아주 평범한 촌사람들이었대.

그런데 도대체 왜 그 사람들을 관리하고 '연구'하는지는 모르겠더라 이거야. 그러다 하루는 갑자기 연구소 직원이 군의관인 그 친구한테 영문으로 문서를 작성해달라 그러더래. 원래 상근하는 직원이 비번이라서 영어를 할 줄 아는 인력이 없는데, 영문 보고서를 급히 타전해야 된다고 도와달라 그러더래. 그래서 그 친구가 문서를 영어로 번역해줬대. 암호랑 은어들이 하도 많아서 무슨 내용인지 알 수 없었지만, 확실히 알 수 있던 것은 'M.O.'라고 표기된 이들이 그 연구소에서 '연구'하는 주민들이라는 것과 문서의 수신지가 한미연합사라는 것 정도였대. 뭐? 뭐라고? 'M.O.'가 무슨 약자냐고? 어, 나도 그게 궁금해서 물어봤지. 그랬더니 'Marked Ones'라는 뜻이래. 마크드 원즈. 표시된…… 뭐 그런 뜻이겠지. 어? 어, 그치. 그 친구도 그 연구소나 민간인 부락에 대해서는 아는 게 많지 않더라고.

그러다 얼마 지나지 않아 그 사건이 터진 거야. 그 민간인 학살. 유 병장 사건. 그 친구 얘기로는 연구소에서 조사를 받던 주민 몇몇이 군인들의 소총을 탈취해 물불 가리지 않고 난사했다는 거야. 그날 그 친구가 현장에 있던 유일한 의사라서, 총상을 입은 군인들의 응급처치를 혼자서 다 했다 그러더라고. 다른 부대에서 나중에 의료 지원이 왔지만, 급한 중상자들부터 치료를 하다 보니 군인 몇은 치료를 기다리다 죽었다더군. 아무래도 그 친구한테도 그게 큰 트라우마였겠지. 그 얘기를 할 때는 냉정을 잃고 흐느끼더라고. 그러면서 나한테 신신당부하는 거야. 이 이야기를 꼭 세상에 알려달라고. 자기도 제대할 때 안기부하고 기무사 직원들한테 교육도 받고 온갖 협박을 다 받았지만, 아무리 생각해봐도 세상에 감출 일이 아니라는 거야. 그 친구 말이 만약에 그러면 인간이 지켜야 할 기본적인 뭔가를 포기하는 것 같아 도저히 그럴 수가 없더래.

　나는 내가 도울 수 있는 일은 기자로서 다 하겠다고 그 친구한테 약속했지. 그랬더니 그 친구가 나한테 생존자를 만나게 해주겠다는 거야. 그 말을 듣는 순간 밤새 마셨던 술이 확 깨더라고! 하도 흥분해서 내가 자리에서 벌떡 일어났던 기억이 나. 허허. 정신이 번쩍 들더라고.”

　목소리와 제스처가 커지던 강 선생은 머쓱해하며 위스키 한 잔을 따라 마시며 감정을 추슬렀다.

　“허허. 우리 조금 쉬었다 할까? 어차피 방송국에서 잘 편집할 거지? 음…… 이거 몇 년 만에 마셔보는지 모르겠다. 옛날에 대기업 홍보팀들이 명절 때 나한테 찔러주던 건데. 허허. 좋다. 입안을 아주 녹인다! 녹여!”

　강 선생의 집은 정리정돈이 되지 않은 학자의 서재 같았다. 아직도 집필 중인지 이곳저곳에 메모지가 어지럽게 붙어 있었다. 그리고 폴라로이드 사진들이 주변에 유난히 많이 널려 있었다. 그 사진들의 하단에는 하나같이 뭔가 메모가 적혀 있었다. 그뿐만이 아니었다. 강 선생의 손에는 여러 색깔의 사인펜으로 글자들이 지저분하게 적혀 있었다. 그는 필기중독증을 앓는 사람처럼 보였다.

　“그 최가 의사가 있던 종합병원에서 그 부락 사람, 그러니까 당시 생존자를 우연히 만났다는 거야. 그 난리가 났던 날, 그 사람은 배를 타고 구사일생으로 거기를 탈출한 거지. 그래서 여기저기 떠돌며 일을 구하다가 구로공단에 자리를 잡았대. 그러다가 작업장에서 사고가 나서 응급실에 왔는데 거기서 둘이 딱 만난 거지. 크게 다치지는 않아서 짧게 입원해 있었는데, 그때 둘이서 얘기도 많이 하고 퇴원한 후에도 서로 연락해서 쐐주도 같이 마시고 그랬다 그러더라고.

난 바로 약속을 잡았지. 그 미국대사관 뒷골목에 있는 그…… 그 다방 이름이 뭐더라 그때 우리 자주 가던 덴데…… 아…… 이름이 가물가물하네. 아무튼 그 다방에서 만나기로 정했지. 그 생존자를.

그날부터 밤에 잠이 안 오더라고. 아니 가벼운 잠을 자도 꿈에 그 취재원, 그 생존자가 나타나는 거야. 무슨 서부 영화의 주인공처럼 다방 안으로 들어오는 장면이 계속 반복해서 보여. 허허. 그 사람 얼굴을 모르니까 꿈을 꿀 때마다 매번 배우가 바뀌더라고. 허허. 스티브 맥퀸이었다가, 또 어떤 날은 클린트 이스트우드가 됐다가. 허허. 아무튼 내가 하도 들떠 있어서, 집사람은 내가 바람이라도 난 줄 알았대.

'유 병장 사건'의 피해자를 찾았다니까 데스크에서도 나보다 더 흥분하는 거야. 그 인터뷰만 건지면 무조건 끝까지 가자 그러더라고. 그래서 나는 기사를 미리 여러 벌 써놨지. 일간지에 올릴 기사 하나, 그리고 잘 팔리던 월간지에 들어갈 긴 원고 하나. 우리 때는 컴퓨터가 없었잖아. 그리고…… 난 혹시 몰라서 보험을 들기로 했지.

나랑 친하게 지내던 서울 주재 AP통신 외신기자한테 이 건에 대해서 슬쩍 귀띔을 해줬어. 뭐? 왜 그랬냐고? 아, 생각을 해봐. 낮말은 새가 듣고 밤말은 쥐가 듣던 시절이었고, 또 그 말이 이상하면 쥐도 새도 모르게 골로 가던 세상이었는데. 백주 대낮에 멀쩡한 사람 하나 증발해도 찾기 어렵던 시절이었고. 그러니까 나도 보험을 들었던 거지. 생명보험. 허허.

피터. 그 AP통신 기자. 피터는 내 이야기를 듣더니 자기가 독일 NDR 방송기자랑 같이 와도 되겠냐고 묻더라고. 그래서 좋다 그랬지.

우리 작전은 이거였어. 그 생존자 취재원이 다방에 나타나면, 내가 같이 차를 마시면서 부드럽게 녹인 다음에 본격적인 이야기는 미리 대기시켰던 차에 태워 좀 더 안전한 장소로 가서 하는 거였어. 거기서 피터랑 그 독일 기자도 함께 보기로 했었고. 그리고 나는 모든 걸 녹음하기 위해 세운상가에 가서 고성능 마이크가 달린 신형 워크맨까지 샀었지.

그렇게 만반의 준비를 마치고 약속 전날 밤 취재원에게 전화를 해서 약속을 재확인했어. 오케이더라고. 그래서 난 편안한 마음으로 일찍 자려고 화장실에서 이를 닦는데…… 갑자기 이런 생각이 들었어. 내가 이 취재원의 신원을 어떻게 확인하고 증명하지? 그 부락 자체가 행정구역에 속해 있지 않고 지도상에도 존재하지 않는데, 무슨 수로 내가 그 취재원이 진짜인지를 아느냐 이거야? 그 생존자가 무슨 주민증이 있는 것도 아닐 테고. 물론 그 최가라는 의사가 실없는 소리를 하거나 사기를 칠 친구는 아니었지만. 그래도 외신에 보여주기 위해서는 뭔가 더 확실한 증거, 증명할 만한 뭔가가 있어야 될 거 같더라고. 안 그러면, 아니 잘못하다가는 나만 우스운 꼴 나잖아? 야, 이거 큰일 났다. 난 걱정이 돼서 그 최가 의사한테 전화를 걸었지.

그랬더니 그 친구가 나한테 하는 말이, 거기 사람들은 다 표식이 있다는 거야. 아까 왜 그 기밀문서에 '마크드 원즈Marked Ones'라고 쓰여 있었다 그랬잖아. 그 부락 사람들은 모두 발목 둘레에 문신이 있다는 거야. 그 왜 옛날에 죄수나 노예들한테 새긴 것처럼, 아니 무슨 농장의 가축들처럼 낙인을 찍어놨다는 거지. 그걸 확인하라고 그러더라고."

강 선생은 갑자기 말을 멈췄다. 그때까지 조용히 카메라를 잡고 있던 어부 박씨가 양말을 벗고 바지를 걷어 올려 발목의 문신을 강 선생에게 보여준 것이다. 어부 박씨의 발목에 또렷하게 새겨진 가시나무 가지 모양의 문신을 본 강 선생은 너무 놀라 잠시 말을 잃었다. 강 선생은 방으로 뛰어 들어가 뭔가를 허겁지겁 뒤졌다. 그리고 잠시 후 누렇게 바랜 아주 오래된 수첩을 하나 들고 나왔다. '기자수첩記者手帖'이라고 한자로 적혀 있는 표지를 넘기자, 장마다 만년필로 쓴 깨알 같은 글씨들이 빽빽이 적혀 있었다. 그중 한 장에는, 어부 박씨와 내 발목에 새겨진 문신과 똑같은 그림이 그려져 있었다.

"아니, 선생! 그날 왜…… 왜 그 다방에 안 나왔소?! 우리가 선생을 얼마나 기다렸는데……."

강 선생은 순간 착각했다. 30년 전 그날, 강 선생이 종로에서 만나기로 했던 취재원은 물론 어부 박씨가 아니었다. 불타는 마을에서 탈출한 배는 어부 박씨의 배 말고도 더 있었을 것이다. 그 취재원이 누구였는지, 그리고 왜 강 선생과의 약속을 지키지 못했는지는 알 수 없었지만, 강 선생은 '인터뷰'를 멈추고 마치 이산가족

상봉이라도 한 듯 어부 박씨의 손을 꼭 잡고 수많은 질문들을 쏟아냈다. 대화를 위한 질문이라기보다는 한풀이에 가까웠다. 원래 말수가 많지 않은 어부 박씨였지만 그도 강 선생에게 물어볼 것이 너무나 많았다. 만약에 두 사람이 30년 전에 만났다면, 어부 박씨도 그 오랜 세월을 의문투성이인 비극의 상처를 혼자서 삭이며 살지 않아도 됐을 것이다.

29

헤드라이트가 우리 앞에 놓인 어둠을 밝혀주었다. 레인지로버는 굽이굽이 이어지는 칠흑 같은 산속 국도를 안정감 있게 달렸다.

우리는 어디로 가고 있는가? 어디로 계속 도망가는가? 세 사람 모두 이야기를 할 기분이 아니었다. 침묵이 이어지자 운전 중인 민주가 계속 하품을 해댔다. 졸음을 쫓기 위해 나는 음악을 틀었다. 조용필의 목소리가 흘러나왔다.

이 세상 어디가 숲인지, 어디가 늪인지 그 누구도 말을 않네
슬퍼질 때는 차라리 나 홀로, 눈을 감고 싶어 고향의 향기 들으면서
고향의 향기 들으면서

스키리조트 콘도에서 훔칠 수 있는 차는 많았다. 하지만 우리에

게는 시간이 많지 않았다. 민주는 눈에 띄지 않게 혼자서 들어가, 들어오는 차들을 유심히 관찰하다가 만만한 차주의 열쇠를 낚아 왔다. 고급 수입차였다. 공간도 넓고 승차감도 편안했다. 영국 여왕이 애용하는 차 운운하며 민주가 운전대를 잡겠다고 했다. 어차피 나는 공개수배된 얼굴이라 운전을 안 하는 편이 안전했고, 슬픔에 잠겨 있는 어부 박씨 역시 운전을 할 수 있는 상태가 아니었다.

우리 모두 충격에 휩싸여 있었지만, 어부 박씨만큼 괴로운 사람은 없었다. 원래 과묵한 그였지만 호수를 걸어 나온 이후로 숨소리도 내지 않고 있었다. 누구나 자신만의 방식으로 슬픔을 헤아리는 법이다.

나는 돌팔이가 부러웠다. 진심으로 죽음을 애도해주는 사람이 있다면 그는 분명 축복받은 인생을 산 것이다. 그리고 누군가의 빈자리를 그토록 슬퍼할 수 있는 어부 박씨 역시 충만한 영혼 같았다.

나는 둘 다 아니었다. 이 세상에 나를 위해 울어줄 사람은 아무도 없었다. 그리고 나 역시 누군가를 위해 울지 않았다. 나는 어른이 된 후로, 심지어 아내 주리가 죽었을 때에도 울지 않았다. 내가 언제 마지막으로 울었는지조차 기억나지 않았다. 나는 내 안의 감정을 표출하는 신경이 마비됐거나, 슬픔을 느끼는 감각이 심각하게 손상된 인간이 분명했다.

어두운 국도에 빨간 불들이 한 쌍씩 줄줄이 나타나면서 차의 속도가 줄었다. 이 시간에 사고라도 난 건가? 불심검문인가? 벌써 도난신고가 들어간 건가? 경찰이 차량등록증을 확인하면 도난차량이라는 사실은 금세 탄로 날 것이었다. 눈에 띄지 않는 싸구려 차를 훔쳤어야 했다. 아니다. 경찰은 고작 도난차량 하나 때문에 국도를 막고 검문을 하지는 않을 것이다.

민주가 창을 열고 고개를 내밀어 앞을 봤다.

"군인들이에요."

인근 부대에서 탈영병을 찾나? 상황이 전혀 파악되지 않았다. 서행하는 차들을 따라 우리도 천천히 움직였다. 민주의 말대로 무장한 군인들이 바리케이드를 치고 검문을 하고 있었다.

민주와 나는 해결책을 모색했다. 정신줄을 놓고 뒷좌석에 멍하니 앉아 있는 어부 박씨는 정상적인 판단이 불가능해 보였다. 차 안을 둘러보니 두꺼운 겨울 옷가지들과 담요, 그리고 스포츠 가방이 보였다. 일단 내가 어부 박씨와 자리를 바꿨다. 앞자리로 옮겨 앉은 어부 박씨에게 뒷자리 옷가지 사이에서 찾은 비니와 안경을 씌웠다. 그리고 나는 뒷좌석 의자 아래에 엎드려 내 등 위로 옷가지들과 스포츠 가방을 쌓았다.

서행하던 차들이 하나둘씩 바리케이드를 통과하자 불안해진 민주가 껌을 꺼내 씹었다. 차가 멈추고 운전석 차창을 내리는 소리가 들렸다.

"충! 성! 잠시 검문 있겠습니다. 면허증 부탁드립니다."

"무슨 일이에요? 우리 술 안 마셨는데……."

민주가 운전면허증을 꺼내 군인에게 내밀었다. 차 안에서는 조용필의 노래와 민주의 껌 씹는 소리만 들렸다. 군인은 민주와 어부 박씨를 훑어보고 있는 것 같았다. 군인의 무전기에서 민주의 주민등록번호를 확인하는 기계음이 들렸다.

여차하면 나는 쥐고 있던 베레타 권총을 쏠 준비를 하고 있었다. 내가 총을 쏘고 민주가 가속페달을 밟으면 그곳을 충분히 빠져나갈 수 있을 것이다. 그런 생각을 하자 숨을 쉬기가 어려웠다.

"안전운전 하십쇼. 충! 성!"

차는 다시 움직이며 속도를 냈다. 나는 식은땀으로 흠뻑 젖은 이마를 닦아냈다.

"아저씨, 이제 괜찮아요. 일어나요."

군인들은 차량이 아닌 사람을 찾고 있었다. 음주 단속도 사고도 아니었다. 역시 그들은 우리를 찾고 있었다. 근방 부대의 탈영병이나 군인 용의자를 찾고 있었다면, 여자인 민주에게 신분증을 요구하지 않았을 것이다. 껌을 소리 내어 씹는 젊은 여자와 나이 든 무뚝뚝한 남자 커플로 위장한 덕분에 우리는 무사히 검문을 통과할 수 있었다. 민주는 의기양양하게 운전면허증을 흔들었다. 면허증은 민주의 것이 아니었다. 사진 속 여자는 민주와 비슷하긴 했지만 민주는 확실히 아니었다.

"아니, 누구……?"

"지난번 거기, 아웃렛에서. 나랑 좀 닮은 거 같아서 갖고 있었는데 요긴하게 써먹네."

"그 사람이 면허증 분실 신고라도 했으면 어쩌려고 그랬어요?"

민주는 대답 대신 어깨를 들썩였다. 잠시 뭔가를 골똘히 생각하던 민주는 근심 어린 표정으로 한숨을 내쉬었다.

"우리한테 이 정도면…… 강 선생은 괜찮으신지 모르겠네."

"강 선생이 누구야?"

"아! 얘기 안 했구나! 워낙 경황이 없어서. 그게……."

30

강 선생은 어부 박씨와 긴 이야기를 나눈 후에야 민주와의 '인터뷰'를 재개했다.

"목이 빠지게 기다리던 그 취재원은 결국 약속 장소에 나타나지 않았어. 피터가 데리고 온 독일 기자는 동경 특파원이었기 때문에 나 때문에 일부러 서울까지 날아온 거였는데……. 아무튼 내 입장에서는 이래저래 아주 민망한 상황이었지. 뭐에 홀려서 허황된 신기루를 쫓다가 정신이 든 기분이더라고. 허허.

나도 혼자서 수없이 복기를 했지. 아무리 생각해봐도 안기부가 개입했다는 결론이 나더라고. 왜냐하면 그 취재원이 빵꾸를 내기 전에 이미 광화문 언저리에서는 쉬쉬하면서 소문이 다 퍼졌었거든. 강태웅이가 이번에 진짜 큰 거 하나 물었다더라. 내가 서울에 있지 않고 자꾸 지방에 내려가서 그런 말이 돌았을 거야. 그때는 전두환이가 언론 통폐합을 해서 지방에서 벌어지는 민감한 일들은 잘 알려지지 않았고, 또 일간지에서는 큰 건이 있을 때만 기자를 내려보냈거든. 뭐 그래봤자, 보도 지침대로 쓴 경우가 허다했지만. 아무튼 나도 나름 조용히 움직인다고 했는데, 외신기자 만나고 그러는 게 소리가 났던 게지. 그리고 알 만한 기자들은 대충 내용까지 알고 있었어. 함부로 말을 못해서 그랬지.

'유 병장 사건'은 한때 뜨거운 감자였지. 허허. 그런데 예측 불가능한 게 인생이라고. 일이 아주 재미나게 풀렸지.

이래저래 허망하고 속도 상해서 며칠 술에 빠져 있었는데, 데스크가 나를 불러 사장을 보러 가자는 거야. 그래서 낮술에 시뻘겋게 취한 상태로 사장실에 들어갔어. 허허. 회사에서 해고되면 빵집이나 하면서 묵직한 소설이나 하나 써야겠다고 마음먹고 있었지. 그런데 사장이 나한테 뜬금없는 소리를 하는 거야.

나더러 미국 연수 갈 생각이 있냐는 거였지. 연수가 끝나면 워싱턴으로 보내주겠다면서. 취기로 빙글빙글 돌던 내 머리로는 이해가 안 되더라고. 사장이 무슨 중국말을 하는 줄 알았어. 아니 지금 무슨 장난치나? 그래서 내가 생각해보겠다고 했더니 사장이 어이없는 표정으로 나더러 근처 호텔 사우나에 가서 한숨 자고 오라 그러더라고.

예나 지금이나 이 나라는 미국병에 걸려 있잖아. 허허. 사대주의도 그런 사대주의가 없지. 언론사에서도 워싱턴 특파원이 최고잖아. 그런데 그렇게 큰 카드가 나한테 올 거라는 생각을 난 한 번도 안 해봤어. 더군다나 특종 불발로 왕창 물먹은 나한테. 사장

말은 그래도 노력이 가상했다, 뭐 이런 거였는데. 좀 이상하더라고.

　사우나에서 술이 깨자마자 청와대 비서실에 아는 과 선배한테 전화를 했지. 그 선배는 기획원 출신인데 아주 실력 있는 테크노크랏이었지. 그 시절 청와대는 실력도 있고 파워가 있었지. 요즘 이명박이 양아치 정권같이 오합지졸이 빌붙어 있는 데가 아니었지. 뭐? 뭐라고? 아, 그렇지. 요즘은 박근혜가 대통령이지. 허허. 아무튼…… 그 선배를 조선호텔 커피숍에서 급하게 만났어. 내 이야기를 듣더니 자기가 내막을 알아봐주겠다 그러더라고. 그리고 나더러는 쓸데없는 생각 말고, 사주한테 달려가서 무조건 '충성!' 외치고 감사하다 그러고 미국 갈 이삿짐을 싸래. 허허. 뭐? 어, 그럼. 당연히 그랬지. 회사에서 유학 보내주고, 워싱턴 특파원 시켜주겠다는데 싫다고 걷어찰 정도로 머리가 이상한 놈은 아니야. 허허. 요즘에야 회사에서 기자들 연수도 보내고 공부도 시키지만 우리 때는 내가 처음이었어. 그래서 입사 동기들이 얼마나 나를 씹었는지 몰라. 허허.

　유학 준비를 하면서는 회사를 나가지 않았지. 또 그렇게 시간은 흘러가더라고. 그래서 불발로 끝난 '유 병장 사건'은 흐지부지됐지. 다들 금방 잊어버리더라고. 그 시절에는 워낙 굵직굵직한 일들이 심심치 않게 많이 터져줬잖아. 어떻게 보면, 피해자만 있고 가해자는 없는 사건이었지."

　그때 거실에 있는 전화가 울려 강 선생은 이야기를 멈췄다. 그는 통화를 짧게 마치고 끊었다.

　"오늘 내가 무슨 병원 가는 날인가 봐. 조금 있다가 누가 찾아온대. 내가 어디까지 얘기했지? 뭐? 아, 그래…… 미국. 지금 생각해보면 하버드에 있을 때가 제일 좋았어. 학생 신분이라 생활이 넉넉하진 않았지만, 중고차로 여행도 많이 다녔고. 뉴잉글랜드는 가을이 정말 그림이잖아. 아름답지. 집사람이랑 애들도 그때 제일 행복해했고."

돌아오지 않을 과거를 회상하는 강 선생은 어딘지 모르게 환자처럼 보였다.

"난 연수를 마치고 워싱턴으로 갔지. 그때는 솔직히 일도 별로 없었어. 허허. 요즘같이 인터넷으로 빠르게 돌아가는 세상도 아닌 데다 한국이 별로 중요한 나라도 아니었으니까. 또 국내에서 외국에 크게 관심 가질 일들도 없었고. 나야 가끔 《워싱턴포스트》랑 《뉴욕타임스》에서 괜찮은 기사 몇 꼭지를 베껴서 보내주곤 했지. 그런데 일하는 거에 비해 받는 월급은 많고 시간도 많았지. 왜 그런 말 있지? 한국은 즐거운 지옥이고 미국은 지루한 천국이다. 그때 한국은 진짜 지옥이고 지랄이었잖아. 나야 세월 좋았지. 허허. 대사관 직원들이랑 골프나 치고, 유학이나 출장 온 지인들 만나고 그러고 있었어. 그러다 그 선배를 만난 거야. 청와대 비서실에 있던 선배.

아직도 기억난다. 버지니아 펜타곤시티에 있는 우래옥에서 저녁을 먹었지. 우리 둘 다 평양냉면을 워낙 좋아해서. 허허. 사실 그때 나는 미국 생활에 젖어서 벌써 다 잊어버리고 있었는데, 그 선배가 '유 병장 사건'을 다시 끄집어내는 거야. 그때 내 '민원'을 빨리 못 알아봐줘서 미안했다면서.

그 선배가 안기부랑 기무사에서 들은 이야기로는 그 초토화 작전이 있긴 있었던 것 같대. 군바리 몇이 미쳐서 총질을 했는데, 궁지에 몰린 민간인들이 무기를 탈취해서 총격전이 벌어졌다는 거지. 그게 결국 대량학살로 이어졌고. 국방부랑 안기부랑 조용히 해결하려고 피해자들한테 보상금도 엄청나게 안겼다는 거야. 나중에 들으니까 우리 막내 이모네도 그 돈으로 압구정동에 아파트를 한 채 샀더라고. 허허. 뭐? 아, 생각을 해봐. 그렇지 않아도 광주에서 사람을 떼로 죽여서, 명분 없이 위태위태했던 정권이었는데 그런 일까지 세상에 알려지면 어땠겠어? 그러니까 조용히 오까네로 해결하려 했던 거지. 그런데 이상한 기자놈이 나타나서 쑤시고 다닌다는 첩보에 안기부에서도 좀 당황했었다 그러더라고.

내 생각이 맞았어. 안기부가 개입했었지. 알고 보니까 아주 톱에서부터 개입했었어. 안기부장이 우리 회사 사주한테 직접 전화를 걸었다는 거야. 두 사람이 동향이라서 원래 가까웠고 거기다가 안기부장 막내아들이 우리 회사에 있었어. 아무튼 그래서 사주랑 합의를 잘 봤겠지. 뭐? 뭐라고? 그치. 허허. 우리 사주가 먼저 알아서 기었겠지. 허허.

그런데 데스크도 내 취재 과정을 다 봤으니까 나한테도 뭔가 처우를 해줘야 사장도 면이 설 것 아냐? 그 상황에서 나를 해고할 수는 없잖아? 그러니까 나를 미국으로 보낸 거지. 어차피 시끄럽게 군 놈이 국내에 있어봤자 아무도 득 볼 게 없다고 판단한 거지. 나름 명분도 살리고 나한테는 생색도 내고.

그 이야기를 들으면서 머릿속에 든 생각은 이거였어. 아, 내 인생이 내 것이 아니구나. 허허. 혼자 아무리 발악해봤자 고작 장기판의 말이구나……. 허탈하더군. 그래도 상심하지는 않았어. 집사람이랑 미국 이민을 진지하게 고민하던 때여서 '유 병장 사건'은 귀에 들어오지도 않았지. 내 인생에서는 이미 잊혀진 일이었어.

그런데…… 그 선배를 만나고 몇 주 지나지 않아서 아주 우연한 기회에 국무성 리셉션에서 피터를, 그 서울에 주재했던 AP통신의 피터를 만난 거야. 이건 뭐, 운명이 장난을 쳐도 너무 짓궂은 장난을 치더라고. 허허. 나야 그 특종 불발이 생각나서 무안하고 미안했는데, 피터는 나를 아주 반가워하더라고. 그러면서 내가 좋아할 만한 '굿뉴스'가 있다는 거야. 나더러 언제 한가한 날, 같이 메릴랜드에 놀러 가자면서. 처음에는 나도 무슨 소린가 했어.

피터가 나를 데리고 간 곳은 미국국립문서보관소였어. 거기는 기밀 해제된 미국 정부 문서들을 마이크로필름으로 보관하고 있어서 웬만한 자료는 다 찾아볼 수 있었지. 재미있는 문건들이 많더라고. 피터는 2차 대전 이후에 미국이 일본한테서 입수한 미 국방부 정보문서를 찾더니 'Psychokinesis Project in Choseon'이라는 제목의 짧은 문서를 내게 건네줬어. 우리말로 하면 글쎄…… 뭐, '조선의 염력 프로젝트'쯤 되겠네.

2차 대전 때 독일 나치들도 이상한 짓을 많이 했지만, 일본놈들같이 상상을 초월하는 변태 짓을 하지는 않았어. 하얼빈에 있던 관동군 세균전 731부대. 그 왜 마루타 부대 알지? 그런 건들이 한두 개가 아니야. 그런데 조선에서도 이것들이 그 비슷한 짓을 많이 했어. 그중 하나가 그 문건에 나온 프로젝트였지. 일제가

1930년대부터 한반도 남단 끝자락에 특수유전자 유형을 가진 조선인들을 모아놓고 목장처럼 통제구역을 만들어놓고 관리를 했어. 그래. 그 구역이 바로 그 부락이었어. 그 부락 전체가 일종의 거대한 실험실이었던 거지. 그 문서에 기재된 그 구역의 위도와 경도가 '유 병장 사건' 부대 위치랑 정확하게 일치했지.

일제가 만든 그 부락은 해방 후에는 미 군정에 그대로 넘겨졌지. 관련 연구 자료들과 같이. 미국이 하얼빈에 있었던 관동군 731부대 관련자들을 처벌은커녕 전범 재판에 회부하지도 않았잖아. 아니 오히려 쉬쉬하며 덮어줬지. 왜? 양키들 지들이 궁금했지만 체면 차리느라 못했던 몹쓸 짓들을 이미 다 해놓고, 자료로 정리까지 해놓은 걸 거저먹을 수 있었으니 얼마나 좋았겠어? 마찬가지로 미군첩보부대 CIC를 통해서 조선의 이런 부락에 대해 알게 된 미 24군단도 일본 관리자들이랑 합의를 본 거지. 전범 재판에서 빼줄 수 있는 일본놈들을 다 빼주기로 하면서. 뭐? 내가 너무 냉소적이라고? 허허. 아니, 양놈들이 인체 실험에서 짱꼴라들이 얼마나 죽어나갔는지 신경을 쓰나? 그때나 지금이나 양놈들한테는 노랭이들이 대량으로 죽는 건 백인들이 죽는 거랑 같은 체감이 아니야. 그러니까 6·25 때 맥아더는 원자탄으로 중공군을 다 쓸어버리려고 그랬잖아. 아니 2차 대전 때 유럽에는 안 쓴 원자탄을 일본에는 두 개씩이나 떨어트린 게 우연이라고 생각하나? 한국전쟁이 한창일 때 당시 민주당 하원의원이었던 앨버트 고어는 한반도 허리에 방사능 물질을 뿌려서, 남북한을 영구 분단시키자고 트루먼 대통령한테 건의하기도 했었다고. 다 문서로 남아 있는 역사적 사실이야.

아무튼 미군이 잠시 철수했을 때도 그 구역, 그러니까 그 부락은 미군 고문단이 조용히 관리했고, 6·25 사변 때도 거기는 최남단이라서 영향을 받지 않고 무사히 넘어갔지. 역사의 사각지대였던 거야. 그렇게 그 구역은 일제 때부터 계속, 한반도를 통치하는 중앙정부에 의해 조용히 관리를 받아온 거였지. 한미연합사를 통해 미국은 계속 끼어 있었고.

어, 그렇지. 그래, 나도 그런 생각이 들더라고. 그 부락 말고도 우리가 모르는 일들이 얼마나 많을까? 미군의 노근리 학살도 구전으로 내려오다 90년대 후반에 가서야 밝혀진 거잖아.

아무튼 그렇게 메릴랜드의 문서보관소가 긴 잠을 자고 있던 나를 깨웠어. 원래 진실은 먼 곳에 있지 않지만, 게으른 놈한테는 절대로 안 보이는 거잖아. 내가 사는 동네에서 운전해서 한 시간 떨어진 곳에 내가 그토록 궁금해했던 의문의 답이 있었는데, 나는 허구한 날 뻔한 사람들이랑 술 먹고 골프나 치면서 인생을 허비하고 있었던 거지. 그러면서 기자랍시고 행세한 나 자신이 한심하고 부끄럽더라고.

그때부터 나는 하나하나 차근차근 기록을 했지. 나도 모르게 다시 '유 병장 사건'에 빠져들고 있었어. 어차피 생존자를 만날 수 없다면 차라리 정보를 따라가기로 했지. 그래서 기회가 될 때마다 넝마주이처럼 정보들을 수집했어.

'유 병장 사건'이 있은 후에 그 부대는 이전했더라고. 부대 옆에 있던 연구소는 폐쇄됐고. 그러면 거기에서 얻은 '연구 자료'는 어디로 갔을까? 그게 궁금했지. 왜냐하면 나는 그 자료가 진짜 돈이라고 봤거든. 원래 정보를 따라가면 돈이 보이고, 돈을 따라가면 별의별 불편한 실체가 나오는 법이니까.

난 91년에 다시 서울로 돌아왔고 정치부로 발령이 났지. 우리 큰아이가 죽어도 자기는 미국에 남아서 학교를 다니고 싶다고 고집해서 집사람하고 애들은 버지니아에 남고 나만 들어왔지. 허허. 내가 원조 기러기 아빠야.

얼마 안 가서 대선이 있었고, 우리 사주가 노골적으로 YS를 밀어서 편집 방향이 좀 민망했었지. 허허. 뭐 그때야 그렇고 그런 시절이었잖아? 나는 DJ 민주당 출입이라서 큰 재미는 못 봤어. 뭐? 허허. 젊은 기자가 보기보다 순진하네. 그때까지만 해도 선거 때 여당 출입하면 아주 짭짤했었지. 민주당도 성의껏 찔러줬지만 많이 모자랐지. 허허. 87년 대선 때 민정당 출입했던 반장 기자들은 다 아파트 한 채씩은 챙겼어.

YS 때부터는 역동적인 시기라 재밌었지. 전두환, 노태우 구속까지 카바하고 난 경제부로 옮겼어. 내가 옮겨달라고 그랬어. 벌써 90년대도 반이 다 갔더라고. 시간 참 빨리 가. 재경원 출입하다가 대기업들을 출입했지. 그러다가 아주 우연한 기회에 귀가 솔깃해지는 이야기를 듣게 됐어. 신도그룹이 경찰을 매수해서 사람들을 찾는데, 발목에 특이한 문신이 있는 사람들을 찾고 있다는 거였지. 그 이야기를 들으니까 피가 다시 끓기 시작하더라고! 그래서 회사에 온갖 이유를 만들어서 결국 신도그룹을 출입하게 됐지.

얼마 안 지나서 IMF가 터지고, 정권이 바뀌고 나라가 다시 아수라장이 됐지. 닷컴 버블에, 머니 게임에, 온 국민이 주식에 미쳐 돌아갔지. 그때 한 증권사에서 만든 펀드 이름이 '바이 코리아'였으니 말 다 했지. 허허. 근데 웃기는 건, 전라도 것들이 진짜로 나라를 팔아먹고 있었다는 거야. 별별 잡놈들이 살판났다고 뽕을 뽑고 있더라고. 여기저기서 워크아웃이다, 법정관리다, 세금으로 공적 자금 펑펑 쏟아붓고 이것저것 매각할 때니까, 그것들이 빼먹고 처먹을 것도 많았지. 아주 징하게 해먹더군. 워낙 굶은 것들이라서 그런지, 군바리들이 30년 동안 해먹은 것을 5년 동안에 후다닥 해먹더라고. 허허.

나야 좋았지. 눈에 띄지 않게 움직일 수 있었으니까. 신도그룹 직원들도 내가 뭘 캐는지 모르니까 정보를 얻기가 수월하더라고. 그래서 나도 신도그룹과 신호 회장의 히스토리에 대해 공부를 더 할 수 있었어. 그게 좀 쌓이니까 내가 모은 자투리 정보와 비사들이 머릿속에서 한 획으로 정렬되기 시작하더라고.

우리나라 재벌들이 대개 왜놈들 시절에 한몫 잡아 불린 자산으로 오퍼상이나 하면서 정부의 수출 정책에 기대서 돈 빌리고 사이즈 키우면서 성장했잖아. 그런데 신도는 그렇지 않아. 5공 초기에 신군부랑 결탁해서 만들어진 방위산업체야. 정권에다 통치자금 바쳐가면서 빠른 시간 내에 자리를 잡았더라고. 그러다가 이란 이라크 전쟁 때 왕창 컸지. 미국이 사담 후세인에게 전방위적 지원을 했잖아. 그때 이라크가 이란한테 생화학무기를 많이 썼다고. 미국의 묵인하에 신도그룹이 그 생화학무기의 재료를 제조해서 팔았다는 얘기가 거의 정설이야.

난 남몰래 '유 병장 사건'에 대한 책을 준비했지. 자그마한 출판사에서 조용히 출간할 예정이었어. 더 이상 시스템에 의존하고 싶지 않더라고. 어차피 '유 병장 사건'은 나한테 피할 수 없는 운명이고 인생의 숙제라는 걸 이미 깨달았기 때문에 나도 내 식대로 쇼부를 보고 싶었어. 아니 나라도 해야 한다는 소명의식이 들더라고.

왜 그거 알지? 우리 어렸을 때 왜 동네마다 미친년 하나씩 꼭 있었잖아. 머리에 꽃 꽂고 희희거리고 다니면서, 길가에서 웃으면서 치마 들어 올리고 그러는 미친년. 그 미친년한테 짓궂은 동네 양아치들이 별짓을 다 해도 가만히 있지만, 그 미친년 머리에 꽂은 꽃을 건드리면 이게 보통 난리를 치는 게 아냐. 그 꽃을 혹시 누가 뺏기라도 하면 목숨 걸고 달려들지. 그 꽃이 아무것도 아닌 거 같지만, 미친년한테는 자존심이고 정체성이니까. 허허. 생각해봐, 머리에 꽃 없는 미친년은 앙꼬 없는 빵이지. '유 병장 사건'은 어느새 나한테 그런 거더라고. 나의 일부고, 미친년의 꽃이 돼 있더라고. 허허."

그때 카메라에서 삑삑거리는 기계음이 나면서 빨간 불이 깜빡였다.

"아니, 벌써 시간이 이렇게 됐네. 그때 썼던 원고를 챙겨줄게. 가져 가. 그 내용을 줄줄이 다 얘기하자면 너무 길어질 테니. 허허. 아, 그래도 내가 이 이야기는 꼭 해줘야겠다. 원고를 다 마무리 지을 무렵에 출판사에서 연락이 왔어. 신호 회장과 신도그룹이 아직 나오지도 않은 책의 내용으로 여러 가지 피해가 예상된다면서 내게 명예훼손소송을 했고, 또 내 책에 대해서 가처분 신청을

냈다는 거야. 나는 너무 황당해서 말이 안 나왔지. 그리고 며칠 지나지 않아 가처분 신청이 받아들여져서 내 책의 출판이 금지됐어. 그리고 나한테 명예훼손, 무슨 피해보상, 무슨 침해, 민형사 송사들이 줄줄이 이어지더라고. 신호 같은 재벌이랑 나 같은 개인이랑 송사가 붙는 건 백만장자랑 일반인이 포커 치는 거랑 똑같아. 법정까지 갈 것도 없이 변호사 비용으로 거덜 나는 거야. 허허. 그래서 보다시피 그 후로는 이렇게 살고 있어. 허허.

뭐? 뭐라고? 귀가 어두워서. 후회? 허허. 후회 없어. 아쉬움은 있지만 후회는 없네. 내가 젊은 사람들 앞에서 괜히 폼 잡으려고 하는 말이 아니라. 진심이야.

다 일장춘몽이지. 그렇게 오래 기다려서 그렇게 짧게 필 줄 누가 알았나? 아니 또 그렇게 빨리 질 줄 어떻게 알았나? 아무도 가르쳐주질 않아서 몰랐지. 허허."

강 선생은 잠시 말없이 어딘가를 응시했다. 그러다 그의 얼굴에 미소가 다시 번졌다.

"우리 아버지는 말이야……. 시골 학교 교감선생님이셨어. 아침마다 아버지는 출근 전에 조반을 드시면서 꼭 신문을 읽으시곤 했어. 아버지가 조간신문 보실 때는 집안 식구 모두 조용히 식사를 했지. 그런데 어린 마음에 아버지가 열심히 읽으시는 그 신문이 그렇게 대단해 보이더라고. 저 종이에 뭐가 그렇게 중요한 게 적혀 있길래 저렇게 아침마다 재미나게 읽으실까? 허허. 그래서 난 기자가 됐지.

요즘이야 글 쓰는 사람들보다야 얼굴 잘난 연예인들이 대접받는 세상이고, 기자들이 지저분하고 또 욕먹을 짓도 많이 하지만, 그래도 결국에 일반 사람들을 권력으로부터 보호해주는 게 난 언론이라고 믿네.

난 내가 기자 하길 참 잘했다고 생각해. 뭐, 남들처럼 부자로 살거나 권력 맛을 보지는 못했지만 나름 만족하네. 허허.

'유 병장 사건'을 세상에 제대로 알리지 못한 것에 대해서도 후회는 없어. 아쉬움은 많지만. 무슨 변명처럼 들릴지 모르지만 내 능력이 거기까지였던 게지. 그것도 운명이지. 한때는 도대체 내가 인생을 어디다가 허비한 건가, 그런 회의도 들었지. 그런데 내가 '유 병장 사건'을 파헤치지 않았으면 어땠을까? 글쎄…… 그럼 대충 받아쓰고 베껴 쓰는 노비가 됐겠지. 광고 벌이를 위한 가십꾼이고 앵벌이에 불과했겠지. 그러면 나 역시 이 거대한 괴물의 소작농이나 마찬가지 아닌가?

뭐? 허허. 내 나이쯤 되면, 돈 있는 것들의 협박이나 우매한 대중의 감정적인 인민재판에는 신경을 완전히 끊게 된다네. 내가 무슨 정의감으로 뭉친 성인군자라고 유세하는 게 아니야. 나도 촌지 많이 먹었어. 허허. 근데 아무리 월급쟁이 노비지만 지킬 건 지키고 싶더라고. 아까 얘기했잖아. 그 미친년 머리에 꽂은 꽃처럼. '유 병장 사건' 덕분에 내가 그래도 어느 정도 품위를 지키면서 인생을 살 수 있었어. 그런 면에서 나한테는 행운이었지.

우리 집사람은 나더러 이런 진흙탕에서 벗어나 이민 가자고 그랬지. 만약에 그랬으면 나도 험한 꼴 안 당하고 잘 살았겠지. 여자라는 동물은 현실적이잖아. 그래서 우리는 이혼했지. 허허.

우리 애들은 그래도 미국서 의사, 변호사가 돼서 결혼도 하고 다 잘 살아."

미국에 사는 처자식을 떠올리는 강 선생은 왠지 서글퍼 보였다. 강 선생은 웃으며 말했지만 그의 마음에도 후회라는 감정이 남아 있는 듯했다.

"그래도 결국에는…… 결국에는 이런 날이 오잖아. 허허. 정의가 승리했는지는 모르겠지만, 이 정도면 내가 오늘날까지 연명한 의미가 충분히 있지. 나야 바위에 계란을 던졌으니 당연히 박살 났지. 거대한 괴물이랑 싸워서 이기지는 못했지만, 나를 취재하러 여기까지 찾아온 까마득한 후배를 보니 내가 지지는 않았다는 확신이 드네. 젊은이들이 그 사건에 대해 더 조사하면 언젠가는 진실이 밝혀질 수도 있겠지. 적었지? 유. 성. 범이다. 유 병장의 이름은. 허허. 고맙네. 이렇게 찾아와줘서. 진심으로 고맙네."

강 선생은 목이 메는지 목소리가 약간 갈라졌다. 민주의 손을 잡는 그의 두 눈은 젖어 있었다.

그때 초인종이 울렸다. 강 선생은 갸우뚱했다. 방문객을 예상치 못한 얼굴이었다. 이를 이상하게 여긴 민주는 강 선생에게 조금 전 누군가가 전화를 걸어 찾아온다 그러지 않았느냐고 물었다. 그러자 강 선생은 마치 잃어버린 물건을 찾은 표정으로 끄덕이며 현관으로 나가 문을 열었다.

집으로 들어온 중학교 선생님풍의 중년 여자는 사회복지사였다. 그녀는 민주와 어부 박씨를 독거노인을 등쳐먹는 보험 사기꾼이라도 보듯 의심스럽게 훑어봤다. 잠시 어색한 분위기가 흘렀다.

어차피 '인터뷰'도 끝났으니 민주와 어부 박씨는 더 머무를 이유가 없었다. 강 선생은 집 앞까지 나와서 그들을 배웅하며 폴라로이드로 사진을 찍었다. 그리고 인화된 사진의 하단에 사인펜으로 민주와 어부 박씨의 이름을 또박또박 적었다. 민주는 그런 강 선생이 왠지 모르게 정겨웠다. 민주는 다음번에도 꼭 좋은 싱글몰트를 한 병 들고 오겠다고 약속하고 강 선생과 헤어졌다.

31

탄광촌이 폐쇄되고 카지노가 들어선 강원도 촌마을에는 번듯한
숙박업소들이 즐비했다. 우리는 목적지 없이 무작정 달릴 수만은
없어, 밤이 너무 늦기 전에 숙소를 잡았다. 온갖 잡다한 인간들이
허황된 대박을 좇아 몰려온 곳이라 우리 같은 도망자들은 오히려
눈에 띄지도 않았지만, 전당포와 술집들이 늘어선 번화가에서 떨
어져 있는 모텔을 택했다. 흩어지면 위험할 것 같아 가장 큰 특실
을 잡았다. 침실을 민주가 쓰고 거실에 있는 싱글 침대와 소파를
어부 박씨와 내가 쓰기로 했다. 하지만 우리 중 누구도 잠을 이루
지 못했다.

민주와 내가 거실에 있는 텔레비전으로 강 선생의 인터뷰를 보
며 이런저런 이야기를 나누는 동안, 어부 박씨는 베란다에서 담배
를 피우며 돌팔이가 남긴 붉은색 다이어리를 만지작거렸다. 나는

그가 걱정됐지만 아무 말도 하지 못했다.

"이 인터뷰…… 빨리 인터넷에라도 올려야 되는 거 아닌가? 안 그러면 놈들이 계속 쫓아올 텐데……."

노스페이스 덩어리들이 죽기 살기로 우리에게 달려든 것은 결국 강 선생의 인터뷰 테이프 때문이었다.

"나도 그 생각을 해봤는데, 그러면 꼬맹이가 어떻게 될지 모르잖아요."

그렇다. 왕눈이……. 놈들은 왕눈이를 인질로 잡고 있었다.

"민주 씨가 신도그룹을 몰라서 그래요. 저런 고발 인터뷰 갖고 협상하자 그러면, 신 회장 같은 사람은 협박으로 받아들여서 더 세게 나와요. 오히려 지금보다 더 곤란해질 수 있어요."

"그래도 괜히 유튜브에다 풀어서 그쪽을 자극해서 좋을 것도 없잖아요?"

그것도 맞는 말이었다. 왕눈이를 생각하니 한숨이 절로 나왔다.

"살아 있겠죠?"

"그럼요."

민주가 자신 있게 답했다. 그녀는 왕눈이가 무사히 살아 있을 것이라고 확신하고 있었다.

"아니, 민주 씨가 그걸 어떻게 알아요?"

내 질문에 민주는 난처한 표정을 지으며 머뭇거리다 휴대전화로 찍은 동영상을 보여줬다. 통나무집 거실이었다. 왕눈이가 바닥에 도미노 조각들을 늘어놓고 혼자서 놀고 있었다. 그런데 왕눈이는 보통 아이들과는 약간 다른 방식으로 조각들을 다루었다. 왕눈이는 도미노 조각 서너 개를 공중에 띄워 빙글빙글 돌리고 있었다. 왕눈이는 역싸였다……!

그날 아침, 내가 이발을 하러 간 사이에 왕눈이의 능력을 알게 된 민주는 태현에게 전화를 걸어 이 사실을 알렸다. 왕눈이의 능력에 대해 내게 이야기하지 않은 데에는 민주 나름대로 이유가 있었다. 민주의 눈에는 나 역시도 신호 회장의 고급 머슴에 불과했기 때문에 그 당시에는 나를 완전히 신뢰할 수 없었다고 했다. 그래서 민주는 잠자리를 같이해온 남자를 믿기로 했다. 민주는 왕눈이를 이용해 지구를 흔드는 특종을 때려서, 언론계에 화려하게 재기하고 싶었다고 했다.

나는 어안이 벙벙했다. 민주에게 그런 엉뚱한 면이 있었다니. 민주도 자신의 욕심 때문에 왕눈이를 잃어버린 것을 괴로워하고 있었다. 아니 자기 자신을 용서하지 못하고 있었다. 지금껏 민주를 움직인 것은 무거운 죄책감이었다. 잠시 침묵이 이어졌다. 내가 다시 입을 열었다.

"근데 신 회장은 언제부터 알았을까요?"

"뭘요?"

민주가 목을 가다듬으며 되물었다.

"아이의 능력에 대해서."

"정확히는 모르지만, 그 사람도 30년을 찾았는데……."

"아니에요. 그렇게 오래되진 않았어. 그룹에서 생명공학에 투자를 한 게 십 몇 년 정도밖에 안 됐을 텐데."

민주가 나를 이상하다는 듯 쳐다봤다.

"무슨…… 신 회장이 육군준장으로 전역하기 전까지 거기 총책 임자였는데."

"뭐? 뭐라고요?!"

민주는 정말 몰랐냐는 표정으로 나를 쳐다봤다.

"신도그룹 신호 회장이 '유 병장 사건' 때 발포 명령을 내린 대령 이었어요."

◆ ◆ ◆

생각이 많을 때는 무조건 걷는 게 상책이다. 만약에 내가 강원도가 아니라 서울 집에 있었다면, 한강 다리를 건너 성남까지 걸어도 풀리지 않을 그런 심란함이었다. 몇 년간 피우지 않았던 담배까지 생각나, 편의점에서 산 마일드세븐 한 개비를 꺼내 물고 불을 붙였다. 머리가 핑핑 돌기 시작했다. 그런 상태로 정처 없이 카지노 주변 모텔촌을 계속 돌았다.

"할머니라면 답을 아실 텐데. 만사가 뚜렷하고 명확한 분이셨으니까."

내 옆에서 묵묵히 걷는 루이지는 아무 반응이 없었다.

"아, 뭐라고 말 좀 해봐. 나도 답답해서 미치겠다!"

지나가던 행인들이 혼자서 중얼거리는 나를 미친놈 보듯 쳐다보며 빠른 걸음으로 피해 갔다.

고독과 불안이 뒤엉키며 죄책감과 그리움이 밀려왔다. 루이지는 말이 없었고 할머니는 그 어디에도 보이지 않았다.

노예선의 노예들은 늘 어깨뼈가 빠지게 노를 저어야 했다. 그러던 어느 날, 노예들을 관리하던 십장이 북을 치며 외쳤다. "여러분! 오늘은 좋은 소식과 나쁜 소식이 있습니다! 오늘이 선장님 생신이라 잠시 후 점심부터 여러분이 좋아하는 고기를 원 없이 먹을 수 있게 잔치를 열 겁니다!" 그 말에 노예들은 환호했다. 배 안의 노예들은 분위기 좋게 선장의 생일파티를 즐겼다. 그런데 식사가 끝나갈 무렵, 한 노예가 십장에게 질문을 했다. "저기 십장님, 근데 나쁜 소식은 뭐죠?" 그러자 십장은 "오늘 선장님께서 기분이 너무 좋으셔서, 식사 후에 수상스키를 타신답니다!"라고 답했다.

회사에서 자주 하던 농담이었다. 나는 많은 날들을 '선장님 생신날'처럼 일했다. 내가 정의를 믿어서 법을 공부하고 변호사가 된 것은 아니었지만, 그렇다고 주어지는 고기만을 위해서 일한 것도 아니었다. 그것보다는 일중독에 걸린 회사원이라서 나는 회사에 종속되어 있었다. 아내가 죽은 후에도 나는 갈 곳이 없어 다시 회사로 돌아갔다. 왜 그랬을까? 돌이켜보면 일중독도 어딘가로 도망치고, 그 무언가를 채워보려는 수단이었다. 그렇게 일하다 보면 내 정체성을 찾거나 만들 수 있을 것이라고 생각했었다. 그렇게 착각했었다.

누구를 위한 삶이었나? 나는 어디로 도망치고 있나?

채워지지 않는 공허함은 늘 있었다. 어린 시절 고향 마을에서 느꼈던 충만함에는 가까워질 수가 없었다. 어른이 된 소년은 그렇게 두려움을 참으며 또 다른 어둠 속을 뛰고 있었다.

내 마음의 '완전함'은 아주 오래전 고향 마을에 두고 온 것 같았다. 바깥세상으로 나온 후로 내 안의 빈자리는 그 어떤 것으로도 대체할 수 없었다. 그 '완전함'은 내게 영영 돌아오지 않았다. 고향은 나만의 무릉도원이었고, '나'라는 존재의 근간이었다. 하지만 그렇게 내 마음속에 남아 있던 고향마저도 거대한 괴물에게 빼앗겨버린 기분이 들었다. 한없이 허탈했다. 나의 살던 고향은 실험용 사육농장에 불과했었고, 어린 나는 그저 그들이 필요로 했던 또 하나의 마루타였다.

내 인생의 주인은 내가 아니었다. 누가 진짜 주인인지는 알 수 없지만, 나는 확실히 아니었다.

그때까지 나는 내가 성실한 자수성가형 인간이라 행운이 따랐다고 믿고 있었다. 그런데 사실은 그게 아니었다. 내가 행운으로 여겼던 것들에도 다 대가가 있었다. 세상에 공짜는 없었다. 아니 세상에서 제일 비싼 가격이 공짜였다. 나는 그 공짜의 비싼 값을 치르고 있었다.

'인연은 있어도, 우연은 없어요'. 노친네가 회사에서 나를 처음 만났을 때 건넨 말이다. 노친네와 나는 제대로 엮인 인연이었다.

노친네는 왜 나를 발탁했을까? 내가 회사의 똘마니로서 싹수가 보였기 때문에? 그래서 눈에 띄었을 수는 있다. 그러나 그 이유만으로 신 회장이 자기 수하에 둘 만큼 나는 특별한 인재가 아니었다.

마루타 마을 출신인 나를 가까이 두고 보면서, 도대체 뭘 어떻게 하려 했던 것일까? 실험의 연장으로 더 관찰하고 싶었을까? 아니면 내게 연민이라도 느꼈던 걸까? 모르겠다. 신호 회장은 단순한 인간이 아니었다.

영화 〈대부〉에서 마피아 대부는 고아 출신인 톰 하겐을 입양해 변호사로 키운다. 톰은 인생의 은인인 대부에게 충성을 다하고, 대부 역시 톰을 신뢰한다. 하지만 대부가 죽고 2세 체제로 바뀌자 톰은 조직에서 퇴출당한다. 나는 톰이 되고 싶지 않았다.

영화 〈좋은 친구들〉의 헨리는 믿었던 조직이 자신을 제거하려 들자 재빨리 움직여 FBI와 거래한다. 헨리는 FBI가 뉴욕 마피아를 일망타진하는 데 결정적인 제보를 한 대가로 연방정부로부터 신변보호를 받으며, 안전하게 여생을 즐기면서 자서전까지 집필한다.

〈대부〉는 소설이지만 〈좋은 친구들〉은 실화였다. 나는 무슨 수를 써서라도 헨리가 돼야 했다. 하지만 지금 내겐 나를 도와줄 FBI가 없었다. 나에게는 루이지와 할머니뿐이었다.

마을이 모조리 불타던 그날 밤, 할머니는 돌아가시는 마지막 순간까지 나를 걱정했고, 어부 박씨에게 나를 돌봐줄 것을 신신당부했다. 할머니는 내가 마을을 무사히 탈출할 것을 알고 있었다. 할머니의 기도와 갑수 덕분에 나는 살아남을 수 있었다. 그 두 사람 외에는 내 인생이라는 기적을 달리 설명할 수가 없다.

그렇다면 나는 왜 이제까지 살아남은 것일까? 나는 왜 왕눈이와 노친네 사이에 끼어 있는 것일까? 나는 왜 지금 이러고 있을까? 내 인생이 이렇게 될 것이었다면, 왜 그런 기적이 일어났던 것일까? 아니 그 기적이 무슨 소용이었을까?

세상이나 삶이 아무 의미 없이 던져지는 주사위에 불과하다면, 만약에 진짜 그렇다면, 왜 왕눈이가 내 눈에 밟히는 것이고, 왜 나는 신호 회장과 오해를 풀고 싶은 것일까? 왜 민주는 위험을 무릅쓰고 강 선생을 찾아가서 취재를 했을까? 왜 나는 민주의 안전을 걱정하고 그녀에게 미안함을 느끼는 것일까? 도대체 왜?

그 무엇도 정확하게 답을 알 수는 없었지만, 나는 '무언가'를 지키고 싶은 것이었다. 그런데 그 '무언가'를 지키는 일이 천국을 지키는 일만큼 어려운 것 같았다. 그 '무언가'를 지키려면 나는 보잘것없지만 그동안 내가 쌓아온 모든 것을 내려놓아야 했다. 그 '무언가'를 지키기 위해서는 용기가 필요했고, 내게는 그런 용기가 없었다.

피할 수 없는 숙명이라면 물론 나도 끝까지 달려갈 용의가 있었다. 애초부터 나는 가진 것도 없고 잃을 것도 없는 놈이었다. 그렇게 생각하니 마음이 후련했다. 그런데 10분쯤 더 걷자 또 다른 생각이 나를 흔들어댔다. 왕눈이라는 아이 하나 때문에 내가 가진 모든 것을 던져버리기에는 치열하게 달려온 내 인생이 아까웠다.

앞이 보이지 않았다. 말 그대로 막막했다. 아무리 생각해도 뾰족한 수가 떠오르지 않았다. 다만 한 가지 확실한 것은 어떤 선택을 하든 내가 신호 회장과 직접 풀어야 할, 나만의 숙제라는 것이었다.

어느새 하늘은 보랏빛 구름들이 겹겹이 결을 이루며 하루를 마감하고 있었다. 만약 할머니가 하늘에서 지금 내 모습을 본다면 어떨까? 뜬금없는 생각이었지만, 왠지 부끄러웠다. 살아온 내 삶이나 갈등하고 있는 지금 내 상태가 그리 떳떳하지 못했다.

인생은 정말 실망스러웠다. 천국의 문지기가 할머니를 말려줬으면 좋겠다. 겁에 질린 쪼다 손자를 할머니가 내려다보지 못하게.

"바우야, 넌 가진 게 많은 놈이야. 찬찬히 생각해봐. 반드시 찾을 수 있을 거야, 방법을."

"그건 또 뭔 소리야?"

루이지는 답을 않고 빙그레 미소를 지었다.

"야, 그게 뭔 소리냐고?"

"할머니라면 뭐라고 그러셨을까?"

"뭐? 모르지……."

"지뢰는 없다."

지뢰는 없다. 나는 미친놈처럼 홀로 중얼거리며 날이 저물 때까지 모텔촌을 계속 걸었다.

◆ ◆ ◆

모텔에 들어와보니 민주는 보이지 않고, 어부 박씨는 시뻘게진 눈으로 멍하니 텔레비전을 보고 있었다. 나는 근처 중국집에서 야식과 소주를 시켰다. 배달된 음식을 한참 먹고 있을 때 민주가 돌아왔다.

"식사 안 했으면 같이 들어요."

"나 참, 아저씨, 요 앞에 싸고 좋은 한우집 널렸던데. 여기까지 와서 짱깨 시켜요?"

"사 가지고 가요. 민주 씨 서울 갈 때."

벽에 걸린 텔레비전에서는 남녀의 가는 신음소리가 흘러나왔다. 늦은 시간대에 케이블 채널에서 나오는 일본 에로영화였다. 텔레비전을 끄기 위해 리모콘을 찾았지만 어부 박씨가 소주를 들이켜며 멍하니 보고 있어서 그냥 내버려뒀다.

"민주 씨, 본인이랑 무관한 일에 엮여서 이제까지 정말 고생 많았어요."

"예?"

아무래도 내가 교통정리를 해야 했다.

"민주 씨 할 만큼 했어요. 이제 쉬세요."

"지금 나 짜르는 거예요?"

"예."

"내가 없었으면 우리 여기까지 오지도 못하고 다 죽었을지도 몰라요."

"알죠. 진심으로 고마워요. 그래서 위험하니까 이제 빠지라는 거예요."

"……."

"사실 박씨 아저씨랑 나는 우리 고향이랑 엮인 일이라 빠져나갈 수 없는 운명이고 숙명이에요. 민주 씨는 아니잖아요."

"냄비는 빠져라? 나쁜 놈들은 두 마초들이 해결하겠다? 지금 그런 얘기예요?"

"뭐, 그렇게 받아들인다면……. 아니, 사실 정확히 그 얘기죠."

"이제 와서 어떻게 내가 빠져요?"

"빠져도 돼요."

"아저씨가 뭘 모르시나본데, 나는 원래 포기라는 걸 모르는 사람이에요.”

“이제 배울 나이도 됐어요.”

“아저씨, 나라고 그 생각 안 해봤겠어요? 근데 이제 지명수배자
도 모자라서 신도그룹 살생부에 올랐는데 나더러 어디로 가서 어
떻게 먹고살라는 거예요?”

나는 순간 할 말을 찾지 못했다. 뜻하지 않게 이 일에 휘말려든
민주 역시 모든 퇴로가 끊긴 상태였다.

“미안해요. 내가 신호 회장 찾아가서 어떻게 해서라도 다 풀게
요. 감옥에 가도 내가 갈게요.”

“그러면 꼬맹이는? 꼬맹이, 내가 꼭 찾아야 된다니까요.”

“어차피 우리 아이도 아니잖아요…….”

나도 모르게 내 입에서 그런 말이 튀어나왔다. 당황스럽고 무안
했다. 그리고 왕눈이에게 미안했다.

“뭐라고요?”

“…….”

“아저씨, 완전 실망이에요. 사람을 잘못 봐도 내가 한참 잘못 봤
네요. 그놈들이 그렇게 무서워요? 아니 어쭙잖게 누리던 대기업
머슴 자리가 그렇게 아쉽고 아까워요? 그렇게 무서우면 아저씨나
빠져요. 꼬맹이는 내가 찾을 테니까!”

“나 지금 장난하는 거 아니에요!”

짜증을 넘어 성질을 내며 내가 소리를 쳤다. 그러자 민주의 눈
시울이 붉어졌다. 이건 또 뭔가.

“아저씨가 날 끼워주든 따를 시키든…… 혼자서라도 싸울 거예

요. 나 복수할 거예요."

민주는 눈물을 뚝뚝 흘리며 울기 시작했다. 그리고 내게 접힌 종이 한 장을 내밀었다. 일간지 웹사이트의 부고란을 출력한 것이었다. 언론인 강태웅의 이름과 흑백사진이 눈에 들어왔다.

"타살이에요."

민주가 그를 만난 다음 날 사망한 것이었다.

"난 좀 울고 싶어요."

민주는 방으로 들어가 문을 쾅 닫아버렸다. 다시 초상집 분위기였다. 슬픔에 젖은 두 사람과 달리 나는 특별한 감정이 느껴지지 않았다. 나는 앞에 놓인 소주잔을 비우고 다시 채웠다. 그때까지 실성한 사람처럼 입을 벌리고 텔레비전에 빠져 있던 어부 박씨가 내 팔을 잡으며 화면을 가리켰다. 소주잔을 털며 무심코 돌아본 나는 순간 내 눈을 의심하지 않을 수 없었다. 아니 저런 아동 포르노를 케이블에서 틀어준단 말인가? 그런데 자세히 보니 화면 속에서 나체로 뛰어다니는 배우는 어린아이가 아니었다. 그는 난쟁이 문씨였다.

32

민주와 어부 박씨는 강 선생의 원고에 적힌 위도와 경도를 GPS에 찍고 남쪽으로 달렸다. 그들은 직접 확인하고 싶었다. 그 마을이 있던 구역이 도대체 어떤 곳인지. 늦은 밤이 돼서야 그들은 마을이 있던 위치 부근에 도착할 수 있었다. 비포장도로를 20분 정도 달리자 길이 끊겼다. 끝도 없이 길게 쳐진 철조망 펜스가 그들을 가로막고 있었다. 곳곳에 '민간인 출입금지'라는 팻말이 붙어 있었고, 몇몇 팻말에는 'US ARMY'라고 적혀 있었다.

시동을 끄고 차에서 내린 두 사람은 철조망 펜스를 넘어서라도 그 구역 안으로 들어갈 작정이었다. 그런데 그들은 예상치 못한 제재를 받았다. 교도소에나 있을 법한 서치라이트가 민주와 어부 박씨를 내리비추면서 군인으로 추정되는 남자의 목소리가 거대한 확성기를 통해 들려왔다.

"경고합니다! 이곳은 민간인 출입이 제한된 군 작전지역입니다. 두 분 선생님들은 신속히 차를 돌려 오신 길로 돌아가주십시오. 다시 한 번 말씀드립니다…….."

언제 연락이 갔는지 눈부신 헤드라이트를 켠 군용 지프가 먼지를 일으키며 민주와 박씨가 있는 곳으로 달려오고 있었다. 군인들과 불필요하게 마찰을 일으키고 싶지 않았기에 두 사람은 다시 차에 올라탔다. 비록 마을을 직접 눈으로 보지는 못했지만, 군인들의 대응을 본 민주는 강 선생의 말을 확신하게 됐다.

어두운 밤길에 진눈깨비가 흩날렸다. 어부 박씨가 운전하는 동안 민주는 강 선생이 넘겨준 오래된 원고를 읽었다. 비록 책으로 출판되지는 못했지만 꼼꼼하고 진솔한 기록들에서 그의 노고와 필력이 느껴졌다.

민주는 강 선생의 집에서 챙겨온 전리품도 유심히 살펴봤다. 강 선생의 기자 수첩, 폴라로이드 사진, 포스트잇 메모지, 약봉지 등을 보던 민주는 순간 강 선생의 집에서는 미처 하지 못했던 생각이 갑자기 떠올랐다. 민주는 스마트폰을 꺼내 'Galantamine'을 검색했다. 강 선생의 거실에서 훔쳐온 알약이 무슨 약인지 알아내는 데는 오래 걸리지 않았다.

보편적으로 '레미닐'이라는 이름으로 시중에 유통되는 '갈란타민'은 알츠하이머와 같은 치매 병을 억제하는 약이었다. 강 선생은 하루하루 기억을 잃고 있었고, 그래서 과거와 기록에 더더욱 집착한 것이었다.

강 선생은 '유 병장 사건'이라는 비사를 기록하고 기억했다. 하지만 그는 알고 있었다. 자신이 곧 그 기록과 기억을 잃어버리게 될 것을. 그리고 강 선생은 머지않아 자신이 잊어버리는 병을 앓고 있다는 사실조차도 잊을 것이 확실했다. 오래전에 기록해둔 원고를 민주에게 넘겨준 것이 그나마 다행이었다.

강 선생은 자신이 '거대한 괴물'과 싸웠다고 했다. 그 '거대한 괴물'은 사람들을 침묵시키고 세상의 기억을 지워버리고 있었다.

진눈깨비는 굵은 눈발로 바뀌고 있었다. 그들은 산길로 접어들기 전에 주유소에 들러야 했다. 밤이 깊어지면 기온이 더 내려가 길이 미끄러워질 것 같았다. 서둘러야 했다. 식량이 떨어진 산장에서는 환자가 그들을 기다리고 있는데, 예정보다 지체되고 있었다.

지방국도 변에 있는 셀프서비스 주유소는 손님은 고사하고 종업원도 보이지 않았다. 오랫동안 앉아만 있었던 두 사람은 차에서 내려 차가운 밤공기를 마시며 굳은 몸을 폈다. 주유소 안쪽 편의점에서 민주가 현금으로 주유비를 지불하는 동안, 어부 박씨는 산속 눈길에 대비해 바퀴에 체인을 감고 있었다.

주유소에는 텔레비전 볼륨을 높이고 사극에 정신없이 빠져 있는 주인 할아버지뿐이었다. 캔커피 두 개를 사서 들고 나오는 민주를 본 어부 박씨가 주유기 옆에 있던 기름때가 묻은 마른걸레를 집어 들고 그녀에게 걸어갔다. 어부 박씨는 눈짓으로 자신의 뒤를 슬쩍 가리켰다. 다른 주유기 옆에는 짙게 선팅이 된 검은색 사륜구동 차량이 어느새 와 있었다. 차량은 시동을 끈 상태였지만 주유를 하지 않고 있었다. 수상해 보였다. 아니나 다를까, 차 안에서 건장한 남자 둘이 내렸다. 검정색 노스페이스 점퍼를 마치 유니폼처럼 입은 그들은 스키장에 놀러 가는 이들처럼 보이지 않았다.

어부 박씨는 민주에게 캔커피를 달라고 손짓했다. 영문을 모른 채 민주는 들고 있던 캔커피를 그에게 건넸다.

"문 잠그고 차에 있어요."

들릴 듯 말 듯한 목소리로 그렇게 말한 뒤 어부 박씨는 잰걸음으로 편의점 뒤편에 위치한 껌껌한 기계세차장으로 향했다. 노스페이스 하나가 어부 박씨를 따라 뛰어갔다.

긴장한 민주도 재빨리 차로 뛰어갔다. 그녀가 조수석 문을 열려는데, 또 다른 노스페이스가 그녀의 맞은편에서 달려와 운전석 문을 열었다. 원래 순발력이 뛰어나면 판단력도 빠르다. 순간 민주는 차의 조수석이 아닌 뒷좌석 문을 열고 캠코더가 든 가방을 낚아챘다. 강 선생 인터뷰를 사수해야 했다. 그리고 그녀는 어부 박씨를 뒤따라 기계세차장으로 뛰었다. 그러자 차에 타려던 노스페이스도 그녀를 뒤쫓았다.

민주의 뒤를 쫓아 뛰어오던 노스페이스는 편의점 건물을 돌자마자 무언가에 뒤통수를 가격당하며 그 자리에 픽 쓰러졌다. 어부 박씨가 핏자국이 흥건한 마른걸레를 펼치자 캔커피 두 개가 바닥에 떨어졌다.

민주는 소리를 지르지 않기 위해 두 손으로 입을 틀어막았다. 어부 박씨가 한숨을 내쉬며 말했다.

"차에 먼저 가 있어요. 여기 정리하고 갈 테니까."

민주는 무슨 말인지 몰라 어부 박씨를 쳐다봤다. 어부 박씨는 쓰러진 남자의 목을 양손으로 잡고 비틀어버렸다. 마디가 여럿인 사람의 목은 의외로 쉽게 부러졌다. 민주는 구토를 느꼈지만 먹은 것이 없어 올라오는 것도 없었다.

잠시 후 컴컴한 세차장에서 나온 어부 박씨는 민주가 기다리는 차에 올라탔다. 마치 아무 일도 없었다는 듯이 그는 운전대를 잡고 다시 눈보라가 휘날리는 국도를 달렸다.

그들은 산장에 조금 못 미친 국도에서 폭설에 고립돼 그날 밤을 차 안에서 보내야 했다. 그리고 그다음 날 늦은 오후에야 돌팔이와 나를 눈 덮인 산속에서 만날 수 있었다.

33

　모텔에서 본 영화의 제목을 알아내, 난쟁이 문씨를 찾아내는 것
은 어렵지 않았다.

　난쟁이 문씨의 예명은 '대물'이었고 국제적으로는 '앙팡 테리블'
로 더 잘 알려져 있었다. 국내에서는 거의 알려져 있지 않았지만,
난쟁이 문씨는 나름 국제적으로 유명한 에로배우이자 성인영화
제작자였다. 일본에서는 팬클럽이 있을 정도로 인기가 대단했다.
그는 1990년대 후반에 유행했던 일본 헨타이變態 포르노영화들에
출연하며 성장한 '성인영화 한류스타 1세대'였다.

　난쟁이 문씨가 유명 인사라는 사실보다, 이제까지 나와 멀지 않
은 곳에서 살고 있었다는 사실이 더 놀라웠다.

　충무로 영화제작사의 프로듀서로 사칭한 민주는 몇 군데 전화
를 걸어서 난쟁이 문씨의 연락처를 알아냈다. 민주는 그의 매니저

에게 장편영화 출연 섭외를 위해 '대물 선생님'과 미팅을 잡고 싶다고 했다. 그러자 얼마 지나지 않아 민주의 대포폰으로 난쟁이 문씨로부터 전화가 걸려왔다.

"아, 대물 선생님 안녕하세요! 저는 영화프로듀서 장민정이라고 합니다. 다름이 아니라요, 앞서 매니저 분께 말씀드렸듯이 저희 회사에서 준비하는 다음 작품 감독님이 선생님을 꼭 모시고 싶다고 해서요. 예? 아, 성인물이 아니고 코믹드라마 정극입니다. 예, 와이드 릴리즈 되는 일반 극영화입니다. 아이고, 걱정 마세요. 선생님 연기가 워낙 훌륭하셔서 장르를 바꾸셔도 어울리실 텐데요……. 그래서 선생님께서 시간 되실 때 찾아뵙고 시나리오도 드리고 싶어서요."

민주는 난쟁이 문씨와 일산의 한 조용한 카페에서 약속을 잡는 데 성공했다.

우리는 조심해야 했다. 피해망상인지 모르지만, 신도그룹에서 난쟁이 문씨를 감시하거나 포섭했을 수도 있었다. 조심해서 잃을 것은 없었다.

난쟁인 문씨는 약속시간에 맞춰 매니저와 함께 나타났다. 우리 세 사람은 카페 근처에 레인지로버를 주차하고 차 안에서 쌍안경으로 그를 지켜봤다. 디자이너 정장을 입고 선글라스를 쓴 난쟁이 문씨는 진짜 스타 같았다. 머리 스타일도 세련됐고 피부도 잘 관리해서 나이보다 훨씬 젊어 보였지만, 그래도 30년의 세월은 비껴가지 못한 것 같았다. 얼굴 곳곳에 주름이 잡힌 난쟁이 문씨를 보자 왠지 나도 모르게 가슴이 짠해졌다.

난쟁이 문씨와 같이 온 사람은 매니저뿐이었다. 내가 우려했던 별다른 수상한 점은 보이지 않았다. 민주가 난쟁이 문씨에게 다시 전화를 걸었다. 오는 길에 사고가 나서 다음 날 찾아뵙겠다고 둘러댔다.

카페에서 나온 난쟁이 문씨는 매니저가 운전하는 차를 타고 파주로 갔다. 우리는 거리를 두고 미행했다. 우리 외에 난쟁이 문씨의 차를 따라가는 차는 없어 보였다.

난쟁이 문씨의 차는 건물과 주택이 띄엄띄엄 자리 잡은 파주의 조용한 동네로 들어섰다. 문화예술인들이 많이 거주하는 단지 같았다. 세련된 노출 콘크리트 건물 앞에 난쟁이 문씨를 내려주고 차는 다시 되돌아 나갔다.

민주가 벨을 누르자 굳게 잠겨 있던 대형 철문이 자동으로 열렸다. 누구냐고 묻는 목소리도 없었다. 우리는 당황해서 잠시 머뭇거렸다. 그러다 민주가 용감하게 앞장서서 안으로 들어섰다. 어부 박씨와 나도 그 뒤를 따랐다.

난쟁이 문씨의 신체 조건을 염두에 두고 정교하게 설계된 건물이었다. 생각보다 난쟁이 문씨는 훨씬 많은 돈을 번 모양이었다. 난쟁이 문씨가 잘 사는 모습을 보자 내 일처럼 뿌듯했다.

사각형으로 꺾인 계단을 올라가자, 2층에서 난쟁이 문씨의 목소리가 들려왔다.

"와따 빨리도 와불었구마이. 아까 전화로는 출장마사지 한 시간 기다려브라고 그래싸튼만. 근디 못 보던 컨셉의 아가씨여블구마이……."

'출장마사지 아가씨' 민주의 뒤에 선 우리를 본 난쟁이 문씨는 갑자기 맹수처럼 돌변했다. 그는 눈 깜짝할 사이에 책상을 향해 뛰어갔다. 그리고 날렵하게 의자를 딛고 책상에 뛰어올라 선반 위에 걸린 일본도日本刀를 뽑아 들었다. 이를 본 민주는 비명을 질렀고 어부 박씨와 나도 깜짝 놀라 서로를 쳐다봤다. 난쟁이 문씨의 칼끝이 내 목을 겨눴다.

"아자씨, 지 바우여라, 바우……. 옛날에 마을 삼시로 아자씨 심부름도 허고, 약초도 캐다 디렸던 그 째깐한 바우라. 저 기억 못 허시겠소?"

정적. 번쩍이던 난쟁이 문씨의 두 눈에서 살기가 빠져나갔다. 그리고 그 자리에 오래된 기억이 서서히 들어오며 그의 동공이 흔들렸다.

"바…… 우…….."

난쟁이 문씨는 들고 있던 장도를 떨어트리고 어린아이처럼 두 팔을 벌려 내게 뛰어들었다. 나는 그를 부둥켜안았다. 죽은 사람이 다시 살아나 눈앞에 나타난 기분이었다. 둘 다 감격해서 말을 잇지 못했다. 그때 이상한 일이 일어났다. 어디서 솟아 나오는지 모를 굵은 눈물이 내 볼을 적셨다. 누가 먼저랄 것도 없이 우리는 엉엉 울고 있었다. 난쟁이 문씨는 아이처럼 큰소리로 우는 나를 다독여줬다.

3부 / 두 번째 기회

수학에는 '무한대∞'라는 개념이 있다. '무한대'는 그 어떤 실수實數나 자연수보다 크고 또 동시에 무한하게 커져가는 상태를 일컫는다. 실질적으로 측정 불가능한 '무한대'는 절대적인 성질을 갖고 있다. '무한대'보다 더 큰 값은 존재할 수 없고, '무한대'의 부분 역시 '무한대'이기 때문이다. 어떤 것이 끝이 없다면, 그것은 분명 '영원함eternity'과 동일할 것이다.

태초부터 죽음을 두려워한 인간은 영원을 갈망했다.

진 왕 암살에 실패한 형가와 진무양은 그 자리에서 처형당했다. 형가의 비수를 아슬아슬하게 피한 진 왕은 얼마 지나지 않아, 역사상 최초로 천하통일에 성공하여 시황제가 됐다. 그 과정에서 시황제가 얼마나 많은 목숨을 빼앗고, 또 얼마나 많은 원한을 샀을지는 헤아릴 수 없을 것이다. 그 시절, 와신상담하며 시황제의 목숨을 노린 이들의 암살 시도는 셀 수 없이 많았지만, 그중에서도 예술가 고점리의 시도처럼 무모한 행위는 없었다.

시황제는 고점리가 형가의 친구라는 것을 알고 있었다. 형가의 '역수가'를 연주한 역적 고점리를 죽여야 마땅했지만, 음악을 사랑한 시황제는 고점리의 천재성을 아까워했다. 시황제는 고점리의 두 눈을 파내 장님으로 만들어 궁 안의 악사로 고용했다. 그렇게 시황제의 사랑을 받은 고점리는 시황제의 향연에 빠지지 않는 연주가가 됐다.

하루는 시황제의 궁 안에서 있을 수 없는 일이 벌어졌다. 고점리가 자신이 연주하던 축을 근거리에 앉은 시황제를 향해 힘껏 던진 것이다. 산전수전을 다 겪은 군 출신답게 시황제는 날아오는 축을 잽싸게 피했다. 산산조각 난 축 안에는 납이 잔뜩 들어 있었다. 고점리의 축은 악기가 아닌 살인무기였다.

일설에 의하면, 장님인 고점리는 시황제의 목소리를 듣고 시황제의 위치를 정확하게 조준했다고 한다. 그런데 시황제의 옆에 걸려 있던 대형 원판 구리 징이 진동판 역할을 해서 목소리를 왜곡시켰던 것이었다. 그래서 고점리가 던진 축은 시황제를 살짝 빗나갔고, 암살에 실패한 고점리는 목이 바로 날아갔다.

시황제는 이렇게 수많은 크고 작은 암살 시도를 무사히 넘겼다. 천운을 타고 난 인물이었다. 그러나 천하의 시황제도 인간이라 늙고 죽는 것이 두려웠고, 영원히 살고 싶다는 꿈을 꾸기 시작했다. 시황제는 인류사에 천하통일을 한 시황제로 기록되는 실속 없는 '허영'보다는 자신의 생물학적인 불로불사 영생을 추구했다. 하지만 여러 시행착오를 겪은 시황제는 결국 알게 됐다. 불로불사는 불가능하다는 것을.

시황제는 다른 개념의 불멸로 눈을 돌리며 사후세계를 준비했다. 그는 저승에서도 절대권력을 휘두르는 황제이고 싶었다. 저승까지 지배하고 싶었던 시황제는 흙으로 빚은 수천 명의 호위병을 만들어 자신의 능묘에 묻게 했다. 그렇게 인간이 할 수 있는 온갖 방법을 다 써본 시황제도 결국 만 49세의 나이로, 반세기의 생도 제대로 채우지 못하고 필부들과 똑같이 허망하게 죽고 말았다.

인간의 생은 유한하기 때문에 인간은 삶에 의미를 부여한다. 그래서 자신의 유전자나 업적과 같은 고유의 흔적을 남기기 위해 용을 쓴다. 그것도 모자라 시간을 초월해 타인들의 기억 속에 영원히 남는 '불멸의 존재'가 되기를 갈망하기도 한다. 이는 인간이 태생적으로 갖고 있는 영생에 대한 욕망을 생물학적으로 실현하지 못해서, 다른 형태로 변형된 부작용일 것이다. 인간이 죽지 않는다면 인생은 의미도 재미도 없을 것이고, 다시 돌아오지 않는 것에 대한 안타까움과 여생에 대한 절박함도 사라질 것이다. 끝이 없는 인생에서는 새로움이 사라지고 권태가 우리를 고문할 것이다. 결말이 없으면 과정도, 의미도 없어진다. 그래서 인간에게 죽음은 어쩌면 영혼의 의무이고 축복일 것이다.

형가나 고점리는 왜 자신들의 목숨을 걸고 최고 권력자를 죽이려 했을까? 그들은 분명히 자신의 목숨보다 훨씬 소중한 '무언가'를 믿었을 것이다.

예나 지금이나 세상사는 인간의 계획대로 흘러가지 않는다. 오히려 우리가 원하든 원하지 않든, 많은 일들이 인간이 제어할 수 없는, 과학적 지식이나 이성적 논리로 설명할 수 없는 그 '무언가'에 의해 돌아간다.

아는 게 힘이라고 생각했던 적이 있다. 하지만 양자택일의 도박을 해야 한다면 이제는 지식보다는 믿음에 걸고 싶다. 나의 믿음은 그 '무언가'에 대한 믿음이다.

영생을 원한 권력자는 시황제뿐이 아니었다. 우리는 신호 회장이 납치한 왕눈이를 구출해야만 했다. 우리에게 싸울 용기를 준 것 역시 그 '무언가'였다.

그 '무언가'를 믿지 않는 이도 우연은 믿는다. 그리고 살다 보면 누구나 우연이 필연이 되는 순간을 한 번쯤 경험하게 된다. 나는 그 순간을 기적이라고 부르고 싶다. 그 기적은 '무언가'에 의해 일어나기도 하지만, '무언가'에 대한 믿음 덕분에 일어나기도 한다. 그렇다면 '무언가'는 과연 무엇일까? 나는 확신한다. '무언가'와 '무한대'는 같은 것이라고. '무한대'의 부분도 '무한대'이듯이, 인간도 분명 그 '무언가'의 일부일 것이다.

이 모든 것을 믿게 하고, 또 가능하게 한 것은 왕눈이였다. 왕눈이는 기적이었다.

35

　의원회관을 빠져나온 검정색 에쿠스는 의외로 멀리 가지 않고 근방에 있는 렉싱턴호텔로 향했다. 적절한 거리를 두고 미행하는 어부 박씨의 운전 솜씨는 흥신소에 취직해도 손색이 없을 정도였다. 여의도는 끼니를 때우러 나온 사람들로 북적거렸다.

　"여의도 전체가 한강 속에 잠긴다. 이걸 다섯 글자로 머라 카노?"

　"뭐? 몰라⋯⋯."

　"훌륭한 시작."

　마상철이 하던 농담이었다. 내 사시 동기인 마상철은 몇 년 전 검사를 그만두고 변호사질을 잠시 하다, 보궐선거에 나가 당시 집권 여당의 국회의원이 됐다. 나는 그를 만나기 위해 렉싱턴호텔 앞에서 기다리고 있었다.

　원래 부산 출신인 마상철은 장가를 경북으로 갔다. 그의 장인은 주유소를 두 개 갖고 있는, 검찰 출신 정객이었다. 그는 실세 장인에게 잘 보이기 위해 대구 사투리까지 연습한 덕분에 그쪽 동네에서 성골聖骨은 아니지만 진골眞骨은 될 수 있었다. 우리 동기 중에는 이런 마상철을 침을 흘리며 부러워하는 덜 떨어진 놈들이 꽤 많았지만, 그를 시기하는 놈들도 많아서 마상철은 의외로 친구가 없었다. 그래도 나와는 동갑이라 연수원 시절부터 가까웠다. 또 마상철은 신도그룹의 장학생이기도 해서 지난 몇 년간 우리는 이래저래 엮여 있었다. 나는 그를 좋아했다. 그는 스펙과 마스크를 갖춘 데다, 본능에 가까운 정치적 감각이 몸에 배어 있어서 여러 모로 청와대까지 바라볼 만한 조건을 두루 갖춘 놈이었다.

약 한 시간 반 정도를 기다리자 마상철이 호텔 정문에서 나왔다. 살이 쪘지만 오히려 관록이 붙어 보이고, 또 어떻게 보면 탐관오리 같아 보여서 겉옷에 단 금배지가 썩 잘 어울렸다. 대기하고 있던 검정색 에쿠스가 마상철 앞으로 미끄러지듯 멈췄다. 나는 차에서 내려 마상철에게 걸어갔다.

"아이고, 의원님 안녕하세요."

"어? 야변! 니 오랜마이다."

걱정했던 것과 달리 그는 나를 반가워했다. 그러나 내가 수배자라는 사실을 상기한 그는 주변을 슬쩍 둘러보며 자신의 차에 타라고 눈짓했다.

옛날부터 그는 나를 '야곱 변호사'를 줄여 '야변'이라 불렀다. 내가 변호사 자격증을 잃은 후에도 그는 나를 계속 그렇게 불렀고, 나는 그를 '마검', 그가 변호사 개업을 한 후에는 '마변'이라고 불렸다.

마상철은 운전기사에게 가까운 한강공원으로 가자고 했다. 어부 박씨는 레인지로버로 우리가 탄 차를 따라왔다.

우리의 레인지로버는 그사이에 간단한 '성형수술'을 해서 몰라보게 달라져 있었다. 번호판은 난쟁이 문씨가 영화소품팀을 통해 구한 것을 달았고, 유리창은 어부 박씨가 직접 짙은 선팅을 해놔서, 우리가 봐도 다른 차였다.

마상철과 나는 강변을 걸었다.

"차 안에서 얘기해도 되는데. 왜?"

"니나 내나 여가 더 낫지 않나? 세이프한 데 마땅히 갈 때도 읎꼬. 마, 차 안에는 운짱 점마가 다 듣고. 요즘 정가에서 터지는 시끄러운 사고들, 죄다 의원들 운짱들, 보좌관들이 나불대서 그리 된 거 아이가? 하이고, 말도 마라. 점마들이 억쑤로 무서운 놈들이다."

"역시! 차차기를 노리는 놈이라 다르다. 치밀해."

"니는 개않나? 마, 도망 다니느라 힘들재?"

"어, 힘들지. 그래서 그만할라고."

"머어?"

"나도 이제 도망치지 않을라고. 복수할라고."

잠시 우리는 강바람을 맞으며 말없이 걸었다.

"말해봐라. 그래야 내도 니한테 도움이 되든지 말든지 할 거 아이가?"

"상철아, 나는 잘못한 게 없다."

장황한 설명을 피하는 내게 마상철이 집요하게 다시 물었다.

"야변, 니는 느그 오너랑 아주 삐끗 난 거가?"

"그렇게 요약할 수도 있지."

"우야꼬…… 신호 그 영감탱이. 마, 그래도 니한테 함부로 몬할 거 아이가? 니가 이제까지 보고 듣고, 또 갖고 있는 것들이 있을 텐데."

역시 마상철과는 대화의 진도가 빨랐다.

"그럴 수도 있지. 그냥 여의도에서 떠돌아다니는 '카더라'나 '아님 말고' 식의 소문이 아니라, 구체적인 물증이 받쳐주는 리스트는 파괴력이 다르겠지. 앞으로 어떻게 될지 몰라."

마상철은 걸음을 멈추고 내 눈을 물끄러미 응시했다. 그의 동공이 살짝 흔들렸다. 마상철이 무슨 생각을 하는지 읽을 수 있었다. 아무 말 없이 나는 안주머니에서 반으로 반듯이 접은 A4 용지를 꺼내 그에게 건넸다. 백지처럼 창백해졌던 마상철은 내용을 확인하자 혈색이 다시 돌아왔다.

"짜식 쫄기는…… 민원이 있어 왔다고 했잖아."

"미안타. 내가 쫌 모지란 멍치 문디 아이가?"

"야, 네가 뭐 특별하게 멍청하겠냐? 넌 그냥…… 대한민국 국회의원일 뿐이지."

마상철은 낄낄 웃으며 종이에 적힌 내 '민원'을 읽었다.

"머가 이리 추집거로 많노? 내 무신 국정원장도 아이고."

"아이, 의원님 왜 그러세요? 상임위도 정보위원회에 계신 분이. 이 정도면 동네 흥신소도 해결할 수준이구만."

"마, 정보위가 이런 정보 다루는 데가? 참, 니 못 배운 놈처럼 와 이라노? 이거…… 이 통화 기록. 마, 이거 법적으로…….”

조금 전까지 긴장했던 마상철은 엄살을 부리며 생색을 내고 있었다.

"나같이 법 없이도 사는 사람이야 그런 거 모르니까 마 의원님 한테 부탁하는 거지.”

"하이고. 마, 이거 보통 숙제가 아이네. 번호까지 쫘악 매겨갖고. 니는 무신 종합선물세트로 민원을 들고 오나? 안행부, 국교부, 과학부…… 이거 한두 군데가 아니데이…….”

나는 염치불구하고 마상철에게 다섯 가지를 부탁했다. 예전 같았으면 국회의원까지 동원하지 않고, 내 선에서 모두 해결할 수 있는 일들이었다. 하지만 그건 다 '예전'에나 가능했다. 그 시절, 내게 있던 힘은 나의 힘이 아니라 내 명함에 새겨진 조직과 직함의 힘이었다. 그래서 나는 '국회의원'이라는 명함을 가진 친구의 도움이 필요했다. 어떤 미친놈이 끈 떨어진 놈의 전화를 받겠는가.

"상철아, 이게 내가 너한테 하는, 처음이자 마지막 부탁이다. 좀 도와줘라.”

마상철은 눈을 질끈 감으며 고개를 천천히 끄덕였다.

"마, 알았다. 세이프하게 열흘만 줘라. 이 마지막 5번. 이게 좀 걸려.”

"오케이. 연락하자.”

"마, 요즘 임시국회라…… 내 먼저 들어간데이.”

"마 의원, 존경한다!”

36

J의 본명은 소원이었다. 본명이 예명 같은 여배우였다. 원래 승무원 지망생이었던 그녀는 대학에서 항공운항과를 다녔다. 학창 시절 소원의 외모를 눈여겨본 연예기획사에 의해 발탁됐고, 그 후 연기수업을 받고 몇몇 광고와 드라마에 출연하며 세상에 얼굴을 알렸다. 소원은 카메라 앞에서 그럭저럭 연기를 자연스럽게 했지만 당대를 휘어잡을 만한 스타는 되지 못했다. 머리가 좋은 그녀는 자신의 한계를 누구보다 잘 알고 있었다.

소원은 20대 초반부터 빛 좋은 개살구 같은 연예계보다는 자본과 권력이 실존하는 사교계에서 더 적극적으로 활동했다. 오히려 그쪽이 훨씬 더 우아하고 실속이 있었고, 자신에게도 잘 맞았다. 그 바닥에서 소원은 신도그룹의 황태자 동훈을 알게 됐다.

소원 같은 부류의 여자들이 대부분 그렇듯이 그녀 역시 알고 있었다. 사람들은 의외로 쉽게 홀리고, 자신들이 보고 싶은 것만을 본다는 사실을. 영악한 소원은 부잣집 도련님의 허영심을 적절히 착취할 줄 알았다.

소원에게 동훈 외에 다른 스폰서가 있었는지는 모르지만, 확실한 것은 소원이 자신에게 영양가 있는 남자를 멀리하는 타입은 아니라는 거였다. 그래서 나는 소원이 동훈과 물리적 충돌을 일으켰다는 얘기를 들었을 때 납득이 되지 않았었다.

어느 주말 점심이었다. 동훈과 소원은 우연히 같은 식당에서 마주쳤다. 둘은 각자 일행이 있었다. 소원은 여자 후배 연기자와, 동훈은 처와 함께 식사 중이었다. 소원이 동훈에게 다가가 인사를 했고, 동훈은 처에게 소원을 '아는 사이'라고 소개했다. 그때까진 모든 것이 순조로웠다. 그런데 공교롭게도 두 여자가 똑같은 시계를 차고 있었다. 당시 출시된 지 얼마 안 된 따끈따끈한 고가의 명품시계였다. 둘 다 그 시계를 살 만한 소비력은 있는 여자들이니 특별히 이상할 것도 없었다. 그런데 두 여자가 서로의 시계를 확인하는 순간 소원이 동훈을 보며 묘하게 웃었고, 동훈은 난감한 표정을 감추지 못했다. 1초도 되지 않는 찰나였지만, 이런 신호를 눈치채지 못할 정도로 동훈의 처는 바보가 아니었다.

"출연은 요즘 뜸하시니까 협찬은 아닐 텐데. 아직 주변에서 선물들이 들어오나 봐요?"

가증스러운 미소와 함께 동훈의 처가 포문을 열었다.

"아니에요. 이런 시계 사주는 오빠는 저한테 딱 한 사람뿐인걸요."

"그런 달란트가 있으시구나. 하긴…… 그러니까 그 정도라도 됐겠죠."

동훈의 처는 주일마다 교회를 가는 독실한 신자답게 '달란트'라는 표현을 썼다.

"아 예, 저는 누구 마누라로 들어가 평생 기생하며 뽑아먹는 달란트가 없어서……."

동훈의 처는 강남의 고만고만한 집에서 태어나 이화여대를 나왔지만, 신호 회장의 아들과 연애결혼을 하고 신분 상승에 확실하게 성공한 여자였다. 그렇게 자수성가한 여자의 프라이드를 삼류 '딴따라 년'이 긁은 것이었다. 동훈의 처로서는 기가 막히는 일이었다. 뉴욕과 파리를 뒷마당 드나들듯 오가며 오페라와 클래식을 외워서 음미하고, 무한대로 쇼핑을 할 수 있는 재력을 가진 지배계급 여성에게 그런 무례한 말을 하다니. 소원의 도발은 도저히 용납할 수 없는 일이었다. 그런데 그녀가 더 참을 수 없던 것은 이런 돌발 상황에서 당황한 남편 동훈이 머저리처럼 쩔쩔매는 꼴이었다.

소원이 그런 찌질한 동훈을 쳐다보며 마지막 멘트를 날렸다.

"어머, 제가 말을 잘못했어요. 누구 마누라가 아니라 사실 그냥 누구 며느리지."

"이런! 기생충 같은 년이!"

그때까지 동훈의 처가 애써 지켰던 품위는 단번에 날아갔다. 그리고 와인 잔과 접시도 날아갔다. 필라테스로 꾸준히 몸을 다진 소원 역시 가만있지 않았다. 두 여자의 주먹이 교차하며 서로의

274

얼굴을 가격했다. 둘의 살쾡이 싸움으로 식당은 난장판이 됐다. 이제는 사람들의 기억 속에서 완전히 잊혔지만, 이 사건은 한때 '증권가 찌라시'까지 장식했었다.

동훈은 법적 대응을 해서 소원의 버릇을 단단히 고쳐주겠다고 지랄해댔지만, 그래봐야 득 볼 것이 하나도 없었다. 나는 누가 '기생충 같은 년'인지 분간할 수 없었지만, 노친네의 부탁을 받고 진부한 한국 드라마에나 나올 법한 이 사건의 조속한 수습을 위해 소원을 만났다.

소원은 합리적인 실속파였다. 그녀는 소모적인 법적 분쟁보다는 돈을 선호했다. 소원과의 '합의'가 마무리 될 무렵, 나는 그녀에게 물었다.

"신동훈이가 뭐가 그렇게 좋으세요?"

나름 똑똑하고 잘난 그녀가 아깝기도 했고, 정말로 궁금하기도 했다.

"그럴 리가요."

그녀가 코웃음을 치며 답했다.

"그럼 왜?"

"제가 진짜로 신동훈이를 밟고 싶었으면 더 세게 갔겠죠. 뭐, 그 늙은이, 신 회장 꼬셔서 잔 다음에 도련님 신동훈이한테 자세히 알려준다든지. 호호. 근데 저는 그 정도로 열 받은 건 아니었어요. 그날 제가 흥분했던 건, 병신처럼 지 마누라 눈치 보면서 거짓말로 버벅거리는 신동훈이가 찌질해 보여서 순간 욱한 거였어요. 그런 새끼랑 엮였던 저 자신한테도 좀 짜증이 났고. 제가 거짓말에 알레르기가 있어서."

소원의 대답이 왠지 내 마음을 움직였다. 순간 나는 그녀를 알고 싶었다. 소원의 눈은 의외로 맑았다.

"저런. 이 합의금으로 그 짜증이 풀렸으면 좋겠습니다."

"보기보다 순진하시네. 제가 거짓말은 싫어하지만 돈은 좋아해요."

소원은 매혹적으로 눈웃음을 치며 내게 악수를 청했다.

그게 벌써 몇 년 전 일이었다. 나는 그녀의 도움이 필요했다. 다행히 그녀는 내 연락을 피하지 않았다.

삼성역과 테헤란로가 훤히 내려다보이는 파크하얏트호텔의 커피숍을 나는 예전부터 좋아했다. 그곳에서는 어쩐 일인지 고소공포증을 느끼지 않았다. 그곳 직원들은 마치 손님을 환대하는 일이 즐거움 그 자체인 것처럼 행동했다. 지나친 계산서는 날도둑질에 가까웠지만, 나는 그곳에 갈 때마다 늘 기분 좋게 뜯겼다. 아니, 자발적으로 흔쾌히 지갑을 열었다.

소원은 약속 시간보다 15분 정도 늦게 나타났다. 청바지에 수수한 차림이었지만 아직도 한 미모 했다. 아무리 한물갔다 해도 소원은 여배우였다.

"변호사님, 오랜만입니다. 요즘 유명해지셨죠?"

"그러게요. 알 수 없는 게 사람 일이라고."

"텔레비전에 나온 사진보다 보기 좋으신데요. 살이 빠지셔서 오히려 더 젊어 보이세요."

"하하, 근데 예전에 뵀을 때도 말씀드렸지만, 저 변호사 자격증

잃은 지 오래됐습니다."

"제가 선생님이라고 부르긴 뭐하잖아요?"

"뭐, 하여간 이렇게 지명수배된 범죄 용의자를 만나줘서 고맙습니다."

"에이. 텔레비전에서 떠드는 게 뭐 다 진짠가요? 변호사님은 사람 죽이는 타입이 아냐. 못 죽여요. 뭐, 그리고 진짜 죽였다 해도 저랑은 상관없잖아요?"

그녀가 눈웃음치며 물었다.

"그 일 있고 나서…… 신동훈이가 소원 씨한테 연락했었죠?"

"말도 마세요. 미안하다, 오해였다…… 최근까지도 많이 찝적거렸죠. 근데 그러는 게 더 병신 같아서 오만 정이 다 떨어지더라고요. 그래도 만난 적은 한 번도 없어요. 왜요?"

이번에는 내가 미소를 지었다. 역시 예상했던 대로였다.

"소원 씨, 부탁 하나 들어주실래요?"

"부탁이요?"

"아주 쉬운 일이에요. 그냥 연락 한 번만 해주시면 돼요."

"부탁이 아니라 소원도 가능하죠. 액수만 맞으면."

"얼마…… 생각하세요?"

"저도 이제 삼십 줄인데 노후를 생각해야죠."

그녀와 나는 미소를 지었다. 음모를 공모하는 자들만이 공유할 수 있는 미소였다.

마상철은 약속대로 열흘이 되기 전에 내가 부탁한 민원을 처리해줬다.

애초에 태현의 통화 기록만으로 그날의 수수께끼를 풀 수 있을 것이라고 생각하지는 않았지만, 왕눈이 유괴와 그 후의 일들을 재구성하는 작업은 상당히 긴 시간과 수고를 요했다. 그날 태현은 놀이공원에서 왕눈이를 납치해 나오며 자신의 휴대전화로 세 번의 '교신'을 했다. 그중 하나는 민주와의 통화였고, 다른 하나는 양민섭에게 보낸 문자메시지였고, 마지막은 동훈과 통화한 것이었다. 내가 받은 자료는 태현이 그날 오후에 어느 위치에서 어떤 번호와 송수신을 했는지를 알려주는 자료였지 도청 자료가 아니었다. 그러니 교신 내용을 파악할 길이 없었다.

그런 경우를 대비해서 부탁한 것이 도시교통관리센터의 영상파

일이었다. 마상철이 보내준 압축파일을 풀자 방대한 양의 영상들이 쏟아져 나왔다. 내가 요청한 자료는 놀이공원 주변 도로, 신호 회장의 집 주변과 신도그룹 본사 주변이었다.

민주가 차 번호까지 외우고 있었지만, 태현의 차를 찾아내는 것은 결코 쉬운 일이 아니었다. 하필이면 그놈의 차는 은색 소나타였다. 수많은 차량들 중에서 그 흔해빠진 차를 찾는 건 서울에서 김 서방을 찾는 것과 다름없었다. 다행히 시간대가 오후 4시 15분에서 6시까지로 좁혀져서 그나마 작업이 약간 수월했다.

난쟁이 문씨의 건물 지하에 위치한 시사실은 교통상황실이 되었다. 한쪽 벽을 차지한 대형 스크린에 몇 달 전 오후의 도심 교통상황이 재생되고 있었다. 그 시사실은 원래 난쟁이 문씨가 작품을 모니터링하고 새로운 작업을 구상하는 공간이었다. 우리는 난쟁이 문씨의 건물을 숙소 겸 '작전본부'로 쓰고 있었다. 보통 민폐가 아니었지만 난쟁이 문씨는 우리를 가족처럼 대해줬다.

난쟁이 문씨도 이제 환갑 문턱에 있었다. 성공도 하고 돈도 많이 벌었지만 그에게는 가족이나 친구라고는 단 한 명도 없었다. 그래도 나는 난쟁이 문씨의 평화로운 삶을 깨트린 것이 미안했다.

"바우야, 나 나이쯤 되믄 말이여. 그러니깨, 볼꼴 못 볼꼴 다 봐블고, 산전수전에 공중전까정 다 겪어봄시로, 요러콤 살아븐 인생이 과연 머시었나가 궁금해져븐다. 쪼까 거창하게 말하자믄 '인생의 의미'를 찾게 되븐다는 말이지."

고향 마을이 불길에 휩싸이고 군인들이 총질을 해대던 그날 저녁, 난쟁이 문씨는 숙소에서 동료들과 술을 마시며 화투를 치고 있었다. 총소리에 놀라서 나온 난쟁이 문씨와 단원들은 심상치 않은 조짐에 모두 짐을 쌌다. 생난리가 일어나는 동안 서커스단 숙소 옆 연구소 출입구에는 오히려 아무도 없었다고 했다. 그래서 난쟁이 문씨는 화투를 치던 단원들과 함께 별 탈 없이 마을에서 도망쳐 나올 수 있었다.

바깥세상으로 나온 그들은 뿔뿔이 흩어졌다. 난쟁이 문씨는 마을에서 최대한 먼 지방까지 기차를 타고 가서 공사 현장에서 노가다 일을 시작했다. 그렇게 공사장을 전전하며 그는 몇 년간 전국을 배회했다. 난쟁이 문씨는 키가 작았지만 강철 체력을 타고난 사람이었다. 그는 산악지역에 지방국도를 뚫는 터널 공사에 장기간 참여하면서 폭파 기술을 익혔다. 서커스단을 운영할 때부터 화약을 다뤄본 솜씨도 있고, 원래 타고난 눈썰미와 손재주가 탁월해 얼마 지나지 않아 국가자격증을 여럿 지닌 폭파 전문가가 되었다.

난쟁이 문씨는 마을을 탈출한 후 몇 년 동안은 자신이 '그 육시랄 놈들'에게 언제 잡혀 죽을지 모른다는 노이로제에 시달렸다. '피해자'라는 건 그런 것이었다. 상상을 초월한 비극을 한 번 겪고 나면, 그런 일이 언제 다시 일어날지 모른다는 근심의 그림자를 떨쳐낼 수 없다. 도저히 지울 수 없는 흉터이자 낙인이었다. 그래도 시간이 약이었다. 세월이 흐르면서 난쟁이 문씨도 서서히 알게됐다. 그 사건은 외부 세상에 알려지지 않아 일반 사람들은 전혀 알지 못했고, 또 피해자는 있지만 가해자는 없는 학살이었다는 것을. 그와 더불어 더욱 분명한 것은, 대부분의 사람들은 장애인에게 전혀 관심이 없다는 것이었다. 외모 때문에 쉽게 눈에 띄긴 했지만, 난쟁이를 구별해서 보는 사람은 많지 않았다. 일반 사람들의 눈에 난쟁이는 기형 인간이고 동정의 대상일 뿐, 그들을 인격체로 여기고 얼굴까지 샅샅이 보지는 않았다. 이런 현실을 파악한 난쟁이 문씨는 오히려 용기를 낼 수 있었고, 과거의 트라우마로부터 조금씩 벗어날 수 있었다. 장애인에 대한 편견과 무관심이 오히려 그를 편안하게 한 셈이었다.

난쟁이 문씨는 몇 년이 지나 한 장애인협회의 도움으로 어느 지방 동사무소에서 주민등록증을 발급받을 수 있었다. 난쟁이 문씨는 눈물 없이는 들을 수 없는 자신의 이야기를 호소해서 지방 공무원들의 마음을 움직였다. '병신'이라서 부모에게 버림받고 평생 여기저기를 떠돌며 온갖 궂은일을 다 하며 말 그대로 길바닥에서 살아오느라 그 나이까지 주민등록증조차 없었던 기구한 인생 스토리는 공무원들을 감동시켰다. 물론 행정적인 난항이 없지는 않았지만 난쟁이 문씨가 미리 준비해 간 두툼한 돈 봉투가 공무원들의 마음을 더 빨리 움직였다. 그렇게 해서 난쟁이 문씨는 새로운 인생을 시작할 수 있었다.

산간지방이 활발하게 개발되던 시기여서, 폭파 전문가 난쟁이 문씨는 나날이 재산을 불릴 수 있었다. 그러다 1990년대 초반에 그는 어느 블록버스터 액션영화의 폭발 장면의 자문을 맡게 됐다. 이 우연한 기회로 난쟁이 문씨는 자신의 천직인 문화예술계로 복귀할 수 있었다. 그 시절, 한국영화 산업은 급성장하고 있었고, 작품의 수도, 예산도 점점 늘고 있었다. 이를 눈치챈 난쟁이 문씨는 아예 특수효과 전문가로 전업을 해버렸다. 특효 전문가로 영화계에 투신한 난쟁이 문씨는 종종 영화에 단역으로 출연을 하기는 했지만, 그가 일본의 유명한 포르노 감독의 눈에 들어 신데렐라처럼 발탁될 줄은 아무도 예상치 못했었다. 그 후로 난쟁이 문씨가 걸어온 길은 이미 그 업계에서는 잘 알려진 전설이었다.

하지만 최근 들어 불법다운로드 때문에 포르노영화계가 위축되면서 난쟁이 문씨의 일도 급격히 줄었고, 늙어가는 왕년의 스타를 찾는 전화도 뜸해졌다. 난쟁이 문씨는 생각하는 시간이 많아졌고, 그럴수록 그는 인생이 지루하고 허무하게 느껴졌다. 우울증이 겹치며 난쟁이 문씨는 자살 충동까지 종종 느꼈다. 고독과 무위가 섞이면 위험한 법이었다.

그 옛날 고향 마을에서도 할머니를 찾아온 적이 없었던 난쟁이 문씨는 지푸라기라도 잡고 싶은 심정으로 용하다는 점쟁이를 찾아갔다. 엄청나게 비싼 복채를 현찰로 받은 점쟁이가 난쟁이 문씨에게 한 이야기는 흥미로웠다. 아직 '마지막 무대'가 남아 있으니 때를 기다리라는 것이었다. '라스트 쑈'가 남아 있다는 점쟁이의 말은 난쟁이 문씨에게 희망을 다시 안겨줬다.

그러던 어느 날 충무로의 한 프로듀서가 자신을 찾았다. 포르노 영화가 아닌 일반 상업영화에서 자신을 섭외하려 한다는 사실에 난쟁이 문씨는 그야말로 기분이 찢어지게 좋았다.

그때 그는 직감으로 알았다고 했다. 그 전화가 가져다 줄 작품이 자신의 운명적인 '라스트 쑈'라는 것을. 하지만 난쟁이 문씨 앞에 나타난 것은 새 영화가 아닌 우리였다. 그는 우리를 만난 것이 지난 30년간 일어난 그 어떤 일보다 기뻤다고 했다. 나와 어부 박씨와 재회하는 순간 난쟁이 문씨는 이제까지 자기가 왜 살아남았는지, 그리고 앞으로 여생 동안 무엇을 해야 하는지 감을 잡을 수 있었다고 했다. 그래서 그는 눈물이 멈추지 않았다고 했다.

그 이야기를 하는 난쟁이 문씨는, 하얀 치아를 드러내며 웃고 있었다. 세월을 초월한 표정이었다. 아주 오래전 우물가에서 나를 위로해주던 그 모습 그대로였다.

난쟁이 문씨는 영상을 보는 눈이 역시 남달랐다. 수많은 차량들이 엉킨 그 복잡한 화면에서 태현의 은색 소나타를 집어냈다. 덕분에 영상을 분석한 지 반나절 만에 우리는 태현의 차를 찾아낼 수 있었다.

태현의 소나타는 놀이공원에서 나와 약 40분 만에 신도그룹 본사 지하주차장으로 들어갔다. 그 시간대의 교통 상황을 감안하면 그는 놀이공원에서 본사로 바로 간 것이 틀림없었다. 그리고 그 차는 정확히 17분 만에 지하주차장에서 다시 나왔다.

할리우드영화였다면 정지 화면을 확대해서 태현의 차 안에 왕눈이가 있는지 없는지를 확인할 수 있었겠지만 현실에서는 그렇지 않았다. 아무리 디지털기술이 발달해 교통 상황 카메라의 해상도가 훌륭해졌어도, 초점이 잘 맞지 않는 녹화 자료에서 번호판과 운전자를 대략 확인하는 것 이상은 불가능했다.

우리는 여러 단서들을 꿰어나갔다. 내가 노친네라면 어떻게 했을까? 답은 명확했다. 신 회장은 가장 안전한 곳에 왕눈이를 숨겼을 것이다. 신 회장 입장에서는 세상에서 제일 안전하고 자신이 통제할 수 있는 공간을 택했을 것이었다. 물론 신 회장의 집으로 데려갈 수도 있었다. 하지만 그곳은 연구 인력을 동원할 수 있는 환경이 아니었다. 신 회장 입장에서 왕눈이는 단순한 어린애가 아닌 자산이었다. 또 하나의 변수는 동훈이었다. 아버지와 다른 방향으로 움직여 왕눈이를 빼돌릴 수도 있었지만, 태현이 놀이공원에서 나와 바로 본사로 간 정황상 그럴 가능성은 배제했다. 내 심증을 받쳐줄 증거는 없었지만, 나는 왕눈이가 신도그룹 본사 안에 있다는 데 내 전 재산을 걸 수 있을 정도로 확신했다. 왕눈이를 본사에 데리고 있을 의도가 없었다면, 굳이 태현을 놀이공원에서 본사로 오게 할 이유가 없었다. 신도그룹 본사는 외부인을 함부로 들이는 곳이 아니었다.

나는 어부 박씨에게 마상철이 보내준 신도그룹 본사의 건물 설계도를 숙지해달라고 했다. 원래 설계도라는 것은 건축을 모르는 일반인들이 해독하기 어려운 문서지만, 어부 박씨는 건설 현장에서 잔뼈가 굵은 난쟁이 문씨의 도움으로 그 도면들을 파악할 수 있었다.

모두들 왕눈이가 본사 연구소에 있을 것이란 내 추측에 동의했다. 하지만 우리는 신중을 기해야 했다. 상대는 신도그룹이었다. 그들이 만만치 않은 놈들이라는 것은 누구보다도 내가 잘 알고 있었다. 신도그룹 본사가 보통 건물인가? 철통 보안의 요새 같은 그곳에 어떻게 들어간단 말인가? 나는 솔직히 겁이 났다. 그런데 보아하니 나만 겁을 내고 있었다. 민주는 마치 소풍을 기다리는 어린애같이 들떠 있었고, 난쟁이 문씨는 액션영화를 찍는 정도로 생각하는지 느긋해 보였다. 어부 박씨는 늘 그렇듯이 무표정과 무뚝뚝함으로 일관했다.

내 머릿속에서는 갈등이 뒤엉켰다. 그때 전화가 울렸다. 모두의 시선이 내게 집중됐다.

"야변, 니가 부탁한 그거. 내일 오전 9시로 픽스데이."

"오케이."

"자, 이제 내 전부 처리한 거데이. 맞제?"

"고맙다."

그냥 하는 말이 아니었다. 나는 진심으로 마상철에게 고마웠다.

"마, 내는 니가 먼 짓을 하는지 모르지만…… 몸조심하거래이."

"상철아, 너 앞으로 꼭 크게 돼라."

우리는 애써 경쾌한 어조로 작별인사를 나누며 전화를 끊었다.

세 사람은 모두 궁금한 고양이처럼 나를 쳐다보고 있었다. 어차피 주사위는 던져졌고 이미 저만치 굴러가고 있었다. 한숨 섞인 투로 내가 말했다.

"내일 아침 8시."

베란다에서 대마초를 말아 피우던 난쟁이 문씨가 환하게 웃으며 말했다.

"아야, 인자서야 나의 '라스트 쑈'가 시작되는구마이."

"정말 가능할까요? 그런 놈한테 달라붙는 여자가 한둘이 아닐 텐데. 뭐가 아쉬워서?"

민주가 불안한 표정으로 내게 물었다.

삼성동에서 소원을 만난 후에 나는 난쟁이 문씨가 예약해놓은 청담동의 한 프랑스 식당으로 갔다. 우아하게 외식을 할 기분은 아니었지만, 난쟁이 문씨가 하도 졸라서 마지못해 모두 모였다.

막상 고급 식당에서 훌륭한 요리를 맛보자, 모두들 마음이 한결 밝아지는 것 같았다.

"트로이전쟁이 왜 일어났는지 몰라요?"

내 질문에 민주는 잠시 의아해했다.

"트로이전쟁? 결혼식에 초대받지 못한 여신 에리스가 열받아서 헤나, 아프로디테, 아테나 세 명의 여신들을 이간질시키려고……."

"아, 거시 먼 소리다요? 고 시절 절세미인이었던 가스나 헤레나가 트로이 왕자랑 서방질을 해싸서 그 난리통이 나븐 거 아녀?"

유식한 난쟁이 문씨도 대화에 끼어들었다.

"뭐 둘 다 맞는 얘기지만, 전쟁은 메넬라오스가 헬레나를 찾아 트로이로 쳐들어가면서 시작됐죠. 메넬라오스는 스파르타의 왕이었어요. 여자가 아쉬웠을까요? 아니죠. 이 세상 모든 남자는 결국 다 똑같은 걸 원해요"

"거시기."

잠시 썰렁한 정적.

"아녀? 아, 아님 말고."

난쟁이 문씨의 답도 틀린 얘기는 아니었다. 하지만 센스는 민주가 있었다.

"아! 정답! 남자는 자기가 가질 수 없는 여자를 원해요."

"그렇지!"

"특히 한번 먹어본 음식을 다시 못 먹게 하면 아주 그냥 안달을 하지."

민주의 직설이 때로는 부담스러웠지만, 그녀는 확실히 예리한 통찰력을 갖고 있었다. 그런 민주에게 당한 태현이 약간 불쌍하게 느껴졌다.

우리 세 사람이 트로이전쟁과 수컷의 욕망에 대합 잡담을 나누는 동안, 어부 박씨는 미소만 지으며 조용히 식사를 즐겼다. 놀라운 것은 어부 박씨의 세련된 테이블 매너였다. 그러고 보니 어부 박씨는 거의 모든 면에서 섬세하고 예의가 있었다. 아마 죽은 연인 돌팔이의 영향인 것 같았다.

식사가 끝나갈 무렵 웨이터가 내가 미리 주문해둔 생일 케이크를 들고 왔다.

"초를 몇 개 준비해야 할지 몰라서……."

"이거이 머여? 오늘 누구 생일이다냐?"

"아저씨 생신 아니세요?"

"아, 그거이 먼 소리다냐? 나야 나 귀빠진 날도 모르고, 나가 몇 살 묵었는지도 모르는 사람인디."

"아니 그러면 왜……."

민주와 어부 박씨도 어리둥절한 표정으로 난쟁이 문씨를 쳐다봤다.

"아야, 니는 오늘이 뭔 날인지 모르냐? 오늘이 그날이여. 나가 아무리 정신없이 살고 이라고 늙어블었어도…… 그날을 어뜩게 이자블것냐. 허긴 생일이 별거다냐. 나한테는 그날이 제삿날이고 생일이여. 그 정 많고 맴 좋은 사람들 싸그리 저승 간 날이기도 허지만. 매년 이날만 되믄 마을 사람들 제사상은 못 채려줘도 꼭 혼자서 술 쳐묵고 궁상 떠는디, 올해는 너랑 박씨도 만났으니깨 이라고 비싼 외식도 허고 잡고 그렇든만."

그날도 늦은 봄이었다. 기억이 났다. 여름 무더위가 찾아오기 전 어느 밤이었다.

"아야, 이라고 근사한 식당서 식구들끼리 밥 허는 거시 나 소원 아니었겠냐?"

난쟁이 문씨는 의자 밑에 두었던 두꺼운 서류가방을 내게 넘겨
줬다.

"나한테 누가 있겄냐? 여기 모인 모두가 가족 아니겄냐? 식구
라는 거이 별거시냐? 바우 니가 아들이고, 민주가 매느리고 그란
거시재. 그라고 우리 박씨야 말수가 적어서 그라재 원래부텀 속이
아주 실한 동상인 거시고. 열어본나."

"아니 아저씨……."

가방 안에는 무기명 채권과 미화 100달러짜리 지폐가 가득 들
어 있었다.

"오늘 세무사허고 쩌그 은행 가갖고 어지간한 거슨 싸그리 정리
해블었다. 사람 일은 모르는 거신디, 행여 나가 죽더라도 그 돈 니
가 잘 간수혀서 여그 있는 사람들이 다 잘 나눠 썼으믄 좋겄다. 시
상 뭐니 뭐니 해도 현금이 이찌방이니깨."

"아니 무슨 말씀이세요……?"

"아니여, 나도 언제 갈지 모르는 거신디…… 우리 마을 사람들
기일이고 혀서 그란지 몰라도 느그 할머니도 나 꿈자리에 나오시
더라. 인자 그분도 나를 용서하시는 갑재. 나가 진 빚이 있는디.
이라고라도 갚아야재."

"빚이라뇨?"

"바우……."

난쟁이 문씨는 앞에 놓인 잔을 빙빙 돌려 유리를 타고 흐르는
붉은 와인을 물끄러미 바라보았다. 그리고 민주에게 테이블 중앙
은쟁반에 놓인 쿠바산 시가를 달라고 손짓했다. 팔이 짧은 난쟁이

문씨는 손이 거기까지 닿지 않았다. 그는 질겅질겅 씹던 시가에 불을 붙여 몇 모금 빨았다. 그렇게 뜸을 들이던 난쟁이 문씨는 내 눈을 보며 어렵게 말문을 열었다.

"바우야, 느그 엄니 야그 들은 적 인냐?"

"어머니요? 저 낳자마자 돌아가셨잖아요……."

난쟁이 문씨는 다시 한숨과 함께 연기를 뿜어냈다.

"아야, 그랑깨 말이여. 느그 엄니가 너를 낳고, 아마 하루 정도 지난 다음 날 초저녁이었을 거시여. 여그 박씨가 느그 엄니를 등에 업고 느그 할머니랑 우리 숙소로 뛰어오는 거 아니겠냐. 아, 나도 먼 일인가 허고 허벌나게 놀라 나가봤재. 그란디 솜이불에 둘둘 말린 느그 엄니가 기운이 하나도 없이 축 늘어져 있지 않겄냐. 큰일 나블었구나 해서 연구소로 달려가 부대 군의관을 불렀재. 고 때야 마을에 보건소도 없던 시절이라, 아픈 사람들은 다 군의관이 봐줬재. 아, 근디 가는 날이 장날이라고, 토요일이라 군의관은 외박 나가블고 없는 거시여.

어쩔 줄 몰라 쩔쩔매고 있는디, 느그 할머니가 연구소 옆에 세워진 도라꾸 문을 열어제끼는 거시여. 운전석에 꽂힌 열쇠를 봄시로 나한테 물으시든만. 운전할 줄 아는 단원 있냐고. 먼 소린가 했든만, 주말이라 연구소 지키는 군인도 없는디, 고 도라꾸를 타고 읍내 병원으로 느그 엄니를 데리고 가자는 거시여. 순간 우린 다 놀라 자빠져버리는 줄 알았재.

고 시절에는 말이여, 마을 둘레에는 철조망 친 벽이 있긴 혔지만 니 컸을 때매냥 그라고 살벌하게 군인들이 지키고 그라진 않았재. 마을 사람들도 일 있어블믄 벽을 넘어갖고 외지로도 들락날락 혔고. 군인들도 우리가 찔러주는 담뱃값 챙김시로 슬쩍 눈감어주기도 허고.

허지만 군용 도라꾸를 빼돌려블믄 그거시 보통 큰일이겄냐! 그냥 담벼락 넘는 거시랑은 차원이 달라블지. 예전에 우리 단원 하나가 군부대에서 쌍안경을 돌르다가 걸려갖고, 빨갱이 취급 받아 감시로 한 보름을 디지게 맞은 적도 있었응깨.

인자 와갖고 이런 야그 해봤자 다 구차히 들리겄지만, 그때야 군인들이 시상에서 젤로 무서운 시절 아니었겄냐? 우리 싸카스단도 생긴 지 얼마 안 된 때라 나도 부대랑 잘 지내야 혀는 입장이었고. 고 도라꾸 빼돌려블믄, 단원들이나 나가 어찌 될 것은 불 보듯 뻔한디, 나가 어트케 그란 짓을 허겄냐? 그려서 난 느그 할머니헌테 거짓말을 해블었다. 운전허는 사람 아무도 읎다고. 그려도 나가 읍내 병원 원장 선상님이랑도 잘 아니깨, 거그까지 후딱 달려가서 선상님을 모셔오겄다고 혔재.

아, 느그 할머니도 나가 거짓말을 헌다는 거슬 눈치채셨겄재. 돌아가신 느그 할머니가 어디 보통 어른이셨냐? 그려도 워낙 속이 깊은 어른이라 나 말에 토를 안 대시든만. 당신 딸내미가 옆에서 죽어가는디도 말이여.

그려갖고 여그 박씨헌테 숙소 뜨신 방에서 느그 엄니랑 할머니 모시고 있으라고 허고, 나는 꺽다리랑 담을 넘었재. 산길이랑 읍내 지리는 나가 훤혔지만, 그 먼 길을 내 짧은 기럭지로 어느 세월에 가겄냐? 그려서 우리 꺽다리가 나를 니꾸사꾸에 넣고 등에 이고 뛰었재.

꺽다리가 쉬지도 않고 냅다 달리는디 호랭이보다 낫드만. 험한 산길까정 혀서 족히 40리 길이었는디. 아! 그 먼 길을 한 시간 만에 가블었다는 것 아니냐. 마침 원장 선상님도 계셔갖고, 읍내 서에 있는 찌프차를 빌려 타고 마을로 바로 출발혔재.

근디…… 밤이 됨시로 비가 억수같이 쏟아지는디, 하늘에 빵꾸라도 나븐 줄 알았다. 포장도 안 된 산길에서 바쿠가 빠져갖고 헛돌기 시작해븐디 환장하겄드만. 어쩔 수 읎이 차에서 내려 연구소까지 걸어갔재 뭐냐. 아무리 빨리 걸어도 일행이 서이고 오르막길인 데다가 비까지 오니깨 시간이 걸렸재. 그려갖고 우리가 숙소에 도착혔을 때는 이미 10시가 넘어블었재 머시냐.

숙소 입구부터 갓난이 우는 소리는 들리는디, 워째 다 조용헌 거시 아무려도 이상혀서 바로 알았재. 늦었다는 거슬. 원장 선상님 말씀은 산후 과다출혈이었다고 허드라. 느 엄니는 그렇게 돌아가셨어야. 이제 와갖고 생각하자믄 나가 잡혀가서 디지게 맞드라도 고 도라꾸를 빼돌렸어야 하는 거신디. 아니 시상에 사람 목심보담 중헌 거시 어디 있겄냐? 근디 솔직히 말혀서 고때는 나도 군인들이 무서벘다. 그라고 느그 엄니가 돌아가실 줄도 몰랐고. 나가 판단을 잘못혀도 한참 잘못혔지. 나만 잘혔어도 느그 엄니는 살릴 수 있었는디.

고날 후로는 마을에서 오가다 마주쳐도 느그 할머니 얼굴을 제대로 못 보겄드라. 그려도 마음속으로는 늘 벼르고 있었는디. 언젠가는 나가 잘못혔다고 말씀드릴라고. 그란디 결국 기회가 오지 않았어야.

아야, 나도 살아보니께 시상일은 어찌 될지 모르는 거시드라. 꼭 해야 헐 야그나 일은 할 수 있을 때 해블어야재. 안 그라믄 돌아오지 않는 거시 세월이고, 남는 거슨 후회밖에 읎드라. 지금이라도 나가 죽기 전에 야그를 해줄 수 있어서 참말로 다행시럽구먼.

니헌테 이 야그를 헌다고 나가 저지른 잘못이 없어진다고 생각허지는 않는디. 그려도…… 아무리 몸뚱이가 난쟁이 빙신이라도 맘씨는 성한 사람매냥 온전허게 써야 허지 않겄냐?

바우야. 나가 참말로 잘못혔다. 할머니한테도. 그라고 니한테도. 요거시 나가 이제까정 살면서 꼭 허고 싶었던 말이다.

그란디 어젯밤 꿈에, 아, 느그 할머니가 나오시는 거시 아니냐? 고 어른이 하얀 소복을 입고 집 앞에 서 계셔서 나가 달려가서 워쩐 일이냐고 여쭸재. 나가 그 마을 떠나고 나서 첨 뵈는 거라 겁나게 반갑든마잉. 느그 할머니도 나한테 환하게 웃어주시드만. 그려서 나가 무릎 꿇고 잘못혔다고 싹싹 빌지 않았겄냐잉. 꿈인데도 나 눈에서 닭똥 같은 눈물이 뚝뚝 떨어지드만. 그란 나가 불쌍혔는지, 느그 할머니도 나를 일으켜 세워주시드라. 세월이 많이 흘러서 그란지, 아님 나도 저승 갈 때가 되블어서 그란지, 어른도 인자는 나를 용서해주시는가 보드라."

난쟁이 문씨는 목이 메어 더 이상 말을 잇지 못하고 냅킨으로 눈물을 닦았다. 나는 난쟁이 문씨의 손을 잡아주고 싶었지만 그냥 멍하게 의자에 고정된 채 초점 없이 허공만 보고 있었다.

왜 이런 이야기를 이제야 듣게 되는 것일까? 이 세상의 얼마나 많은 이야기들이 알려지지 않은 채 무덤으로 갈까? 우리는 그저 진실의 일부분만을 붙들고 살아가는 것 같았다.

◆ ◆ ◆

난쟁이 문씨는 묵묵히 운전을 했다. 미국에서 특별히 주문 제작해 들여온 난쟁이 문씨의 SUV는 그가 정상인과 동일하게 운전할 수 있도록 개조돼 있었다.

"아저씨…… 혹시 저희 아버지도 아세요?"

"느그 아부지? 마을 부대에서 군 생활 허다 느그 엄니랑 눈 맞아 연애할 때 나도 몇 번 봤재."

"예? 우리 마을 분이 아니었어요?"

"아야, 너 몰랐냐? 거, 머시냐……. 서울서 대학 댕기다 입대한 인테리였재. 겁나게 잘생겼었는디. 제대해블고 느그 엄니 만삭일 때도 소식이 읎다가, 니 백일 쇘을 쯤에 연구소로 찾아왔드만. 근디 느그 엄니 소식 듣고는 넋 빠진 이 맹키로 죙일 앉았다, 마을로 들어오지는 않고 그냥 가블었재. 아, 근디 고거시 군인들이 허가를 안 줘블어 못 들어온 거실 수도 있재. 암튼 고 후론 소식이 딱 끊겨블었어야."

난쟁이 문씨가 몸을 기울여 뒷좌석에 앉은 나를 바라보았다.

"아야, 인자 봉께 느그 아부지랑 꼭 달마브렀구마이."

"그냥 물어봤어요."

"허기사 너야 아부지니깨 보고 잡겄지만, 인자는 그냥 이자블어라."

거창한 출생의 비밀은 아니었지만, 몰랐던 내 가족사를 듣고 있자니 정체 모를 무력감이 엄습해왔다. 이제 그들은 내게 그리움의 대상도 아니었다. 부모를 애타게 그리워하던 마음조차도 이미 잊은 지 오래였다.

갑자기 코끝이 찡해왔다. 안개가 잔뜩 낀 것처럼 차 앞이 뿌옇게 흐렸다. 하지만 난쟁이 문씨의 동네를 뒤덮고 있는 것은 안개가 아니라 연기였다. 하얀 매연 사이로 붉은 광채가 번져 보였다. 그것은 거대한 불기둥이었다. 그 불길에 타고 있는 건물은 바로 난쟁이 문씨의 집이었다.

건물 앞은 이미 소방대원들과 구경꾼으로 아수라장이었다. 서너 대의 소방차가 진화 작업을 하고 있었지만 역부족이었다. 건물 구조가 워낙 복잡하기도 했지만, 우리가 타고 온 레인지로버 안에 있던 무기들이 연달아 폭발하고 있었다. 거대한 폭음이 터질 때마다 구경하던 아이들은 환호성을 지르며 휴대전화로 촬영을 해댔다.

얼마 후 경찰차가 사이렌을 울리며 현장에 도착했다. 우리는 다시 차에 올랐다. 그곳에 있어봤자 좋을 게 없을 것 같았다.

"니미 확, 호로쌍노므 시끼들. 삘띵까정 꼬실라묵었으니깨, 인자 갈 때까정 가블어야겠다. 나도 손에 게란이 아니라 폭탄을 들 때가 와블었구마잉."

신도그룹 본사는 여느 아침과 같이 출근하는 직원들로 붐볐다. 다른 점이 있다면 그날 아침 8시부터 약 30명의 중앙정부 공무원들이 건물 내에 있는 연구소를 둘러보고 있다는 것이었다. 감사원의 비호 아래 과학부와 보건부 직원들로 이뤄진 조사단이 신도그룹의 생명공학연구소를 예고 없이 방문해 감사를 가장한 사찰을 하고 있었다.

본사 건물은 5층까지 개방형 구조였다. 건물의 동쪽과 서쪽은 각각 대형 에스컬레이터들이 X자를 그리며 5층까지 연결돼 있고, 중앙 공간에는 인간의 진화를 표현했다는 어느 독일 작가의 웅장한 설치미술 작품이 전시돼 있었다. 남쪽에는 건물의 정문, 그리고 북쪽에는 별관으로 이어지는 통로와 출입구가 있었다.

건물의 1층과 2층에는 신도그룹 주거래 은행의 대형 지점이 자리 잡고 있었고, 그 위로 3층부터 5층까지는 그룹홍보전시관이었다. 그래서인지 5층까지는 출입에 특별한 제한이 없었다. 그것은 건물의 모든 보안을 통제하고 지켜보는 보안통제실이 5층 한구석에 있기 때문이기도 했다. 그 위로 6층에는 구내식당, 7층에는 총무팀이 있었다. 연구소는 8층부터 23층까지 무려 16개 층을 쓰고 있었다. 아침부터 들이닥친 조사단은 그곳을 살펴보러 온 것이었다.

본사에는 총 12대의 엘리베이터가 있었다. 정문으로 들어와서 봤을 때 맞은편 좌우 끝과 중앙에 각각 4대의 엘리베이터가 있었다. 좌측에 있는 4대는 지하주차장, 1층 그리고 8층에서 23층까지, 중앙에 있는 4대는 지하주차장, 1층, 그리고 33층에서 42층까지, 우측에 있는 4대는 지하주차장에서 8층, 그리고 24층에서 32층까지 운행됐다. 그래서 나는 회사를 다닐 때 주로 중앙에 있는 엘리베이터를 이용했다. 그날 연구소를 방문한 조사단은 좌측 엘리베이터를 사용하고 있었다.

조사단 중 몇몇은 조사에 필요한 장비들을 커다란 케이스에 직접 들고 왔다. 그중에는 대형 샘소나이트 가방을 끌고 가는 남자가 한 명 끼어 있었다. 여러 정부 부처에서 공동으로 급조한 조사단에는 다양한 분야의 전문가들이 모여 있어 대부분 서로 알지 못했기 때문에, 어부 박씨를 수상하게 보는 사람은 아무도 없었다. 원래 눈에 잘 띄지 않는 어부 박씨는 그들 틈에 묻혀서 그 큰 가방을 끌고 무사히 들어갈 수 있었다. 내가 봐도 어부 박씨는 공무원 같아 보였다. 아니 어부 박씨가 좀 더 원만한 사주팔자를 타고났다면 그는 착실한 공무원으로 살았을지도 모른다.

신도그룹이 제아무리 막강하고, 또 돈으로 살 수 없는 게 없는 세상이라지만, 생명공학이라는 분야는 워낙 많은 법규가 얽혀 있어서 민간기업이 정부로부터 완전히 독립적으로 연구를 추진하는 것은 불가능했다. 본사 8층부터 23층까지 꽉 찬 연구실에는 거액의 국책사업이 엮여 있는 연구가 한두 개가 아니었기 때문에, 조사단의 방문이 이례적이라고 볼 수는 없었다. 그러나 정부에서 신도그룹 생명공학연구소에 감사를 나온 것은 창사 이래 처음이었다. 그런데 이상한 점은 신도그룹의 대응이 예상 외였다는 것이었다. 아니 대응이라고 할 만한 반응이 없었다.

나는 혹시 마찰이 있거나 신도그룹 측에서 비협조적으로 나올 것에 대비해 정부 출입 기자들까지 붙여달라고 부탁했었다. 그러나 신도그룹은 아무런 동요 없이 일상적으로 돌아갔다. 그룹의 기획조정실에서 조사단을 치다꺼리할 대리 한 명을 내려보냈을 뿐이었고, 연구소의 연구 인력 역시 평상시와 다름없이 업무에 열중하고 있었다.

뭔가 수상했다. 누군가 정부에서 신도그룹에 미리 정보를 흘린 것일까? 그럴 수도 있었다. 신도그룹의 돈은 정부 곳곳에 뻗쳐 있었다. 하지만 그런 것 같지는 않았다. 조사단은 바로 전날 꾸려졌고, 당일 오전에 신도그룹 본사를 기습한다는 계획이 정해진 지도 18시간이 채 되지 않았다. 마상철 정도의 권력이 움직여서 그나마 가능한 일이었다.

어부 박씨가 민주와 내게 문자메시지로 상황을 알렸다. 어부 박씨는 거의 모든 층을 조사단과 함께 돌아봤지만 왕눈이는 보이지 않는다고 했다. 잘못 짚은 게 아닌가 하는 회의가 들었다. 하지만 계획대로 진행해야 했다. 거기서 멈추는 것은 아무 의미가 없었다. 돌이키기에는 이미 늦었고 대안도 없었다.

조사단이 연구소를 사찰하는 동안 어부 박씨는 눈치껏 움직여 5층에 있는 남자 화장실에 무사히 다녀왔다. 이 모든 일이 진행되는 동안 검은색 투피스 정장을 입은 민주는 로비에서 블루투스로 나에게 상황을 전해줬다. 본사의 보안요원들은 그녀를 조사단의 일행으로 보았는지 별 신경을 쓰지 않았다.

"아저씨, 우리 서류에 나왔던, 그…… 그 연구소 대빵."

민주는 마치 연예인을 본 아이처럼 흥분해 있었다.

마상철에게 부탁한 다섯 가지 민원 중 가장 구하기 어려운 정보는 신도그룹의 생명공학연구소에 관한 자료였다. 신도그룹 연구소에서 국책연구를 여럿 맡고 있어서 국가기밀이었던 그 자료들에 대해서는, 한때 신도그룹의 수뇌부였던 나조차도 구체적으로 알지 못했다. 마상철이 넘겨준 고급 자료 덕분에 우리는 짧은 시간에 많은 것을 파악할 수 있었고, 생명공학연구소의 총책임자가 환갑이 넘은 유전공학자 윤성준 박사라는 사실도 알 수 있었다.

민주가 휴대전화로 몰래 촬영해서 보내주는 본사 로비의 현장을 나는 그리 멀리 떨어지지 않은 곳에서 보고 있었다.

신도그룹 본사 맞은편에 있는 '카페 코끼리'는 아프리카와 동남아에서 들여온 커피와 차를 파는 곳이었다. 많은 애호가들이 다른 곳에서 맛보기 어려운, 독특한 커피와 차를 마시러 오곤 했다.

불과 반년 전까지만 해도 나는 신도그룹 본사에서 거의 매일 뺑

이를 치며 살았다. 그 시절이 아득한 옛날같이 느껴졌다. 그때는 대낮에 카페 코끼리에서 커피를 마시는 것은 상상도 못할 일이었었다. 회사의 노비가 아닌 자유인이라는 사실에 감사했다.

대학생처럼 야구모자를 푹 눌러쓰고 선글라스를 끼고서, 내가 일하던 곳을 바라보니 또 다른 세상이 보였다. 그리고 세상이 다르게 보였다.

신도그룹 직원들의 평균 연봉은 8,000만 원, 임원들의 평균 연봉은 20억 원이 넘었다. 회사는 매년 1조 원이 넘는 이익을 꾸준히 내면서도 노친네와 홍보팀은 언론에다가는 늘 어렵다고 징징거렸다. 카페 코끼리의 시급은 6,000원도 되지 않았다. 최저임금을 살짝 넘는 액수였다. 하루 10시간, 일주일에 5일을 일해도 카페 직원의 연봉은 1,500만 원이 되지 않는다. 신도그룹 직원과 이 카페에 종사하는 종업원의 본질적인 지능이 현저하게 차이가 날까? 태생적으로, 유전적으로 뭐가 그렇게 다를까? 무엇이 신도그룹과 이 카페를 나누는지 알 수 없었지만 왕복 8차선 대로만은 아닌 것이 확실했다. 그런 생각을 하니 문득 나는 내가 꽤 멀리 왔다는 것을 실감했다.

◆　◆　◆

왕눈이는 도대체 어디 있을까? 어디에 숨겼기에 연구소 곳곳을 둘러본 어부 박씨도 찾지 못했을까? 어부 박씨는 연구소에는 왕눈이를 숨겨둘 만한 곳이 없어 보인다고 했다.

그럼 왕눈이를 옮긴 것일까? 노친네의 집무실에 있을까? 그럴 리는 없었다. 그렇다면 애초에 본사로 데리고 오지도 않았을 것이다. 아이는 그들에게 연구대상이었다.

아무도 말은 안 했지만, 왕눈이가 본사에 없는 게 아니라 살아 있지 않을 수도 있다는 사실을 다들 걱정하고 있었다.

"아저씨, 24층에는 뭐가 있어요?"

민주가 뜬금없이 내게 물었다.

"뭐? 24, 25층은 인사팀. 왜요?"

"이거 한번 보세요."

민주는 낮에 로비에서 휴대전화로 찍은 동영상을 보여줬다. 윤 박사가 출근해 엘리베이터를 타는 장면, 조사단을 맞으러 다시 로비로 내려왔을 때의 장면 등을 차례로 보여줬다.

"이 사람이 그 윤성준이라는…… 연구소 대빵."

"근데?"

동영상에서 특별한 점을 발견 못 한 어부 박씨와 나는 의아해하며 민주를 쳐다봤다.

"다시 한 번 잘 보세요."

민주는 윤 박사가 로비에서 엘리베이터를 기다리는 동영상을 다시 틀어줬다. 윤 박사는 4대의 엘리베이터 중 2대가 연달아 로비에 도착했지만, 다른 사람들이 타는 엘리베이터에 타지 않았다. 그러다 잠시 후 구석의 엘리베이터가 열리자 윤 박사는 그 엘리베이터에 올랐다.

"이 사람…… 내려올 때도 그렇고, 올라갈 때도 4대의 엘리베이터 중에서 꼭 저 엘리베이터만을 탔어요. 잘 보면 다른 연구원들은 아무 엘리베이터나 타요. 근데 윤성준은 출근도 저걸 타고 했어요. 왜죠? 어차피 4대의 엘리베이터 모두 23층까지 운행하니까 그중에 아무거나 타도 상관없는 거잖아요. 근데 보세요. 제가 로비에서 찍은 화면에도 나오지만, 저 엘리베이터는 오전 내내 연구원 다섯만 탔어요. 윤성준을 포함해서."

민주는 정지된 화면을 가리키면서 예리한 비디오 판독을 계속했다. 윤 박사는 조사단의 간부들과 점심식사를 하기 위해 로비로 내려왔을 때도 그 엘리베이터에서 내렸다. 우리는 민주가 설명하는 '비밀 엘리베이터'를 보며 잠시 조용해졌다. 이 모든 궁금증을 해결해줄 사람은 윤 박사였다.

"저 사람이 우리 꼬맹이를 찾아줄 거예요. 윤성준이 열쇠예요."

우리가 입수한 본사 설계도는 건물의 청사진에 불과했다. 즉, 행정적으로 건설 허가를 받기 위해 제출한 서류였다. 그 밑그림은 실제로 시공하는 과정에서 얼마든지 변형될 수 있었다. 노친네의 집무실 내부 구조나, 회장실 자금팀에서 비자금을 관리하던 대형 금고실 역시 설계도에는 자세히 나와 있지 않았다.

본사는 수많은 보안 시스템으로 무장한 요새이기도 했다. 구석구석을 비추는 보안카메라는 말할 것도 없고, 주요 구역마다 지문, 홍채, 음성, 안면, 정맥 등을 확인하는 생체인식 시스템이 설치되어 있었다.

"민주 씨 말이 맞아요. 저 사람이 진짜 열쇠예요."

가까스로 문제를 하나 푼 셈이었다. 그러나 숙제는 여전히 남아 있었다.

"근데, 저 남자 손가락을 자르고 눈깔을 뽑는 것보다는 산 채로 쓰는 게 더 편하겠죠? 아무래도 두 분이 저 사람을 납치해주셔야 되겠네."

민주는 사람을 납치하는 걸 백화점에서 물건 훔치는 일쯤으로 여기는 것 같았다.

◆　◆　◆

해가 저물기 전이었지만 유흥가는 이미 네온사인과 삐끼들로 정신없이 돌아가고 있었다. 인터넷 채팅방에서 만난 'MedMan'이라는 아이디를 가진 놈은 약속 시간에 맞춰서 나타났다. 아무리 봐도 그 골목에서 가죽점퍼에 털모자를 쓴 놈은 딱 그놈뿐이었다. 머리 색깔하며, 귀와 목에 건 번쩍거리는 액세서리를 보아하니 그놈은 전형적인 강북 양아치였다. 나는 레인지로버를 양아치 앞에 세우고 차창을 내려 놈에게 손짓했다. 양아치는 주변을 둘러보더니 내게 다가왔다. 나는 5만원권 네 장을 건네며, 약을 빨리 달라고 엄지와 중지를 딱딱 튕겼다. 거래를 빨리 끝내고 싶었다. 아니 나는 놈이랑 말도 섞고 싶지 않았다. 근데 이놈이 나와 내 옆에 앉은 민주를 번갈아 훑어보며 재수 없게 쪼갰다.

"외국 여잔가? 깔치 끼고 와서 이 약 사는 건 또 처음이네. 시튜에이션 독특하네."

"뒈질래? 눈깔 깔아, 이 씨발놈아."

양아치 손에 들린 약봉지를 낚아채고는 차를 몰고 골목을 빠져나왔다. 내가 쌍소리를 한 게 뭐가 그렇게 재미있는지 민주는 흉내까지 내며 낄낄거렸다.

"눈깔 깔아, 이 씨발놈아. 오우, 좋아! 아저씨도 왕년에 좀 놀았구나!"

"양아치 새끼들은 그렇게 다뤄야 돼요."

민주는 엄지를 추켜올리며 나를 칭찬했다.

"완전 터프하셔! 아무리 봐도 그냥 찌질한 대기업 머슴은 아냐!"

◆　◆　◆

민주와 나는 시내에서 저녁을 먹었다. 나는 자정이 다 될 무렵 민주를 카페 코끼리에 데려다 줬다. 카페에는 늦은 시간에도 손님이 꽤 있었다. 취직한 지 며칠 안 된 민주는 만들 줄 아는 커피가 많지 않았지만, 평생 카페를 운영한 바리스타 같은 여유로움과 자신감을 풍겼다. 민주가 뽑아준 에스프레소를 가지고 나는 창가에 자리를 잡았다. 그리고 본사의 동향을 유심히 살폈다.

40

　며칠간 우리는 추방된 사람들처럼 떠돌아다녔다. 그러다 민주
가 인터넷에서 찾아낸 충남 외딴 마을의 어느 펜션에 머물기로 했
다. 황해의 일몰이 보이는, 언덕 위의 집이었다. 그러나 우리는 안
심할 수 없어서 불침번까지 서며 경계를 늦추지 않았다.

　나는 마음속의 주사위가 구르는 것을 오랜만에 느낄 수 있었다.
아주 오래전부터 내 안에는 작은 주사위가 하나 있었다. 나는 늘
돌아갈 집을 찾지 못하고 어딘가로 떠날 준비를 하며 살아왔다.
끊임없이 움직였지만 그 어디에도 도착하지 못했고, 집이라는 곳
은 언제나 내게 멀고 희미하게만 느껴졌다. 이런 기분이 들 때마
다, 내 안의 주사위가 굴렀다. 언제부터 그랬는지는 정확히 기억
나지 않지만, 동훈과 함께 꽁지머리 시체를 야산에 묻고 이 모
든 일에 휘말리기 훨씬 전부터, 아니 아내 주리가 교통사고로 죽

기 전부터, 잊을 만하면 그 주사위는 가끔씩 그렇게 떨어져 구르 곤 했었다.

펜션에서 13일을 보내는 동안 준비하고 챙길 것이 한두 가지가 아니었다. 우리의 계획은 '출구 전략'보다는 '대탈출'에 가까웠다. 위조여권부터 밀항 배편까지 꼼꼼히 챙겨야 해서 모두 분주하게 움직였다.

그런 와중에 난쟁이 문씨와 어부 박씨가 사흘 남짓 사라졌다 다 시 나타났다. 어디를 다녀왔냐고 물었지만 그들은 대답을 얼버무 렸다. 손재주 좋은 민주가 난쟁이 문씨의 지갑을 슬쩍 살펴봤지 만, 농협에서 비료를 구입한 영수증 외에는 특별한 것을 찾지 못 했다. 어디에 쓰려고 비료를 샀는지 물었더니 난쟁이 문씨는 대답 을 얼버무리며 내게 베레타 권총을 빌려달라고 했다.

난쟁이 문씨의 건물이 불탔을 때 우리는 무기를 모두 잃어서, 남은 것은 내 베레타와 어부 박씨의 브라우닝 권총이 전부였다. 그렇지 않아도 나는 권총을 지니고 있는 게 불편하던 참이었다. 윤성준을 쏘고 난 후부터는 더욱더 그랬다. 스스로도 놀란 사실 은, 사람을 근거리에서 한 번 쏴보니까 다시 쏘고 싶은 묘한 충동 이 인다는 것이었다. 나는 어차피 어부 박씨와 같이 움직일 계획 이었으므로 난쟁이 문씨에게 권총을 넘겼다.

모자란 것은 무기뿐만이 아니었다. 난쟁이 문씨의 차는 특수개 조된 차여서 다른 사람이 운전할 수 없었다. 우리의 계획을 실행 하려면 차가 한 대 더 필요했다. 민주는 인천의 어느 중고차 매매 단지에서 눈에 잘 띄지 않을 무난한 국산 세단을 현금으로 샀다.

그때 이미 정치권은 '신도그룹 떡값 리스트'가 공개돼 시끌벅적했다. 언론계에서 태현은 일약 스타가 돼 있었다. 온 나라를 들썩이게 한 그 스캔들은 신도그룹의 법무팀과 홍보팀이 신속하게 대응해서 어느 정도 수습 단계에 접어들고 있었지만, 신도그룹의 이미지는 예전 같지 않았다. 그 정도 일이 터졌다면, 다른 대기업 오너는 출장을 빙자해 외국으로 도망가서 국내 여론이 잠잠해질 때까지 숨어서 기다렸을 것이다. 하지만 신호 회장은 그러지 않았다. 그는 자기 업무와 일상을 일정대로 이어갔다. 노친네는 정말 대단한 사람이었다. 그 덕분에 우리 계획을 차질 없이 진행할 수 있었다.

차근차근 준비를 마친 우리는 마지막 점검을 위해 서울로 향했다. 그리고 순서대로 예행연습을 하며 돌발 가능한 변수들을 하나씩 꼼꼼히 짚어봤다.

우리는 리허설의 마지막 장소인 한강 고수부지에서 오랜만에 둘러앉아 맥주를 마셨다. 이른 여름이라 한강에는 수상스키를 타는 이들이 간혹 보였다. 민주는 뭐가 그렇게 불안한지 맥주를 쉴 새 없이 들이켰다.

"민주 씨, 좀 적당히 마시지……."

"아저씨 때문에 우리 다 죽는 거 아냐? 우리 작전 너무 허술한 거 아니냐고? 불안해 죽겠어요."

혀가 살짝 꼬인 민주의 말에 잠시 정적이 맴돌았다.

"어차피 도박은 쥔 패를 갖고 하는 거예요. 걱정 마요. 나도 무모하게 움직이는 바보는 아니니까, 함 믿어봐요."

"솔직히 이해는 잘 안 돼요. 대체 어디서 그런 확신이 나오는지."

어부 박씨도 불안한 눈치였다. 오히려 난쟁이 문씨는 '될 대로 되라'는 표정이었지만 그에게서는 묘한 비장함이 풍겼다. 내가 웃으며 말했다.

"이해가 안 되면 외워요. 외우는 것도 믿는 거니까."

파라솔 테이블에 잠시 놔뒀던 맥주를 다시 마시자 보리차 맛이 났다. 여름이 다가오고 있었다.

◆　◆　◆

다음 날 나는 호텔 나인에 민주가 가명으로 미리 예약해놓은 방에 체크인했다. 강남에 있는 그 아담한 부티크호텔은 대로에서 벗어난 조용한 샛길에 있었고, 아무런 표시나 간판도 없는 건물이라서 아는 사람만 아는 곳이었다. 그 호텔의 실질적인 오너는 동훈이었다.

호텔 방의 전화가 요란하게 울렸을 때, 나는 침대에 누워 이런저런 상념에 잠겨 있었다.

"여보세요."

답이 없었다.

"여보세요? 누구시죠?"

"뭘 그렇게 쫄았냐?"

익숙하고 반가운 목소리였다. 순간 나도 모르게 울컥했다.

"무서워할 거 하나도 없어."

"갑수야, 내가 지금 잘하고 있는지 모르겠다."

"그럼. 우린 걱정 안 해."

"……."

"항상 보고 있다. 할머니랑 나랑."

나도 모르게 볼에 눈물이 한 줄기 흘렀다.

"무서버할 거슨 무서버하는 맴뿐이여. 아, 무선 맴 묵고 있으면 될 일도 안 되는 거시여."

할머니 말투와 얼추 비슷했다. 할머니도 보고 싶었다.

"할머닌 잘 계시지?"

"바우야, 너희 할머니가 누굴 위해서 그렇게 기도를 하셨겠냐? 네가 어떻게 살아서 여기까지 왔겠냐? 그 어린 네가 저승 입구까지 갔다가 다시 살아 돌아온 게 기적 아니냐?"

"미안하다. 갑수야, 내가 수도 없이 말했지만 정말 미안하다."

"네가 네 입으로 그랬잖아. 믿으라고."

현실에 존재하지도 않는 놈이 말발은 진짜로 살아 있는 놈보다 훨씬 셌다.

"내가 원래 이빨이 좀 쎄지?"

루이지의 블랙유머에 나는 오랜만에 소리를 내서 웃었다.

그때 누군가가 방문을 노크했다. 나는 잽싸게 전화를 끊고, 리모컨을 집어 텔레비전을 틀었다. 방으로 들어오며 나를 보는 민주와 어부 박씨의 눈빛이 좀 이상했다. 밖에서 내가 혼자 웃는 소리를 들은 것 같았다.

어색함을 깨며 내가 물었다.

"열쇠는 받았어요?"

민주가 소원에게서 받은 방 열쇠를 내게 내밀었다.

"로비 여자 화장실에서 만났어요."

동훈의 지시로 호텔 지배인이 소원에게 펜트하우스의 키를 넘겨줬고, 소원과 민주는 미리 약속한 대로 현찰이 든 가방과 그 키를 교환한 것이다.

"되는지 확인했어요?"

민주는 고개를 끄덕였다.

"실물은 정말 평범하더라. 얼굴 작은 거 빼고."

민주는 다시 로비로 내려갔고, 어부 박씨와 나는 펜트하우스로 올라가는 엘리베이터를 탔다. 엘리베이터 안에는 루이지가 있었다.

"바우야, 우리 이제 여기서 찢어지자."

아니 갑자기 무슨 말이지? 나는 잠시 할 말을 찾지 못했다. 하지만 루이지가 옳았다. 나는 그를 잡고 싶었지만 이제 헤어질 때가 된 것 같았다. 이제는 나도 혼자서 해결해야 했다.

루이지가 다가와 나를 끌어안았다.

"그동안 너무 고마웠다. 갑수야, 앞으로 내 앞에 나타나지 말고 너도 문지기나 열심히 해라."

우리는 이별을 아쉬워하며 서로를 놓지 못했다.

엘리베이터가 도착해 문이 열렸다. 루이지가 손을 흔들며 작은 목소리로 노래를 불렀다.

가르딩 오르딩 유르벤나 유르쓰

"닝공즈 닝공즈 링규싸"

엘리베이터에서 내리며 나도 따라 흥얼거렸다. 어부 박씨가 걱
정스러운 눈빛으로 쳐다보며 나를 잡아 세웠다.
"바우, 정신 차려!"

◆　◆　◆

동훈의 펜트하우스가 있는 17층에는 보안카메라가 작동하지 않
았다. 동훈이 '사적인 만남'을 위해 드나드는 곳이어서 어떤 기록
도 남기지 않는 것이 오래된 방침이었다. 원래 동훈은 이 펜트하
우스보다는 자신의 안가를 더 선호했다. 그러나 꽁지머리를 죽인
후부터는 안가를 사용하지 않았다.
　오후 3시가 조금 지났을 때, 동훈이 펜트하우스로 왔다. 예상대
로 그는 혼자였다. 한동안 보지 못했던 소원을 만난다는 사실에
약간 들떠 있는 듯했다. 그러나 불행히도 그를 반긴 사람은 여배
우가 아니라 두 남자였다.

"전 세계적으로 인간의 신체 부위를 사고파는 시장은 점점 커지고 있습니다. 아프리카와 아시아 곳곳에서는 인간의 장기와 혈액이 아무 규제 없이 거래되고 있습니다. 남미에서는 납치하고 살해한 사람들의 장기와 혈액도 모자라, 그들의 지방까지도 유럽의 화장품 연구소로 팔고 있습니다. 이렇게 믿을 수 없는 일들이 버젓이 일어나고 있습니다. 이제 지구상에서 가진 자들이 없는 자들의 장기까지 착취하는 비극이 현실이 됐습니다. 참으로 안타깝고 무섭습니다.

이런 비극을 우리가 어떻게 막을 수 있을까요? 국제기구와 NGO의 감시와 규제도 중요하고, 인권보호 차원에서 여러 정책들도 보완돼야 할 것입니다.

저는 과학자로서 여기에 한 가지 처방을 더하고 싶습니다. 바로

'과학의 자유'입니다. 자유롭게 과학을, 유전공학을, 생명공학을 연구할 수 있는 환경과 여건을 조성하는 것이야말로, 장기 밀거래 같은 반인륜적인 행위를 막는 해법이라고 말씀드리고 싶습니다.

여러분, 세계적으로 장기 밀거래 암시장이 난립하는 원인을 살펴보면, 미시적으로는 인간이 품은 불로불사에 대한 욕망 때문이고, 거시적으로는 선진국들의 정책과 법규 때문입니다. 예, 그렇습니다. 선진국들의 정책과 법규. 조금 역설적으로 들리시죠? 하지만 그렇지 않습니다. 저는 과학의 발전만이 결국 이 문제의 근본적인 해결책이라고 믿기 때문에 이런 말씀을 드리는 것입니다. 우리가 죽지 않고 오래 살고 싶은 인간의 본능을 바꿀 수는 없습니다. 그러나 자유로운 연구 환경을 보장하는 사회적 제도는 충분히 만들어나갈 수 있습니다.

저희 연구소에서는 이미 유전공학을 통해 질병을 앓는 환자가 신체 부위를 타인의 것으로 대체하지 않고, 질병 자체를 미리 차단하거나 치유하는 해법들을 찾아가고 있습니다. 근미래에는 유전자의 구성을 제어하여 더 많은 선천성 질병을 지구상에서 없앨 것입니다. 여러분, 수많은 과학자들이 기다려온 신세계와 신인류는 이렇게 바로 우리 눈앞에 다가와 있습니다. 이런 성과들이 가능했던 것은 저희 연구소가 정치적인 입김으로부터 자유로웠기 때문입니다.

미국이나 유럽 같은 과학 선진국들에서는 최근 10여 년간 소모적인 정치적 논쟁에 휘말려 너무나 많은 유전공학 연구들이 중단되거나 음성화되었습니다. 유전공학의 발전과 진도를 더디게 하는 반대의 목소리들은 언제나 '신'과 '윤리'를 거론합니다. 하지만 여러분, 나사NASA의 우주 탐사나 연구를 두고 종교적 또는 윤리적 논쟁을 합니까? 너무나 당연한 사실을 말씀드리자면, 인류를 수많은 질병으로부터 해방시키고 구하는 것은 신이 아닌 과학입니다. '진리가 자유케 하리라'란 말이 있죠? 과학은 진리를 찾아가는 과정입니다. 과학이야말로 인류를 자유롭게 하고, 생명연장을 가능케 합니다. 유전공학의 진화를 반대하는 이들이 믿는 것은 '신'이 아니라 '미신'입니다. 그런 반인류적인 미신이야말로 과학의 적이고 인류의 적입니다."

그랜드볼룸은 신도재단에서 초청한 각계 인사들로 가득했다. 그들은 모두 윤 박사의 기조연설을 경청했다. 윤 박사는 특별한 감정을 싣지 않고, 단어 하나하나를 정확히 발음하며 연설문을 읽어갔다. 연설 중간중간 무심한 얼굴에 어울리지 않는 미소는 왠지 모르게 스산함을 풍겼다.

어부 박씨로부터 윤 박사의 운전기사가 근처 설렁탕집으로 들어갔다는 문자메시지가 왔다. 나는 행사장에서 나와 크고 작은 식당들이 모여 있는 골목으로 걸어갔다.

◆　◆　◆

그랜드인터컨티넨탈호텔 정문 앞에는 고급 승용차들이 줄줄이 서 있었다. 윤 박사 운전기사의 휴대전화가 울렸다. 이를 확인한 어부 박씨는 검정색 BMW 760Li를 몰고 정문으로 갔다. 누군가와 통화를 하며 차를 기다리던 윤 박사는 호텔 도어맨이 차 문을 열어주자, 자신의 승용차 뒷좌석에 아무 의심 없이 올라탔다. 윤 박사를 태운 BMW는 호텔을 나와 곧바로 테헤란로로 접어들었다. 늦은 시간이었지만 테헤란로는 거대한 주차장을 방불케 했다. 나는 대로를 재빨리 뛰어가, 서행 중인 BMW의 왼편 뒷문을 열고 차에 탔다.

통화 중이던 윤 박사는 화들짝 놀라 휴대전화를 떨어트렸다. 나는 그에게 권총을 겨누며 떨어진 휴대전화를 집어 전원을 꺼버렸다.

"요즘에 사회 지도층은 운짱을 조심한다던데, 오늘은 오히려 윤 박사님 운짱한테 우리가 좀 미안하게 됐습니다."

윤 박사는 그제야 운전기사가 낯선 남자라는 사실을 알아차렸다. 그의 운전기사는 BMW 트렁크에서 세상모르고 자고 있었다. 나와 어부 박씨는 호텔 주차장에서 운전기사를 제압해 전날 유흥가 양아치한테서 얻은 벤조디아제핀 두 알을 그의 입에 쑤셔 넣고 재갈을 물렸다. 아무 잘못도 없는 그를 손발까지 묶어 트렁크에 가둔 것이 미안해서, 나는 현금 100만 원을 운전기사의 주머니에 넣어두었다.

두려움에 떨고 있는 윤 박사를 진정시키기 위해 나는 권총을 내렸다.

"협조만 하세요. 박사님을 해칠 생각은 없습니다."

"아니! 다…… 당신?"

윤 박사는 야구모자를 푹 눌러쓴 나를 알아봤다.

"워…… 원하는 것이 뭐요?"

"그 아이."

윤 박사는 놀라며 나를 쳐다봤다.

"본사 연구소에 있소."

"그래서 그리로 모시고 있습니다."

자신 있는 나의 대꾸에 윤 박사는 긴장하며 내 눈치를 슬쩍 봤다. 그의 얼굴은 '이것들이 대체 뭘 믿고 이러나?' 하는 표정이었다.

교통체증은 한남대교에서부터 풀리기 시작했다. 샌님 같은 윤 박사가 너무 불안에 떨고 있어서, 나는 그를 안심시키기 위해 말을 붙였다.

"아까 행사에서 우리 윤 박사님 기조연설이 아주 훌륭하시던데, 아니 그렇게 인류애로 가득 찬 양반이 어떻게 어린아이 유괴에 가담하셨답니까?"

"선생이 아는지 모르겠지만, 나는 올해로 33년째 '생명연장'을 연구하고 있소. 나노기술은커녕 개인용 컴퓨터도 없던 시절부터 나는 유전학을 공부해왔소. 박통 때 국책연구원으로 시작해, 민간 연구소를 차려 나와 오늘날까지 한길을 걸어오며 나름 업적을 쌓을 수 있었던 것은 장기적인 안목을 갖고 투자한 신호 회장님이 계셔서 가능했던 것이오."

"그러면 군인들이 학살한 그 마을, 그 연구소에 당신도 있었겠군요?"

갑작스런 내 질문에 윤 박사는 당황한 듯했다. 마치 평생 숨겨 온 치부를 들킨 사람처럼 어쩔 줄 몰라 했다.

"그날…… 그날, 나는 그곳에 없었지만……."

"나도 윤 박사님이 그 사람들을 죽였다고 생각하지 않아요."

"그 참사는 어쩔 수 없는 비극이었소. 그 시절 제한적인 과학 지식과 체계적이지 못했던 실험대상들의 부실한 관리가 부른……."

"실험대상?"

내 눈치를 보며 윤 박사가 얼었다.

"하던 얘기 계속해요."

겁에 질린 윤 박사는 선뜻 입을 열지 못했다.

"미국이나 유럽같이 간섭이 많은 나라에서는 유전공학이 어렵다……. 신호 회장이 바람막이를 해줘서 신도연구소가 잘나간다……. 계속하시라고요."

"당신이 무슨 이유로 이러는지 모르지만…… 회장님이 당신한테 잘해주셨다고 들었는데?"

"이봐, 당신 얘기나 해. 주제넘게 나까지 신경 쓰지 말고."

"적어도 우리 연구소에서는, 우리 회장님 같은 선구자가 없다고 봅니다. 보험과 금융업에서 나온 수익을 과감하게 생명공학과 유전공학에 투자하셨어요. 세계적으로도 그렇게 장기적인 안목을 갖고 과학에, 그것도 암흑 속을 헤쳐가는 미지의 분야인 생명연장 연구에 과감히 투자하신 분이 없습니다."

"생명연장? 그거 하면 백 살 이상 살아요? 장수 만세. 뭐 그런 건가?"

나의 비아냥에 아랑곳 않고 윤 박사는 하던 말을 진지하게 이어 갔다.

"노화라는 것은 또 하나의 질병일 뿐이오. 생명연장에는 크게 세 방법이 있습니다. 하나는 인간의 몸에 기계를 넣는 방법이죠. 인공췌장, 인공심박조절기, 파킨슨병 치료를 위한 신경임플란트 같은 기계들이 그런 거죠. 또 하나는 인간을 기계에 넣는 방법입니다. 쉽게 말하면 인공지능 프로젝트들이 다 그런 겁니다. 리버스엔지니어링으로 인간의 뇌를 다시 만들어내는 것도 거의 완성돼가고 있어요. 외국에서는 이미 부분적으로 성공한 사례들이 있습니다."

만화 같은 이야기였지만 나는 묵묵히 들었다.

"마지막 방법은, 나노기술이 발전하면서 유전공학과 어우러져 개척한 새로운 길이요. 이게 내 분야요. 줄기세포 복제도 가능하고, 유전자를 보완해서 향상시키는 일도 가능합니다."

"내가 무식해서 그러니, 좀 쉽게 설명하시죠."

"우리가 일식집에서 즐겨 먹는 우니. 그러니까 바다에 사는 성게는 왜 자연사하지 않고 200년을 훨씬 넘게 살까요? 생쥐와 인간은 유전적으로 약 98퍼센트 정도 같은데, 왜 생쥐는 3년을 살고 인간은 120년을 살 수 있을까요? 이런 비밀들은 결국 유전적 코딩에 있고, 그 미스터리를 풀어온 게 우리 연구소가 한 일이요."

내게 잡혀 있는 와중에도 나를 설득하려는 건지 윤 박사는 자신의 의도를 정확히 전달하려고 노력하고 있었다. 보통 깐깐한 타입이 아니었다.

어느새 우리는 본사 근처에 도착해 있었다. 어부 박씨는 본사 맞은편의 인적이 드문 골목으로 차를 몰았다. 이제 자정까지 기다려야 했다.

"덕분에 지루하지 않게 왔네요. 자, 이제부터가 중요합니다. 나도 오늘 밤에 사람을 죽이고 싶지는 않습니다.”

내가 윤 박사의 관자놀이에 권총을 갖다 대며 우리의 권력관계를 상기시켰다. 사색이 된 그는 식은땀을 흘렸다.

“대답을 안 하시네요.”

“예…… 예.”

윤 박사는 고분고분했다. 생명연장을 연구해서 그런지, 자신의 생명에 대한 집착도 강한 인간이었다.

42

"아, 얼마면 되냐고? 아니 고전적인 방법으로 해결 못해? 원하
는 액수 말하고 내가 그 돈 주면 다 원원으로 깔끔하잖아? 씨발,
이게 뭔 지랄이냐고? 내가 여태껏 변호사님, 형님, 불러주니까,
씨발 너무 막 가는 거 아냐?"

의자에 묶인 동훈은 화가 많이 나 있었다. 어부 박씨는 한강으로
먼저 출발하고, 그 넓은 펜트하우스에는 우리 둘만 남아 있었다.

"왜…… 나한테 씌웠지?"

"뭐?"

"난 항상 너한테 진심으로 잘해줬었는데."

동훈은 이제야 알겠다는 표정으로 고개를 끄덕이며 코웃음을
쳤다.

"그거였어? 그래서 어쩌라고? 내가 설명이라도 해줘? 씨발, 내

가 왜 종업원 새끼한테 심문을 당하는데! 어? 후한 연봉에, 스톡옵션에, 안 해준 게 뭐가 있어?"

나는 그의 얼굴을 가차 없이 걷어찼다. 다시 차분하게 동훈과 대화를 시도했다.

"그 얘기가 아니잖아. 이제 와서 얘기 못할 것도 없잖아? 어? 왜?"

"씨발 왜가 어딨냐? 그냥 네가 싫은 거지. 나한테 필요도 없고. 네가 없을 때가 훨씬 좋았으니까. 모든 게 다. 난 옛날부터 널 못 믿겠더라. 어디서 굴러먹다 온지도 모를 신원 모를 잡놈을 회사에서 존나 키워줬더니 결국 이 지랄이잖아? 맨날 아버지한테도 내가 그랬지만, 씨발 니가 빨갱인지 뭔지 알게 뭐냐고!"

피와 이빨을 뱉어내면서도 동훈은 자존심을 지키느라 눈에 쌍심지를 켜고 나를 노려봤다. 우리는 성인답게 그냥 인정하고 덤덤히 받아들여야 했다. 서로를 증오한다는 사실을.

나는 마스킹테이프로 그의 입을 봉해버렸다. 그리고 동훈의 휴대전화로 그를 찍어서 신호 회장에게 전송했다. 신호 회장이 사진을 확인했다는 표시가 뜨자마자 나는 통화 버튼을 눌렀다. 노친네는 곧바로 전화를 받았다.

"회장님, 죄송합니다."

"음……."

"동훈이는 무사합니다."

"뭘 원하나?"

"아이만 무사히 돌려주시면 조용히 정리하겠습니다."

"알겠네. 자네랑 할 얘기도 있으니 아이를 데리고 내가 그리로 가겠네."

그는 명예가 무엇인지를 아는 강직한 군인이었다. 속임수 같은 꼼수를 쓰지 않을 것이라 믿고 예의를 갖춰 통화를 마쳤다.

"야, 울지 말고 있어. 니네 아빠가 너 데리러 오니까."

막강한 신도그룹의 총수, 신호 회장의 치명적인 아킬레스건은 아들 동훈이었다. 결국 수컷의 약점은 욕정이고, 아비의 약점은 새끼였다.

예상대로 노친네는 약속을 지켰다.

얼마 지나지 않아 로비에 있던 민주로부터 연락이 왔다. 신호 회장이 왕눈이를 데리고 호텔에 들어왔다는 거였다. 수행원은 없는 것 같았다. 민주는 울먹이며 간신히 말을 이었다.

"어떡해요……. 눈밑이 시커멓고 무슨 병이라도 걸린 애 같아요."

"일단 아이를 데리고 빨리 나가요!"

민주가 왕눈이를 데리고 호텔을 빠져나갔을 때쯤 펜트하우스의 초인종이 울렸다. 나는 길게 심호흡을 했다. 문득 나는 깨달았다. 내가 신호 회장과의 대면을 두려워하고 있다는 사실을.

신도그룹 본사 건물은 24시간, 1년 365일 내내 경비들이 지키는 곳이었다. 지하주차장부터 42층까지 수많은 보안 시스템과 카메라들이 설치되어 있었고 이 모두를 5층 보안통제실에서 관제했다. 그것도 모자라 보안요원들이 수시로 건물을 순찰했다.

본사에는 총 12명의 보안요원들이 있었다. 5층 보안통제실에 3명, 1층 로비 프론트에 3명, 그리고 건물을 순찰하는 요원이 6명이었다. 밤 12시에 6명이 교대했고, 새벽 4시에 나머지 6명이 교대를 했다. 그렇게 8시간마다 6명씩 교대가 이뤄졌고, 그들의 교대시간은 한 치의 오차도 없이 정확했다.

이처럼 촘촘한 보안체계를 갖춘 건물을 공략하는 방법은 고전적인 수단밖에 없었다.

저녁 11시 41분. 자정 교대를 앞둔 조에서 짬밥이 제일 적은 말단 요원이 그날도 어김없이 카페 코끼리에 와서 커피 12잔을 주문했다. 민주는 손잡이가 달린 음료 캐리어 두 개를 그에게 들려줬다. 젊은 요원이 본사로 들어가는 것을 확인한 민주는 나에게 문자를 보냈다.

제발 다 마셔라. 열두 놈 다 마셔라. 나는 속으로 주문을 외웠다. 만약에 커피를 안 마시는 놈이 한 놈이라도 있으면 골치 아픈 상황이 벌어질 것이 뻔했다.

벤조디아제핀. 일명 'BZD'로 불리는 신경안정제는 주로 양아치들이 데이트 강간을 할 때 많이 쓰는 약으로, 처방전 없이는 대량으로 구할 수 없는 향정신성의약품이었다. 이것을 30밀리그램 이상 먹은 성인은 15분 이내로 뻗는 것이 정상이다. 윤 박사의 운전기사 역시 그랬다. 하지만 나는 혹시 몰라서 새벽 1시가 다 돼서야 난쟁이 문씨에게 연락을 했다.

건물 내에서 보안카메라가 달려 있지 않은 곳 중 하나가 화장실이라는 것을 나는 예전부터 알고 있었다. 난쟁이 문씨는 5층 남자화장실 천장에 있는 환풍구가 의외로 깨끗하고 따뜻하다고 했다. 크기나 온도도 그럭저럭 괜찮아서 난쟁이 문씨가 2박 3일간 큰 불편 없이 잠복할 수 있었다.

"거 신기허네잉. 똥깐 천장에서 사흘을 보냈든만, 여그 시상 냄새에 적응이 안 돼불어 그란지 어질어질허구마잉."

난쟁이 문씨의 목소리가 블루투스로 들려왔다. 얼마 지나지 않아 철문 열리는 소리가 나더니 다시 아무 소리도 들리지 않았다. 불안해진 나는 나직이 물었다.

"아저씨, 들어가셨어요?"

"근디 이 잡것들은 병든 달구 새끼들매냥 픽픽 자빠지는 거시 내 냄새 땜시 고런 거신가? 아님 난쟁이 빙신을 첨 봐서 고런 거신가?"

다행히 놈들이 커피를 다 마신 모양이었다. 보안통제실에서는 본사 건물 안팎에 설치된 모든 폐쇄회로 카메라의 영상을 볼 수 있었다. 그곳에서 난쟁이 문씨가 망을 보는 동안 어부 박씨와 내가 왕눈이를 구해내야 했다.

"여보쑈? 근디 나 말이 잘 안 들리남? 워째 조용하당가?"

"아뇨, 잘 들립니다. 저희도 움직이니까 꼭 필요한 말씀만 전해 주세요."

어차피 다음 날이면 우리가 건물에 침입한 사실은 다 밝혀지겠만, 어부 박씨와 나는 검은 모자와 선글라스를 쓴 채 움직였다. 우리가 정문에 들어섰을 때는 이미 로비 프론트의 경비들은 도서관에서 공부하다 지친 학생들처럼 책상에 엎드려 곤히 잠들어 있었다. 윤 박사는 실낱같은 희망이 날아간 표정으로 깊은 한숨을 내쉬었다. 그의 한숨이 울릴 정도로 건물 안은 조용했다.

윤 박사의 카드키로 로비 출입구를 통과해 '비밀 엘리베이터'의 버튼을 눌렀다. 윤 박사가 지문인식기에 엄지를 대고 다른 손으로 비밀번호를 누르자 엘리베이터가 움직였다.

"그럼 그 아이는…… 특별한 능력 때문에 연구하려는 거요?"

윤 박사는 망설였다. 내가 노려보자 그는 다시 입을 열었다.

"처음에는 우리도 염력자들의 뇌에만 관심을 뒀소. 그래서 그 시절에는 사파리에서 야생동물 관리하듯이 몰아놓고 관찰했던 거요."

사파리? 잠시 묵념에 가까운 침묵이 흘렀다.

"마을에서 그 '사건'이 일어난 후 정부에서 운영하던 연구소는 폐쇄됐고, 그곳 자료들은 다 우리가 가지고 왔소. 대부분의 자료들은 쓸모없었지만, 그 실험대상들, 그 염력자들로부터 채취해 보관했던 혈액 샘플들은 훗날 우리 연구에 아주 결정적인 실마리를 제공했소. 옛날에는 기술이 없어서 그 혈액으로 검사할 수 있는 요소들이 한정돼 있었지만, 90년대 초반에 우리는 그 혈액에 있는 DNA를 분석하고, 그 안의 특이한 염색체를 정밀하게 들여다볼 수 있었소. 그래서 나는 회장님께 이를 보고하고 부탁드렸죠. 옛날 그 마을의 관리 대상자들을 다시 찾아달라고. 그런데 그렇게 해서 찾은 몇몇의 혈액에서는 그 특수 염색체를 찾을 수 없었소. 당신 혈액도 마찬가지였습니다."

내 혈액을? 도대체 언제? 하긴 입사할 때, 그리고 매년 실시한 임직원 종합건강검진에서 내 혈액을 빼돌리는 건 어렵지 않은 일이었다. 하지만 나는 윤 박사의 이야기에 놀라기보다는 미묘한 실망감이 들었다. 무의식중에 나는 내가 '특수 염색체'를 가진 특별한 사람이기를 바랐던 모양이다.

"특수 염색체?"

"텔로미어telomere요. 우리말로는 말단소립末端小粒이라고 하는 염색체 끝자락이요. 우리의 유전자는 네 가지 화합물로 만들어져 있소. 구아닌guanine, 아데닌adenine, 타이민thymine, 사이토신cytosine.

326

이 G, A, T, C로 구성된 나사선이 바로 염색체요. 그 염색체에 단백질이 더해진 것이 세포이고, 그 세포가 분열해서 수많은 세포로 이뤄진 것이 인간입니다. 헤이플릭한계가 규정한 인간의 한계수명 120년도, 이 한정된 세포분열을 추정한 것에서 나온 숫자입니다. 인간이 자연사하는 이유는 세포분열이 진행될수록 염색체 길이가 짧아지고, 또 끝이 닳아 해져서 망가지기 때문이요. 복잡하게 생각할 것 없소. 당신이 지금 신고 있는 그 운동화 끈의 끝부분, 그 플라스틱으로 매듭지어진 부분. 그게 말단소립이라고 생각하시오. 염색체의 끝부분 말단소립이 전혀 손상되지 않거나, 또 손상되더라도 다시 원상태로 복귀된다면 어떨까요?"

그 말을 듣는 순간 문득 나는 문신이 떠올랐다. 마을 사람들의 발목에 새겨진, 두 개의 철사가 엉켜 있는 그림. 그 발찌 모양 문신은 바로 나선형 모양의 DNA를 본뜬 것이었다.

"말단소립이 망가지지 않으면 인간은 자연사하지 않을 수 있습니다. 당신네들이 찾는 아이가 그런 염색체를 갖고 있소. 그 아이는 자연사가 불가능한 인간 샘플이란 말입니다."

어부 박씨와 나는 말없이 서로를 바라봤다.

"그렇소. 그 아이가 바로 불로불사에 대한 열쇠요. 자연이 우리에게 준 선물이자 기회요. 그래서 당신네들에게 이렇게 당부하는 거요. 다시 생각하라고. 당신네들의 사사로운 감정 때문에 수많은 불치병을 고칠 수 있는 기회를, 인류를 질병으로부터 해방시킬 수 있는 기회를 빼앗지 말아달라는 거요."

엘리베이터가 멈췄다. 엘리베이터 문 위에는 빨간색 숫자 '23'이

표시되어 있었다. 엘리베이터 문이 열리자 반투명 통유리로 만들어진 또 하나의 문이 우리를 막고 있었다.

"그 아이는 새로운 생명의 청사진을 제시하고 있소. 이런 엄청난 샘플을 통해 과학이 발전하는 거요. 우리는 근미래에, 샘플의 특수한 텔로미어를 리버스엔지니어링 하는 데 성공할 것이고, 그러면 이 세상의 수많은 불치병들을 고칠 수 있을 거요. 그리고 자연사하지 않는 인간 유형을 만들어낼 것이요."

윤 박사는 광신도에 가까운 신념을 갖고 있었다. 그는 자신의 명성이나 돈을 중요시하는 게 아니라, 자신의 연구가 인류를 질병으로부터 해방시킨다고 믿고 있었다.

나는 윤 박사의 머리에 권총을 겨누며 문을 열라고 독촉했다. 그러자 윤 박사는 유리문 옆에 있는 센서에 얼굴을 갖다 댔다. 잠시 후 윤 박사의 홍채와 안면을 인식한 센서에서 짧은 기계음이 울렸다.

"윤. 성. 준."

윤 박사가 자신의 이름을 또박또박 발음하자 유리문이 열렸다.

"바우, 시방 어서 내린 거시여? 여그서는 안 보이는디."

"23층입니다."

"23층? 거는 아무도 없는디……."

귀신에 홀린 표정으로 두리번거리던 어부 박씨도 윤 박사에게 물었다.

"아니, 여기가 대체 어딥니까?"

"……"

"몇 층이냐고 묻잖아!"

내가 소리를 지르자, 윤 박사는 기어들어가는 소리로 답했다.

"23층과 24층 사이요."

"씨발, 정말 별짓을 다 하는군. 윤 박사님, 사람이 늙어 죽는 데에는 다 이유가 있다고 생각 안 해봤습니까? 다음 세대를 위해서도 그렇고, 인구문제도 있고. 낡고 늙은 것이 없어져야 새로운 게 나올 거 아니요."

"그거야말로 사회에서 풀어야 할 숙제 아닌가요? 나 같은 과학자들이 연구에 매진해 인류의 생명을 연장시키면, 그에 따른 부작용을 다듬어나가는 건 사회의, 체제의 몫이겠죠. 나는 그래서 진화론 단계에 자본주의가 있다고 봐요. 자본주의라는 체제가 만인을 다 영생케 하지는 않을 겁니다. 수요와 공급을 통한 조정과 자연선택으로 걸러지지 않겠습니까? 구더기 무서워서 장을 못 담그면 되겠소? 만인이 누릴 수 없는 혜택을 소수 엘리트에게서도 빼앗아가는 거야말로 미개한 행위가 아닐까요?"

정말 지긋지긋한 놈들이었다. 잘 먹고 잘 사는 것도 모자라서 영생까지 꿈꾸다니.

본사 23.5층에 위치한 연구소는 현실감이 느껴지지 않을 정도로 밝았다. 거의 모든 것이 하얀색이었다. 심지어 냄새까지 하얀색이라는 느낌이 들었다. 치과 냄새 같기도 하고, 실내수영장 냄새 같기도 했다. 바닥까지 하얗고 깨끗해서 신발에 소독약이 묻어날 것 같았다.

복도 옆으로 길게 난 창들을 통해 크고 작은 연구실들이 보였다. 연구원들은 다 퇴근하고 없는데도 모든 전등이 밝게 켜져 있었다. 왠지 모르게 공동묘지의 고요함이 느껴졌다.

복도 끝까지 걸어가 왼쪽으로 돌자 또 하나의 문이 나왔다. 그 문 역시 윤 박사의 신체가 열어주었다. 그러자 푸른빛이 우리를 압도했다. 나는 눈앞의 광경에 경악하지 않을 수 없었다.

처음에 나는 왕눈이가 허공에 매달려 있는 줄 착각했다. 하지만 자세히 보니, 아이는 푸른빛을 발하는 액체가 가득 담긴 거대한 물탱크 안에 선 자세로 떠 있었다. 왕눈이의 코와 입을 감싼 커다란 산소마스크에 연결된 굵은 호스는 위로 뻗어 있었고, 그 작은 몸 곳곳에는 온갖 튜브들이 연결돼 있었다. 아이의 양팔은 양쪽으로 벌린 채 고정돼 있었고, 팔과 다리에는 링거에 연결된 크고 작은 주삿바늘들이 꽂혀 있었다. 감당할 수 없는 고통을 받아들인 왕눈이는 두 눈을 감고 깊은 잠에 빠져 있었다.

뇌 검사를 위해 아이의 머리에 씌워놓은 니켈 캡이 조명에 반짝거렸다. 고개를 숙인 채 푸른 물속에 갇힌 말 없는 어린 왕의 모습은 내 안에 굳어 있던 무언가를 무너뜨렸다.

"미친 새끼들…… 무슨 짓을 한 거야!"

"흥분하지 말고 내 말을 들어주시오. 이 아이는 보통 실험대상이 아니오. 인류의 미래이자 희망이요. 이 아이의 뇌에 대한 연구는 계속돼야 하오. 사진 몇 장과 조직검사로 끝날 일이 아니오. 이런 연구 기록은 구소련에서도 없었소. 아직까지 염력을 발휘하는 인간의 뇌에 대한 체계적인 연구는 세계적으로도 전무후무해요."

윤성준의 말투에는 어떤 감정도 실려 있지 않았다. 그 미친놈에게 수족관 물탱크에 갇힌 왕눈이는 그저 '실험대상'이고 '샘플'이었다. 어이없게도 그는 우리를 설득하기 위해 왕눈이를 보여주는 것 같았다.

윤성준에게서는 도무지 인간의 체온이라고는 느껴지지 않았다. 실내가 서늘해지는 느낌이 들었다.

"이 샘플의 뇌를 통해 우리는 수많은 답을 얻을 거요. 신경학은 말할 것도 없고, 아마 인간의 뇌에 대한 우리의 이해가 획기적으로 달라질 거요. 정말 위대한 세계가 열리고 있단 말이오. 미신이 난무했던 고대 문명에서는 이런 부류를 신으로 여겨 우상화했었소. 하지만 이제는 이런 돌연변이들의 줄기세포를 이용해 대량 복제할 수 있는 시대가 왔소. 이 아이를 계속 여기 있게 하지는 않을 거요. 그러니 타협점이 있지 않겠소? 부탁이오."

어부 박씨와 나는 물탱크에 갇힌 왕눈이를 자세히 보기 위해 몸을 숙여 무릎을 꿇었다. 나는 손바닥으로 물탱크의 유리창을 힘껏 두들겼다. 그러나 왕눈이는 아무 반응이 없었다. 다시 두들겨봐도 마찬가지였다. 두꺼운 유리벽에 막힌 우리는 너무나도 무력했다. 왕눈이는 내 외침을 듣지 못한 채 잠을 자고 있었지만, 나는 왕눈이의 아픔을 온몸으로 느낄 수 있었다.

"이 아이가 당신 새끼라도 이러겠어?!"

윤 박사는 잠시 말없이 내 눈을 살폈다. 그 말을 한 것은 나의 큰 실수였다. 그때 나는 윤 박사를 반 죽여서라도 바로 물탱크를 열게 했어야 했다. 돌이켜보면, 감정에 휩쓸려 그 말을 뱉은 순간 나는 그에게 약점을 들키고 만 것이었다. 어느새 윤 박사의 눈에서 두려움이 사라져 있었다. 그때까지 떨고 있던 놈이, 이제 나를 만만히 보고 있었다.

"당연히 그렇소. 아이는 다시 낳으면 되니까."

"미친놈! 열어!"

"이 아이는 당신들 소유가 아니오. 당신들이 무슨 권리로 인류에 기여하는 우리 연구에 훼방을 놓는 거요?"

"대가리에 총알 박히기 전에 당장 열어!"

"……."

"씨발, 안 열어?"

윤 박사는 물탱크 옆에 달린 키패드에 일련의 숫자를 눌렀다. 그러나 아무 일도 일어나지 않았다. 그는 다시 번호들을 눌렀다. 그러나 마찬가지였다. 왕눈이가 갇힌 물탱크 안에서는 아무런 변화도 일어나지 않았다.

그때 내 블루투스를 통해 요란한 굉음이 들렸다. 사이렌 소리였다. 난쟁이 문씨가 다급하게 소리쳤다.

"큰일 나블었다. 잡것들이 먼 장치를 울려브린 모양이다. 시방 사방에서 여그로 무전이 오고 난리도 아니다잉. 언능 나와라잉! 외부에서 갱비들이 일로 오는 모양인디. 아무래도 안 되겄따! 언능 토껴블어라!"

순간 온몸의 피가 얼굴로 솟구쳤다. 윤성준이 비상벨을 울린 것이었다. 곧 신도그룹의 보안팀을 지원하는 사설 업체뿐만 아니라 경찰들까지 달려올 것이었다.

"죽고 싶냐?!"

"정말 몰라요. 나도 이게 왜 안 되는지. 사…… 살려주세요. 제
발…….."

탕! 귀청이 떨어질 듯한 권총 소리와 함께 화약 냄새가 진동했
다. 그러나 물탱크의 유리는 실금조차 가지 않았다. 메아리만 울
렸다. 나는 다시 물탱크의 아래쪽을 조준해 발사했다. 탕! 하지만
부서지기는커녕 탄환 두 알만 화석처럼 두꺼운 유리에 그대로 박
혔다.

순간 그 교활한 새끼의 입가에 미소가 살짝 떠올랐다. 나는 윤
성준의 복부를 연달아 걷어차고 그의 얼굴에 권총을 갖다 댔다.

"다시 웃어 봐. 개새끼야, 재밌냐? 웃어봐! 아가리 벌려! 씨발,
안 벌려?"

나는 벌어진 그놈 입속에 베레타의 총구를 쑤셔 넣고 놈의 두
눈을 똑바로 노려봤다. 그의 동공에는 두려움이 다시 돌아와 있었
다. 그제야 죽을 수도 있다는 생각이 들었는지 윤성준은 눈을 감
고 흐느끼기 시작했다. 그때 어딘가로부터 루이지의 목소리가 들
려왔다.

"바우야! 안 돼! 하지 마!"

루이지가 말리지 않았다면 나는 방아쇠를 당겼을 것이다.

어부 박씨가 분노로 떠는 내 손을 붙잡았다. 루이지와 어부 박
씨의 판단이 옳았다. 여기서 빠져나가려면 그놈이 필요했다. 나는
엄지로 베레타의 안전장치를 잠그고, 윤성준을 몇 차례 후려갈겼
다. 그놈은 기침을 하며 이빨을 몇 개 뱉어냈다. 그래도 나는 분이
풀리지 않았다.

블루투스로 난쟁이 문씨의 목소리가 계속 들려왔다.

"아야, 언능 안 나오고 먼 염병허고 자빠졌냐? 음마…… 여그 1층도 안 되겠따! 벌써 갱비들이 들어와블었따!"

"민주한테 가세요! 우리도 거기로 갈게요!"

어차피 23.5층에서 내려가는 엘리베이터는 단 하나였다. 그리고 그 엘리베이터의 열쇠는 우리에게 있었다.

우리가 탄 엘리베이터는 보안요원들이 있는 로비를 지나쳐 지하주차장으로 내려갔다. 그들이 내려가는 버튼을 눌렀더라면 꼼짝없이 맞닥뜨릴 뻔했다.

"제발 살려주시오……. 나도 아이가 있는 가장이오."

주차장으로 끌려 나온 윤성준이 내게 애원했다.

"꿇어."

내가 나직이 말했다.

"예?"

속삭임에 가까운 내 말을 못 알아들은 그놈은 귀머거리처럼 어리둥절한 표정이었다. 루이지가 또 나를 말리려고 했다. 하지만 이번에는 루이지의 말을 듣지 않았다. 나는 베레타의 안전장치를 풀고 윤성준의 왼쪽 무릎을 쐈다. 그놈은 산짐승처럼 괴성을 지르며 쓰러졌다. 어부 박씨가 놀란 눈으로 나를 쳐다봤다. 계획한 행동은 아니었다.

"다리 하나 갖고도 할 건 다 할 수 있어. 오늘 운 좋은 줄 알아."

어부 박씨와 나는 그놈의 고통스러운 비명이 메아리치는 주차장을 벗어나 별관으로 이어지는 후문을 통해 밖으로 빠져나왔다.

바리스타 앞치마를 두른 민주는 미리 약속한 대로, 별관 앞에서 레인지로버에 시동을 켠 채 대기하고 있었다. 난쟁이 문씨는 조수석에 타고 있었다. 우리가 뛰어가 차의 뒷자리에 올라타자마자 차는 곧장 출발했다.

"아야, 그 얼라는 못 찾았냐잉?"

아무도 대답하지 않았다.

맞은편에서는 경찰차 두 대가 사이렌을 울리며 우리가 탄 차를 지나 신도그룹 본사로 달려갔다. 레인지로버는 시내를 빠져나와 강변대로를 탔다. 검푸른 밤하늘 아래 강물이 일렁거렸다. 나는 눈을 감았다. 그러나 푸른 물에 떠 있던 왕눈이의 모습을 떨쳐버릴 수 없었다.

44

신호 회장은 몰라보게 늙어 있었다. 펜트하우스에 들어선 노친네는 거실 구석에 놓인 의자에 묶인 동훈을 힐끗 보더니 아무 말 없이 다이닝룸으로 들어왔다.

"잠깐이면 되니 내 얘기 좀 들어주게나."

"……."

"자네가 나를 어떻게 생각하는지 모르지만, 난 이 나라의 군인으로서, 또 기업가로서, 그리고 한 시대를 살아온 대장부로서 떳떳하지 못한 일을 한 적이 없네. 그리고 나는 우리 세대라면 누구나 그랬듯이 다음 세대를 위해 순교적 희생을 하며 조국의 근대화와 경제 발전을 이뤘다고 자부하네.

우리 세대는 나라가 없던 시절에 태어났네. 철모르던 어린 나이에는 일본이 내 나라인 줄 알았고, 또 쇼와덴노昭和天皇의 황국신민

336

이라는 것을 자랑스러워하기도 했네. 그러다 해방이 됐네. 하지만 변한 것은 없었지. 남의 땅에 농사를 짓는 우리 집안이나, 새로 생긴 내 나라나, 다 찢어지게 가난했으니까. 나는 그 지긋지긋한 가난에서 벗어나고 싶었네. 그리고 기왕 대장부로 태어났으니, 나도 한세상 뜻을 피우며 살고 싶었네. 그래서 나는 군인이 되었지.

그 시절 군은 미국의 지원으로 전문적인 교육과 훈련을 두루 받을 수 있는 곳이었네. 나라에서 군대만큼 사람에 투자하는 곳은 없었지. 그러니 빈농에서 태어난 내게는 육사야말로 선진지식 집단에 들어갈 수 있는 기회였네. 그러다 5·16이 일어났지. 요즘 젊은 사람들이야 5·16에 대해 이런저런 말들이 많지만, 그것은 명백한 구국혁명이었네. 가난과 패배감에 빠져 썩어 들어가던 나라를 살려낸 기적의 시작이었네.

나는 다른 생도들과 함께 전두환 대위가 주도한 5·16 지지 시위에 참여해 동대문에서 시청까지 행진했지. 그때 나는 하늘을 보고 맹세했네. 조국을 일으키는 데 내 한 목숨 기꺼이 바치겠다고. 나는 내가 대한민국 군인이라는 사실이 정말로 자랑스러웠네."

꼿꼿한 자세로 앉아 있는 노친네는 그 나이에도 절도 있는 군인다웠다.

"육사를 졸업하고 나라에서 보내준 미국 유학을 다녀와 월남전에 참전했네. 월남에서 돌아온 뒤 내 보직은 한미연합사의 우리 측 정보총괄 책임자였지. 그때 내 임무에 포함된 구역이 그 남단 마을 연구소였네. 자네와의 인연도 그때부터 시작된 셈이지. 어렸을 때도 자넨 아주 인상적이었어. 눈망울이 초롱초롱하고 맹랑한 소년이었지.

　나도 처음에는 그곳에 대해 대수롭게 생각하지 않았어. 그러다 젊은 연구진들 도움으로 하나둘씩 공부를 하다 보니 점차 그 분야에 흥미가 생기더군. 아, 자네…… 윤성준 박사한테 왜 그랬나? 그 점잖은 사람한테 굳이 그런 몹쓸 짓을 할 필요가 있었는가?"

　신 회장이 나를 뚫어지게 노려봤다. 나 역시 그를 바라보며 대꾸하지 않았다.

　"윤 박사나 연구소 직원들은 아무 잘못이 없네. 그곳 군인들도 그렇고. 그 사태의 모든 책임은 나한테 있었으니까. 마을 초토화 작전 명령은 내가 직접 내렸네."

　잠시 침묵이 흘렀다.

　"자네는 젊어서 모르겠지만, 그때는 냉전이 한창이던 시대였네. 무능한 카터 정부가 물러나고, 81년에 들어선 레이건 정부는 소련과의 군비 경쟁에 사활을 걸면서, 세계 곳곳에서 이루어지던 미군의 모든 비밀작전을 재정비한다고 나섰지. 그래서 그 여파로 한반도 남단에 있던 쥐꼬리만 한 우리 연구소에까지도 연합사를 통해 압력이 내려왔지. 미국이 쓴 비용에 대한 결과물을 보여달라고. 그런 압박을 받으니 연구소에서도 무리수를 많이 뒀지. 실험대상들에게서 골수를 빼고, 검증되지 않은 약물을 투여하고. 그 당시 과학 지식으로는 암흑을 헤매는 것과 다를 바 없었지. 그저 행정적인 실적을 올리기 위해서 그런 소모적인 실험들을 했던 거네.

　그러다 결국 일이 터졌지. 저항하던 실험대상들이 연구소를 벗어나 사병들을 제어하고 무기를 탈취했지. 약물 부작용으로 불안정해진 실험대상들이 이성을 잃고 난동을 부리니 군인들도 통제할 수가 없었네. 더군다나 그들은 초자연적인 능력까지 지닌 자들이었으니 문제가 심각했지.

부대가 민간인들에게 공격당하는 것은 있을 수 없는 일이네. 나도 그날 저녁에 부대에 있어서 모든 것을 기억하지. 나는 일단 그들을 생포하라고 명했네. 원인 규명을 위해서도 그렇고, 실험대상들을 함부로 죽여서는 안 됐으니까.

훈련된 군인들이 민간인을 제압하는 작전이니 나는 일도 아니라고 생각했지. 내 예상대로 그들은 우리 애들한테 몰려 마을로 내려갔지. 그런데 여기서부터 일이 잘못됐네. 놈들이 수류탄을 몇 개 던져서 그들을 따라 마을을 내려간 소대 애들 다섯이 그 자리에서 죽었지. 일이 커졌지. 몇 분 있다가 지원 나간 다른 소대에서 연락이 왔지. 마을은 이미 아비규환이고, 일부 주민들까지 합세해서 군인들한테 사격을 한다는 거였어. 그것도 모자라 일부는 배를 탈취해 구역을 무단이탈한다는 무전까지 왔어. 상황은 분초를 다투듯 긴박하게 변해갔지. 국방부와 연합사에도 상황 보고를 해야 할 시점이었지.

나는 발포 명령을 내렸지. 그러자 폭도들의 저항이 더 거세지더군. 시간이 지나도 간단히 진압될 것 같지 않았네. 이어지는 전투에서 우리 애들의 사상이 속출했지. 예상치 못한 주민들의 분노는 거의 봉기에 가까웠지. 무슨 뇌관이 터진 것처럼 걷잡을 수가 없었네. 사태가 수습될 국면이 아니었지.

그 비밀 작전구역에 대한 기밀이 세상에 알려지는 것은 그곳의 총책임자로서 직무유기였네. 그뿐만 아니라 그 실험대상들이 세상 밖으로 나가게 됐을 때, 사회적으로 어떤 결과와 파장들이 있을지는 아무도 모르는 일이었네. 정치적으로는, 국내야 군과 정부에서 통제하고 어느 정도 수습 가능했겠지만, 국제사회로 그 구역이 알려지면 대한민국에도, 각하께도, 한미동맹 관계에도 여러 부담이 되는 사건이 될 것이었네. 그걸 방치할 수는 없었지. 그래서 일이 더 커지기 전에 초토화시키라고 했지. 모든 화력을 동원해 흔적 없이 다 태워버리라고 했네.

그날 누군가는 판단을 내려야 했고 명령을 내려야 했네. 그리고 그곳은 엄연한 군 작전 구역이었고, 그곳의 총책임자는 나였네. 그 판단은 당시에 내게는 유일한 선택이었다는 것을 자네가 알아줬으면 하네.

나는 군인이란 모름지기 국가와 민족을 위해 충성해야 한다고 믿었고, 지금도 내 신념에는 변함이 없네. 그날 국가를 지키기 위해 내린 내 명령은 아쉽게도 민족을 지키지는 못했네. 그 사건으로 민간인들이 죽은 것에 대해 나도 유감스럽게 생각하네. 그날의 참사를 막지 못한 책임이 내게 있다는 걸 부인하지 않네. 어쩔 수 없는 비극이었지.

어느 정도 사태가 수습되자, 우리 정부도 미군도 다 조용히 덮고 넘어가는 데 급급해, 그 구역의 연구소를 체계적으로 정리하는 작업을 회피하더군. 아무도 그 연구소의 과학적 자료들에 대한 잠재력을 파악하지 못하고 있었지. 다들 너무 무책임하고, 실망스러웠지. 군 당국도, 정치가들도. 어느 누구도 과학에는 관심이 없었으니까.

그 구역의 총책임자로서 민간인들의 희생도 애도할 일이었지만, 그 연구소에서 축적한 수많은 자료들과 기록들, 그 어렵게 얻은 희귀 연구 결과들을 후대를 위해서 보존해야 한다는 사명감이 내게는 있었네. 나는 여러 방도를 궁리해보다, 결국 기업가가 되기로 결심했지. 그 구역에서 있었던 모든 일들이 헛되지 않으려면, 그렇게 해서라도 그곳의 연구자료를 보관해야 했으니까. 그래서 그 이듬해에 나는 군복을 벗고 회사를 시작했네.

아직도 내게 분노와 증오를 느끼나? 만일 그렇다면 자네의 감정은 정당치 못하네. 그런 자잘한 감정에서 벗어나게. 자네는 근본적으로 그릇이 크고 현명한 사람이야. 그건 내가 잘 아네. 내가 자네를 아는 만큼, 자네도 날 잘 알지 않나? 우리 둘 다 본의 아니게 생긴 오해가 있으면, 오늘 이 자리에서 풀고 다시 시작하지. 이 정도 일로 자네가 나를 등지면 너무 섭섭하지 않겠나."

신 회장이 나를 똑바로 쳐다봤다. 예전에 나를 볼 때처럼 인자한 미소를 띠고 있었다. 나는 그의 시선을 피해 고개를 돌렸다.

"자네도 알다시피 난 교회도 절도 다니지 않네. 그래도 사람 볼 줄은 알지. 자네, 그 돌아온 탕자 이야기 아나? 아, 자네야 수녀원에서 컸으니까 알겠지. 한 아버지한테 두 아들이 있었네. 첫째는 집을 지키며 가업을 도왔지만, 둘째는 먼 나라로 가서 재산을 방탕하게 탕진했지. 갈 곳이 없어진 둘째는 아버지에게 용서를 구하며 집으로 돌아왔고, 아버지는 잃었던 아들을 다시 찾은 것이 너무 기뻐 잔치를 베풀었지. 그러자 첫째는 아버지에게 항의를 했네. 평생 집을 지키며 순종한 자기한테도 안 해준 잔치를 왜 탕자인 동생을 위해 베푸느냐며."

나는 노친네가 이 이야기를 하는 의도를 알 수 없었지만 내색하지 않고 묵묵히 들었다.

"이 이야기의 핵심은 마지막에 있네. 집 안에서는 돌아온 탕자를 위한 잔치가 벌어지고 있지만, 첫째는 아버지가 달래도 집 안으로 들어오지를 않아. 바로 그 장면에서 이야기는 끝이 나네. 사람들은 보통 이 이야기를 용서와 회개의 비유 정도로 알지. 그러나 그렇지 않네. 내가 못난 아들 키우는 애비라서 잘 알지만, 이 이야기는 돌아온 둘째보다는 첫째에 관한 이야기네. 첫째가 애비에게 순종한 이유는, 진심 어린 존경 때문이 아니라 결국 애비의 재산을 바라고 한 행동이었어. 그렇지 않으면 왜 그놈이 애비가 베푼 잔치에 들어오지 않고 대들겠나? 엄밀히 보면, 집안을 지켰던 첫째는 돌아온 탕자보다 더 못된 놈이지. 둘째는 진심으로 뉘우치고 돌아왔지만, 이제껏 같이 살았던 첫째는 늘 다른 마음을 품고 있었으니까. 거기다가 첫째는 지 잘못도 몰라. 아니 그놈은 감사도 기쁨도 애정도 없고, 오로지 재산에 대한 욕심과 애비에 대한 두려움으로 산 놈이라서, 지혜라고는 눈곱만치도 없었지. 그런 아둔함이 못난 놈을 더 삐뚤어지게 만들었겠지. 그러나 애비 입장에서는 그런 못난 놈도 자식이네. 그래서 집 안의 잔치로 들어오라고 달랜 거지. 둘째든 첫째든 두 탕자 모두 용서하니까."

펜트하우스는 꽤 넓었지만, 거실 구석에 묶인 동훈에게도 신 회장의 목소리가 충분히 들리는 구조였다. 그러나 신호 회장은 그 누구의 눈치도 보지 않고 할 말을 하는 위인이었다.

"돌아갈 수 있는 집이란, 자네가 무슨 짓을 하더라도 언제든지 반겨주는 곳이네. 자네 고향 일에 대해서는 애석하게 생각하네. 그렇지만 자네에게는 돌아갈 집이 있지 않나? 이것만은 꼭 기억하게. 내 집 문은 항상 열려 있네. 자네가 돌아오고 싶다면 언제든지 돌아오게. 늘 기다리고 있을 테니. 강을 건넜다고 다리를 태울 필요는 없네. 감정이 아닌 지혜로 판단하게. 천천히 잘 생각해보게."

노친네는 자신이 아버지를 넘어 '신'이라고 생각하고 있었다. 하지만 그가 '아버지'이든 '신'이든 나도 그에게 할 말이 있었다.

"이제는…… 그 탕자도 아들이 있는 아버지가 된 것 같습니다. 이제는 탕자도 앞으로 나아가야 하고, 새로운 집을 짓고 살 때가 됐습니다. 더 이상 아버지의 집으로 되돌아갈 수 없습니다. 그러기에는 이미 너무 많은 것을 알았고, 너무 먼 길을 왔습니다."

노친네는 얼굴이 굳으며 부릅뜬 두 눈으로 나를 뚫어지게 노려봤다. 무거운 침묵이 이어졌다. 때마침 내 휴대전화가 진동하며 그 침묵을 깼다. 민주의 문자메시지를 확인하고 나는 자리에서 일어났다. 탕자는 이제 자신을 반겨주는 아버지가 아닌, 자신을 기다리는 가족에게 가야 했다.

"그동안 제게 베풀어주신 과분한 은혜에 감사드립니다. 안녕히 계십시오."

"음…… 조심해서 가게. 길 위에 안개가 많이 낀 것 같으니."

나는 신호 회장에게 고개 숙여 인사를 하고 펜트하우스에서 나왔다.

45

　아쉬움과 죄책감이 우리를 짓눌렀다. 바로 눈앞에 있는 왕눈이를 구출하지 못한 것이 미안하고 억울했다. 난쟁이 문씨가 웬만한 술집보다 많은 종류의 술을 구비해둔 덕분에, 세 남자는 목숨이 겨우 붙어 있을 만큼 진탕 마실 수 있었다. 패배감은 블랙홀처럼 알코올을 빨아들였다.

　오후 늦게 술에 전 상태로 일어나보니 민주가 집에 없었다. 우리 모두 숙취로 머리가 아파 아무도 대수롭지 않게 여겼다. 나는 그저 민주가 금단현상 때문에 바람도 쐴 겸 근처 백화점을 털러 갔다고 생각했다.

　우리가 술을 마시는 동안 민주는 24시간 뉴스채널과 인터넷을 검색해봤지만 그 어디에서도 신도그룹 본사 무단침입 사건에 대한 보도는 찾을 수 없었다. 그룹 홍보팀에서 그런 기사가 나가게

놔둘 리가 없었다. 그 사건으로 그룹의 보안책임 임원은 물론 총
무팀의 담당자도 잘렸을 게 뻔했다. 군인 출신인 노친네는 그런
일을 절대로 용납하지 않았다.

신도그룹 본사 무단침입은 뉴스를 타지 못했지만, 내 얼굴은 다
시 매스컴을 타고 있었다. 실종됐던 꽁지머리의 시체가 발견됐다
는 보도와 함께 살인 및 시체 유기의 강력한 용의자로 내가 지명
된 것이었다. 예상했던 일이지만 기분은 엿 같았다.

민주는 우리도 반격을 하자고 했다. 내가 갖고 있는 신도그룹의
'떡값 장부'를 언론에 풀자는 것이었다. 다들 민주의 의견에 동의
했다.

나는 클라우딩 기술을 활용해 내 서재 컴퓨터 안에 있는 '리스
트'를 스마트폰에 다운받았다. 내가 예전에 직접 정리한 스프레드
시트에는 공직자 이름, 연수원 기수별로 거래 계좌, 수표 번호, 유
가증권과 현금이 전달된 액수와 날짜까지 낱낱이 적혀 있었다. 몇
몇 개별 시트에는 사진과 녹취록도 첨부돼 있었다. 받은 놈이 도
저히 빠져나갈 수 없는 증거들이었다. 나는 그중에서 마상철과 관
련된 자료는 모두 삭제하고, 나머지를 민주의 스마트폰으로 넘겨
줬다.

스마트폰이란 참 요긴한 물건이었다. 요새 누구나 갖고 다니는
스마트폰 한 대가, 인류 최초로 달 착륙에 성공한 1969년 당시 미
항공우주국NASA에서 사용하던 컴퓨터를 모두 합친 것보다 우수한
기능을 갖고 있다고 한다. 하지만 요즘은 그렇게 엄청난 기계를
대부분 음악을 듣거나 영화를 보거나 게임을 하거나 연예 기사를

검색하거나, SNS로 잡담을 나누는 데 주로 사용한다.

그날 저녁 태현이 방송국 근처의 한 일식당에 있다는 사실을 민주가 알 수 있었던 것 역시 스마트폰 덕분이었다. 태현과 민주는 여전히 페이스북 친구였다. 태현은 자신이 어디서 뭘 하고 있는지 미주알고주알 올리는 타입이었다. 민주는 태현이 태그한 위치 정보를 이용해 그가 있는 장소를 알아냈다. 한 사람당 30만 원이 넘는 그 식당은 태현이 자주 찾는 곳이었다. 대기업 간부나 오너라면 환장하는 태현은 자신의 술값을 계산해줄 물주를 항상 물고 다녔다.

민주는 머리를 굴렸다. 지난 몇 달 동안 민주가 태현에 대해 조사한 바에 따르면, 태현은 신동훈에게 왕눈이만 판 것이 아니라 아예 자신의 영혼까지 팔았다. 신도그룹에서 찔러주는 용돈을 받는 수준을 넘어, 그는 언론계와 정재계 동향을 동훈에게 보고하는 끄나풀이자 신도그룹의 대언론 홍보를 자문해주는 컨설턴트였다. 얼마 전부터 경영 전면에 나선 동훈이 어줍잖게 스티브 잡스 흉내를 내며 주주들 앞에서 프리젠테이션을 한 것도 태현의 훈수로 연출된 쇼였다. 태현은 신도그룹의 2세 동훈에게 목숨을 걸고 있었다. 그는 신도그룹의 연말 인사에서 홍보팀 총괄 임원으로 발령 날 예정이었고, 이미 신도 측으로부터 거액의 계약금을 받은 상태였다.

밤 9시가 조금 넘었을 때 홍대 근처에서 민주는 태현에게 문자 메시지를 보냈다.

[오랜만~ 안부 궁금. 예전에 우리 가던 LP바에 있어.]

예상대로 태현은 얼마 지나지 않아 나타났다.

놀이공원 사건 이후로 처음 만난 두 사람은 약간 서먹했다. 태현은 민주와 시선을 맞추지 못했다. 쭈뼛거리던 태현은 묵직한 쇼핑백을 민주에게 내밀었다.

"선물이야."

민주는 쇼핑백 안에 있는 상자를 꺼내 열어봤다. 순간 민주는 표정 관리를 하지 못하고 미소를 흘렸다. 샤넬이었다. 1,000만 원짜리 백을 어루만지자 민주는 태현을 미워했던 감정이 담배 연기처럼 옅어졌다.

"어디서 났어?"

"그냥 고맙다고 그럼 안 돼? 출처부터 따지냐?"

"나 주려고 샀어?"

"……."

"고마워."

민주는 보드카를 한 병 시켰다. 주거니 받거니 몇 잔이 오가자 태현은 이런저런 잡담들을 늘어놓았다. 취기가 오르자 민주는 태현의 팔과 허벅지를 슬쩍 스치듯 만지며 샤넬 백의 출처를 다시 물었다.

민주와 만나기 전에 태현은 일식집에서 A건설사 사장을 만났다고 했다. 태현의 후배 기자 하나가 그 A사에 대한 고발탐사보도를 시리즈로 만들고 있었다. 방송이 나가고 A사에서는 근거 없는 악성 보도라며 방송금지 가처분 신청을 한 상태였다. 그래서 불필요한 분쟁을 중재하기 위해 A사 사장이 태현을 찔러 술자리를 만들었다. 그 문제의 보도를 한 후배 기자와 담당국장을 달래고 입을 막기 위한 접대 자리였다. 식사가 끝날 무렵 A사 사장은 '사모님께 드리라'며 샤넬백을 하나씩 돌렸다.

그 이야기를 마친 태현은 잠시 화장실에 다녀왔다. 걷는 모습만 봐도 태현은 이미 취해 있었다. 술에 취한 태현은 발정 난 개보다 더 쉽게 흥분한다는 것을 민주는 잘 알고 있었다.

민주는 검지로 까끌까끌한 태현의 턱을 문지르며 웃었다.

"취했어?"

"아니……."

민주는 태현의 볼에 자신의 코를 살짝 갖다 대며 말했다.

"가그린 했네……."

민주는 웃으며 태현에게 민트향이 나는 입을 맞추며 혀를 밀어 넣었다. 태현도 적극적으로 반응했다. 민주가 잔을 채우며 말했다.

"우리 딱 한 잔씩만 비우고 일어날까?"

"콜!"

두 사람은 무언가에 쫓기기라도 하는 사람들처럼 놓인 술을 단숨에 들이켰다.

민주와 태현은 택시를 타고 가까운 호텔로 갔다. 민주는 미리 예약해놓은 호텔 방의 키를 갖고 있었다.

호텔방에 들어가자마자 둘은 침대에 쓰러졌다. 민주는 곧바로 태현의 바지를 벗겼다. 그리고 자신도 옷을 벗었다. 그리고 태현의 블랙베리로 함께 있는 모습을 찍었다. 민망한 포즈를 적나라하게 담은 사진들은 거의 포르노 수준이었다. '마지막 잔'에 탄 BZD의

약발이 올라와 눈이 풀린 태현은 몸도 제대로 가누지 못했지만, 사진에 찍힌 모습은 영락없이 황홀경을 헤매는 표정이었다.

민주는 태현의 블랙베리로 그의 SNS 계정에 접속했다. 그리고 긴 글을 써 내려갔다.

'최근 A사가 대형 로펌까지 동원해 내가 진심으로 아끼는 후배를 협박하는 만행을 더 이상 참을 수 없었다. 그래서 대학교 선배인 A사 사장과 술자리를 마련했다. 담당 국장님과 후배 기자도 함께했다. 나는 언론인의 소명을 갖고 A사 사장에게 강하게 항의했다. 싸늘한 분위기로 자리가 끝날 무렵 A사 사장은 미안했다며 우리 세 사람에게 쇼핑백을 하나씩 줬다. 얼떨결에 받은 쇼핑백을 귀가하다 열어보니 그 안에는 명품 핸드백이 있었다. 어떻게 할지 고민했다. 혼란스러웠다. 나 혼자만 돌려주면, 같이 받은 국장과 후배 기자가 곤란해질 수 있었다. 그러나 아내에게 갖다 주자니 내 양심이 허락하지 않았다. 그래서 나는 샤넬백을 한강에 던져버렸다. 박봉인 남편 때문에 고생하며 살아온 아내한테는 미안했지만, 목숨보다 소중한 기자의 양심을 재벌 머슴이 주는 명품백과 바꿀 수 없다는 것을 사랑하는 아내도 이해해줄 것이다. 이렇게 타락한 시대에 언론인으로서 올바르게 살아가기는 쉽지 않지만, 그래도 나는 정의와 변화 그리고 미래를 믿고 용기를 잃지 않고 정진할 것을 여러분께 약속드린다.'

민주가 태현으로 '빙의'해 올린 소설의 내용은 대충 이랬다. 읽는 이의 심금을 울리는 이 감동적인 글은 태현의 트위터와 페이스북, 그리고 태현의 블로그에 동시에 올라갔다.

그다음에 민주는 자신의 전화에 있던 '리스트' 파일을 태현의 블랙베리로 옮겼다. 그리고 블랙베리 바탕화면에 있는 사내 기사 포스팅 프로그램에 태현의 아이디로 로그인했다. 〈신도그룹 떡값 리스트〉라는 제목으로 민주는 파일을 올렸다. 태현은 이 특종으로 수많은 언론상을 휩쓸게 될 것이었다. 그 대신 태현이 학수고대했던 신도그룹 임원 자리는 이미 날아간 상태였다.

민주는 마지막으로 블랙베리에서 전화번호를 하나 찾아냈다. 그리고 그 번호로 태현과 함께 알몸으로 찍은 사진들을 전송했다. '애엄마'라고 저장된 번호였다. 민주가 이 모든 일을 차근차근 처리하는 동안 태현은 침대에서 코까지 골며 잠에 빠져 있었다.

민주는 호텔에서 나와 택시에 타기 전에 길가 쓰레기통에 태현의 바지와 팬티를 버렸다. 택시 안에서 태현의 블랙베리는 쉬지 않고 번쩍이며 진동했다. 민주는 새벽의 강변도로를 시원하게 내달리는 택시의 차창을 내리고 블랙베리를 한강으로 힘껏 던져버렸다. 민주는 그제야 제대로 된 마침표를 찍은 기분이었다.

새벽녘에야 집으로 돌아온 민주는 대문을 열어주는 내게 의기양양한 표정으로 샤넬 백을 보여줬다.

"어디서 훔쳤어요?"

"선물 받았어요. 음…… 새로운 시작을 기념하는, 그런 선물."

"무슨 시작……?"

"누구도 인생을 두 번 살 수는 없지만, 누구에게나 두 번째 기회는 오는 법이잖아요?"

민주가 범상치 않은 여자라는 것은 알고 있었지만, 간밤의 무용담을 듣고 있으니 등골이 오싹해졌다. 그녀의 복수담은 나에게 차가운 이성을 되찾아주었다. 그리고 좌절한 나를 절망에서 꺼내 용기와 영감을 불어넣어주었다. 내 머릿속에서 꺼져버렸던 전구들이 하나씩 켜지고 있었다. 나는 까맣게 잊고 있었던 또 다른 무서운 여자의 얼굴을 떠올렸다. 여배우 J라면 분명 '두 번째 기회'를 만들어줄 수 있을 것 같았다.

46

　그날 오후에 일어난 '그 사건'에 대해 이제까지 어떤 이야기를 들었는지 모르지만, 다 잊어버리길 바란다. 당신이 알고 있는 것은 모두 거짓이기 때문이다. '그 사건'과 관련해 매스컴에서 생산해낸 이야기들은 진실은 고사하고 사실과도 거리가 멀다. 나는 '그 사건'을 직접 겪고 목격한 산 증인으로서, 추정 또는 감정에 의해 왜곡될 수 있는 나의 기억들을 최대한 배제하고, 객관적인 사실만을 모아두고 싶다. 이는 단순히 내 억울함을 호소하기 위함이 아니다. 기록은 기억을 지배하기 때문이다. 우리 모두의 기억을. '그 사건'으로 많은 사람들이 다치고 사망했다. 대부분 아무 잘못이 없는 이들이었다. 그들을 위해서라도 나는 진실을 명확하게 밝히고 싶다. 그래서 '그 사건'에 대해 내가 아는 사실을 가감 없이 기록한다.

나는 민주의 문자메시지를 받고 비상계단으로 내려와 후문을 통해 호텔 나인을 나왔다. 그리고 아직 영업을 시작하지 않은 잡다한 고깃집과 술집이 즐비한 골목을 200미터 정도 뛰어갔다. 내 뒤를 밟는 사람은 없는 듯했다. 그렇게 굽이진 골목을 돌아 대로로 나와 나를 기다리고 있던 중고 세단에 올라탔다.

왕눈이는 나를 보고 퀭한 눈만 깜빡일 뿐 특별한 반응을 하지 않았다. 그러다 배시시 웃었다. 감당할 수 없는 고통을 견뎌내고도, 아이는 신통방통하게 아직 웃을 힘이 남아 있었다. 우리와 함께 차를 타고 어딘가로 가는 것이 마냥 좋은 듯했다. 나는 왕눈이를 와락 끌어안았다. 아이는 바람에 날아갈 듯 가벼웠다. 나는 왕눈이를 뒷좌석으로 옮겨 앉히고 안전벨트를 채워줬다.

우리의 유인 작전은 제대로 먹혔다. 왕눈이를 데리고 호텔에서 나온 민주는 일부러 천천히 걸어 외진 뒷골목의 공영주차장으로 들어갔다. 그리고 몇 분 후 새까맣게 선팅 된 난쟁이 문씨의 차가 공영주차장을 빠르게 빠져나갔다. 물론 민주와 왕눈이는 그 차에 타고 있지 않았다.

공영주차장 2층에 숨어 있던 민주는 어디서 튀어나왔는지 모를 검은 차 두 대가 난쟁이 문씨의 차를 따라붙는 것을 똑똑히 확인했다. 예상한 일이었지만 민주는 겁이 났다. 그녀는 왕눈이를 꼭 끌어안고 몸을 숨긴 채 주변 동향을 살폈다. 15분 정도 기다렸지만 아무 일도 일어나지 않았다. 민주는 다시 용기를 내어 왕눈이를 데리고 공영주차장 반대편 출입구로 나와, 근처 편의점 앞에 주차해둔 중고 세단에 탔다. 따라오는 이들은 없었다. 그제야 민주는 안도하고 왕눈이를 제대로 살펴볼 수 있었다. 특별한 외상은 없었고 우려했던 것보다 건강은 괜찮아 보였다. 아이 몸에 GPS 같은 위치추적장치도 부착돼 있지 않았다. 주변을 다시 한 번 확인하고 민주는 내게 문자메시지를 보냈다. 그때 나는 펜트하우스에서 신 회장의 설교를 듣고 있었다.

우리가 올림픽대로로 들어설 때까지 모든 일은 계획대로 흘러가고 있었다. 너무 순조로워서 불안할 정도였다. 그런데 조금씩 교통이 정체되기 시작했다. 비가 부슬부슬 내리는 을씨년스러운 날씨였다. 한강 주변에는 안개가 옅게 끼어 있었지만, 교통에 지장을 줄 정도로 시야가 나쁘지는 않았다. 나는 교통 상황을 듣기 위해 라디오를 켰다.

채널을 몇 군데 돌리자 남자 아나운서의 목소리가 들렸다.

"다시 전해드립니다. 방금 들어온 속보입니다. 신도그룹의 창업주이자 최고경영자인 신호 회장이 오늘 오후 서울 모처에서 살해됐습니다. 경찰은 이번 살인사건의 용의자로 신도그룹의 전 사내 변호사 B씨를 지목하고 있습니다."

나는 내 귀를 의심했다. 하지만 민주의 표정을 보니 내가 잘못들은 게 아니었다. 그들이 말하는 B씨는 당연히 나였다. 마치 숨쉬는 방법을 잊어버린 것처럼 호흡이 뒤엉켰다.

나는 신호 회장을 죽이지 않았다. 그것은 명백한 사실이다. 또다른 사실은, 신 회장은 자신의 생각과 달리 신이 아니었다는 것이다..그리고 그가 병신 취급했던 못난 아들 동훈 역시 머저리가 아니었다. 불로영생과 생명연장을 확신했던 신호 회장은 결국 자신의 외아들 동훈에 의해 살해됐다. 모든 아들의 인생은 아버지와의 투쟁이라는 말을 읽은 적이 있다. 동훈은 그 투쟁에서 아주 고전적인 방법으로 이겨 아버지의 그늘에서 벗어난 모양이었다.

누명을 썼다는 억울함보다 강렬한 슬픔이 밀려왔다. 내 인생의 큰 부분에 마침표가 찍힌 것 같았다. 지난 수년간 노친네와 함께했던 기억들이 눈앞을 스치고 지나갔다. 즐거운 추억들이 꽤 많았다. 다시 고아가 된 기분이었다. 아무 곳에도 시선을 맞출 수 없었다. 혼란스러웠다. 머리가 멍했고 가슴 한편에 구멍이 뚫려 바람이 지나가고 있었다.

라디오의 볼륨을 높이며 민주가 공황 상태로 빠져드는 나를 깨웠다. 여자 아나운서의 목소리가 들렸다.

"평일 오후 시내 곳곳 대부분 수월합니다. 그러나 올림픽대로는 심하게 정체되고 있습니다. 한남대교 북쪽 방향 중앙에서 한 장애인이 차를 세우고 1인 시위를 벌이고 있어, 북단으로 향하는 교통이 전면 통제되고 있습니다. 이 점 유의하시고 가급적 우회하시기 바랍니다. 〈57분 교통정보〉였습니다."

기어가던 차들은 어느새 꿈쩍도 하지 않고 모조리 멈춰 있었다. 그렇게 몇 분이 흘렀다. 우측으로 빠지고 싶었지만 움직일 공간이 전혀 없었다. 갓길에는 경찰차들이 요란하게 사이렌을 울리며 한남대교를 향해 달려가고 있었다.

우리는 한강 다리 밑 선착장에서 어부 박씨와 만나기로 약속돼 있었다. 한강시민공원으로 이어지는 우측 출구는 우리 차에서 약 50여 미터밖에 떨어져 있지 않았다. 어차피 앞뒤 양옆이 다 꽉 막힌 대형 주차장은 개선될 여지가 없어 보였다. 민주와 나는 차에서 내렸다. 그런데 차의 뒷문이 이미 열려 있었다. 왕눈이가 보이지 않았다.

주변을 둘러봤다. 하지만 늘어선 차들보다 키가 작은 왕눈이는 눈에 들어오지 않았다. 누가 왕눈이를 데려간 걸까? 그건 아니었다. 녀석이 혼자 차 문을 열고 나간 것이었다. 둘 다 라디오에 집중하느라 왕눈이가 문을 여는 소리를 듣지 못한 것이었다.

왕눈이는 어디로 갔을까? 화장실이라도 가고 싶었나? 나는 다급하게 소리를 질렀다. 왕눈이의 이름을 모르니 소리라도 지르는 수밖에 없었다. 왕눈이는 말은 못하지만 소리는 들을 수 있으니까. 다른 운전자들이 나를 미친놈처럼 쳐다봤다. 뒤에 있던 차들은 우리가 차를 버리고 걸어가는 것을 보고 경적을 울리며 난리를 쳐댔다.

그때 몇 대의 차를 지나 앞쪽에 왕눈이가 보였다. 마치 신기한 구경거리를 본 아이처럼 들뜬 표정이었다. 나와 눈이 마주치자 왕눈이는 장난꾸러기처럼 웃으면서 다시 숨바꼭질을 하듯 차들 사이로 숨어버렸다. 왕눈이는 생각보다 빨랐다. 겹겹이 늘어선 차들 사이를 왕눈이는 미끄러지듯 뛰어갔다.

왕눈이가 달려가는 방향을 둘러보다 나는 깨달았다. 사이렌이었다. 왕눈이는 사이렌 소리를 따라 한남대교로 올라가는 오르막 진입로를 뛰어가고 있었다.

"내가 쟤 데리고 갈게요. 먼저 선착장에 가 있어요!"

둘씩이나 올림픽대로를 뛰어다닐 필요는 없었다. 그렇지 않아도 우리 두 사람은 수배자였다. 사람들의 이목을 끌 이유가 없었다. 민주는 곧바로 한강시민공원으로 뛰어갔다. 나는 왕눈이를 잡으러 안개에 휩싸인 한남대교로 올라갔다.

하늘에서 헬기 소리가 들렸다. 취재하러 온 방송사 헬기인지 경찰에서 투입한 헬기인지는 알 수 없었다. 축축한 바람 같던 부슬비는 어느새 굵은 빗방울로 변해 있었다.

한남대교에 올라가서야 나는 그 모든 교통체증이 바로 난쟁이 문씨 때문이었다는 것을 알 수 있었다. 난쟁이 문씨의 차는 다리 중간에 멈춰 있었다. 차 지붕 위에 올라선 난쟁이 문씨는 경찰들과 대치한 채 고래고래 고함을 지르고 있었다.

인천으로 가고 있어야 할 난쟁이 문씨는 왜 한남대교에서 시위를 하고 있단 말인가? 그리고 왕눈이는 또 어디로 간 걸까? 왕눈이가 또 보이지 않았다. 그 쪼그마한 놈이 그렇게 빠르게 움직일 줄은 몰랐다.

대교 남단은 아예 차에서 내린 구경꾼들로 어수선했다. 그 속에서 왕눈이를 찾기란 쉽지 않았다. 교통경찰은 차들을 통제하며 구경꾼들을 다리 아래로 내려보내고 있었다. 그들은 왕눈이와 나에게 신경 쓸 겨를이 없어 보였다.

대교 북단에서는 확성기를 들고 현장을 지휘하는 짭새가 난쟁이 문씨에게 투항을 권하고 있었다. 그런데 그놈이 왠지 눈에 익숙했다. 그는 다름 아닌 짜리몽땅이었다. 그놈은 나를 보지 못했지만, 나는 그놈을 똑똑히 알아볼 수 있었다.

그때 두 눈이 휘둥그레진 짜리몽땅이 어딘가를 가리키면서 다급하게 지시를 내렸다. 반사적으로 놈의 시선을 따라가보니, 내가 서 있는 곳에서 얼마 떨어지지 않은 곳에 왕눈이가 있었다.

탕! 그때 총소리가 들렸다. 다리 위에 있던 모든 이들이 놀라 본능적으로 몸을 움츠렸다. 탕! 탕! 총소리가 연달아 이어졌다. 난쟁이 문씨는 대교 북단을 향해 내가 준 베레타를 쏘고 있었다. 그때까지만 해도 교통경찰의 통제에 응하지 않던 구경꾼들은 이제 저마다 살겠다고 우르르 도망가고 있었다.

총소리가 나기 전까지는 난쟁이 문씨의 시위를 누구도 심각하게 여기지 않았다. 기상천외한 난쟁이 쇼를 즐기듯 경찰들마저도 건성이었다. 그런데 난쟁이 문씨가 총을 쏘자 모든 것이 달라졌다.

차 지붕 위에 서 있던 난쟁이 문씨는 곡예를 하듯 한 바퀴 돌아 바닥에 뛰어내렸다. 차에 시동을 켜는 난쟁이 문씨는 밝게 웃고 있었다. 그는 이 모든 상황을 즐기고 있었다. 이 공연을. 헬기까지 동원된 자신의 '라스트 쑈'를.

나는 침착해야 했다. 일을 그르칠 수는 없었다. 내 머릿속에는 오로지 어서 왕눈이를 구해 민주와 어부 박씨가 기다리는 곳으로 가야 한다는 생각뿐이었다.

왕눈이도 난쟁이 문씨처럼 그 난장판을 즐기고 있었다. 총소리에 신이 난 왕눈이는 난쟁이 문씨의 차를 향해 달려가고 있었다. 나는 사력을 다해 쫓아가 왕눈이를 간신히 붙잡을 수 있었다. 나는 왕눈이를 감싸 안고 숨을 고르며 잠시 길바닥에 주저앉았다.

짜리몽땅은 확성기로 난쟁이 문씨에게 무기를 버리고 투항하라고 거듭 회유했다. 난쟁이 문씨는 이를 무시하고 차 안에서 다시 미친 듯이 총을 쏴댔다. 총에 맞은 짭새 한 놈이 쓰러졌다. 그러자 인내심을 잃은 짭새들도 난쟁이 문씨의 차에 사격을 가했다. 살벌한 시가전이 이어졌다. 난쟁이 문씨는 차를 몰고 대교 북단을 향해 돌진했다. 짭새들은 차의 바퀴에 사격했지만 단 한 발도 맞히지 못했다. 차창이 깨지고 트렁크와 후드가 벌집이 된 난쟁이 문씨의 차는 이내 요란한 엔진 소리와 함께 검은 연기를 내뿜으면서 난간 근처에 멈춰 섰다. 모든 시선이 난쟁이 문씨의 차를 향했다. 왕눈이와 나도 일어나 잠시 멍하니 그 차를 바라봤다.

굵은 빗방울이 떨어지는 소리가 들렸다. 믿기지 않을 정도로 조용했다. 그렇게 몇 초의 정적이 흘렀다.

쾅! 세상의 모든 것을 압도하는 어마어마한 소리가 천지를 뒤흔들었다. 귀청이 터질 듯한 굉음과 함께 일어난 엄청난 폭발에 내 몸이 튕겨나가 근처의 차에 부딪쳤다. 멈추지 않는 고음의 메아리와 함께 짙은 검은색 연기가 사방을 뒤덮었다. 하늘에서는 비와 함께 크고 작은 돌들이 우박처럼 떨어졌다. 정신을 잠시 잃었던 나는 떨어지는 잔해와 파편을 맞고서야 다시 눈을 뜰 수 있었다.

거대한 울림이 세상을 지배했다. 아니 침묵이었을 수도 있다. 울림인지 침묵인지 모를 그 소리가 세상의 모든 것을 떨게 했다. 아무것도 들리지도 보이지도 않았다. 혀가 마르고 목이 탔다. 아니 나는 이미 내가 죽은 줄 알았다. 그러나 눈 코를 울리는 매연 사이로 진동하는 냄새를 맡으며 내가 살아 있다는 것을 알 수 있었다. 아주 희미하게. 언젠가 맡아본 냄새였지만, 정확히 무슨 냄새인지는 기억나지 않았다. 하지만 오랜 시간이 흐른 후에야 나는 기억할 수 있었다. 그 냄새는 어렸을 적에 서커스 공연에서 맡았던 냄새였다.

두 손은 피로 흥건하게 젖어 있었고, 유리조각들이 박힌 등과 어깨는 찢어질 듯 아팠다. 머리가 욱신거려 서 있기조차 힘들었다. 그리고 두려움이 엄습했다. 두 다리는 의지와 무관하게 후들거렸다. 그러다 서서히 정신이 돌아오며 나는 알 수 있었다. 부들부들 떨리는 것은 내 다리가 아닌, 내가 딛고 서 있는 다리였다. 한남대교는 춤추듯 흔들리고 있었다.

왕눈이! 왕눈이를 찾아야 했다. 주변을 더듬었지만 아무것도 짚이지 않았다. 짙은 연기 속을 헤매며 나는 아이를 찾았다. 모든 것이 비현실적이었다. 마치 구름 위를 걷는 것 같았다. 아니 언젠가 꿈속에서 걸었던 길을 다시 헤엄치고 있었다.

시간은 천천히 흘렀고, 연기 속을 헤치고 나아가자 사물의 윤곽이 조금씩 드러났다. 눈에 가장 먼저 들어온 것은 폐차처럼 널브러진 차들 사이로 보이는 검푸른 한강이었다. 한남대교는 반으로 끊겨 있었다. 끊긴 다리 아래로 일렁이는 물을 보자 현기증과 함께 멀미가 엄습했다. 높은 곳에 있다는 사실만으로도 아찔해서 발이 떨어지지 않았다.

그때 어딘가에서 목소리가 들렸다. 알아들을 수 없는 사내아이의 외침이었다. 귀가 멍멍해서 환청 같기도 했다. 하지만 나는 분명히 들었다. 소리가 나는 쪽을 둘러보니 멀지 않은 곳에 왕눈이

가 있었다. 다행히 녀석은 멀쩡해 보였다. 왕눈이는 나와 눈이 마
주치자 장난기 어린 미소를 지으며 돌아섰다. 그리고 어딘가를 향
해 걸어갔다. 왕눈이는 다리가 끊긴 곳으로 걸어갔다.

"안 돼!"

나는 본능적으로 손을 뻗으며 달려갔다. 하지만 간발의 차이로
왕눈이를 놓치고 말았다. 순간 나는 발밑이 허전해지는 것을 느꼈
다. 몸이 강물로 떨어지고 있었다. 나는 비명을 지르며 눈을 감았
다. 그런데 그때 무언가가 내 몸을 휘감으며 눈을 번쩍 뜨게 했다.
그 순간 천천히 흐르던 시간이 멈췄다. 아주 짧은 순간이었지만,
그 찰나에 나는 '무언가'에 의한 '영원'을 맛볼 수 있었다.

한남대교 위는 아직도 난리통이었지만, 몇몇 구경꾼들은 넋 나
간 표정으로 우리를 뚫어지게 보고 있었다. 왕눈이와 나는 한강물
이 닿을 듯 말 듯한 높이의 허공에 떠 있었다. 만유인력의 법칙을
거부한 우리 둘은 한강물 위의 허공을 딛고 있었다. 물 위를 걷는
것이 아니라 물 위의 공기를 걷고 있었다.

공중부양은 편안했다. 내 몸을 보듬어 올리듯 포근했다. 시원한
강바람이 이마를 스쳐갔다. 이 기이한 현상에 어리둥절해하는 나
를 보며 왕눈이는 웃고 있었다.

그때 모터보트 한 대가 우리를 향해 쏜살같이 달려왔다. 어부
박씨가 미리 임대한 수상택시였다. 어부 박씨와 함께 온 민주가
양팔을 뻗어 공중에 떠 있는 왕눈이를 안았다. 그러자 왕눈이가
나를 보며 씨익 웃었다.

풍덩! 이른 여름이었지만 한강물은 차가웠다. 순식간에 정신이

확 들었다. 영혼이 깨끗해질 정도의 냉기였다. 내 안의 복잡하게 얽힌 그 모든 것들이 다 빠져나갔다. 강물에 빠져 허우적대는 나를 보며 왕눈이는 손뼉까지 치며 깔깔댔다. 그 언젠가 낚시터에서처럼. 순간 눈에서 눈물이 흘렀다. 빗줄기도 한강물도 아닌, 내 눈물이었다. 무엇으로도 설명할 수 없는 눈물이었다. 배에 올라탄 후에도 눈물은 멈추지 않았다.

우리를 태운 배는 다시 미끄러지듯 달렸다. 한남대교 위의 경찰도, 상공을 맴돌던 헬기도 끊어진 다리를 수습하느라 우리는 안중에 없었다. 우리는 안개를 헤치며 해가 지는 서쪽으로 향했다. 아무도 우리를 따라오지 않았다.

　인생에서 자신이 태어난 생일보다 중요한 날은 자신이 왜 태어났는지를 알게 되는 날이다. '의미'는 찾는 것이 아니었다. 때가 되면 '의미'는 알아서 나를 찾아왔다. 한남대교가 끊어진 그날 나는 내 삶의 의미를 만났다.

　그날 나는 내 인생에서 매우 중요한 두 사람을 잃었다. 죽음은 그날 아주 바빴다. 죽음이 데리고 가야 할 목숨은 한둘이 아니었다. 다행히 왕눈이와 민주, 어부 박씨와 나는 그 명단에 있지 않았다. 적어도 그날은.

　민주와 어부 박씨는 우리가 운이 좋았다고 했다. 하지만 나는 우리가 살아서 그곳을 탈출한 것을 비롯해 그날 자체가 기적이었다고 믿는다.

　'그 사건'도 이제는 오래전 일이 돼버렸다. 우리가 배를 타고 먼 이국땅으로 건너와 작은 마을에 정착해 산 지도 벌써 3년이 넘었다. 이곳에서 이방인으로 살면서 우리는 이제까지 그날 있었던 일에 대해 그 누구에게도 이야기하지 않았다.

난쟁이 문씨는 도대체 왜, 그날, 거기서, 어떻게 그런 일을 했을까?

오랜 시간이 걸렸지만, 나는 인내심을 갖고 찬찬히 퍼즐 조각들을 끼워 맞춰봤다. 내가 난쟁이 문씨를 찾아간 시점부터 한남대교 폭발 사건까지의 모든 정황과 정보, 그리고 매스컴을 통해 흘러나온 단서들을 종합해보니 많은 것들이 맞아떨어졌다. 그리고 그날 있었던 상황을 머릿속으로 끝없이 재구성하고 추리한 결과 결론은 하나뿐이었다.

시간이 지나고 차츰 그 사건을 덮고 있던 안개가 조금씩 걷히자 많은 것들이 보이기 시작했다.

난쟁이 문씨는 그날 오후에 신도그룹 본사를 폭파하려고 했다.

난쟁이 문씨는 언론에서 밝혀낸 대로 폐암 말기 환자였다. 난쟁이 문씨가 자신의 신변을 정리하고 우리에게 유산을 나눠준 것도 그런 이유에서였을 것이다. 시한부 인생을 살고 있던 난쟁이 문씨는 잃을 게 없었다. 테러범으로 경찰에 잡히더라도 첫 공판까지 살아 있기 어려웠다. 세상의 그 어떤 막강한 권력도 죽음을 두려워하지 않는 자 앞에서는 지배력을 잃는 법이다. 난쟁이 문씨가 무엇이 두려웠겠는가?

난쟁이 문씨는 자신이 폐암 말기라는 사실을 오래전부터 알고 있었지만 치유 가능성이 희박한 항암치료를 거부했다. 그는 우리에게 자신이 살날이 얼마 남지 않았다는 것을 숨기고 '라스트 쑈'를 준비했다. 물론 그가 기대했던 '라스트 쑈'가 신도그룹 본사 폭파는 아니었을 것이다.

추측이지만, 난쟁이 문씨는 파주의 건물이 불타오를 때 복수를 결심했던 것 같다. 무사도 정신이 있는 난쟁이 문씨는 더 이상 도망 다니고 싶지 않았을 것이다. 내가 어린 시절부터 기억하는 난쟁이 문씨는 언제나 '멋'이 있었다. 그는 운명과 맞짱을 뜰 줄 아는 사람이었다. 그래서 그는 계란이 아닌 폭탄을 손에 들었던 것이다.

난쟁이 문씨는 폭파 전문가였다. 백두대간에 그가 뚫은 터널만 해도 한두 개가 아니었다. 도심에 있는 고층건물 하나 무너트리는 것쯤은 일도 아니었다. 더군다나 난쟁이 문씨는 예전에 내가 구해온 신도그룹 본사의 설계도면까지 면밀히 검토한 적이 있었다.

난쟁이 문씨는 그날 우리와 만나기로 한 인천으로 바로 가지 않고, 한남대교를 건너 신도그룹 본사로 가려고 했을 것이다. 그런데 난쟁이 문씨의 계획은, 호텔 나인 뒷골목에서부터 따라붙은 신호 회장의 똘마니들 때문에 꼬여버렸다. 놈들에게 연락받은 경찰들이 한남대교 북단에서 난쟁이 문씨를 가로막은 것이다.

신도그룹 본사가 폭파돼 무너지는 상상을 나는 가끔씩 한다. 회색 먼지구름이 피어오르며 그 건물이 녹아내리는 장관을 떠올리면 카타르시스를 느낀다. 난쟁이 문씨가 완성하지 못한 그 작품에는 설명하기 어려운 아름다움과 감동이 있다. 어느 확신범의 광적인 행위라기보다는 한 이상주의자의 낭만이 배어 있는 그 장면은 그야말로 난쟁이 문씨에게 어울리는 피날레였다.

난쟁이 문씨가 농협에서 대량으로 구입한 질산암모늄NH_4NO_3 비료는 산화제酸化劑다. 산화제는 자극을 받아 분해되면 열을 내고 폭발을 증폭시킨다. 그날 난쟁이 문씨의 차에는 질산암모늄 비료와 니트로메탄CH_3NO_2이 가득 채워진 대형 드럼통이 실려 있었다.

강한 유독물질인 니트로메탄은 주로 살충제로 쓰이거나 경주용 차량 연료로 쓰인다. 수완이 좋은 난쟁이 문씨가 니트로메탄을 구하는 것은 그리 어렵지 않았을 것이다. 난쟁이 문씨는 대량의 니트로메탄 액체와 질산암모늄 비료를 섞어 막강한 폭탄을 제조하고 도화선과 점화기까지 손수 제작했을 것이다. 그러나 그날 난쟁이 문씨의 폭탄은 기폭 장치가 따로 필요 없었다. 그날 다리 위에 서 있었던 경찰들과의 총격전이 그 역할을 대신했다.

흥미로운 사실은 총격 때문에 폭탄이 터진 게 아니라는 거였다. 그 거대한 폭발을 일으킨 것은 바로 하늘에서 내린 빗물H_2O이었다. 총알이 드럼통에 구멍을 냈을 것이고, 그 구멍으로 비가 새어 들었을 것이다. 드럼통으로 흘러든 미세한 양의 물방울은 화학작용을 일으켰고, 엄청난 폭발로 이어지며 순식간에 한남대교를 반으로 갈라버렸다. 그래서 그 거대한 폭발이 있기 전에 교전이 멈춘 한남대교에 몇 초간 정적이 흘렀던 것이다.

그 폭발로 난쟁이 문씨는 거의 증발하다시피 사라졌다. 현장에서는 시신의 일부조차 발견되지 않았다. 나는 그런 신문 기사를 읽고 묘한 안도감이 들었다. 왠지 난쟁이 문씨가 죽지 않은 것 같았다.

거대한 폭발과 함께 안개 낀 하늘로 솟구쳐 오른 난쟁이 문씨가 땅으로 떨어지지 않고 계속 하늘 높이 둥둥 떠올라가는 꿈을 종종 꾸곤 한다. 그런 꿈을 꾸고 나면, 나는 그 구름 위 어딘가에서 천국의 문지기 갑수의 안내를 받아 자신을 오래전부터 흠모한 공주와 재회하는 난쟁이 문씨를 상상한다. 나는 그 상상을 진실로 믿고 싶다. 언젠가 왕눈이에게 이 이야기를 들려줄 때가 되면, 나는 난쟁이 문씨의 마지막을 그렇게 전해줄 것이다.

일부 언론에서는 난쟁이 문씨가 마치 자살폭탄테러를 계획했던 것처럼 선정적으로 부풀려 보도했다. 하지만 현장에 파견된 과학수사대가 작성한 보고서에도 드럼통 폭탄 사고에 대한 언급이 있었고, 난쟁이 문씨가 한남대교로 진입하기 바로 직전에 114를 걸어 신도그룹 본사의 대표 전화번호를 문의했다는 사실도 확인되었다. 그는 신도그룹에 도착해 폭발물 설치를 마친 후, 건물에 있는 사람들을 대피시키려고 했던 것이다. 난쟁이 문씨는 인명 피해를 원치 않았다. 그는 모든 목숨을 귀중하게 여기는 사람이었다.

난쟁이 문씨는 단독으로 일을 처리할 계획이었지만, 폭탄 테러를 준비하는 과정에서 어부 박씨로부터 도움을 받았다. 둘이서 사라졌다가 농협에서 많은 비료를 사 왔을 때 내가 눈치를 챘어야 했다. 어부 박씨는 난쟁이 문씨의 건강 상태에 대해서도 알고 있었지만 민주와 내게는 말하지 않았다. 어부 박씨는 친구의 비밀을 끝까지 지켜줬다.

인천을 떠나기 전날, 우리는 차이나타운의 한 중국음식점에서 저녁을 먹었다. 식사를 먼저 마친 어부 박씨는 밖으로 나가 담배를 피우고 있었다. 나는 그를 따라 나갔다. 먼 곳을 보며 연기만 뿜어내던 어부 박씨가 입을 열었다.

"바우, 너 그 기분 아니? 누군가가 너를 필요로 하는."

식당 안에서는 민주가 왕눈이에게 짜장면을 30분째 떠먹이고 있었다. 둘 다 즐거워 보였다. 그들을 보며 나는 잠시 생각했다.

"아는 거 같아요. 예, 알아요."

"둘 다 널 필요로 해. 그리고 네게도 저 둘이 필요해."

나는 고개를 끄덕였다. 어부 박씨가 다시 먼 곳을 응시하며 말했다.

"이제부턴 네가 잘 지켜줘라."

이게 어부 박씨와 내가 나눈 마지막 대화였다. 그리고 다음 날 아침, 어부 박씨는 사라져버렸다. 나는 어렴풋이 알 수 있었다. 어부 박씨는 자신이 할 일을 다 했다고, 더 이상 우리에게 자신이 필요하지 않다고 생각한 것 같았다. 어렵게 구한 밀항선을 놓칠 수 없어서, 우리는 어부 박씨를 남겨두고 인천을 떠났다.

어부 박씨가 어디로 갔는지 알 수 없지만, 나는 그를 기억할 때마다 강원도 태백산맥의 평온한 호수가 떠오른다. 내가 마지막으로 본, 꽁꽁 얼어붙은 호수가 아닌, 눈부신 여름 햇살에 물결이 반짝이는 광경이다. 어부 박씨는 조용했지만 가슴이 뜨거운 사람이었다.

신호 회장과 난쟁이 문씨를 잃은 아픔은 나를 붙들고 놔주지 않았다. 나는 오랫동안 그들의 죽음을 애도했다. 어두운 슬픔은 끝이 보이지 않았다. 나는 앞으로 나아가고 싶었다. 그래서 글을 쓰기 시작했다. 민주와 왕눈이가 곁에 있어주어서 나는 그 긴 터널을 빠져나올 수 있었다. 가족인 그들이 없었다면, 나는 이 이야기를 쓰지 못했을 것이다.

이제 행복에 대해서 이야기하고 싶다. 인생의 고단함과 아픔을 잊게 해주는, 아니 단숨에 날려버리는, 그런 흔치 않은 순간들에 대해서 이야기하고 싶다. 머릿속은 조용해지고, 마음이 차분해지는, 그리고 세상의 모든 것들이 일치하는 화음이 들리는 그런 마술 같은 순간들에 대해서 이야기하고 싶다.

민주와 나는 짧은 시간에 많은 일을 함께 겪으며 서로에게 익숙해졌다. 우리는 세상 물정이나 인생의 실망을 모르는 어린 나이에 만난 사이가 아니었다. 상대의 불완전함과 이질감보다는, 서로의 선한 본질을 알아보고 감사할 줄 알았다. 아마 그게 나이가 들어 서로를 만난 사람들의 특권일 것이다.

이제 민주는 훔치지 않는다. 오래된 버릇이자 중독을 그녀는 금단증상도 없이 끊어냈다. 더 이상 자기 안의 설명할 수 없는 '공허함'을 느끼지 않기 때문에 훔치고 싶은 욕구가 생기지 않는다고 했다.

우리는 잔잔한 인도양이 보이는 한 외진 마을에서 작은 식당을 운영하며 산다. 민주의 요리는 이곳 사람들에게도 인기가 아주 좋다. 워낙 시골 마을이라 우리가 이곳에 처음 왔을 때, 대부분의 주민들은 난생처음 보는 이방인이 신기했는지 우리의 얼굴을 만져보기도 했다. 그러나 마을 사람들은 우리를 따뜻하게 배려해줬고, 그들의 공동체로 받아줬다.

한때 민주가 큰병을 앓았지만 이웃 마을 구루 할아버지의 대안

의술로 목숨을 건질 수 있었다. 그때 인연을 맺게 된 구루 할아버지는 흔쾌히 왕눈이의 스승이 되어주었다. 왕눈이도 구루할아버지를 잘 따른다. 학교가 없는 이곳에서 아이를 가르쳐줄 스승을 만난 것은 엄청난 행운이었다. 나중에 왕눈이가 크면 스승처럼 훌륭한 의사가 됐으면 하는 것이 우리의 바람이다.

나는 일주일에 한 번씩 가까운 소도시에 간다. 오토바이로 반나절 정도 걸리는 거리지만, 필요한 물건도 사고 인터넷도 쓸 수 있어 세상 돌아가는 이야기를 접할 수 있다. 그런데 최근에 시장의 아는 상인으로부터 이상한 이야기를 들었다. 얼마 전에 양복을 입은 한국 남자들을 봤다는 거였다. 이곳은 한국인들이 쉽게 찾는 관광지도 아니고, 사업상 올 만한 곳도 아니었다.

며칠 뒤 나는 그들을 내 눈으로 직접 확인할 수 있었다. 한국인이 틀림없었다. 물론 그들은 나를 알아보지 못했다. 새까맣게 탄 피부와 얼굴의 절반을 덮은 덥수룩한 수염 때문에 나의 외모는 완벽한 현지인이었다. 그 한국 남자들에 대해 알아보니, 그들은 소도시의 보건소를 확장하기 위해 온 어느 비영리단체의 직원들이라고 했다. 나는 그들을 오래 관찰하지 못했지만, 검은 선글라스를 낀 그들은 해외 의료봉사를 하는 이들 같아 보이지는 않았다. 그들한테서는 오히려 조직의 냄새가 났다. 인터넷을 뒤져보니 동훈이 장악한 신도그룹은 이제 줄기세포은행, 정자은행, 불임클리닉 등 다양한 분야로 사업 영역을 확장하고 있었다. 만약 그들이 왕눈이를 찾으러 온 신도그룹의 똘마니들이라면 우리는 하루빨리 이곳을 떠나야 했다. 물론 이게 다 내 노파심에서 나온 망상일지도 모른다.

매일 저녁 해가 질 무렵 바닷가에서 뛰노는 왕눈이와 민주를 보고 있을 때면 여기가 바로 천국이라는 생각이 든다. 우리가 사는 이곳은 그만큼 비현실적으로 행복하고 평화롭다. 하지만 만약에 누가 이런 달콤한 꿈을 깨려 한다면 다시 싸워야 한다. 그럴 준비는 늘 되어 있다. 내게는 목숨을 걸고 지켜야 할 가족이 있으니까.

사람들은 초자연적인 '무언가'가 자연적인 일상에 개입하는 것을 기적이라고 부른다. 만약 누가 내게 기적을 믿느냐고 묻는다면 나는 이제 자신 있게 답할 수 있다. 믿는다고.

한남대교가 끊어지던 날, 수많은 사람들이 왕눈이의 초능력을 목격했다. 하지만 그들은 자신들이 그런 장면을 직접 봤다는 사실도 이미 잊어버렸다. 민주가 인터넷에 올린 강태웅 선생의 인터뷰 역시 마찬가지였다. 한때 그 동영상이 큰 파장을 일으키기도 했지만, 시간이 흐르자 다른 많은 일들처럼 쉽게 잊혀졌다.

춤추는 주식시장, 저명인사들의 추잡한 스캔들, 프로스포츠 승부 조작과 올림픽 같은 매혹적인 이벤트들이 다시 매스컴을 지배했고, 그다음 해에는 바다에서 304명이 수장되는 대형 참사까지 일어났다. 사람들은 더 이상 신도그룹이나 한남대교 폭발 사건에 관심을 갖지 않았다. 그들의 기억은 간사할 정도로 많은 일들을 쉽게 잊어버렸다. 우리와 관련된 사건들도 그저 시중에 떠도는 또 하나의 음모론이 돼버렸고, 사람들의 기억 속에서 연기처럼 사라져버렸다.

그 모든 것을 직접 체험한 나도 예외는 아니었다. 시간이 흐르자 나 역시 실제로 그런 일이 있었는지, 아니면 내가 환영을 본 것은 아니었는지 오락가락할 때가 많았다. 그런 혼란이 지속되자 두려워졌다. 다른 사람들처럼 잊어버릴 것 같아서. 어떤 일들이 일어났다는 사실을 잊는 것보다, 당시 내가 느꼈던 감정을 잊는 것이 훨씬 두려웠다. 그래서 나는 이 이야기를 기록해야만 했다. 내가 느꼈던 그 모든 것을 잊지 않고 기억하기 위해서.

나는 그날 우리가 한강에서 무사히 탈출한 것만이 기적이라고 생각하지 않는다. 지금 여기 이곳에서 민주와 함께 왕눈이를 키우며 사는 것이야말로 진정한 기적이라고 믿는다. 예전의 나는 죽은 사람과 다를 바 없이, 영혼 없는 좀비로 살았다. 그러다 이 두 사람을 만나, 그들을 통해 다시 살아날 수 있었다. 다시 태어날 수 있었다.

세상의 모든 새로운 출발과 시작은 위대한 기적이다. 이제 나는 그 기적을 지킬 것이다.

KI신서 5730

영원한 아이

1판 1쇄 인쇄 2014년 8월 26일
1판 1쇄 발행 2014년 8월 29일

지은이 정승구
펴낸이 김영곤 **펴낸곳** (주) 북이십일 21세기북스
부사장 임병주 **이사** 이유남
미디어사업본부장 윤군석
책임편집 박정효 **디자인** 윤인아
영업본부장 안형태 **영업** 권장규 정병철
마케팅 민안기 최혜령 강서영 이영인
출판등록 2000년 5월 6일 제10–1965호
주소 (우413–120) 경기도 파주시 회동길 201(문발동)
대표전화 031–955–2100 **팩스** 031–955–2151 **이메일** book21@book21.co.kr
홈페이지 www.book21.com **트위터** @21cbook
블로그 b.book21.com **페이스북** facebook.com/21cbooks
특수가공 이지앤비_특허 제10–1081185호

©정승구, 2014

ISBN 978–89–509–6672–0 03810
책값은 뒤표지에 있습니다.